MISTERIO EN LAS CUEVAS

GREGG DUNNETT

Traducido por
M. L. CHACON

Old Map Books

PRÓLOGO

ESTÁ DILUVIANDO. El viento hace que las gotas de agua golpeen de manera horizontal el casco del barco, haciéndolas rebotar como si fueran perdigones. El hombre, cubierto al completo con un chubasquero, está de pie con las piernas abiertas y los pies apoyados en ambos lados de la pequeña cabina. El piloto automático de la embarcación lucha contra las gigantescas olas que se alzan como montañas antes de lanzar el barco al vacío.

El hombre intenta, una vez más, arreglar el timón. Pone la rueda en el eje, lo empuja con dificultad y casi se cae por la escotilla cuando el barco cae al vacío entre dos olas. Dentro de la cabina reina el caos absoluto. El agua le llega hasta la rodilla y arrastra latas de comida, cojines y trozos de la vela de proa que se rasgó al principio de la tormenta. El casco cruje emitiendo unos gemidos que no había oído nunca. El hombre se coloca como puede frente a la mesa de navegación y aprieta el botón para encender el navegador. Ha llegado el momento de ver la previsión del rumbo a seguir. No puede evitar pensar que su vida depende de lo que diga la máquina. No cree que el barco vaya a aguantar mucho más, ni él tampoco. Con exasperante lentitud, el navegador procesa los datos de varios satélites y por fin ofrece una respuesta.

El hombre parpadea.

Malas noticias. Peor que malas. Peor que cualquier previsión que jamás haya visto y cualquier mar por el que haya navegado antes. Se le va la cabeza. En un instante, todo lo que le rodea desaparece. Las estanterías balanceándose al son de la tormenta, el furioso ruido del viento, el torrente de agua que se desliza a su alrededor, todo se evapora. Se ha desvanecido y no ve nada más que la pantalla del navegador. No puede ser real. Pero lo es.

Veinte horas antes había tomado la decisión de cambiar de rumbo. La borrasca que se formaba en el horizonte no parecía peligrosa, pero aseguraba un trayecto agitado por lo que decidió desviarse hacia el sur para darle un amplio margen. Fue una decisión precavida, que añadiría varios días al trayecto, pero no tenía prisa. Dado que navegaba en solitario no tenía que justificar sus decisiones a nadie. Desde entonces, cada nuevo pronóstico parecía decidido a burlarse de su cautela. Primero, la borrasca se intensificó; luego se desvió hacia el sur, persiguiéndolo más rápido de lo que él era capaz de navegar. Después pasó a categoría de tormenta y empeoró aún más, haciendo que algunas de las rachas llegaran a alcanzar vientos huracanados. Desvió el rumbo de nuevo para escapar de su trayectoria y ahora, por fin, tendría que haber estado alejándose de ella. Pero el último boletín le mostraba que se había estado dirigiendo de lleno a una trampa.

El avance de la tormenta se había ralentizado y él había navegado hacia el centro donde los vientos eran más fuertes. Para colmo, la tormenta había empeorado. La pequeña borrasca atlántica que había intentado rodear es ahora un huracán de categoría cuatro que se extiende por cientos de kilómetros a la redonda. No hay escapatoria.

Se queda quieto, tan quieto cómo es posible cuando uno está atrapado en un barco que se tambalea y se inclina en ángulos imposibles. La bomba emite un repentino gemido según lucha contra las enormes cargas de agua. El hombre observa el caos que le rodea y sus ojos se deslizan hacia la radio. Pero se obliga a mirar hacia otro lado. De repente, ve su propia cara reflejada en el interior de la ventana. El hombre que le devuelve la mirada esboza una extraña sonrisa. Una sonrisa de jugador. Hace un último cálculo y tira los dados.

Coge el micrófono de la radio y pulsa el botón para transmitir.

—Pan-pan, pan-pan, pan-pan. Todas las estaciones. Todas las estaciones. Todas las estaciones. —Su voz no suena bien. Sigue siendo como un sueño. Aun así, continúa—. Este es el velero Falcó. Velero Falcó: Foxtrot, Alpha, Lima, Charlie, Oscar. Posición 32,37732 grados de latitud, -66,455457 de longitud. —Repite la lectura de la posición dos veces, luego hace una pausa antes de continuar. Intenta calmarse—. Hay un poco de... mal tiempo y el agua entra más rápido de lo que puedo achicarla.

Se detiene y escucha un momento, pero la radio está en silencio. Repite el mensaje, suena ahora más seguro. Espera. Lo repite por tercera vez.

—Pan-pan, pan-pan, pan-pan. Todas las estaciones. Todas las estaciones. Todas las estaciones. Velero Falcó... Jesús, ¿hay alguien ahí?

Se detiene. Se obliga a reprimir la sensación de ansiedad que le sube por la garganta. Le presta toda su atención a la radio, la cual tan solo le devuelve silencio.

El hombre inspecciona su reflejo de nuevo. ¿Por qué demonios no responde nadie? ¿Ha hecho algo mal? ¿Ha olvidado algo importante? Está a punto de pulsar un botón para transmitir de nuevo cuando una voz se le adelanta.

—Velero Falcó, aquí la guardia costera de EE. UU. en Miami. —La voz es tranquila, confiada. La voz de alguien que habla desde un lugar seco y seguro—. Confirmamos su ubicación como 32,37732 grados de latitud, -66,455457 de longitud. ¿Puede darnos más detalles de su situación? Cambio.

El hombre siente una ráfaga de alivio. Está ocurriendo. Lo está haciendo.

—Sí. El agua está entrando con más rapidez de la que trabaja la bomba. Mi piloto automático está luchando a tope. Vienen olas por todos los lados y el pronóstico... —Se detiene, sin querer o poder expresar con palabras el creciente horror de su situación.

—Entendido, Falcó. —El operador del guardacostas no necesita que le recuerden la previsión meteorológica—. ¿Cuántos hay a bordo, por favor? ¿Hay algún herido?

—Solo yo. No estoy herido.

Hay una pausa.

—Muy bien. Lo tengo catalogado como un velero de treinta y dos pies de eslora con cabina, ¿es correcto? Casco blanco, cubierta azul...

—Sí, ese es mi barco.

—¿Es usted el propietario? ¿Luigi Fantoni?

—Sí.

—Muy bien, Luigi. Usted ha emitido un pan-pan, lo que significa que quiere alertarnos de que quizá pueda necesitar asistencia de emergencia, pero que no la requiere en este momento. ¿Es eso correcto?

El hombre duda antes de pulsar el botón. ¿Es correcto? ¿Debe decirles que se está hundiendo? Su mente evoca la imagen de un helicóptero de rescate, un destello de luz y color en el oscuro cielo. ¿Cuánto tardaría un helicóptero en llegar hasta aquí? ¿Es posible que no puedan enviar a nadie con este tiempo?

¿Qué significaría eso para su plan?

—No lo creo. Pero las olas aquí... Son una locura, nunca he visto nada igual. Vienen de todas partes, a veces se juntan y se duplican en altura. Si me pasa una de ellas por encima no sé... — se le entrecorta la voz—... No creo que pueda con eso.

—Vale, Luigi —ahora hay compasión en la voz del guardacostas—. Eso se entiende. Ya tengo su posición en pantalla. Veo que está en una situación de mal tiempo. ¿Puede decirme qué equipo de emergencia tiene a bordo en caso de que tenga que abandonar el barco?

Las palabras «abandonar el barco» lo dejan en silencio por un segundo. La repentina idea de estar ahí fuera, en ese océano hirviente...

—Creo que tengo una balsa salvavidas.

—Bien. ¿Puede asegurarse de que esté lista para funcionar si es necesario? ¿Puede hacer eso ahora mismo, en cuanto terminemos esta comunicación?

—Por supuesto. Lo intentaré.

—Ok, Luigi. Eso es bueno. —Hay una pausa, entonces sigue: —Muy bien, Luigi. Voy a seguir en este canal. Por favor, manténganos informados si la situación cambia y cada media hora, aunque no lo haga. Cambio.

No hay respuesta.

—Velero Falcó, velero Falcó. ¿Nos recibe? Por favor, manténganos informados. ¿Nos recibe?

—Sí. Recibido. Lo haré.

—Gracias y buena suerte. Guardia costera de los Estados Unidos, corto y cambio.

El hombre escucha mientras el canal se queda en silencio. Con lentitud vuelve a colocar el transmisor. Luego deja caer la cabeza sobre su hombro izquierdo, estirando los músculos del cuello. La mantiene durante un momento en ese lado y luego hace lo mismo en el otro lado. Ahora que ya ha tomado la decisión se siente mejor. Escucha el silbido del viento por un momento y de repente se pone a silbar él también.

* * *

En su despacho con vistas al océano, el teniente Oliver Hart pone en marcha en su reloj una cuenta atrás de treinta minutos. Le cuesta manejar los botones, ya que le tiemblan las manos por la llamada que acaba de recibir. Puede oír la tormenta que azota el exterior del edificio y eso que está aquí, a casi quinientos kilómetros del centro del primer gran huracán de la temporada.

—Jesús —murmura mientras coge el teléfono—. Oye, Gail, no te va a gustar nada esto, pero puede que tenga un aviso para ti. Hay un barco de vela en medio de este temporal. Dios sabe que estará haciendo ahí fuera.

Al otro lado de la línea, una mujer se vuelve hacia su ordenador.

—Ay madre —dice, cuando la ubicación aparece en la pantalla—. ¡Dios mío!

—Sí —suspira Hart—. Os pongo en alerta ahora mismo, pero tengo un mal presentimiento. El tipo sonaba bastante asustado.

—Claro, Ollie. Gracias.

Hart cuelga el teléfono y llama a su superior, la comandante Sarah Withers. Se alegra de que sea ella quien tenga que tomar la decisión de enviar el helicóptero si el pan-pan se convierte en un *Mayday*. O mejor dicho, cuando se convierta en un *Mayday*. La experiencia le dice que así será. Realizan juntos las simulaciones de previsión en el sector y ambos observan que la posición del velero está justo en el límite del alcance de los helicópteros Sikorsky MH—60T Jayhawk estacionados en las cercanías.

—La madre que me parió —murmura Hart de nuevo, mientras las imágenes dan vueltas. La comandante Withers no aprueba el lenguaje, pero no está en desacuerdo con el sentimiento.

El reloj de muñeca de Hart emite de repente un pitido electrónico. Ha pasado media hora.

—Le pedí que llamara cada media hora —explica Hart y ambos se vuelven para observar la radio, que continúa en silencio. Durante los cuatro minutos siguientes, permanece sin emitir ni un ruido.

—Llámalo —ordena Withers, cuando han pasado cinco minutos. Hart comienza a transmitir.

—Velero Falcó, velero Falcó, adelante, por favor.

Sin siquiera saber que lo está haciendo, la comandante Withers toma un mechón de pelo y lo enrosca con fuerza alrededor de su dedo. Escucha como Hart llama una y otra vez pero no hay respuesta a ninguna de las llamadas. Piensa en los dos pilotos que están de guardia hoy. Ambos son conocidos suyos, tienen familias, niños pequeños. Sin embargo, no hay posibilidad alguna de que se vayan a negar a despegar, jamás rechazarían una misión. Es una cuestión de orgullo. La sala de control tiene una ventana que da a la playa. Withers se vuelve hacia ella y ve la lluvia que cae sobre el cristal. El océano es una masa agitada de azules oscuros salpicados de blanco. Las feas olas rompen más allá de lo normal. La decisión final sobre el despegue será suya.

—No contesta. —La voz de Hart irrumpe en sus pensamientos.

—Sigue intentándolo —le ordena.

Así lo hace pero sus palabras se encuentran con el silencio. Es como si no hubiera nadie ahí fuera. Al menos nadie que quede vivo.

Después de intentarlo otras veinte veces el reloj de Hart vuelve a sonar. Ha pasado una hora desde el primer pan-pan. Hart levanta la vista.

—Seguimos sin respuesta, comandante. Tenemos su última posición... — La implicación tácita flota con fuerza en la sala de control. Si el velero se ha hundido, la única posibilidad de que el hombre sobreviva es que el helicóptero pueda llegar hasta él. Y rápido.

La comandante Withers no responde. Durante unos instantes ni siquiera respira, resentida por el papel de Hart en todo esto. Él está aquí tan solo para transmitir la orden que dé ella. Su orden. Su responsabilidad. Vuelve a pensar en los hombres que despegarán hacia el cielo en esta locura de tiempo. Sin apartar la vista del oscuro cielo, hace un único movimiento de cabeza.

—Que se preparen para despegar.

CAPÍTULO UNO

EL MAR ES COMO una balsa. No está en calma absoluta, pero casi. La superficie del agua tiene esa viscosidad casi pegajosa que adquiere cuando no sopla nada de viento. Llevábamos varios días con tormenta, así que he tenido que esperar a un día tranquilo como este para poder llegar hasta aquí por la costa.

El agua refleja los altos acantilados que hay sobre mí y a la vez es translúcida, así que se puede ver cómo los acantilados no se detienen donde se encuentran con el mar, sino que siguen descendiendo. Es casi como si estuviera flotando, a seis metros de altura, por encima de un bosque de algas que se agitan como árboles en las corrientes submarinas. Lo único que rompe la calma son las zambullidas de mi remo, que se abren en abanico detrás de mí como huellas acuáticas. Eso y la línea de mi estela, que se extiende alrededor del cabo mostrando lo lejos que he llegado.

No hay nadie más a la vista. No debería haber nadie. Hace unos años esta parte de la isla se convirtió en reserva marina, por lo que los pescadores ya no pueden venir aquí. Alguna vez se ve a gente paseando por el sendero del acantilado, pero es un camino largo y la mayoría de las veces el sendero está demasiado lejos del borde como para ver el agua. Así que estoy solo. Me gusta que así sea.

Me ha costado una hora de duro remo llegar hasta aquí, incluso en mi nueva canoa, un kayak de mar de dieciséis pies que estaba abandonado en el astillero. Bueno, más o menos abandonado. Hay que pagar una cuota mensual para guardar los barcos allí y el dueño dejó de pagar, así que Ben, el encargado del astillero, me dijo que podía quedármelo si me lo llevaba de allí. Hay un callejón detrás del almacén de pescado que nadie utiliza. Hablé con el gerente y me dio permiso para usarlo. Así que limpié el kayak y lo equipé con algunos aparatos adicionales: una brújula, un panel solar para hacer funcionar un GPS que puedo quitar para que no me lo roben y unos recipientes de almacenamiento para muestras. Construí una especie de estante para guardarlo en el callejón. Ahora uso el kayak todo el tiempo como base para realizar mis experimentos.

Sin embargo, hoy no voy a utilizar los recipientes para muestras. Si tengo razón sobre lo que creí ver la última vez que vine aquí, entonces no quiero capturarlo. No quiero perturbarlo en absoluto. Es demasiado importante para eso.

He programado mi GPS para que me lleve al lugar exacto donde lo vi la última vez. O donde creo haberlo visto. Aunque en realidad no necesito el GPS ya que sé dónde ir. Es un lugar en las cuevas submarinas que he explorado bastante bien. La costa de la isla de Lornea está llena de cuevas y no son nada del otro mundo, por lo que la gente no suele ir a explorarlas. Pero yo pienso que son bastante chulas porque la entrada está bajo el agua la mayor parte del tiempo. Total, que sé perfectamente hacia dónde remar.

Voy bordeando la base del acantilado sin dejarme llevar mar adentro. Eso significa que, aunque haya alguien en el camino de la costa no me verá, así que es como si fuera invisible. También significa que no puedo ver mi punto de llegada, debido a los pequeños escarpes de roca que me bloquean la vista. Cuando rodeo el último promontorio me quedo un poco sorprendido. Resulta que no estoy solo. Hay un barco, un pequeño velero. Está fondeado con las velas plegadas. Me he quedado tan sorprendido que dejo de remar. Casi pienso en dar la vuelta aunque enseguida recapacito. Supongo que a veces sí que hay gente que viene hasta aquí. Es un lugar muy bonito y solo porque me guste creer que es mi sitio secreto no significa que lo sea de verdad. Igual están almorzando y luego se marchen. Solo espero que no hayan echado el ancla sobre algo valioso.

Paso por delante del velero sin acercarme demasiado y unos instantes después avanzo hacia la apertura de la cueva, aunque solo se ve la parte superior por encima de la superficie del agua. Entonces vuelvo a acercarme a mi saliente.

Al cabo de unas pocas remadas más, el morro del kayak se apoya contra la cuña de una roca donde siempre lo coloco. Encontré este saliente hace tiempo y de verdad que es útil. Siempre y cuando la marea esté baja es bastante seguro dejar el kayak aquí. La roca no es muy grande y es bastante difícil bajarse, pero ya tengo mucha práctica. Me impulso con confianza a la roca negra y resbaladiza donde los dedos de los pies luchan por agarrarse. Entonces, enlazo el cordón del kayak alrededor de un saliente de roca y lo ato con fuerza. Así no podrá deslizarse y salir flotando, dejándome aquí tirado. Eso no tendría ninguna gracia.

Después me siento, con los pies flotando en el agua fresca y me como un bocadillo. Por encima de mí, los acantilados se curvan y son bastante suaves, así que es como si estuviera sentado en el fondo y en el interior de un cucharón de piedra. Pero bajo el agua es otra historia. La mitad inferior de los acantilados está formada por muchos tipos de roca diferentes y las partes más débiles se han erosionado durante millones de años. Eso es lo que formó las cuevas. Aunque dado que el nivel del mar ha subido, no se pueden ver a menos que te metas en el agua. Se puede nadar hacia el interior del acantilado y salir a la superficie dentro de las cuevas. En algunos lugares es como si estuvieras de verdad en el centro de la tierra.

Reflexiono mientras preparo la cámara. Pienso en cómo este lugar ha estado aquí, sin cambiar apenas, durante millones de años. Y cómo permanecerá igual dentro de otro millón de años. Mucho después de que hayamos desaparecido, cuando todo lo que quede de la humanidad sean millones de fósiles. Tal vez alguna otra especie lo descubra todo, e invente teorías sobre la edad de los humanos, solo que no nos llamarán así, porque tendrán otro nombre. Pienso en ello mientras meto la cámara en la funda impermeable. Este lugar es así. Te hace pensar este tipo de cosas. Pero me obligo a dejar de pensar y a concentrarme porque no tengo tanto tiempo antes de que suba la marea y tengo trabajo que hacer.

Ya tengo puesto el neopreno y supongo que lo que de verdad siento es nerviosismo. No solo por ver si voy a encontrar lo que espero encontrar. Sino porque el tamaño de este lugar es tal que hace que sea un lugar intimidante para bucear. Respiro con profundidad un par de veces para calmarme. Escupo en mi máscara y la enjuago. Me pongo las aletas en los pies y me coloco la máscara y el tubo de respirar. Ya estoy listo. Me sumerjo con cuidado en el agua.

Siempre es la misma sensación cuando te metes por primera vez. El frío del agua te aprieta y algunas gotas se cuelan por el neopreno. Y aunque lo que puedes ver se amplía de repente para incluir este increíble mundo submarino, también se contrae porque la máscara te corta la visión periférica. Al principio tengo que luchar por mantener la respiración lenta y tranquila. Cuando lo consigo, me alejo de la cornisa nadando. Es como iniciar el vuelo desde la cima de una montaña. El fondo rocoso se aleja. Debajo de mí hay rocas gigantes, muchas de ellas tan grandes como casas. Algunas llegan casi a la superficie, por lo que podría nadar sin ninguna dificultad hacia abajo y tocarlas, pero en otros lugares el fondo está muy profundo, lejos de mi alcance.

Un trío de grandes lubinas pasa nadando, sin apenas molestarse en cambiar de rumbo para evitarme. Una vez que alcanzan este tamaño no hay nada aquí que se las coma y están a salvo de ser pescadas, aunque no sé si han caído en ese detalle o no. Yo también las ignoro. Examino las rocas, intentando encontrar el lugar exacto en el que estuve la última vez. Estaba bastante cerca de la entrada de la cueva, donde el agua es menos profunda y hay más parches de arena. Solo tengo que encontrar la zona correcta. Entonces veo la roca que he estado buscando, con un lado mucho más rojo que el otro, y sé que la he encontrado. Salgo a la superficie y cojo aire, mientras observo la cara del acantilado para orientarme.

Luego vuelvo a meter la cabeza en el agua y dejo que mis ojos se adapten a los bajos niveles de luz. Me sumerjo y me agarro a un saliente de roca. Estudio la arena. Busco una irregularidad que demuestre que hay algo enterrado en ella. Algo que no debería estar aquí, no tan al norte. El pulpo del arrecife caribeño o Pulpo *Briareus*, es bastante común en el Caribe e incluso hasta la costa de Florida, pero nunca se ha visto uno tan al norte, jamás. Así que, si estoy en lo cierto, este será un gran momento para la isla de Lornea.

La mayoría de estos pulpos son moteados de colores, al menos la mayor parte del tiempo cuando reflejan los fondos arenosos en los que les gusta vivir. Pero también pueden cambiar de color, por lo que son difíciles de identificar. Vi este, o creí verlo, la última vez que estuve aquí. El problema es que, en ese momento, ya me estaba marchando. La marea había cambiado y tenía que volver al kayak. Desde entonces no había podido volver a comprobarlo, porque, como ya dije, hemos tenido varias tormentas últimamente. Pero anoté con mucho cuidado donde me encontraba y vi que estaba en una madriguera, lo que significa que todavía debería estar aquí.

El problema es que podría haberme equivocado. Podría ser que acabase de ver un Pulpo *Vulgaris*, de hecho, es bastante probable dado que nadie ha visto nunca un *Briareus* tan al norte. Lo cual es otra razón por la que estoy bastante nervioso en este momento.

Eso no significa que sean vulgares, por cierto. Lo de *Vulgaris* es solo su nombre en latín. Lo único que significa es que son comunes. Si era un pulpo común lo que vi, entonces he perdido todo el día. Pero he visto muchos Pulpos *Vulgaris* y estoy bastante seguro de saber la diferencia.

Mientras espero, se me ajusta la vista y consigo dar más sentido a la superficie granulada de la arena. Los pulpos necesitan oxígeno, así que respiran agua, igual que los peces. Solo que en lugar de hendiduras que cubren las agallas, expulsan el agua a través de un tubo blando que sobresale entre los tentáculos. Eso significa que, incluso cuando están escondidos en la arena, quietos, puedes ver, si miras con atención, cómo el tubo expulsa el agua al exhalar. Ahora lo veo. Es del tamaño de una moneda de dólar y ahora que lo he localizado noto que puedo ver el contorno del resto del pulpo a su alrededor. Ya estoy conteniendo la respiración, pero siento que debería contenerla aún más. Preparo la cámara delante de mí y aleteo con lentitud hacia él.

Cuando estoy por encima veo su ojo. Los pulpos son bastante inteligentes y este sabe que estoy aquí. Igual está intentando calcular si debe tratar de permanecer oculto, o escaparse. Les gustan los parches de arena cerca de las rocas, en parte porque comen cangrejos y cosas que encuentran allí, pero también porque pueden escapar con bastante facilidad. Si encuentran una grieta, olvídate de sacarlos de ahí, ni siquiera se les ve si se adentran mucho. Así que, con mucho cuidado, sujeto la cámara en posición y saco un par de fotos, ya que este encuentro podría terminar muy rápidamente. Me recoloco con cuidado para obtener fotografías desde todos los ángulos mientras está quieto y nado hacia abajo un par de veces para obtener imágenes más de cerca también. Entonces, cuando tengo todas las fotos que puedo del pulpo escondido en la arena, nado hacia abajo y cojo un par de rocas de buen tamaño. Entonces, ya sé que esto no se debe hacer, dejo caer con cuidado la primera de las rocas de modo que aterrice con un suave golpe junto a su escondite. Intenta fingir que no ha pasado nada así que dejo caer la segunda piedra y veo cómo se balancea en el agua. Esta cae demasiado cerca, porque en un remolino de arena el pulpo se levanta de repente y sale de su escondite, con sus tentáculos arrastrándose tras él. Hago muchas fotos y estoy muy emocionado porque cualquiera podría ver que esto no es un Pulpo *Vulgaris*. Los ojos son del tamaño incorrecto y están demasiado bajos. Y la membrana donde los tentáculos se unen al cuerpo es mucho más profunda. No hay duda de que es un Pulpo *Briareus*.

Entonces sucede algo aún más maravilloso. Esperaba que fuera a desaparecer entre las rocas, pero en lugar de eso se ralentiza y luego se detiene, todavía en la arena. Supongo que sabe que puede escapar si lo necesita y no querrá gastar demasiada energía ni ceder su territorio si no es necesario. Así que me permito acercarme de nuevo muy lentamente, haciendo fotos todo el tiempo. Las mejores serán si consigo acercarme del todo.

El pulpo se levanta sobre las puntas de cuatro de sus tentáculos, luego los desliza hacia la arena, mientras los otros cuatro tocan las rocas detrás de él. Resopla hacia arriba, de modo que pequeñas nubes de arena colorean el agua. Los colores de su cuerpo parpadean para adaptarse al fondo y poco a poco se hunde en la arena. Entonces se detiene. Me observa, observándolo.

Supongo que el tiempo pasa rápido después de eso, porque antes de darme cuenta mi cámara anuncia que me he quedado sin espacio en la tarjeta de memoria. Entonces compruebo el reloj y ha pasado una hora entera. Lo que significa que tengo que irme o la marea estará demasiado alta para mi cornisa.

Pero no quiero irme aún, así que me permito otros cinco minutos más, para observar al pulpo sin hacer ninguna fotografía. Entonces, para ser sincero, ahora ya me ha entrado el frío, así que vuelvo nadando al kayak. No está demasiado lejos, justo al otro lado de la entrada de la cueva, en realidad. No estoy pensando en nada en particular según nado, aparte de qué voy a hacer con las fotografías y a quién se las voy a enviar. Y si de verdad van a creerme cuando diga que las tomé aquí mismo, en la isla de Lornea. Es entonces cuando me llevo una desagradable sorpresa.

Delante de mí hay otro buzo. Es un hombre, con una máscara y un tubo de respirar, que sostiene un fusil de pesca submarina en el brazo frente a él. No me ha visto y me paro de inmediato. El buen humor que tenía por haber visto al pulpo desaparece al instante. Al cabo de un segundo me doy cuenta de que lo sustituye la ira. Ya dije que esta sección de la costa ha sido designada como reserva marina. Lo que significa que no está permitido pescar, en absoluto, incluyendo la pesca con arpones. Hay otros lugares a los que se puede ir a hacerlo, aunque lo cierto es que yo estoy en desacuerdo. Eso de dispararles, quiero decir, no es que sea agradable para los animales, ¿no? Y los fusiles que usan, impulsados por gruesas bandas elásticas, son muy poderosos. Cuando disparan a un pez, el arpón lo atraviesa sin dificultad, como un dardo que pincha un trozo de papel.

Este tipo parece un aficionado. Cuando se va de pesca con arpón se supone que se debe llevar una boya, para que se sepa dónde estás. Pero este tipo no tiene ninguna. Al menos tiene la bolsa vacía, lo que significa que no ha matado nada aún.

Pienso qué hacer. Lo más fácil sería volver al kayak, apuntar el nombre del velero y denunciar al propietario por pesca submarina ilegal en una reserva marina. Pero si hago eso lo más probable es que no pase nada. Podría tomar una fotografía como prueba, pero he agotado todo el espacio de mi tarjeta y no quiero borrar ninguna foto del pulpo. Además, el tipo lleva una máscara de buceo, así que no se podría ver quién es ni probar su identidad. Y aunque le multaran, eso no va a impedir que dispare a un animal ahora mismo. Entonces se me ocurre un pensamiento horrible. ¿Y si se encuentra con el pulpo *Briareus*? Aunque sea difícil de creer, hay gente que come pulpo y el que he visto era de buen tamaño. Pero si este tipo dispara al único Pulpo *Briareus* que se ha visto tan al norte, bueno, eso sería un desastre. Tengo que hacer algo. Ahora mismo.

Decido enfrentarme a él. Pero debo tener cuidado de no asustarlo. Si lo hago, podría disparar el arpón sin querer. Dado que me atravesaría con la misma facilidad que a un pez, me aseguro de acercarme por detrás para que no me alcance. Así que eso es lo que hago. Nado en su dirección para atraparlo y me sitúo justo detrás de él, esperando que se dé cuenta de mi presencia y se dé la vuelta. Entonces me acerco mucho, tanto que puedo estirar la mano y tocar su hombro. Eso es lo que hago y el tipo se vuelve loco.

Lo único que quería hacer era llamar su atención y señalar la superficie para indicarle que necesito hablar con él. En lugar de eso, se pone como un energúmeno. Se gira como si hubiera intentado atacarlo y agita los brazos y las piernas. Algo golpea mi máscara y se inunda de agua. Por eso tengo que salir a la superficie y, un segundo después sale él también.

—¡Joder! ¿Qué coño haces? —dice el hombre. Tiene acento, me doy cuenta enseguida, no es de la isla. Además, está jadeando como si hubiera estado corriendo o algo así—. ¡Me has dado un susto de muerte!

—Aquí no se puede pescar. Es una reserva marina protegida.

El hombre se quita la máscara de la cabeza y jadea un par de veces. Tiene una marca roja alrededor de los ojos por haber llevado la máscara. Debe de haber estado bastante tiempo buceando.

—Aquí no está permitido pescar con arpón —le digo de nuevo. Es más joven de lo que pensaba. De veintipocos años quizás, no mucho mayor que yo—. Es una reserva...

—Sí, sí. Ya te oí la primera vez —me interrumpe—. En cualquier caso, no tengo ningún arpón... —No termina la frase.

—Sí que lo tenías. Te he visto.

Entonces me doy cuenta de que ya no tiene el fusil en la mano. Me vuelvo a poner la máscara y meto la cara en el agua, buscándolo. Pero no lo veo. Se le debe de haber caído.

—Tenías un fusil de pesca submarina. Lo vi perfectamente.

—Sí, bueno, ahora ya no lo tengo, ¿a qué no? —De repente empieza a sonreír.

—Pero yo lo vi. Vi lo que estabas haciendo.

—¿Es eso lo que te preocupa? ¿La pesca ilegal? Joder, tío.

—No es asunto para reírse. Te pueden poner una multa de 500 dólares. Si no te vas ahora mismo te voy a denunciar a la Oficina Nacional de Administración Oceánica y Atmosférica. Además, tu velero está anclado, lo cual tampoco está permitido.

El hombre me mira fijamente. Tiene los ojos muy oscuros. Su cara vuelve a esbozar una sonrisa, una especie de sonrisa burlona.

—Vale, chaval. Lo admito. Pensé que este sería un buen lugar para atrapar un par de lubinas pero me has pillado. Me piro ahora mismo. ¿De acuerdo? —Empieza a nadar alejándose de mí, hacia atrás, hacia el velero anclado.

—¿Y tu fusil submarino? —le pregunto—. No puedes dejarlo aquí. —Ambos nos ponemos las máscaras y miramos hacia el agua. Estamos en un barranco profundo y el fusil apenas se ve, está mucho más abajo de lo que yo soy capaz de llegar nadando. El hombre vuelve a sacar la cabeza del agua.

—Quédatelo. —Sonríe de nuevo, como si no le importara perderlo—. Ya me compro yo otro. —Se ríe de nuevo. Eso es lo que de verdad me molesta de la multa contra la pesca en esta zona. Debería ser mucho más alta, porque para gente como él, que es tan rica como para tener barcos de vela increíblemente bonitos, no es suficiente para disuadirlos.

Se aleja nadando. Le vigilo mientras llega al velero y vuelvo al kayak. Una vez allí, saco los prismáticos y le observo mientras levanta el ancla y se aleja. Tomo nota del nombre del yate.

Se llama Misterio.

CAPÍTULO DOS

EL MOTOR bulle mientras la embarcación avanza por aguas tranquilas. Un ligero oleaje, casi imperceptible aquí, pero suficiente para empujar las olas hacia las playas de la costa oriental de la isla, se cierne bajo ellos. Hace que La Dama Azul se balancee con suavidad mientras avanza, aunque no lo suficiente para alterar al grupo de turistas que miran esperanzados a su alrededor sentados en el banco que forma los asientos del barco.

—¿De verdad vamos a ver delfines?

La voz pertenece a un niño pequeño con el pelo rubio cortado a tazón, vestido con unos pantalones rojos y unas caras zapatillas Nike. Alrededor del cuello lleva unos prismáticos colgados que parecen absurdamente grandes.

—Seguro que sí —responde su madre. En ese momento pasa una joven, la misma que les revisó los billetes al subir a bordo, con una camiseta desteñida con el logo de la tripulación y el nombre del barco estampado en ella—. Disculpe, señorita —interrumpe la madre—, ¿qué posibilidades hay de que veamos algo? Es que llevamos más de una hora aquí fuera y... — se disculpa—. Sé que ha dicho que ya está muy avanzada la temporada, pero Charlie tenía muchas ganas de ver delfines. Le encantan... —Se aleja y mira a su alrededor, como si de verdad estuvieran rodeados de ellos y no se hubieran dado cuenta.

La joven interrumpe su paso y mira hacia abajo. Observa la mirada esperanzada del pequeño. Se agacha.

—Hola, Charlie. Me llamo Ámbar. ¿Cómo te va?

Al ver que la joven está a su altura, el niño se relaja un poco.

—Estoy bien.

La cara de Ámbar adopta una expresión de indignación.

—¿Solo bien? ¿Por qué? ¿Qué te pasa?

El chico se muerde el labio, inseguro de si esta es una de esas veces en las que se supone que se debe decir la verdad, o esconderla.

—Es que tengo muchas, muchas, muchísimas ganas de ver delfines.

—¡Ala! ¡Eso sí que son muchas!

—Es su cumpleaños —explica la madre. Ámbar la mira y le dedica una sonrisa tranquilizadora. Luego se vuelve hacia Charlie.

—Dime, ¿cuántos años tienes?

—Tengo cinco años. Pero esta tarde voy a cumplir seis. Porque nací por la noche.

—¡Guau! Es increíble, mi hermana pequeña también tiene seis años.

—Es su regalo de cumpleaños —interviene de nuevo la madre—. No quería una fiesta ni nada. Solo quería ver delfines. Quiero decir, ballenas también, por supuesto. Pero sobre todo delfines.

Ámbar respira profundamente.

—Bueno —dice, balanceándose sobre sus talones. Piensa un momento y luego señala el puente, donde un hombre de unos cuarenta años sostiene el timón despreocupadamente. Está bronceado y parece relajado—. ¿Ves a ese hombre manejando el timón? Ese hombre es el patrón de este barco. Se llama Sam Wheatley y resulta que es el mejor patrón de toda la isla de Lornea. No solo el mejor patrón de barco de observación de ballenas. El mejor patrón de todos los barcos. No solo el mejor de la isla de Lornea. Seguramente el mejor de todo el país. O incluso del mundo entero. Así que, si hay algún delfín por aquí, aunque sea uno solo, él puede encontrarlo.

Ámbar vuelve a sonreír y esta vez el chico sonríe con ella.

—Y eso no es todo. —Señala con el dedo. Los ojos del chico siguen su brazo para ver a un adolescente sentado a una mesa de cartas en la cabina del barco. Frente a él hay una serie de pantallas de aspecto técnico, además de un ordenador portátil—. Ese —dice Ámbar—, ese no es otro que Billy Wheatley. Es el hijo de Sam y es el mejor buscador de ballenas y delfines de todo el mundo. Así que te lo prometo. Si hay algo por ahí vas a poder verlo, ¿de acuerdo?

—De acuerdo. —La cabeza de Charlie asiente de arriba abajo. Sus ojos se abren de par en par

Ámbar se levanta y se vuelve hacia la madre.

—Normalmente ya habríamos visto algo, pero estamos justo al final de la temporada.

La madre sonríe para mostrar que la entiende y que aprecia el esfuerzo.

—De acuerdo, entonces. —Ámbar sonríe y parece que está a punto de irse, pero no lo hace. Se agacha de nuevo—. Oye Charlie, ¿quieres un refresco?

—¡Claro! Mamá, ¿puedo? —Mira ansioso a su madre, que sonríe de inmediato y asiente con la cabeza.

—¿Pepsi?

—Sí, por favor.

Ámbar se dirige al centro del barco, donde hay un cofre anclado. Abre la tapa de un tirón, saca el refresco y se lo lleva a Charlie.

—¿Por qué te gustan tanto los delfines, Charlie?

—Son muy inteligentes. Me gusta cómo saltan fuera del agua y hacen piruetas...

—No sé si harán piruetas hoy, Charlie —dice su madre—. A ver si tenemos suerte de ver alguno.

—No me importa —responde Charlie de inmediato—. Es que tengo muchas ganas de ver uno. ¿De verdad crees que lo haremos? —Los ojos de Charlie brillan en los de Ámbar, demuestran una confianza total en que cualquier cosa que diga a continuación sea la verdad absoluta.

—Bueno... —comienza Ámbar—. Ayer vimos varios. Y el día anterior se acercaron al barco. Así que creo que las probabilidades son altas. De ver ballenas jorobadas también, a lo mejor vemos a una madre con su pequeño bebé.

Parece que a Charlie se le van a salir los ojos de las órbitas, como si no se le hubiera ocurrido hasta ese mismo momento que algo así pudiera existir.

—¿De verdad?

—Por supuesto que sí. —Ámbar sonríe. Lo único que delata una pizca de ansiedad es la forma en que mira hacia el agua plana que los rodea, antes de continuar—. Una cosa que de verdad te prometo es que si hay algo genial para ver Billy lo encontrará. No hay nadie mejor. —Ámbar sonríe de nuevo y se levanta. Se dirige hacia la madre y continúa—. Si quieren entrar y ver cómo funciona el sonar, solo tienen que llamarme, ¿de acuerdo?

CAPÍTULO TRES

LA PUERTA de la cabina se abre y se vuelve a cerrar. No levanto la vista.

—Unos delfines, por favor —dice Ámbar, con tono alegre—. Y si pudieras conseguir una jorobada, sería genial.

La ignoro y sigo con lo que estoy haciendo, que es leer un artículo en mi portátil. Lo han publicado en la revista científica Asociación de Biología Marina de los Estados Unidos y la verdad es que es bastante pesado.

—El niño, que es su cumpleaños. Le conté lo de las jorobadas de ayer pero lo que de verdad quiere ver son delfines.

—Ajá. —Sigo leyendo mientras ella habla. Entonces me detengo de repente—. ¿Jorobadas?

—Sí, ¿la madre y la cría?

Ahora por fin me giro para mirarla. No puedo evitar fruncir el ceño.

—¿Qué? ¿No te acuerdas? Joder, es como si ya te hubieras ido. Como si tu cerebro se hubiera apagado y se hubiera hundido. ¿Te acuerdas de la madre y el ballenato que vimos?

Continúo frunciendo el ceño y tal vez sacudo un poco la cabeza también.

—Venga Billy, no seas obtuso. ¡Se acercaron al barco y todo!

Ahora sé a qué se refiere.

—¿Justo al lado del barco? No eran jorobadas. Eran cachalotes.

Ahora es Ámbar la que frunce el ceño aunque solo por un segundo.

—Ah sí. Eso es lo que quería decir.

—Los cachalotes y las jorobadas son completamente diferentes...

—Sí, ya lo sé...

—Las ballenas jorobadas son de la familia Balenoptéridos, parte del suborden *Mysticeti*. Eso significa que tienen barbas en la boca, en lugar de dientes. Mientras que los cachalotes son de la familia Fisetéridos, suborden *Odontoceti*, lo que significa...

—Que significa ballenas con dientes, lo sé. Lo sé. Las jorobadas comen camarones. Los cachalotes comen pescado, o cefalópodos, que es calamar en castellano, vaya. Ya lo sé. Solo las confundí por un segundo.

La observo por un momento.

—Krill.

—¿Cómo?

—Las jorobadas se alimentan sobre todo de krill, no camarones.

—Es lo mismo.

—No, no lo es...

—Estoy de coña, Billy. Te estoy tomando el pelo. Relájate.

No respondo. No sé por qué, pero hoy estoy de un humor un poco raro. Así que persevero.

—¿Cómo puedes confundir una jorobada con un cachalote?

—Porque no soy una imbécil como tú. ¿Quieres dejar de leer y encontrarme unos delfines? Tengo un niño que hoy cumple seis años y que tiene muchas ganas de verlos. —Va a cerrar mi portátil, pero aparto su mano justo a tiempo—. ¿Qué estás mirando de todos modos? Deberías estar ahí fuera disfrutando de esto. Es el último viaje que vamos a hacer en La Dama Azul. Tú has hecho que este negocio sea un éxito. —Mira la pantalla. El título del artículo es «Identidad molecular de la Cassiopeia no autóctona del puerto de Palermo». Lo lee en voz alta, pronunciándolo mal.

—¿Qué es eso? Las casio-como-se-llamen esas.

—Son medusas —le explico—. Una especie invasora que seguramente llegó al Mediterráneo a través del canal del Mar Rojo...

—Bueno, eso suena fascinante, pero no nos va a ayudar a encontrar algo emocionante ahora mismo —Ámbar suspira—. De verdad Billy, mientras tú te emocionas en latín aquí dentro, yo estoy ahí fuera charlando con gente, humanos de carne y hueso, que te han pagado para ver ballenas. Así que, ¿te importaría mucho encontrarme algunas, por favor?

De mala gana, cierro la pantalla del portátil. Luego la miro fijamente. Todavía no me puedo creer que no se haya dado cuenta.

—¿Qué pasa? —pregunta Ámbar, que por fin intuye algo.

Intento mantener el rostro serio pero al final no puedo y acabo sonriendo.

—¿Qué? —Ámbar me da un puñetazo en el hombro, pero no demasiado fuerte.

—Vale, vale —me río de ella—. Hay una pequeña manada de delfines tornillo a un kilómetro de distancia con una orientación de noventa grados. Ya se lo he dicho a papá.

—¿Dónde? —Salta a mirar las pantallas y a continuación corre a mirar por la ventana. Algunos de los clientes que están fuera han tomado sus prismáticos y están avisando al resto.

Entonces me encojo de hombros.

—Por supuesto que podría estar equivocado. Podrían ser jorobadas. La forma en que están saltando fuera del agua de esa manera. Y dando vueltas. O tal vez son krill...

—Vete a la mierda, Billy. —Ámbar va a golpearme alrededor de la cabeza esta vez y me las arreglo para esquivarla, solo que entonces su otra mano me coge y me revuelve el pelo—. Entonces, ¿vas a salir a mirar? ¿O te vas a quedar estudiando tu medusa como un empollón de mierda?

Le echo una mirada.

—Ámbar, son tan solo delfines tornillo.

Se queda mirándome un momento y luego se echa a reír.

—¡Ay que ver cómo eres, Billy!

Luego coge el megáfono y vuelve a salir.

CAPÍTULO CUATRO

LA DAMA AZUL sigue el rastro de los delfines pero parecen tener prisa por llegar a algún sitio y el motor no tiene la potencia necesaria para acercarse lo suficiente como para poder verlos sin prismáticos. Entonces los animales se detienen y cambian de dirección, de modo que se dirigen hacia el barco. La emoción a bordo aumenta a medida que los animales se van acercando, saltando y haciendo piruetas en el aire. Pero entonces, como si obedecieran a una llamada que solo ellos puedan oír, en un instante se sumergen y desaparecen. Sam gira el timón para rodear la zona por la que emergieron los delfines mientras los turistas esperan con las cámaras preparadas. Tras veinte minutos con la superficie del océano intacta, está claro que se han escabullido.

Poco a poco el entusiasmo de los clientes se va evaporando también, dando lugar a los comienzos de un sentimiento de frustración por aquellos que esperaban sacar provecho de sus billetes. Para Sam y Ámbar es tan solo un claro recordatorio, si es que lo necesitaban, de por qué tomaron la decisión de retirar La Dama Azul al final de esta temporada, en favor de un barco más rápido, más grande y mejor equipado para el año que viene. Aun así, ambos están un poco tensos ya que quieren que el último crucero de La Dama Azul sea un éxito.

Tras deliberar con Billy, Sam dirige el barco hacia aguas más profundas. Puede que sea tarde en la temporada, pero todavía hay ballenas. Solo tienen que saber dónde buscar y tener un poco de suerte. Después de otra media hora navegando tan rápido como el viejo motor puede, Ámbar recoge el megáfono de nuevo.

—Así que ya hemos recorrido un buen trecho —la voz amplificada de Ámbar llega a todo el barco—. Hemos llegado hasta donde Billy dice que tenemos más probabilidades de tener un encuentro con una ballena hoy. —Ámbar hace lo posible por mantener su voz optimista, pero todos pueden oír el «pero» se avecina—. Aquí en La Dama Azul tenemos un excelente historial de avistamiento de ballenas... —Su voz se apaga. Entonces llega—: Pero son animales salvajes y no podemos garantizar su avistamiento.

—Mi hermana fue a un viaje a Nueva York —grita una mujer—. Me dijo que vieron ballenas antes incluso de salir del puerto y todo...

Ámbar observa el mar que les rodea durante un rato pero el océano permanece obstinadamente vacío.

—Lo que podríamos hacer... —dice al cabo de un rato, todavía por el altavoz, pero girándose ahora para ver a Billy, que sigue sentado dentro de la cabina— ... es invitar a Billy a que salga y responda a vuestras preguntas.

La puerta está medio abierta por lo que es imposible que Billy no la haya oído. Aun así, finge no haberlo hecho.

—De hecho... —Ámbar esboza una sonrisa, decidida ahora a entretener al grupo— ...Billy va a comenzar una aventura muy emocionante la semana que viene. ¿No es cierto, Billy? —Dirige el megáfono hacia la puerta del camarote por si no la hubiera estado escuchando. Cuando Billy sigue ignorándola, Ámbar continúa hablando—. Lo han enganchado, más o menos. —Se nota cómo le divierte esto a Ámbar. Tiene cautivada a su audiencia—. A ver, levantad la mano si habéis visto el programa de Netflix Tiburón salvaje.

Varios clientes levantan la mano.

—Sí, yo lo he visto —grita un tipo. Luego se levantan un par de manos más. Ámbar se gira para responder al hombre.

—Bueno... Ese mismo, el de los tiburones, Steve Rose, ¿sabéis que en realidad es un científico serio, no solo un personaje de televisión? Bueno, pues resulta que oyó hablar de nuestro Billy y de su increíble habilidad para encontrar ballenas y por eso lo ha invitado a un viaje de investigación de dos meses en la costa de Australia donde van a buscar tiburones blancos.

Un murmullo audible se eleva desde los asientos del barco.

—¿Por qué no sales y nos hablas un poco de eso, Billy? Estoy segura de que a nuestros clientes les encantaría oír la historia...

Parece que Ámbar ha ganado, ya que, un segundo después, Billy se levanta de su asiento. Sale de la cabina pero parece sorprendido al ver a Ámbar sonriendo y tendiéndole el megáfono. En su lugar, se acerca a la barandilla, donde se para a observar la tranquila agua de la banda de babor del barco. Cuando levanta la vista, unos instantes después, ve los ojos de treinta clientes clavados en él.

—Ya les he contado que te vas a Australia —continúa Ámbar—, a cazar tiburones blancos. ¿Quieres decir algo al respecto? —Le tiende el altavoz de nuevo, pero él no lo coge.

—Pues yo.... —vuelve la mirada hacia el agua, frunciendo el ceño—. En realidad, no vamos a cazar tiburones. Es más bien para hacer un control... Un estudio de población... —Se detiene. Vuelve a mirar el agua—. Creo que igual tenemos ballenas alrededor, puede que emerjan en cualquier momento.

Mientras habla, los motores del barco se ralentizan. Desde el timón, Sam Wheatley grita.

—¿Dónde, Billy?

—Por ahí... —Billy señala con el brazo hacia su izquierda, pero es un gesto vago—. En esa zona... —De inmediato todos los ojos, ahora ya expectantes, miran hacia donde indica Billy. Pero no hay nada que ver. Detrás de ellos la costa es solo una mancha gris baja sobre el horizonte. Alrededor el agua es azulona y aceitosa. Y está vacía.

—No veo nada —grita alguien, un largo momento después.

—Puede que igual fuera una sombra en el ecosonda, o un banco de peces —responde Billy, pero no suena muy convencido. Tras otros treinta segundos de silencio cada vez más incómodo, el océano sigue sin alterarse. Billy lanza una mirada hacia el camarote y su portátil, como si quisiera volver a su lectura pero ya no estuviera seguro de cómo conseguirlo. El movimiento de avance del barco ha cesado. Están flotando en un océano casi inmóvil.

—¿Y cómo encuentras las ballenas? —pregunta una mujer—. Cuando las encuentras, quiero decir...

Ámbar le pone el megáfono delante a Billy por tercera vez y esta vez Billy lo acepta a regañadientes. Lo enciende y habla con una voz que suena amplificada por el aparato, pero sin entusiasmo.

—Bueno, tenemos el buscador de peces, el sonar y más o menos aprendes a reconocer los patrones. Pero a veces no son ballenas sino otra cosa porque la resolución no es muy alta. Se podría instalar un sonar mejor, pero lo tienen que poner en la parte inferior del barco mientras lo están construyendo ya que es muy difícil ponerlo después.

—Pero las ves, ¿no? ¿La mayoría de los días? Eso es lo que pone en el folleto.

—Sí —responde Billy, pero de nuevo suena poco convencido—. Es solo que ya está muy avanzada la temporada. —Su voz se apaga y se hace el silencio.

Los clientes se inquietan mientras observan el vacío océano. Entonces la mujer de antes vuelve a gritar.

—En la excursión de avistamiento de ballenas a la que fue mi hermana, decían que ofrecían una garantía. Si no veían ballenas les devolvían el importe del billete.

Pero si Billy la oye, no le responde. En lugar de eso, le devuelve el altavoz a Ámbar, luego vuelve a la barandilla del barco y se queda mirando el agua de nuevo.

—Bueno, ¿vas a ignorarla? ¿Qué pasa con esa garantía? —pregunta un hombre, quizá sea el marido de la mujer de antes ya que su voz suena impaciente. Está a punto de continuar cuando Billy levanta una mano.

—¡Ahí! —exclama Billy.

Un segundo después, unas burbujas estallan en la superficie, a menos de tres metros de la borda. Es suficiente para atraer la atención de varias personas hacia ese punto. Entonces, de repente, llegan cientos de burbujas, hirviendo en un trío de círculos. A continuación, casi a cámara lenta, el agua se estira y se divide mientras la cabeza moteada de blanco y negro de una enorme ballena se lanza hacia arriba y sale del mar. Sube más alto que la parte superior del barco, como un misil que emerge de las profundidades. Luego se queda colgada en el aire durante un segundo, antes de volver a caer, aterrizando con fuerza y lanzando una cortina de verde agua sobre el barco.

Hay gritos por todas partes. Gritos de emoción y de miedo. Algunos de los observadores más rápidos han conseguido sacar fotos, pero la mayoría están demasiado sorprendidos para moverse.

—Mirad por allí —dice Billy momentos después y señala un poco más lejos del barco.

Esta vez todo el mundo está preparado cuando, justo en el lugar donde ha dicho, una segunda ballena emerge hacia arriba. Vuela por encima del agua durante una fracción de segundo y a continuación diez toneladas de ballena aterrizan de nuevo en el océano con otra salpicadura todopoderosa.

—Pensé que eran ballenas jorobadas —dice Billy, pero ahora ya nadie le hace caso.

CAPÍTULO CINCO

VOLAR ES INCREÍBLE. Siempre imaginé que lo sería pero ahora que lo estoy haciendo es alucinante. También estoy muy emocionado porque es mi primera vez en avión y he venido hasta Australia. Vamos, la otra punta del mundo. Incluso tuve que decidir por qué lado ir. Me decidí a ir por el oeste, no por lo de sobrevolar el país entero primero sino porque, tras una corta escala en Los Ángeles, hay que continuar sobre el océano Pacífico. Quería hacerme una idea de lo grande que era. Aunque resultó que no se podía ver mucho, solo azul por todas partes. En fin, acabamos de aterrizar, así que ahora ya estoy en Australia. Estoy esperando a que salga mi equipaje. Luego me van a recoger del aeropuerto y me van a llevar al barco de investigación. Al menos eso espero. De lo contrario, no sé qué voy a hacer.

Acabo esperando una eternidad junto a la cinta transportadora, un buen rato antes de que salgan las maletas y luego más aún cuando, una a una, van cayendo en la cinta. Me preocupo un poco, porque al principio reconozco a mucha gente que iba en mi vuelo esperando conmigo, que poco a poco van recogiendo sus maletas, cargándolas en los carritos y desapareciendo. Al final me quedo solo y mi mochila sigue sin salir. Lo único que veo son las tres mismas maletas dando vueltas y más vueltas sin que nadie las reclame.

Así que no sé qué hacer. Justo entonces veo a una chica con rastas y una mochila que se parece un poco a la mía, aunque es más pequeña y supongo que debo mirarla raro, porque me dice que las mochilas salen por una cinta especial al final de la sala de recogida de equipajes. Cuando le pregunto por qué, me explica que es algo relacionado con las correas y luego se enfada cuando le aseguro que yo he atado todas las correas con mucho cuidado. Me dice que no es su problema y se va. Así que la ignoro y voy hacia donde me ha indicado. Entonces siento un gran alivio porque mi mochila está ahí apoyada contra una pared, abandonada. Noto que ninguna de las correas que até se han soltado. De verdad que no me parece un buen sistema. No sé qué habría hecho si llego hasta aquí y descubro que todas mis cosas se han perdido. También estaba preocupado porque los mozos de equipaje hubieran dañado algo del interior de la mochila, ya que había oído que no son muy cuidadosos y yo llevo un equipo bastante frágil dentro. Pero en realidad todo parece estar bien. Levanto la mochila y compruebo el otro lado. Está un poco sucia pero no me importa porque así se nota menos que es nueva y no se sabe que no he viajado nunca.

Entonces me acuerdo de la gente que me espera al otro lado y de que he tardado tanto en llegar que quizá piensen que no he venido después de todo. Así que me pongo la mochila a la espalda y me aprieto las correas. Tengo monedas australianas para los carritos aunque decido no usar uno porque solo tengo la mochila y la chica de las rastas no cogió ningún carrito y parecía que sabía lo que hacía. Así que respiro hondo y atravieso como puedo la zona de aduanas. Anticipo que me van a parar, registrarme e igual me arrestan y todo porque siempre me pasan cosas así, pero ni siquiera hay agentes de aduanas, así que paso sin problemas. Luego tengo que cruzar por unas puertas giratorias y, de repente, se hace el caos. Hay una gran multitud de personas que me miran fijamente, como si creyesen que, de repente, me voy a convertir en el familiar al que esperan. No puedo evitar notar lo australianos que son todos. Se los ve a la legua. Están más bronceados que la gente normal y algunos llevan hasta chanclas, aunque en la isla de Lornea también los hay que se las ponen en verano. Me siento observado, lo cual no me gusta y me obligo a respirar profundamente. Me digo a mí mismo que esto es lo que se siente al madurar. No puedes vivir grandes aventuras si te quedas en casa. Entonces doy un paso adelante, ignorando los ojos que me observan y empiezo a leer los carteles que sujetan varias de las personas que están esperando. Hay bastantes y busco el que lleva mi nombre. No tardo en leerlos todos y ninguno es el mío. Así que no sé qué hacer.

Camino de un lado a otro entre la multitud. La mayoría de la gente espera detrás de una barrera, excepto un par de veces cuando hay niños que pasan por debajo porque sus familiares acaban de llegar y corren hacia ellos, hablando con acento raro. La mochila pesa bastante y hace que me duelan los hombros. Aun así, empiezo a sentir que floto, como si esto no fuera más que una especie de sueño, o tal vez el comienzo de una pesadilla.

Entonces veo a una mujer que entra a toda prisa en la terminal, como si llegara tarde, y mira a su alrededor. Creo que me habría fijado en ella de todos modos, por lo joven y guapa que es, pero el caso es que la reconozco, aunque se me hace raro verla en vivo. Va vestida de forma muy casual, con unos pantalones cortos vaqueros, con el corte muy arriba en las piernas, que las tiene muy largas y bronceadas. Me sorprende que se fije en mí y que, en lugar de seguir escudriñando a la multitud, me eche una amplia sonrisa. Eso no suele ocurrirme con las mujeres, sobre todo con las que son muy guapas, por eso me sorprende. Se acerca a mí y, lo que es aún más extraño, o quizá no lo sea pero a mí me lo parece, es que pronuncia mi nombre con un tono de interrogación. Asiento con la cabeza, camino hacia ella y nos encontramos en un hueco entre la multitud.

—¿Eres Billy? —dice la mujer con un gracioso acento australiano. Lleva el pelo rubio atado en una cola de caballo, con varios mechones que le caen por los lados. De cerca es muy guapa.

—Así es.

—Soy Rosa. Siento mucho llegar tarde, el maldito avión no arrancaba.

No digo nada. Debería. Rosa es la mujer a la que he estado enviando correos electrónicos sobre el viaje y a la vez es la presentadora que he visto tanto en la televisión. Me resulta un poco difícil dar sentido a ambos hechos. Ahora que está cerca noto un aroma a rosas frescas.

—¿Qué tal estás? Es un vuelo largo, ¿verdad?

Vuelve a sonreír. Separa los labios y muestra unos dientes blancos y perfectos salvo por un pequeño hueco entre las dos paletas de arriba. Consigo asentir como respuesta.

—¿Quieres un carrito para la mochila? Parece que pesa bastante.

Sacudo la cabeza y murmuro que no me molesta.

—Vale, aunque igual vamos a necesitar un barco más grande. —Sonríe de nuevo, para demostrar que está bromeando. Sus mejillas se redondean cuando lo hace y le salen dos pequeños hoyuelos. Es guapa de verdad, como una modelo, o incluso mejor que una modelo, al menos las que aparecen en las revistas ya que estas casi nunca sonríen como si les preocupara romperse la cara o algo así. Rosa parece bastante feliz de sonreír.

—¿Seguro que estás bien?

—Sí —me apresuro a asentir de nuevo, no quiero parecer un raro.

—Muy bien. Entonces salgamos de aquí.

Me guía hacia la salida. Al principio la sigo y no puedo evitar ver cómo se le levantan los pantalones cortos por detrás de los muslos, no tanto como para que se le vea el trasero, pero sí lo suficiente como para que se le vean los músculos de las piernas. Entonces se gira para comprobar que la sigo y miro hacia otro lado tan rápido como puedo. Cuando salimos a la calle me golpea una ola de calor. Es como una bofetada de aire ardiendo. En la isla de Lornea tenemos veranos calurosos, pero nunca son así.

Se detiene y se vuelve hacia mí.

—Hace calor, ¿eh? —Vuelve a sonreír. Me obligo a intentar devolverle la sonrisa, aunque mi cara se siente toda rígida—. Vamos. La furgoneta tiene aire acondicionado.

Me toca el hombro y siento una sacudida, como si sus dedos fueran eléctricos. Vuelve a sonreír, pero esta vez de forma torcida lo que le hace aún más guapa. Entonces se pone en marcha de nuevo y yo la sigo, tratando de relajarme. Sé que tenemos un largo viaje en coche hasta donde está amarrado el barco, así que al menos tendré tiempo de conocerla un poco antes de encontrarme con los demás. Eso es todo lo que necesito, un poco de tiempo.

—Por cierto, ha habido un pequeño cambio de planes —dice Rosa desde delante de mí—. He conseguido bajar en avión con un compañero de Steve. Así que no tenemos que hacer el viaje en coche.

Antes de que pueda entenderlo, continúa.

—Vamos a poder volar todos juntos.

Siento que me vuelvo a poner nervioso.

—¿Todos?

—Sí. Los demás estudiantes están esperando en el microbús.

Ya. No soy el único en este viaje. Se me había olvidado.

—No te preocupes, Billy —me dice Rosa—. Parecen buena gente. Lo vamos a pasar muy bien.

Entonces llegamos a un microbús y veo que ya hay tres personas dentro, sin contar al conductor. Parecen más o menos de mi edad, bueno, en realidad, un poco mayores, pero no se ve bien porque el vehículo tiene los cristales ahumados. Rosa abre la parte trasera del microbús para meter mi mochila y aprovecho para echar un vistazo a los demás. Me da un poco de vergüenza porque no hay suficiente espacio para la mochila, así que tenemos que meterla a la fuerza por la puerta corredera. El chico que está dentro hace un gran aspaviento al agarrarla con las dos manos y bromea diciendo que ocupa tres asientos ella sola. Pero en realidad hay mucho espacio, porque es un microbús. Subo, me siento al lado del chico, ya que es el único asiento al que puedo acceder y Rosa cierra la puerta detrás de mí.

El chico me tiende la mano. Pero en lugar de intentar estrechar la mía, trata de chocar el puño conmigo, solo que nos sale mal porque fui demasiado lento para entender lo que estaba intentando hacer. Entonces hace otra cosa, que he visto hacer a los raperos en la tele y que tampoco funciona. A él no parece importarle.

—Me llamo Jason —me dice. Habla en voz alta y enseguida me doy cuenta de que es una de esas personas muy seguras de sí mismas. Me presenta a los demás y me dice en qué universidades estudian, sin dejarles hablar. Se me olvida todo, pero por suerte cuando me doy la vuelta para estrecharles la mano me repiten sus nombres. En el asiento de detrás de mí hay una chica que se llama Debbie. Tiene el pelo castaño oscuro y está un poco redondita. Creo que estudia en la Universidad de Miami. Detrás de ella hay otra chica que se llama Kerry. Me doy cuenta de que es guapa, siempre y cuando no se la compare con Rosa, claro. Está estudiando en la Universidad de Nueva York. ¿O era la de California? Una de esas de por ahí. No puedo evitar fijarme en sus equipajes, todos tienen mochilas, pero son bastante más pequeñas que la mía.

—¿Dónde estudias, Billy? —me pregunta Jason de repente.

—Hum —dudo. Noto que los demás se callan, esperando mi respuesta—. En realidad, aún estoy en el instituto.

Hay otro momento de silencio, antes de que Rosa interrumpa desde la parte delantera del microbús al que se acaba de subir.

—Billy es el estudiante más joven que hemos llevado de viaje —dice de forma amable—. Así que será mejor que cuidemos de él.

Eso ayuda un poco a romper el hielo. Los demás empiezan a hablar de las asignaturas que estudian y de los profesores que conocen. Yo no digo mucho, aunque reconozco algunos de los nombres. Supongo que me siento un poco intimidado.

Entonces el conductor enciende el motor y dirige el microbús hacia la salida del aeropuerto. Como todos venimos de los Estados Unidos y no hemos estado antes en Australia, nos quedamos callados mirando por la ventana. Es curioso lo diferentes que pueden parecer las mismas cosas. A ver, tenemos autopistas igual que en la que estamos ahora, pero esta es totalmente diferente. Las señales de tráfico también son distintas y no reconozco la mayoría de las plantas y árboles que vamos viendo según avanzamos.

Es aún más extraño cuando salimos de la autopista y conducimos por una carretera normal. En un momento dado, llegamos a una zona abierta y hay media docena de canguros, de verdad, al aire libre. Estarán pastando, supongo. No están cercados ni nada por el estilo. Estamos encantados de ver a estos marsupiales así que Rosa le dice al conductor que se detenga para que podamos observarlos un rato. Pero no por mucho tiempo porque dice que no quiere hacer esperar al colega de Steve.

Así que seguimos adelante y por fin llegamos a un aeródromo. Es mucho más pequeño que el aeropuerto en el que acabo de aterrizar. Nos permiten entrar en microbús hasta la pista e incluso acercarnos a uno de los aviones que está aparcado. No es un avión grande, más bien de los pequeños y tiene hélices, una en cada lado, así que debe de ser bastante antiguo. Nos bajamos del microbús y un hombre con una camisa beige que lleva abierta para que se le vea el pecho, nos ayuda a cargar las maletas en la bodega del avión, como si fuera un autobús. Suelta una palabrota cuando llega a la mía. Luego nos subimos a bordo y podemos sentarnos donde queramos. El avión es tan pequeño que puedo tocar ambos lados de la cabina a la vez.

Entonces me doy cuenta de que el hombre de la camisa beige es en realidad el piloto, ya que sube también y se sienta en el asiento del piloto. Espero que se abroche la camisa, no sé por qué, pero me parece que debería hacerlo antes de empezar a pilotar. Pero no lo hace. Empieza a hablar por radio con la torre de control, diciendo que estamos listos para salir y pidiendo permiso para despegar. Oigo la respuesta y no es una respuesta adecuada, empiezan a bromear, creo que es sobre un partido o algún evento deportivo que deben de estar retransmitiendo. Entonces, antes de que tenga la oportunidad de prepararme para mi tercer despegue del día y el primero en un avión de hélice, los motores hacen un ruido enorme y empezamos a rodar muy rápido hacia el comienzo de la pista.

Al llegar allí espero que nos detengamos, solo un momento, para que pueda recomponerme antes de despegar, pero no lo hacemos. Los motores rugen con fuerza y, de repente, veo por la ventanilla delantera que vamos en línea recta por la pista. Cuando miro por el lateral vamos tan rápido que el verde y el rojo de las plantas y la tierra que nos rodean empieza a difuminarse y la verdad es que empiezo a sentir un poco de pánico. Entonces despegamos y empezamos a subir pero esta vez no es un ascenso suave y constante como el del Boeing 777 de antes. Esta vez subimos con mucha más fuerza. Desde la cabina el hombre de la camisa beige suelta un grito, como si estuviera disfrutando de verdad.

Es tan empinado como subir por unas escaleras. Siento que se me va un poco la cabeza, como si fuera a desmayarme y me da pánico que el piloto también vaya a perder el conocimiento. Pero entonces nos nivelamos, de forma tan abrupta que tengo que mirar al piloto para ver si está tranquilo o no. Estamos en el cielo, pero ni de lejos tan alto como en un avión de verdad, más bien tan alto como la cima de una colina. Empiezo a preguntarme si algo ha ido mal cuando el piloto se da la vuelta.

—Vamos a zumbar por la costa durante una hora —nos dice. Tiene que gritar por encima del ruido de los motores, pero parece bastante tranquilo, tal vez demasiado. Luego continúa—. Hemos visto un par de tiburones martillo de camino hacia aquí. Voy a ver si puedo encontrarlos de nuevo para que los veáis.

Entonces veo a Rosa desabrocharse el cinturón y sacar una cámara con un gran objetivo. Se dirige con mucho cuidado a la parte delantera y se sienta en el asiento del copiloto. Me parece extraño. Estaba tan concentrado en estar asustado por el despegue que me había olvidado de Rosa. Pero ahora vuelvo a pensar en ella.

—Esto es genial, ¿verdad? —Me sorprendo cuando la chica del asiento de al lado empieza a hablar. Es la que estaba sentada detrás de mí en el microbús. Me tiende una mano, pálida y delgada—. No nos presentamos en condiciones antes. Soy Debbie.

—Hola, Debbie —le digo estrechando su mano—. Me llamo Billy.

—Lo sé. ¿Así que todavía estás en el instituto?

—Sí.

—Rosa nos habló de ti. Dijo que eres increíble y que estás haciendo un montón de experimentos y demás.

—¿En serio? Bueno, he hecho algunos. Escribí un artículo sobre los hábitos alimenticios de la *Semicassis granulata*, pero aún no lo he publicado. Creo que igual tendré que hacer un poco más...

—¿Semicassis qué?

Me sorprende la interrupción.

—*Semicassis granulata*. Ya sabes, el caracol de mar. También los llaman caracoles de sombrero escocés, pero creo que es mejor usar los nombres en latín porque la gente a veces usa ese nombre para especies de caracoles completamente diferentes. ¿No crees?

—Sí, supongo...

—Bueno, de todos modos, establecí que se alimentan en exclusiva de *Fucus serratus*, lo cual no se sabía antes. Al menos creo que no se sabía. —Miro a la chica, preguntándome de repente si esto es demasiado básico para ella pero veo que frunce el ceño.

—¿Fuscus...?

—*Fucus Serratus*. ¿Las conoces? Son algas dentadas.

Su cara sigue en blanco.

—Bueno, es un tipo de alga.

Pienso por un segundo. Tal vez no crezcan donde vive ella. No creo que la tengan en el Pacífico.

—¿Dijiste que estabas estudiando en la Universidad de California?

Se anima con mi pregunta.

—No. Soy de Boston. Pero estoy estudiando en Florida. En la Universidad de Miami. Ciencias del Mar. —De repente se ríe—. Salvo que no estoy estudiando mucho. Cuando me enteré de que Steve Rose había ofrecido plazas para un viaje de investigación de un mes abandoné por completo cualquier trabajo de la universidad y dediqué todo mi tiempo a escribir la mejor solicitud que pude. No podía creérmelo cuando me eligieron.

Pienso durante unos instantes qué responder.

—Mi profesor de ciencias escribió mi solicitud —digo por fin—. Dijo que era la mejor manera de librarse de mí durante un mes pero creo que estaba bromeando.

Debbie espera un momento y luego se ríe, como si no supiera si estoy bromeando o no. Luego sigue hablando.

—Apuesto a que eres como yo. Apuesto a que has visto todos los programas de Steve. Son increíbles. No puedo creer que vayamos a conocerlo en persona.

Me quedo callado porque tiene razón. Yo tampoco me puedo creer que vayamos a conocer a Steve Rose. El Dr. Steve Rose. Aunque claro, lo de Dr. es porque tiene un doctorado no porque sea un médico cualquiera. Es mi héroe desde hace mucho tiempo. Desde que empecé a ver Tiburón salvaje. Ese es su programa de televisión. Saca una o dos series cada año, en las que hace experimentos a bordo del Tiburones y los graba para que la gente normal pueda ver lo que hacen los científicos de verdad.

—Sí —respondo sin más.

De repente, el rugido del motor cambia y giramos con violencia hacia mi lado. Me agarro a un lado del asiento, asustado, y al mirar hacia delante solo veo el azul turquesa del océano acercándose hacia nosotros con rapidez. Estoy a punto de gritar de terror cuando oigo de nuevo la voz del piloto.

—Ahí están —suena bastante tranquilo—, un par de tiburones martillo maduros. Tal y como os prometí.

Cuando estamos a tan solo unos cientos de metros por encima de la superficie del agua, el piloto deja de descender. Al principio no los encuentro, aunque veo a Rosa haciendo fotos con su cámara. Pero entonces los veo, un par de siluetas de tiburones nadando lentamente cerca de la superficie por debajo de nosotros, con sus colas moviéndose de izquierda a derecha en un perezoso vaivén.

Damos vueltas en torno a ellos durante unos minutos y nos acercamos. El resto de la tripulación sigue entusiasmada, pero yo me alegro cuando los dejamos atrás y seguimos con el vuelo, porque eso significa que el avión se nivela y asciende un poco, lo cual me parece mucho más seguro.

Unos instantes después, todavía estoy intentando calmarme tras el descenso del avión para ver los tiburones.

—¿Has visto Charlie y la fábrica de chocolate?

Me vuelvo hacia Debbie.

—¿Qué?

—Ya sabes, la película esa en la que los niños visitan la fábrica de chocolate de Willy Wonka. Esto es igual. Hemos encontrado el billete dorado.

No es que sea guapa, pero tiene una sonrisa bonita.

CAPÍTULO SEIS

EL AERÓDROMO en el que aterrizamos está justo al lado del agua, un agua de un color azul intenso que jamás he visto en la isla de Lornea. Es ese azul que se ve en los programas de viajes y en los artículos de las revistas. Un turquesa tan intenso que parece que brilla. No puedo dejar de mirar, de pensar en lo bonito que es este mar, aunque estoy bastante seguro de que estamos a punto de estrellarnos contra él. Supongo que hasta podría ser una buena forma de morir. Justo en el último momento se ve el asfalto debajo de nosotros y nos lanzamos a él. Una vez en tierra firme salimos del avión y veo que estamos en un sitio pequeño, con un cobertizo que hace las veces de terminal del aeródromo. Nos metemos como podemos en el 4x4 de Rosa que nos lleva al muelle donde está amarrado el Tiburones. De hecho, lo vi desde el avión, no podía dejar de mirarlo.

Se me hace raro verlo en vivo y en directo. Es mucho más grande que La Dama Azul, más parecido a un buque que a un pequeño barco como el nuestro. La proa y los laterales son muy altos, por lo que tiene una pasarela para subir a bordo. Hay una hilera de ojos de buey por todo el lateral y luego, en la parte trasera, hay una plataforma que está más baja, a nivel del agua. Ahí es donde Steve hace muchos de sus experimentos. También hay una jaula de acero para tiburones amarrada allí, una grúa amarilla para sacarla y meterla en el agua y, al lado, una elegante lancha gris con un motor de setenta caballos. Sé que el barco está repleto de todo tipo de equipamiento científico porque lo he visto en Tiburón salvaje. Aún no me puedo creer que este vaya a ser mi hogar durante el próximo mes.

Sigo mirando, esperando ver a Steve Rose, pero Rosa nos dice que está en tierra haciendo algunas gestiones de última hora. Así que nos ponemos a ayudar a preparar el barco para partir. Hay un montón de suministros en el muelle que tenemos que llevar a la cocina. Cuando terminamos, Rosa nos enseña dónde vamos a dormir. Tengo que compartir camarote con Jason, lo cual me sorprende un poco, ya que no se me había ocurrido que tuviéramos que compartir. Tiene literas y hay un momento de tensión cuando Jason me pregunta cuál prefiero. Le digo que la de abajo, pensando que él también la querrá, pero me dice que genial porque él quería la de arriba. Supongo que no habrá pensado en qué va a pasar si el mar está agitado, lo cual me viene bien porque prefiero que se caiga él a caerme yo. Así que no lo menciono, sino que me pongo a deshacer la maleta. No hay ningún lugar lo suficientemente grande para guardar mi mochila, por lo que tengo que dejarla en la litera. Luego nos llaman al salón. Espero que sea para comer porque ya tengo hambre, pero resulta que es porque Steve ha vuelto.

Lo veo nada más entrar. Está envuelto en una conversación con otro hombre que lleva una camiseta negra. En cierto modo es más pequeño de lo que parece en la televisión, aunque a la vez es de tamaño normal y bastante alto la verdad. No sé si me explico. Creo que tan solo me choca verle ahí de pie. No sé quién es el otro hombre, pero parecen ser buenos amigos por la forma en que se ríen juntos. Me dispongo a presentarme y los demás también, pero parece que Steve no se ha percatado de nuestra presencia. O tal vez piensa que sería descortés dejar de hablar con el hombre de la camiseta negra. Entonces entra Rosa. Steve sí se fija en ella enseguida.

—¡Nena! Ya estáis de vuelta. ¿Cómo ha ido todo? —Se acerca a Rosa y la abraza lo cual me sorprende bastante. Me quedo aún más sorprendido cuando desliza sus manos por la espalda hasta que se posan en la parte de piel desnuda que está expuesta entre la camiseta y los pantalones cortos.

—Muy bien. —Ella se aparta de él. —¿Quieres que te los presente?

—Vale. —Intenta agarrarla de nuevo pero ella se vuelve a apartar—. No, espera. Vamos a capturar el momento. Dan, prepárate. Vamos a hacerlo como una especie de pasarela, pero que quede auténtico.

Supongo que el hombre de la camiseta negra se llama Dan, ya que asiente con la cabeza y se pone manos a la obra. Abre un maletín de plástico negro en el suelo del salón del que saca una gran cámara de televisión y empieza a tocar botones mientras Steve se vuelve hacia Rosa.

—Te he echado de menos. —Es como si no se hubiera dado cuenta de que ya hemos llegado.

—Solo he estado fuera un día —Rosa le pone los ojos en blanco. Tengo la esperanza de que lo aleje de nuevo, pero en su lugar se inclina y me sorprende aún más ver que lo besa. En la boca y todo—. Yo también te he echado de menos, cariño.

Suena como si estuviera bromeando. O en parte bromeando. Todavía le estoy dando vueltas a eso cuando Dan, el hombre de la camiseta negra, parece estar listo.

—Vale, chicos —nos dice—. Voy a necesitar que bajéis del barco, caminéis por el muelle, os deis la vuelta, os pongáis en fila todos juntos y luego caminéis hacia mí en una bonita línea recta, ¿creéis que podéis hacerlo?

No estoy seguro de lo que quiere decir y supongo que no soy el único, ya que nadie se mueve.

—Cuando os venga bien, vaya —se ríe, aunque nosotros no lo hagamos.

Entonces nos hace señas para que le sigamos. Así que salimos del salón, pasamos por delante de Steve, que ni siquiera nos mira, y subimos a la cubierta del barco. Luego bajamos por la pasarela hasta el muelle y nos alejamos del barco.

—Muy bien —grita desde detrás de nosotros—. Ahora daos la vuelta y poneos en fila.

Hacemos lo que nos dice y lo vemos inclinarse hacia la cámara.

—Los dos más altos en el centro.

Nos reorganizamos y esperamos a ver qué sucede a continuación. Se ha colocado la cámara al hombro y está mirando al ocular.

—A ver, ¿me podéis echar una sonrisita? Venga chavalas, este va a ser vuestro debut en televisión.

Miro a Debbie, a tiempo de ver que fija una sonrisa en su rostro. También parece un poco nerviosa.

—Ok, ahora caminad hacia mí pero manteniendo la línea recta.

Hacemos lo que dice y me siento muy incómodo sabiendo que está filmando cada paso. Es casi como si se me hubiera olvidado cómo caminar, pero el tener a los demás a mi lado me ayuda a concentrarme en caminar a la vez que ellos. No sé qué va a pasar cuando lleguemos al barco, espero que Dan grite «corten» o algo así, pero en lugar de eso, justo cuando llegamos a la altura de la popa del Tiburones, Steve salta desde la cubierta, sin usar la pasarela, y abre los brazos de par en par.

—¡Chicos! Qué alegría veros a todos.

Y de repente está entre nosotros, estrechando mi mano y la de Jason y abrazando a las chicas. Luego se lanza y nos da abrazos a nosotros también, mientras Dan se acerca con la cámara.

Unos instantes después, Dan grita «corten».

—Muy bien, colega —Dan le dice a Steve—. Vamos a hacer otra toma con el Tiburones de fondo.

Así que tenemos que alinearnos de nuevo, como antes, pero esta vez tenemos a Dan con la cámara detrás de nosotros, filmando mientras caminamos hacia el barco. De nuevo, justo cuando nos acercamos a la popa, Steve salta y nos saluda igual, exactamente igual.

Entonces volvemos a bordo y no estoy seguro de si esta ha sido nuestra presentación oficial con Steve. Desde luego que no llegué a decirle lo que quería decirle, que era darle las gracias por la oportunidad. Pero no tengo mucho tiempo para pensar en esto porque Steve quiere que nos pongamos en marcha de inmediato. Así que sube al puente y empieza a gritar instrucciones. Rosa y Dan nos enseñan a soltar las cuerdas de amarre, a enrollarlas bien y a dejarlas en las taquillas que hay en la cubierta. Mientras lo hacemos me doy cuenta de que Dan lo está grabando todo. Veinte minutos más tarde, tanto ellos como Steve parecen contentos y la costa se aleja detrás de nuestra estela mientras nos adentramos en el mar. Noto que se está haciendo tarde, el sol se está poniendo sobre lo que queda de tierra firme detrás de nosotros. No estoy seguro de qué hacer a continuación, pero en ese momento nos llaman al salón de nuevo.

Sigo teniendo hambre y veo con alivio que Rosa ha puesto la gran mesa para la cena. Hay platos para ocho comensales: los cuatro estudiantes; Dan, el cámara; Bob, que es el capitán del Tiburones y que he visto en el programa de televisión, siempre parece de mal humor y preocupado por peligrosas ideas que se le ocurren a Steve para sus experimentos; Steve, Rosa y ya está. Esos somos los ocho tripulantes a bordo del Tiburones.

Rosa nos dice que nos sentemos y en esas estamos cuando entra Steve con una caja de cervezas que pone sobre la mesa. Rompe el plástico y nos lanza una a cada uno. En realidad yo no quiero una, ya que no bebo mucho, pero no tengo oportunidad de decirlo, así que, como no sé qué otra cosa hacer con ella, la abro de todos modos.

—Bueno qué, ¿vamos a comer de una puñetera vez? —pregunta Steve. Rosa le dice que se calle pero de forma juguetona y le pide a Kerry que le ayude a servir. Enseguida tenemos los platos llenos a rebosar de risotto con salchichas.

Steve es quien más habla mientras comemos.

—Siento lo de antes —dice—. Tenemos que hacer nuestra pequeña gestión escénica aquí en el Tiburones. Es un coñazo pero es por una buena causa. Y os acostumbraréis. Dentro de nada ni siquiera notaréis a Dan pululando por el barco. ¿No es así, amigo?

Dan no responde, tan solo levanta su cerveza en un brindis. Es una especie de agradecimiento burlón.

Entonces Steve empieza a hablar con Jason y Kerry, que están sentados a su lado. Les pregunta por sus vidas, por qué han querido venir al viaje y los demás acabamos escuchando. Aunque pienso que va a ser incómodo, en realidad no lo es. A diferencia de lo que ocurrió antes, cuando lo estaban grabando, ahora escucha con atención lo que dicen y les hace preguntas sensatas. Se preocupa por hablar con todos nosotros. Cuando llega mi turno me dice que soy el miembro más joven de la tripulación del Tiburones, pero que me quería a bordo porque había oído hablar de mi habilidad para encontrar ballenas en la isla de Lornea. Tengo la sensación de que los demás estudiantes están bastante impresionados de que tenga mi propio barco y lleve un negocio de observación de ballenas, a pesar de estar todavía en el instituto.

La cena está buena. No me sorprende en absoluto que Rosa sea buena cocinera.

Después de comer, Steve nos divide en dos equipos. Tenemos que hacer seis horas de guardia, seis horas de descanso, dos veces al día. Cuando estamos de guardia tenemos responsabilidad absoluta sobre la seguridad del barco y debemos hacer exactamente lo que nos diga nuestro jefe de guardia. Cuando no estamos de guardia podemos hacer lo que queramos, siempre que no nos caigamos del puto barco, esas son las palabras textuales de Steve no las mías. Nos sugiere que durmamos, porque nos espera mucho trabajo duro a bordo. Me ponen en una guardia con Debbie y me decepciona un poco que el capitán Bob sea nuestro jefe de guardia, ya que Rosa es la jefa del otro equipo, con Kerry y Jason. Steve dice que él y Dan alternarán entre ambas guardias.

Después de eso Steve dice que es la hora del postre y Rosa saca un gran bizcocho de chocolate.

—Ah, espero que sepáis cocinar —dice Steve, antes de que podamos empezar—. Porque aquí nos turnamos para hacer las comidas y lavar los platos. Y para hacer todas las demás tareas también. Así es como trabajamos a bordo de este barco, como una gran familia.

El bizcocho de chocolate está delicioso.

Nos toca la primera guardia y el capitán Bob nos explica lo que tenemos que hacer mientras el barco está en marcha. Es curioso, en la televisión tiene fama de gruñón, pero en realidad no lo es en absoluto. Es un poco más tranquilo que Steve y es muy agradable. De hecho, está muy interesado en oír nuestros planes para La Dama Azul y cómo papá está ayudando con la construcción de La Dama Azul II. Debbie también es simpática, aunque no sepa mucho de algas.

Nos dirigimos a un sitio que se llama la isla de Wellington. Quizá hayas oído hablar de ella, ya que es bastante famosa. Es una isla a unos cuatrocientos kilómetros de la costa de Victoria, donde vive una conocida colonia de focas peleteras. Es famosa porque cada año, cuando las focas tienen sus cachorros, acuden montones de tiburones, de todas las especies, a cazarlas. Steve dice que es la mayor concentración de tiburones de todo el planeta. Para eso hemos venido. Vamos a llevar a cabo un estudio de población de las diferentes especies de tiburones para ver cuántos hay y qué edades tienen. Steve lleva repitiendo este mismo estudio desde hace casi una década, lo que significa que está recopilando datos muy importantes acerca de si el número de tiburones está aumentando o disminuyendo, lo que ayuda a saber si la población es estable o no. Por eso nos necesita a nosotros, los estudiantes. Nuestro trabajo es vigilar el agua, todo el tiempo, para detectar tiburones. Cuando los veamos, debemos asegurarnos de que registramos con precisión el tamaño y la especie que vemos. Por eso he estado viendo vídeos de tiburones en YouTube sin parar, para aprender a distinguir marrajos, peregrinos, tiburón toro y tiburón tigre, solo por sus aletas dorsales. Afortunadamente no tenemos que distinguirlos desde la superficie solamente. También vamos a utilizar drones aéreos y submarinos. Y, por supuesto, Steve hace mucho trabajo desde el agua, ya sea en la jaula de tiburones o fuera.

Durante el viaje, Steve va a grabar un capítulo de Tiburón salvaje, su serie de televisión. Así que tendrá muchos otros experimentos para nosotros, que ayudarán a mostrar a los espectadores cómo los verdaderos científicos hacen estudios científicos a bordo de un barco de investigación perfectamente equipado. Está claro que esta parte no es tan importante como la recopilación de datos, pero será interesante ver cómo funciona la televisión. Y salir en la tele, por supuesto.

El viaje dura casi un día entero, o cuatro guardias. Esperaba que hiciéramos algunos experimentos sobre la marcha, pero al final pasamos el tiempo jugando a las cartas y grabando lo que Dan llama «piezas para la cámara». No son más que entrevistas de corta duración en las que nos hace preguntas mientras estamos sentados en la proa del barco y filma nuestras respuestas. Al final tuve que hacer solo una, pero Debbie y Kerry hicieron dos cada una. Steve hizo muchas, así que no lo vimos mucho. Supongo que querrá hacer el trabajo de la televisión antes de que lleguemos, ya que luego estará ocupado con la investigación científica.

A Rosa se le ocurre la idea de hacer una competición para ver quién es el primero en divisar la isla y gana nuestro turno, aunque en realidad podríamos haberlo averiguado con el trazador de cartas que muestra nuestra posición según nos vamos acercando a la isla, e incluso nuestra hora estimada de llegada. De todos modos, es Debbie quien la ve primero, lo cual sigue siendo emocionante. Desde la distancia no hay mucho que ver, e incluso cuando nos acercamos, no estoy seguro de que debería llamarse isla de verdad. Es más bien una gran explanada de rocas que se eleva unos metros por encima del agua. Está deshabitada, al menos por humanos y no hay árboles ni arbustos. Ni siquiera hay plantas, solo hay rocas y focas.

Cuando Bob nos acerca, podemos echar un primer vistazo. Hay focas por todas partes. Cualquier superficie plana de la isla está cubierta, los adultos son marrones y gordos y toman el sol, mientras que los cachorros son de un color blanco grisáceo mucho más esponjoso. El agua que rodea la isla, cuya costa salpica con un ligero oleaje, también está repleta de cabezas de foca que salen a tomar aire o se sumergen, o tan solo descansan allí. El ruido es increíble, suena un poco como un estadio deportivo lleno de gente, pero donde todos gritan y se pelean entre sí. El olor es peor. Una mezcla de pescado podrido al sol con caca de foca.

—Os acostumbraréis —nos dice Steve, sobre el olor—. Os prometo que en un par de días ni lo notáis.

Ponemos cara de duda, pero hasta Rosa dice que es verdad y de ella sí me fío.

—Por lo menos son monas —dice Kerry. Señala a un par de cachorros, que están de pie sobre sus colas y aletas, mirándonos pasar—. ¿Podemos acercarnos? ¿Ir a caminar en la isla?

Steve sacude la cabeza.

—Ni hablar. No podemos ni amarrar. Es zona protegida. Además, es demasiado peligroso subir y bajar con las olas. Y si te acercas demasiado a un cachorro, los padres van a intentar matarte.

—¿Cuántas focas hay aquí? —pregunto, mientras nos deslizamos junto a un pequeño afloramiento rocoso. Ahora estamos en aguas tranquilas, a sotavento de la isla.

—Calculamos que hay cien mil parejas reproductoras —dice Steve—. Más o menos. Aunque cada vez nos acercamos más a una cifra exacta —continúa mientras observamos la increíble escena—. Uno de nuestros primeros trabajos será realizar un estudio aéreo. Subiremos el dron, sobrevolaremos la isla y luego utilizaremos inteligencia artificial para contarlos. ¿Alguien se ofrece voluntario?

Siento una ráfaga de emoción. Hago un estudio anual de la colonia de focas en la isla de Lornea. Tenemos unas doscientas parejas de focas grises reproductoras. Llevo seis años haciendo un seguimiento de la población y cada año aumenta un poco más. Estoy a punto de contarle todo esto a Steve, cuando Jason se me adelanta.

—Yo. Se me da muy bien manejar drones.

—Está bien entonces. —Steve le dedica una sonrisa que ya he visto varias veces. Parece que Jason le está causando buena impresión—. Te pondremos a ello en cuanto fondeemos.

Entonces, una ligera ráfaga de brisa juega sobre la cubierta y con ella un cambio en el olor, es más dulce, más pegajoso, pero sigue siendo bastante horrible. Steve hace un gesto con la nariz.

—¿Oléis eso? —pregunta—. Es el aroma de la muerte. Por eso estamos aquí.

No sé qué quiere decir y no lo explica porque entonces Bob quiere que le ayuden a echar el ancla en el lugar correcto. No nos necesita a nosotros, solo a Steve y Rosa, que revisan las pantallas para asegurarse de que están en el mismo lugar que en años anteriores. Finalmente, se oye un enorme traqueteo cuando se suelta el ancla y, unos instantes después cuando se para el motor, se hace el silencio por primera vez en veinticuatro horas.

Al cabo de unos momentos, Steve nos llama a todos a la plataforma de popa del barco para una reunión informativa.

Señala la isla.

—¿Veis el cuello de este pequeño canal de aquí? ¿Dónde el agua se encuentra con las rocas, pero donde la costa no es tan empinada? Ese es el único lugar por donde las focas pueden entrar y salir del agua. Lo llamamos el pasillo de la muerte. Si quieren alimentar a sus cachorros tienen que comer y eso significa pasar por este canal. Y cuando los cachorros aprendan a nadar, esa será también su única ruta. Los tiburones lo saben y las focas saben que lo saben. Así que aquí es donde sucede todo. Lo que significa que nos vamos a quedar aquí, veinticuatro horas al día, todos los días, durante las próximas tres semanas. Somos testigos y documentamos lo que vemos. Os prometo que va a ser todo un espectáculo.

Se queda mirando el agua un rato, como si ya estuviera pasando algo, pero en realidad no es así. No parece que esté pasando nada. Es una zona de agua tranquila, en forma de uve y que corta la isla. En la punta de la uve las rocas son más bajas, pero a lo largo de los lados las rocas son más empinadas, como en el resto de la isla. Estamos anclados a mitad de la boca de la uve.

—Vamos a ver la naturaleza en su estado más crudo y cruel. Vamos a ser testigos de algunos escapes atrevidos. También vamos a presenciar muertes brutales, porque tenemos enormes tiburones que están hambrientos. No estamos aquí para ser sentimentales. Estamos aquí para obtener un recuento preciso. Debo insistir en lo importante de nuestra presencia. La validez de nuestros datos depende de que hagamos observaciones precisas. Necesitamos una identificación exacta de cada especie. Si veis un tiburón y espero que veamos muchos, necesito saber qué especie es, si está solo o en grupo, y qué edad tiene. A ver, ¿cómo podemos averiguar la edad de un tiburón?

Kerry es la primera en responder, lo cual me molesta, ya que yo también sé la respuesta.

—Por la longitud. Tenemos que estimar la longitud del animal.

—Así es. Entonces, aparte de acercarnos nadando con un metro en la mano, ¿quién puede decirme cómo hacemos para estimar la longitud de un enorme y peligroso tiburón?

Todas las manos se levantan ahora, porque está hablando de Chumy. Steve sonríe. Todo el mundo conoce a Chumy. Nos estábamos preguntando dónde lo tenía escondido.

—Claro que sí, nuestro viejo amigo Chumy. Nuestro recorte de cartón de tamaño natural, solo que no está hecho de cartón porque se desmenuzaría en el agua. Está hecho de madera dura de calidad marina. Sumergimos a Chumy en el agua, anclado por delante y por detrás frente a una boya con una cámara. Entonces utilizamos las marcas en el modelo para hacernos una idea del tamaño de los tiburones cuando pasen nadando. Puede sonar un poco rústico pero es efectivo.

Entonces Dan le interrumpe.

—Y queda bien en la televisión.

Lo que genera una risotada general.

—También vamos a usar drones submarinos y aéreos, y os haremos participar en ello. Pero la tarea principal, la razón por la que estáis aquí, es para escanear el agua, mantener un ojo en el sonar, detectar tiburones, cuanto antes mejor, para que podamos tener el equipo de monitoreo en el lugar correcto.

Ya lo sabemos. Es lo único de lo que hemos estado hablando desde que llegamos a bordo y ahora está sucediendo de verdad. Es muy emocionante.

—¿Alguna pregunta?

Hay una pausa. Creo que estamos ansiosos por empezar.

—¿Ninguna? En ese caso voy a darme un baño antes de empezar. ¿Alguien se anima?

Y sin esperar siquiera Steve se quita la camiseta. Al principio creo que está de broma y supongo que los demás también lo creen. Excepto Dan tal vez, que ya tiene la cámara levantada y apuntando a Steve. A continuación, Steve estira los brazos y se tira al agua.

Está un poco loco este Steve.

CAPÍTULO SIETE

OBSERVAMOS el agua en la que se ha sumergido, que no es más que una masa de burbujas, y no puedo ser el único al que le preocupe que vayamos a ver cómo se tiñe de rojo según se lo come un tiburón. Pero en realidad no pasa nada. Las burbujas se ralentizan, luego se detienen por completo y Steve sigue sin salir a la superficie. Nos miramos los unos a los otros, cada vez más preocupados y sin saber qué hacer. Al mismo tiempo, percibo que la cámara de Dan nos apunta.

Jason y Kerry están más cerca de donde ha saltado y se asoman a la borda del barco. Veo a Jason jugueteando con su camiseta, como si estuviera pensando en quitársela para lanzarse y tratar de salvar a Steve, pero no parece estar muy seguro de querer hacerlo y, para ser sincero, no lo culpo.

Por fin se la quita, Kerry también lo hace y ambos miran hacia el agua en busca de alguna pista para saber dónde deben saltar para buscarlo. Alguien, no sé quién, pregunta si se habrá golpeado la cabeza en el fondo. En ese momento oímos un estruendo de risas desde el otro lado del barco. Cuando me giro veo a Steve allí, flotando en el agua, sonriendo.

—¡Vamos, cobardes! No vayáis a decirme que os dan miedo unos pececillos de mierda.

Entonces sale del agua y se sacude en la cubierta. Coge una toalla y se frota la cabeza.

. . .

—Muy bien, chavales. ¿Qué tal si usamos la jaula? Podéis daros un baño ahí dentro, ir acostumbrándoos al agua poco a poco.

Así que preparamos la jaula del tiburón. Ha estado amarrada durante el viaje y ahora la desatamos. Luego la enganchamos a la parte superior de la grúa y finalmente la sacamos con un cabrestante que la hace descender hacia la superficie del agua. La jaula es del tamaño de un ascensor y tiene flotadores en la parte superior, de modo que cuelga suspendida bajo la superficie. Hay una escotilla en la parte superior, para entrar y salir. No tardamos en tenerla colgada por la parte trasera del barco, donde rebota suavemente contra las defensas de la popa. Entonces Steve nos dice que nos metamos así que me voy a buscar el bañador.

Cuando vuelvo, Jason ya está dentro y Debbie va de camino. Veo cómo trepa por los barrotes de la parte superior de la jaula, vestida solo con un bañador rojo, y luego desciende hacia el agua por la escotilla. Grita por la temperatura, aunque aquí no hace frío. Al menos no comparado con la isla de Lornea.

Entonces sale Rosa. Lleva un bikini amarillo con flores rojas. No la había visto antes en bikini y, aunque intento no mirar, no puedo evitar ver que tiene una prominente cicatriz curvada en la tripa. Tiene el tamaño y la forma de un balón de fútbol. No me cabe duda de lo que debe de haberla causado.

—Se mira pero no se toca, Billy —dice Steve de repente.

Giro la cabeza con brusquedad, aterrado porque me haya pillado mirando a Rosa.

—No estaba... —empiezo, pero veo que Steve está sonriendo, así que debe de estar tomándome el pelo.

—Le da un poco de vergüenza lo de la cicatriz —continúa—. Pero debe de sentirse relajada con vosotros. A veces no se destapa en todo el viaje.

Frunzo el ceño. No entiendo el comentario, solo noto que ella le dedica una dulce sonrisa.

—Hace calor —responde Rosa. Se miran fijamente. Veo que significa algo, pero no sé el qué.

—Bueno, venga entonces —dice Steve al final—. ¿Vas a contarles la historia o se la voy a tener que contar yo?

Rosa acaricia su cicatriz con cuidado pero no dice nada.

—Es un bocado de amor —empieza Steve—, de un tiburón tigre rayado. Así es como nos conocimos, yo estaba trabajando por la zona y acabé entrevistándola para obtener detalles del tiburón. Se quedó tan prendada de mi actitud considerada y cariñosa que se vino a vivir conmigo.

Rosa pone los ojos en blanco.

—¿Qué pasó? —pregunta Kerry—. Con el tiburón, quiero decir.

Lentamente, Rosa retira la mano. Empieza a atarse el pelo.

—Estaba nadando en la playa de la bahía de Aswell. Ni siquiera me había alejado mucho y me dirigía a la orilla cuando vi un destello plateado en el horizonte. Lo siguiente fue como si me dieran un puñetazo en el estómago. No me dolió, de hecho pensé que eran mis amigos gastándome una broma, pero cuando bajé las manos vi que estaban cubiertas de sangre.

Termina de atarse el pelo y se encoge de hombros.

—Conseguí salir a la playa y luego me desmayé. Cuando me desperté, Steve estaba allí. No me ha dejado sola desde entonces.

Observo, esta vez con un poco más de atención, cómo Rosa va hacia la jaula tras Debbie. Parece que sabe dónde poner los pies y bajar al agua sin hacer ruido.

Entonces me toca a mí. Pero antes de bajar del barco, Steve me llama y, cuando me vuelvo para mirar, me lanza una máscara de buceo. La pillo por los pelos, lo cual es una suerte porque es de buena calidad, con cristal de verdad. Les lanza máscaras a los que están en la jaula y yo me pongo la mía. Luego trepo por las barandillas del barco y bajo con cuidado al techo de la jaula. Me siento raro, un poco expuesto, como si un tiburón fuera a salir del agua y atraparme antes de que puedan protegerme los barrotes dentro de la jaula, donde estamos a salvo. Entonces llego a la escotilla y veo a mis compañeros dentro, nadando.

—Vamos, Billy, hace mucho calor —me dice Rosa. Lleva el pelo recogido sobre la frente y se está poniendo la máscara. Me siento en el borde de la escotilla y dejo que mis pies se balanceen en el agua. Luego respiro profundamente y me sumerjo.

Al principio no puedo evitar sentir un poco de pánico. No son los tiburones, sino la sensación de estar rodeado de barrotes por todos lados. Bajo el agua se ven más grandes y dentro de la jaula hay una maraña de extremidades y cuerpos del resto del grupo, de modo que parece que estoy atrapado en una red. Lucho por volver a la superficie y tomo aire. Desde aquí se puede ver el costado del barco y eso me recuerda que estamos en el océano, en un océano famoso por estar lleno de tiburones muy peligrosos. De nuevo tengo que luchar contra el pánico. Pero tras unos momentos me doy cuenta de que estamos bastante seguros dentro de la jaula y me sumerjo para mirar bajo el agua.

Puedo agarrarme a los barrotes, lo que me facilita la tarea, y así lo hago, mirando a través de ellos y hacia el agua azul. La vista horizontal es preciosa. Los rayos de luz brillan a través del agua, según se refractan y penetran en la superficie. Abajo, sin embargo, el azul se vuelve más oscuro y justo debajo de nosotros el agua es casi negra. A medida que mis ojos se ajustan a la luz, veo que el fondo está a la vista, a unos treinta o treinta y cinco metros de profundidad. Hay un lecho de rocas con largas algas serpenteantes que parecen saludarme. Miro a mi alrededor, hay muchas sombras, pero no veo nada que parezca un tiburón de verdad.

Cuando vuelvo a la superficie me doy cuenta de que me he perdido algo. Steve está poniéndose las aletas de buceo. Al principio asumo que está bromeando de nuevo, pero entonces me doy cuenta de que Dan se está preparando para filmarlo.

—¿Has visto algo? —pregunta Steve.

—Nada. Pero, por favor, ten cuidado — responde Rosa.

Con eso Steve mira a Dan, que le hace una señal con el pulgar hacia arriba. Entonces Steve se coloca la máscara. Se queda mirando el agua debajo de él durante un largo rato y luego rueda hacia delante. Se lanza al agua con las manos protegiendo su cara.

Cuando sale a la superficie se acerca nadando a la jaula. Todavía estamos dentro de ella, Steve está fuera y me doy cuenta de que no soy el único que mira más allá de él y que espera ver una aleta arqueándose a través de la superficie del agua. Es una sensación muy rara el saber que estoy a salvo pero que podría ver cómo lo devoran en un instante. Entonces Steve se sumerge bajo el agua, se pierde de vista y casi me entra el pánico, porque parece que le hayan absorbido, como un pez que abre la boca y se traga un montón de plancton sin hacer ruido alguno. Recuerdo que yo también puedo mirar bajo el agua, así que me vuelvo a poner la máscara y me sumerjo.

Tengo el miedo irracional de ver cómo lo destroza una manada de tiburones, pero por supuesto no veo eso. Lo que veo es bastante loco de todos modos. Está nadando por debajo del barco, comprobando la hélice y el timón. Entonces da un giro y empieza a nadar hacia abajo.

No lleva ningún tipo de equipo de buceo, solo su máscara y sus grandes aletas. No parece necesitar aire. Es como si pudiera respirar bajo el agua. Tengo que levantar varias veces la cabeza para respirar mientras él continúa bajo el agua. Y eso que yo soy bastante bueno aguantando la respiración hoy en día. Una vez lo pierdo, pero luego veo que está en el fondo. Mira en algunos de los lugares más oscuros y ahora puedo ver que son cuevas bajo el agua. Un par de veces vemos un destello blanco cuando mira hacia nosotros y la luz capta su rostro.

Al final, tengo que respirar tres veces antes de que Steve empiece a volver a la superficie, flexionando las aletas de forma muy despreocupada, como si no tuviera prisa. Luego, por fin, emerge y se queda tranquilo flotando mientras respira unas cuantas veces.

—¿Has visto algo? —pregunta Dan, al cabo de un rato.

Steve sacude la cabeza.

—Un par de focas. Ninguno de nuestros amigos los dentudos —responde Steve—. Pero está muy bonito. Pásame la cámara que voy a hacer unas fotos mirando hacia arriba.

Steve vuelve a bajar, esta vez con una cámara de vídeo metida en una carcasa acuática. Salgo de la jaula y me seco.

—No vayas a intentar esto tú — me interrumpe Rosa.

—¿Perdón?

—Nada de bucear en aguas infestadas de tiburones. Steve es el campeón nacional de buceo en apnea. Ganó los campeonatos australianos dos años seguidos. —Se envuelve con una toalla para que le cubra la cicatriz—. Es un loco sin miedo a morir —sonríe, bromeando.

CAPÍTULO OCHO

ME TOCA AYUDAR A REMOLCAR a Chumy con la lancha neumática hasta su posición. Lo anclamos en la boca del pasillo de la muerte, a un par de metros bajo la superficie del agua en marea alta. Luego colocamos la boya de la cámara a unos diez metros por delante. Tiene un panel solar que transmite imágenes de vídeo del modelo de tiburón al barco. La idea es que cuando los tiburones de verdad naden por delante o por detrás de Chumy, podamos medirlos con la escala que tiene marcada. Siempre he dudado de su precisión, pero Steve nos cuenta que han probado muchos sistemas diferentes y que este es el mejor que han inventado. Incluso se ha convertido en un método estándar que otros científicos han copiado.

Da bastante miedo estar ahí en el agua en una lancha hinchable. Tiene goma de doble grosor, pero Steve dice que aun así no sobreviviría al ataque de un gran tiburón. Justo cuando terminamos la maniobra le pregunto a Steve por qué no tienen una embarcación más resistente, pero se ríe y me dice que daría lo mismo ya que ninguna embarcación pequeña sobreviviría el ataque de un gran tiburón. Justo después Dan nos dice que tenemos que repetir la maniobra de anclaje de Chumy porque lo quiere filmar de nuevo, esta vez desde el aire.

De vuelta en el barco nos organizamos en nuestras guardias y empezamos a vigilar. Veo algunas aletas, sobre todo de tiburones toro y un par de marrajos, y hay un par de momentos de emoción cuando los tiburones pasan nadando por delante de Chumy y llegamos a medirlos. Pero ninguno parece comer nada. Así que, aunque empezamos estando muy atentos a cada chapoteo en el agua, después de un par de guardias en las que no pasa nada, acabamos un poco aburridos.

—Están esperando su momento —me explica Steve, un par de días después.

Estoy sentado en la cubierta de observación con el resto de mi guardia y se ha acercado con sigilo por detrás. Parece que lo hace todo el tiempo, esto de aparecer de la nada. Lo cierto es que no lo hemos visto mucho ya que ha estado ocupado con cosas de la televisión y con el estudio de las focas.

—Los cachorros de foca están todavía en edad de amamantamiento, así que se alimentan en exclusiva de leche materna por lo que no necesitan meterse en el agua, de momento. —Steve coge mis prismáticos y se los coloca frente a los ojos. Mira a su alrededor durante unos instantes y los vuelve a dejar caer—. Las focas adultas son muy precavidas, buenas nadadoras y difíciles de atrapar. Así que no vale la pena que los tiburones gasten energía. Pero pronto los cachorros van a tener que entrar en el agua para aprender a nadar y a pescar. Ahí es cuando va a empezar el lío.

Nadie le responde. En realidad, no necesitaba explicárnoslo porque ya lo sabemos. Es lo que hemos estado esperando ver y a la vez lo que tememos. Creo que no soy el único con ganas de que este año no suceda.

—¿Qué es lo que te hace más ilusión ver? —Steve se vuelve hacia mí, pero luego vuelve a ponerse los prismáticos en los ojos. No estoy muy seguro de lo que quiere decir.

—Creo que lo que más me interesa es ver cómo se llevan a cabo las investigaciones científicas. Verlo de primera mano, quiero decir.

Parece un poco decepcionado con mi respuesta.

—Me refería a qué especies tienes ganas de ver. ¿Qué es lo que te emociona? —Sigue escudriñando el agua tranquila del pasillo de la muerte.

—¡Ah! —exclamo. Por un momento no se me ocurre ninguna respuesta, así que Debbie se me adelanta.

—Yo quiero ver un gran tiburón blanco.

Steve no suelta los prismáticos. Al revés, parece que los agarra con más fuerza.

—Ya —dice tras unos segundos—. Yo también.

De repente, empieza a hablar de nuevo.

—¿Os acordáis del tiburón mecánico que construyeron para la película Tiburón? Resulta que apenas podían usarlo porque se averiaba todo el rato. Tuvieron que inventar un montón de maneras para indicar que había un monstruo de tiburón sin mostrarlo de verdad. Al no mostrarlo, la película terminó con mucho más suspenso de lo que hubiera sido de otra manera...

Nadie le responde, pero a él no parece importarle.

—Eso lo convirtió en un fenómeno mundial, pasó de ser una americanada a un clásico del cine. Desde entonces ya nada es lo mismo. Hoy en día, todo el puto mundo sabe lo que es un gran tiburón blanco. Y a la mitad de la población le da puro terror entrar en el agua, por si viene un tiburón y se los come.

Sigue vigilando el agua mientras habla.

—¿Sabéis cuántas personas mueren cada año a manos de tiburones? Me refiero a cualquier tipo de tiburón.

Nadie sabe a quién se dirige, pero Debbie responde.

—Son unas diez, ¿no?

Chasquea la lengua con irritación.

—No exactamente. La media es de seis. Por el contrario, las vacas matan a veintidós personas cada año y eso sin contar los millones de personas que mueren de enfermedades cardíacas por culpa de los Big Macs y los Whoppers que se comen. ¿Y cuántos tiburones creéis que matan los humanos?

Esta me la sé y respondo sin dudarlo.

—Unos treinta y dos millones.

Steve me mira directamente.

—Sí, así es, más o menos. Algunas estimaciones son incluso más altas. Se les captura por sus aletas, por deporte, o los atrapan de forma accidental en las redes de pesca. En cualquier caso, los humanos somos mucho más peligrosos para los tiburones que ellos para nosotros.

Deja de hablar y vuelve a escudriñar el océano con los prismáticos.

—Todo el mundo teme al gran tiburón blanco... —Vuelve a dejar caer los prismáticos.

Nos quedamos en silencio durante un rato.

—¿Sabéis lo que tiene gracia de verdad? Incluso teniendo en cuenta lo famosos que son, seguimos sin saber una mierda de ellos, en términos relativos quiero decir. Incluso nosotros, los científicos, sabemos muy poco. Mirad este lugar, por ejemplo. Llevo viniendo aquí cada año durante diez años y siempre pasa lo mismo. Vemos algún tiburón toro, algún marrajo, pero ningún tiburón blanco. Ni rastro de ellos. Hasta que los cachorros entran en el agua, claro está. En ese preciso momento, aparecen los grandes tiburones blancos. Es como si supieran exactamente cuándo aparecer. No sé cómo lo hacen pero lo hacen, todos los años.

Se vuelve hacia Debbie.

—Así que no te preocupes. Vas a ver a tu tiburón blanco y cuando lo hagas... —le entrega los prismáticos—, va a ser un gran espectáculo.

Y con eso se aleja.

CAPÍTULO NUEVE

LOS DOS DÍAS siguientes hago mis turnos de seis horas. Anoto todo lo que sucede en el cuaderno de bitácora. Veo nuestra primera tintorera, e incluso consigo medirla con Chumy. Pero, aparte de eso, no pasa gran cosa. Acabo ayudando a Jason con su estudio de las focas y ayudo a Rosa a preparar la cena cuando le toca, porque se supone que debe hacerlo con Steve pero él está demasiado ocupado. Es porque siempre anda retocando la jaula de los tiburones, arreglando partes del equipamiento científico o grabando entrevistas con Dan. Cuando no estamos de guardia jugamos mucho a las cartas.

—Piedra, papel y tijera para ver quién hace el café.

Es Steve de nuevo. Son cerca de las diez de la mañana, en nuestro cuarto día en la isla. Es mi guardia y hasta ahora ha sido una mañana tranquila.

—Vamos. Todo el mundo. Dos rondas eliminatorias y una gran final. El que gane hace el café.

A Steve le gusta esto, proponer juegos improvisados. Creo que es para mantenernos interesados, porque de lo contrario toda esta espera sería muy aburrida. Mi primera ronda es con Kerry y la gano, así que luego tengo que jugar con Rosa en la final. Me distraigo un poco mirando sus cálidos ojos mientras decido si voy a usar tijeras o papel. Tomo la decisión en el último momento de sacar tijeras y eso significa que vuelvo a ganar. O pierdo, según se mire.

—¡Bravo! Tenemos un ganador —grita Steve—. ¡Felicidades, Billy, te toca hacer seis cafés!

Así que entro en la sala y me pongo manos a la obra con la máquina de café. En realidad no me importa. No me habría importado si me hubiera dicho que lo hiciera. La verdad es que, aunque no está pasando mucho, estoy encantado de estar aquí. No quiero decirlo, al menos no a Jason ni a Kerry, porque están haciendo todo lo posible para fingir que esto es algo normal para ellos, pero yo nunca he hecho nada igual y es increíble. Todo el mundo es muy amable e inteligente, de modo que siento que estoy aprendiendo, todo el tiempo, dondequiera que esté en el barco y con quienquiera que esté hablando. Es todo lo opuesto al instituto. Espero que la universidad sea así, pero lo dudo. Creo que esto es algo especial.

Cuando salgo de nuevo, siguen jugando. Esta vez le toca al veo-veo. Reparto el café, hago mi revisión rutinaria de Chumy y alrededor del barco con los prismáticos. Compruebo la carpeta para ver si han añadido algo desde que entré a hacer el café.

—Veo, veo... —comienza Rosa—, una cosita que empieza por la letra «T».

—¿Tabla? —pregunta Kerry.

—No.

—¿Té?

—No.

—¿Torre?

—No —responde Rosa, pero por la forma en que empieza a reírse, sabemos que lo era de verdad.

—¿Tijeras? —Kerry empieza a reírse ahora—. Las tijeras de Billy…

—Tiburón.

Hay algo inmediatamente diferente en el tono de voz de Steve. No está jugando ni bromeando y nos volvemos hacia donde está señalando. A unos cincuenta metros de la embarcación hay una ligera perturbación en el agua. No he tenido tiempo de verlo, pero creo que es donde acaba de desaparecer una aleta dorsal.

—¿Has visto lo que era? —pregunta alguien. No capto quién, estoy demasiado ocupado en enfocar los prismáticos.

—No. Solo he visto como se hundía la aleta. —Mira a la isla. Alcanza sus prismáticos—. Vaya, vaya.

—¿Qué? —Es Rosa la que habla. Está mirando hacia donde Steve está señalando. Es un poco difícil de ver porque me da todo el sol en los ojos.

—Ahí. Justo en el borde del agua. Es uno de los cachorros de foca entrando en el agua.

—Ya lo veo —responde Rosa. Entrecierro los ojos y se acerca a mí apuntando con la mano. Sigo la mirada a lo largo de su brazo—. Ahí.

Entonces lo veo. Los cachorros de foca han ido perdiendo su pelaje blanco-grisáceo y, en su lugar, han adquirido el aspecto gordinflón de los adultos, pero siguen siendo mucho más pequeños. Veo que un par más se lanzan al agua. Hacen más ruido que los adultos.

—¡Tiburón! —Esta vez es el Capitán Bob. Está de pie en el puente de mando, que es la parte más alta del barco.

En un instante Steve está allí arriba con él. El ambiente ha cambiado por completo.

—¿Dónde?

—Por babor. A 30 metros. Viene directamente hacia nosotros.

Rosa y yo vamos al otro lado del barco. Veo algo pero es difícil saber el qué. Parece como si estuvieran tirando de una tubería gris a través del agua. Se puede ver un poco de espuma blanca donde rompe la superficie. Luego se hunde y no lo vemos más. Steve se queda helado.

—¿Qué era? ¿Alguien lo ha visto? —alguien pregunta. Tardo en darme cuenta de que es Kerry. Lo pregunta porque es su guardia y se supone que debe anotar los avistamientos cuando se producen. Así no se olvida nada. Pero nadie le responde.

—¿Alguien sabe lo que es? ¿O lo apunto como «desconocido»?

—No —dice Steve—. Anótalo como *Carcharodon carcharius*.

Se me ponen los pelos de punta. Rosa también se queda helada al oír el nombre y cuando el resto no parece reaccionar, nuestras miradas se fijan.

—¿Qué es eso? —pregunta Kerry.

—*Carcharodon carcharias* —vuelve a decir Steve—. El pez más famoso del mar —me sonríe.

—No sé qué es eso —se queja Kerry. Veo que Jason también frunce el ceño. Así que tengo que decírselo.

—Es el nombre en latín, *Carcharodon carcharias*. Significa tiburón de dientes irregulares.

—Sí, pero ¿qué es? —pregunta Kerry, frustrada ahora. Así que le digo.

—Es un gran tiburón blanco —le respondo.

Entonces la aleta se levanta de nuevo, en un ligero ángulo esta vez, para que todos podamos ver exactamente lo que es.

—¿Dan? ¿Estás filmando esto?

—Sí, jefe.

—Bien —entonces continúa—, vamos a subir el dron, ¿de acuerdo?

Momentos después estamos todos reunidos alrededor de la pantalla mientras Steve vuela el dron a baja altura sobre la silueta de un gran tiburón, moviendo con pereza su cola de un lado a otro. Desde el aire se ve mucho mejor. Pasa por nuestra popa a seis metros de distancia, e incluso sin el dron vemos su sombra bajo el agua.

El tiburón no parece notar nuestra presencia ni la del dron. O si lo hace, no parece importarle. Simplemente se va acercando a la entrada del pasillo de la muerte. No parece tener prisa.

—Justo a tiempo, como todos los años —dice Steve. Le entrega el mando a Jason.

—Sigue apuntándole, Jason. Hay unas focas en el agua justo delante. —Jason hace lo que dice y entonces vemos al tiburón en la pantalla y un poco más adelante, una foca adulta nadando hacia la isla. El tiburón parece notarlo y acelera un poco. Noto que estamos todos a bordo conteniendo la respiración.

—La pobre no tiene ni idea de que el tiburón está ahí —murmura Rosa, pero no creo que nadie más que yo la oiga.

La foca nada bastante cerca del tiburón. Luego se inclina hacia la derecha y se aleja del plano. El tiburón sigue navegando, sin darle importancia a la foca. Pero parece que va a alguna parte. Se mueve de manera despreocupada hacia donde están los cachorros, al final del pasillo de la muerte.

—Ay, Dios —exclama Rosa—. De verdad que odio esta parte.

—Sube la cámara un poco —dice Steve. Tiene un ojo puesto en lo que hace Jason y otro en la escena y sigue observando con los prismáticos también. Parece estar tranquilo y concentrado.

Jason vuelve a mover la cámara hacia arriba y ahora podemos ver a tres cachorros de foca persiguiéndose en círculo. Están jugando, parecen cachorros de perro, intentado pillarse el uno al otro. Son muy chulos, los cachorros de foca, incluso ahora que han perdido su pelaje de bebé, todavía tienen aletas demasiado grandes para su cuerpo, los ojos enormes y se mueven de una manera un poco descoordinada.

—Vamos, salid del agua —susurra Kerry.

Entonces el primero de los cachorros se dirige a aguas poco profundas y el resto lo sigue. Durante unos momentos parece que se van a salvar, porque seguramente el tiburón no podrá alcanzarlos. Pero entonces el cachorro cambia de dirección y sale disparado de las rocas directamente hacia el tiburón. Los otros lo siguen y, de repente, están al alcance del tiburón. Se giran y empiezan a jugar de nuevo a perseguirse. A bordo, contenemos la respiración.

Entonces uno de los cachorros se separa. Supongo que sale a la superficie a respirar. El tiburón mueve su cabeza, solo un poco. Pero en un instante horrible, todo sucede a la vez. La foca va a sumergirse de nuevo, pero mientras lo hace el tiburón acelera de manera impresionante. Lo primero que vemos es su gran cola moviéndose de un lado a otro y, en una fracción de segundo, ha acortado la distancia que lo separaba de la cría, la cual desaparece. El azul verdoso del agua en el encuadre comienza a llenarse de una nube roja. Entonces, más allá de la sangre, vemos la cabeza de la foca atrapada en un lado de la boca del tiburón con la cola apuntando por el otro lado. El tiburón sacude la cabeza y solo queda un trozo de la cola de la foca. Después el tiburón se aleja en ángulo. Jason mantiene la cámara del dron apuntando al agua roja y la parte posterior de la cola se hunde fuera de la vista.

En el barco reina el silencio absoluto. Aparte de Steve, que emite un largo silbido.

—Muy bien, equipo. Anotad la hora y la ubicación. He echado un vistazo mientras pasaba por la popa. Este barco tiene tres metros de ancho y sobresalía por lo menos medio metro a cada lado. Así que eso hace que sea un tiburón blanco de cuatro metros de largo. No creo que vaya a ser el último. Las cosas se van a poner muy movidas a partir de ahora.

Y así es. A partir de ese momento vemos un promedio de un ataque por hora. Es curioso, parecen seguir nuestros horarios de comida, con la mayoría de los ataques por la mañana y por la tarde, con otra concentración de ataques a la hora del almuerzo. Los tiburones blancos se hacen cargo de la matanza mientras que otras especies vienen a escarbar los restos de foca que quedan. Nos mantenemos muy ocupados registrando todos los ataques, tratando de averiguar de qué especie se trata y cuando podemos, qué tiburones individuales están atacando. Empiezo a darme cuenta de lo útil que es Chumy. Tenemos el dron y también un vehículo submarino por control remoto, pero el primero tiene un tiempo de batería muy limitado y el segundo es muy lento. Así que es difícil ponerlos en posición a tiempo. Pero la mayoría de los tiburones tienen que pasar nadando por delante de Chumy para entrar o salir del pasillo de la muerte, así que nos da dos oportunidades de confirmar la especie y comprobar su tamaño. Steve tiene razón, es un método muy eficaz.

Pero incluso ahora que tenemos tanto jaleo en el barco, no puedo evitar sentirme un poco confundido con lo que está haciendo Steve. Está aún más ocupado ahora que los tiburones están atacando, pero la mayor parte del tiempo no nos está ayudando con el recuento ni haciendo otros experimentos científicos. En su lugar, está aún más concentrado con temas de la televisión. Antes me había dado la impresión de que quería quitarse de encima las filmaciones antes de que comenzásemos los avistamientos. Pero ahora que han comenzado, no entiendo por qué sigue con las grabaciones.

Esta tarde, por ejemplo, hizo que Dan le filmara bajando a la jaula de los tiburones. No había ningún tiburón cerca, estaban demasiado ocupados comiendo focas, y cuando le pregunté a Dan me dijo que no me preocupara porque iba a editar unas imágenes que había tomado antes desde una de las boyas de la cámara. Para que pareciera más real. Ese no era mi objetivo en absoluto. Cuando intenté explicarle y preguntarle cuál era el propósito científico de aquella maniobra, me dijo que no tenía tiempo para explicármelo.

Le pregunté a Rosa y me dijo que no me preocupara, pero que si quería le pediría a Steve que se sentara conmigo y me explicara cómo funcionaba todo. Pero le dije que no, porque es evidente que está ocupado y no quiero ser una molestia. Nos ponemos de acuerdo en que lo importante es que me concentre en hacer las tareas que me han encomendado. Así que eso es lo que hago.

Ya he mencionado las carpetas. Las tenemos en la plataforma de observación, atadas con cordones y llenas de papel especial resistente al agua y un lápiz de cera atado a un trozo de cuerda. Las utilizamos para anotar los avistamientos y los ataques a medida que los vemos ocurrir, con todo el detalle que podemos, para no perdernos nada cuando hay mucho trabajo. Después, cuando tenemos un rato tranquilo, mi trabajo consiste en introducir todos los datos en el portátil de Steve. Tiene una hoja de cálculo de Excel donde ha registrado los datos de todos los tiburones que han visto en los últimos diez años. Tan solo estoy actualizando este año, pero he descubierto que se pueden ver todos los años anteriores. Es muy tentador comparar los datos.

El único problema es que no se puede comparar de manera sencilla. Es la forma en que Steve ha preparado su hoja de cálculo. Ha puesto cada año en una pestaña separada, por lo que no se pueden ver los datos de un año junto a otro. No costaría mucho esfuerzo poner todos los años en la misma pestaña y utilizar una tabla dinámica para analizar los datos. Podríamos ver cuántos tiburones de cada tipo se han visto cada año y también analizarlo todo con más detalle: por ejemplo, cuántas tintoreras macho medían más de tres metros; o cuántas hembras atacaron con éxito al atardecer. Creo que esto sería muy útil, así que decido preguntarle a Steve si le importa que haga cambios en la hoja de cálculo. Primero de todo le voy a explicar que voy a guardar su versión y trabajar en un duplicado por si acaso algo saliera mal, aunque no creo que así sea. Pero cada vez que intento hablar con él está ocupado haciendo algo con Dan. Así que al final decido usar mi iniciativa y asumir que está de acuerdo con mi propuesta.

Es entonces cuando empiezo a ver algo raro en los datos.

CAPÍTULO DIEZ

LOS TIBURONES no atacan por la noche, excepto cuando hay luna llena y está despejado. Steve cree que la razón es que no ven a las focas, tan simple como eso. Así que es noche cerrada cuando llamo a la puerta del camarote de Steve.

—Sí —responde.

Dudo, porque no estoy seguro al cien por cien de lo que voy a decirle. Así que vuelvo a llamar.

—¿Qué pasa? —grita ahora.

Abro la puerta y lo veo sentado en su escritorio escribiendo en el ordenador. La luz de la pantalla es la única en el camarote y le ilumina la cara. Levanta la vista, ve que soy yo y vuelve a mirar el teclado.

—Billy, ¿en qué puedo ayudarte? —Empieza a escribir de nuevo, noto que usa solo dos dedos.

—Hum... —comienzo—. Creo que he notado algo raro. Creo que tenemos un problema.

Sigue escribiendo mientras me pregunta: —¿Nos estamos hundiendo?

—No. Al menos... no que yo sepa.

—¿Se ha agotado la cerveza?

—No.

—¿Hay fuego a bordo?

—No...

—Vale. Entonces, no es nada superurgente ¿no? —Pulsa un par de teclas más y levanta la vista. Me mira por encima de sus gafas de trabajo—. Es que estoy un poco ocupado con esto.

—Ah —respondo. Me pregunto si no debería hacerle perder el tiempo.

—De hecho, para variar, estoy trabajando en temas científicos —sonríe de repente. Supongo que debo parecer confundido porque entonces continúa—. Rosa mencionó que habías estado haciendo preguntas acerca de cómo funciona.

—¿Cómo funciona el qué?

—Cómo funciona todo este asunto. —Señala la cabina con el brazo pero sigo sin entender—. Mira, ¿quieres pasar? Necesito un descanso de todos modos. Estoy intentado terminar este artículo que trata de demostrar cómo los tiburones de arrecife adaptan sus hábitos de ataque a medida que envejecen. Son como los velociraptores de Spielberg. Aprenden...

No entiendo de qué está hablando y supongo que se me nota en la cara.

—¿Parque Jurásico? ¿La película? Dime que la has visto.

—Creo que mi padre la ha visto.

—Joder, qué viejo me hacéis sentir a veces. Bueno, no importa. Siéntate. Tenemos que hablar.

Así que entro en su camarote y no hay ningún lugar evidente para sentarse, excepto en su cama. Me siento un poco incómodo sentado allí, porque sé que Rosa también duerme aquí.

—¿Quieres una cerveza?

Niego con la cabeza, pero de todos modos va a la pequeña nevera y saca una para él.

—Billy. El joven idealista Billy. La encantadora Rosa me ha dicho que te preocupa que no esté dedicando suficiente tiempo a la investigación científica pura y dura, porque siempre ando liado haciendo telebasura... —Abre de golpe la cerveza y da un trago.

—Bueno... —comienzo—. Yo no quería decir...

—Porque a mí también me preocupaba eso cuando me metí por primera vez en este mundillo.

Se detiene y me mira durante mucho tiempo, por lo que no recuerdo lo que iba a decir. No importa, ya que no tengo oportunidad de decir nada.

—Me enviaste un trabajo. O creo que fue tu profesor de ciencias del instituto, en tu nombre. Un proyecto sobre los hábitos alimenticios del *Semicassis granulata*, el caracol de sombrero escocés. En el que cuentas cómo se alimenta exclusivamente de un solo tipo de algas. Lo leí. No creo que esté listo para publicarse pero es prometedor. Lo que más me emocionó fue cómo nadie antes había encontrado un *Semicassis granulata* en el Atlántico. Son caracoles del Pacífico. Al menos eso pensaba yo hasta que llegaste tú y me mostraste lo contrario. Pero el problema es que...

Se detiene y levanta los hombros varias veces, como si estuviera rígido por haber estado demasiado tiempo encorvado frente a la pantalla del ordenador.

—El problema es que a nadie le importa un pimiento. Los caracoles, quiero decir, ni las algas, ni las anémonas, ni cualquier cosa que viva en el mar. A no ser que sea un animal que nos pueda devorar o, peor aún, que nos los podamos comer nosotros. El resultado es que no sabemos casi nada sobre el noventa y nueve por ciento de los organismos que viven en los océanos. E incluso el uno por ciento que sí conocemos, como por ejemplo nuestro viejo amigo *Carcharodon carcharias*, no sabemos mucho de ellos.

Toma otro trago de cerveza.

—¿Y sabes por qué?

Pienso con rapidez para poder responder antes de que me lo diga.

—¿Porque son difíciles de estudiar?

Levanta la vista, sorprendido. Luego sacude la cabeza.

—No, no es por eso. No son difíciles de estudiar, Billy. No con toda la tecnología que tenemos a nuestra disposición. El problema es que son caros de estudiar. Nadie quiere pagar para investigarlos. Así que tenemos que hacer lo que hacen todos si queremos hacer carrera en este mundo. Tenemos que hacer un pacto, un pequeño pacto con el diablo.

Vuelve a mirarme fijamente y me siento un poco incómodo con sus grandes ojos azules clavados en los míos.

—Todo este viaje está financiado por nuestros ingresos de seis episodios del programa de televisión. Ni tú, ni yo, ni el resto del equipo estaría aquí si no fuera por eso. Los experimentos científicos son solo un añadido. Claro que para tipos como tú y para mí, debo añadir, no es eso en absoluto. Pero la serie no ocurriría si no fuera por el dinero de la televisión. Así que, si no tratamos el aspecto televisivo con seriedad, las investigaciones científicas desaparecen.

Intento considerar lo que está diciendo. Lo entiendo, pero no lo proceso.

—¿Y las universidades? —pregunto, pero me ignora.

—Sabes de sobra que los tiburones no tienen nada especial, Billy, pero captan la atención del público de una manera que muy pocas otras criaturas lo hacen. Es mi trabajo aprovecharme de eso. Es nuestro deber. Aprovechar ese interés y utilizarlo para impulsar la suma de conocimientos de todas las demás especies que de otro modo serían ignoradas. Por eso, durante el día, soy una ridícula caricatura de científico, que salta dentro y fuera de esa estúpida jaula de tiburones con el fin de aumentar nuestra audiencia.

También es la razón por la que, por la noche, me quedo despierto hasta bien entrada la madrugada haciendo mi verdadero trabajo. ¿Lo entiendes, Billy?

No respondo al principio, porque no quiero parecer grosero.

—Sí, más o menos ya lo he entendido. Pero no era por eso por lo que he venido a verte.

Steve parece confundido y no se mueve durante un buen rato.

—Ah —dice al final. Luego respira profundamente—. Vale, Billy. Entonces, ¿por qué has venido a verme?

Aprovecho para tomar aliento porque lo que tengo que decir es muy duro.

—Bueno, igual te suena un poco raro pero he detectado un problema con tus datos.

Frunce el ceño.

—¿Qué problema, Billy?

—Bueno, es un poco raro, en realidad…

—Continúa. —Parece que se esfuerza por sonreír, aunque no quiera hacerlo—. Me gustan las cosas raras.

—Muy bien. Me he dado cuenta de que todos tus tiburones crecieron un diez por ciento hace cuatro años.

—¿Qué?

—Bueno, en realidad fue un 9,8% pero eso es solo un promedio y lo redondeé…

—¿Qué has dicho?

Saco el papel que imprimí antes. Hay una terminal de ordenador conectada a una impresora y el capitán Bob me deja usarla.

—Mira aquí. Pensé que debía de haber un problema con las fórmulas de la hoja de Excel, pero he revisado la hoja de cálculo entera y parece que los cálculos están bien, así que no soy capaz de averiguar de dónde viene el error…

—No hay ningún error, Billy.

—…porque no tiene sentido que haya un crecimiento uniforme en todos los tiburones. No tendría…

—No hay ningún error, Billy —me interrumpe Steve, su voz de repente suena más dura. Dejo de hablar—. Por supuesto que tiene sentido, es solo que no lo has deducido.

Lo miro, quiero decir, lo miro de verdad. Su comportamiento ha cambiado. De repente es como si estuviera serio y sereno. Es casi como si me hablara como si yo también fuera un científico. Me pone nervioso pero en el buen sentido. Pero no me ayuda a dar con algo sensato para responder.

—Piensa en ello. ¿Tenías la misma talla hace dos años que ahora? ¿O tal vez eras un poco más pequeño?

Frunzo el ceño. No entiendo a qué viene esto.

—No he crecido mucho.

—Pero un poco, sí.

Me encojo de hombros.

—Sí —respondo, aunque no veo qué importancia tiene esto.

—Los tiburones también están creciendo, Billy. Por eso son más grandes.

Lo miro con escepticismo, debe de estar bromeando porque está claro que esa no es la razón.

—No puede ser. Quiero decir, algunos habrán crecido pero no toda la población a la vez. Los más jóvenes seguro pero los adultos ya habrán adquirido el tamaño de adulto.

—Billy, los tiburones no tienen tamaño adulto. Pensé que lo sabías.

—Bueno... —De repente no puedo creer que haya sido tan estúpido—. ¿Ah no?

—No, claro que no. Vamos Billy, esto es algo básico. Los tiburones, como la mayoría de los peces, no dejan de crecer. Cuanto más viejos son, más grandes son, teniendo en cuenta las diferencias en la dieta y el sexo. Esa es la razón por la que podemos utilizar su tamaño para determinar su edad con tanta precisión.

Mientras tanto, siento que mi cara empieza a arder.

—Bueno, sí, quiero decir que sé que siguen creciendo un poco cada año, pero la mayor parte de su crecimiento se produce cuando son...

—No hay pero que valga, Billy —me corta Steve—. Así son las cosas.

Trato de asimilar la solución que me ha dado al problema según lo he entendido. Tiene algo de sentido, pero de alguna manera no encaja.

—Pero, si los tiburones están creciendo ¿cómo es que solo hemos notado el crecimiento en los datos de los últimos cuatro años? Si esa es la razón, ¿no lo veríamos cada año?

Steve vuelve a encogerse de hombros. A continuación, suspira.

—Vale, de acuerdo, cuando lo pones así eso sí que suena un poco raro. Pero también hay que recordar que tenemos una muestra muy pequeña. Es muy posible que los tiburones que vimos antes de ese año fueran más pequeños y los que vimos después fueran más grandes. ¿No lo explicaría eso?

Vuelvo a fruncir el ceño, intentando seguir el ritmo.

—Bueno, supongo... supongo que podríamos hacer un análisis estadístico para ver si...

Steve me quita de repente el folio y lo estudia un momento, sin dejar de rascarse la barbilla.

—Mira, fíjate lo que te digo. Igual es culpa de mi torpe manera de meter los datos. A veces se te cuela un error sin darte cuenta ¿a qué sí? Estoy bastante seguro de que recuerdo que tuvimos un año muy bueno para el crecimiento de los tiburones. Déjame echarle un vistazo...

No me devuelve el papel sino que lo deja encima de los suyos, al lado de su portátil. Luego me sonríe.

—Y ya que estamos aquí charlando, ¿qué tal si te damos un turno para pilotar el dron mañana? Me he dado cuenta de que Jason lo ha acaparado desde el primer día. Seguro que te apetece pilotar un dron, ¿no?

Lo pienso un momento. Es cierto, Jason no ha soltado el dron, a pesar de que haya más gente a bordo que pueda pilotarlo. Yo, por ejemplo, soy buen piloto de drones. Pero en realidad no me importa porque tengo uno en casa que puedo pilotar cuando quiera, por eso no he dicho nada.

—O si lo prefieres —dice Steve de repente—, la oferta de ir a bucear juntos sigue en pie. No estoy de coña. Te llevo cuando quieras. Te prometo que meterte en el agua con esas criaturas, sin protección alguna, es una experiencia inolvidable. Y ahora que están concentrados en las focas es bastante seguro. —Levanta las cejas, parece que de verdad está esperando mi respuesta.

—Hum, lo pensaré.

—Muy bien. Pero no lo pienses demasiado. —Me señala y luego gira la mano como si estuviera apretando algo—. A veces hay que dejar de pensar y agarrar al toro por los cuernos. —Vuelve a sonreír—. ¿Sabes a lo qué me refiero?

Asiento con la cabeza.

—Así me gusta. Bueno, será mejor que vuelva al artículo. La ciencia no va a avanzar sola.

Espera a que coja la indirecta y me levante para irme. Y, aún sin entender muy bien lo que acaba de pasar, eso es lo que hago, cerrando la puerta del camarote tras de mí.

CAPÍTULO ONCE

YA ES TARDE, pero no tengo ganas de dormir, así que doy un paseo por la cubierta del barco. No puedo ir muy lejos, ya que no es tan grande, pero hace una noche preciosa con un cielo lleno de estrellas y la temperatura es más fresca que durante el día. Acabo dando dos vueltas a la cubierta antes de tener una idea de lo que tengo que hacer. Aunque me parece una locura.

Después de mi ocurrencia voy a revisar el almacén. Pienso que podría tomar lo que necesito mientras la mayoría de la tripulación esté durmiendo. El almacén no es una habitación de verdad sino una especie de armario grande, pero aun así tiene casi todo lo que se puede necesitar para medir, pesar y experimentar, además de un buen conjunto de herramientas para arreglar cualquier chisme que se estropee. Pero incluso después de una larga búsqueda no puedo encontrar lo que estoy buscando, lo cual es un poco extraño.

Así que voy a preguntarle al capitán Bob, que sigue en el puente, y me dice que hay una caja de cachivaches detrás de la escalera y que igual encuentro uno allí. Así que voy, saco la caja y rebusco en ella. Está llena de trozos de radios viejas, de herramientas un poco oxidadas y de una brújula a la que se le ha derramado pintura, por lo que es difícil leer el rumbo. Pero sigo sin encontrar lo que busco. Así que finalmente vuelvo a mi camarote y me voy a dormir. Decido que lo resolveré por la mañana.

Cuando me despierto, tengo una idea.

—Debbie —le pregunto mientras estamos terminando el desayuno. Estamos los dos solos. —¿Cuánto mides?

—¿Qué?

—Es solo que no he podido evitar notar que eras bastante bajita y me preguntaba si sabes tu altura, pero con precisión.

—¿Qué? ¿Y qué leches te importa a ti lo que yo mida?

—Ah, bueno no te lo digo para ofenderte. Vamos, que yo también soy bajito, pero no sé cómo de bajito, o al menos, no exactamente, porque sigo creciendo. Así que me preguntaba si tu sí lo sabías.

Debbie me está mirando de una manera un poco descarada, para ser honestos.

—¿Lo sabes? —Lo intento de nuevo.

—Sí.

—Vale, ¿te importaría decírmelo?

Se levanta de la mesa del comedor y recoge sus cosas del desayuno para llevarlas a la cocina. Creo que no me va a responder.

—Tendrás que decirme para qué lo quieres saber.

—Ah. Vale, claro. —Cojo mi cuenco y la sigo hasta el fregadero—. Bueno, es un poco raro. Pero necesito comprobar algo con una cinta métrica, solo que no he encontrado ninguna en todo el barco. ¿No te parece raro?

Debbie hace una mueca, confundida.

—¿Por qué es extraño?

—No lo sé. Porque tenemos casi todo el equipamiento que puedas imaginar a bordo. Sin embargo, no tenemos una cinta métrica. A mí me resulta extraño.

—Bueno. Tal vez había una y se cayó por la borda.

—Sí, tal vez.

Debbie se da la vuelta como para marcharse.

—Entonces... ¿sabes cuánto mides?

—Sí. Claro que lo sé. Pero aún no me has dicho lo que quieres medir.

Total, que se lo cuento. Le expliqué que estudié los datos y que noté cómo todos los tiburones crecieron un diez por ciento hace cuatro años. Bueno, un 9,8% para ser exactos.

—Así que quiero hacer una cinta métrica para comprobar que no han cometido un error con Chumy y que las medidas que estamos leyendo con él no estén equivocadas.

Debbie me mira asombrada, como si me hubiera salido una medusa en la cara.

—¿Cómo van a estar mal?

—Seguramente no sea nada. Pero esa es la única respuesta que se me ocurre. Por eso necesito una cinta métrica para comprobarlo. Y no tengo una.

Debbie se gira para irse.

—Entonces, ¿qué? ¿Cuánto mides?

Se detiene.

—Mido un metro y medio, ¿de acuerdo?

—¿Un metro y medio exactamente?

—Sí.

—¿Seguro? Quiero decir, ¿lo sabes en milímetros?

—¡No! No lo sé. Nunca me han usado de cinta métrica.

Y con esas, se aleja. Lo cual no me sirve de mucho, la verdad.

Decido preguntarle a Jason, porque es bastante alto y tal vez él lo sepa con exactitud, pero solo dice que mide unos 180 centímetros. Pero de todos modos se me ocurre una idea mejor. No se nos está permitido acceder a Internet a bordo, porque nuestra conexión es por teléfono satélite y es muy cara, pero me meto de todas maneras para ver si puedo imprimir una regla para medir. Descubro que no se puede, o al menos no de manera sencilla porque el tamaño que se ve en una imagen en la pantalla del ordenador depende de muchos factores, como el tamaño del monitor, así que no es tan preciso como lo necesito.

Entonces me doy cuenta de que he estado siendo un completo idiota y que puedo usar el propio monitor del ordenador. Escribo la marca y el nombre del modelo en Google junto con la palabra «dimensiones» y me salen el ancho y el alto, tanto de la pantalla en sí, como de la pantalla y el marco que la rodea. Así que ahora tengo cuatro medidas fiables. Las marco en un trozo de papel y luego lo doblo por la mitad en cada punto, de modo que obtengo ocho puntos de referencia y a partir de ahí hago una escala. Luego cojo una cuerda blanca fina del almacén y la marco con medidas hasta los veinte metros. He construido mi propia cinta métrica.

Luego voy a hablar con Rosa.

—¿Qué quieres hacer? —me pregunta un poco sorprendida.

—Quiero coger la lancha y comprobar las medidas de Chumy.

—¿Por qué?

—Por nada, porque creo que debemos comprobarlo.

—¿Por qué?

Me encojo de hombros. No le cuento a Rosa el problema de los datos y creo que no debería hacerlo todavía. Debería dejar que Steve viera si puede resolverlo primero. Podría ser bastante vergonzoso si resulta que algunos de los datos que ha publicado son inexactos. Además, es más probable que sea yo el que esté equivocado de todos modos.

—¿Y cómo vas a hacerlo?

—Bueno, si llevamos la lancha a la boya y subimos a Chumy a la superficie puedo medirlo y luego ponerlo de vuelta en posición...

—¿No estás ocupado? ¿No te hemos dado suficiente trabajo? — sonríe Rosa. Intenta poner cara de incrédula y no es culpa suya que la haga parecer tan guapa, pero aun así me distrae.

—Sí, es que... me gusta ser minucioso.

Se ríe y creo que va a decir que no. Pero luego se encoge de hombros.

—De acuerdo. Creo que nadie necesita la lancha ahora mismo, así que si te hace feliz.

Me voy a buscar los chalecos salvavidas y a enrollar mi cuerda métrica para usarla, mientras Rosa conecta el gancho de la grúa con la lancha. Está guardada en la parte trasera del barco, para que no haya posibilidad de que los tiburones la perforen mientras investigan lo qué es, lo que hace que sea un poco complicado sacarla a flote.

Cuando regreso veo que hay un problema. Es Steve, acompañado de Dan, por supuesto, resulta que necesitan usar la lancha para ir a la isla. Steve quiere filmar cerca de la colonia de focas. Lo normal es que Steve nos explique el plan del día durante el desayuno y nos cuente si va a salir en la lancha o no pero parece que hoy se le ha olvidado. Está claro que me molesta ya que significa que Rosa y yo no vamos a poder usarla y creo que Steve percibe mi decepción ya que se acerca a hablar conmigo al respecto.

Parece un poco cansado y se me ocurre que tal vez estuvo hasta tarde revisando los datos, tratando de encontrar el error. Pero no dice nada al respecto.

—¿Te ha dejado Jason usar el dron ya?

Sacudo la cabeza.

—Vale, voy a tener que hablar con él.

Estoy a punto de decirle que no me importa, que tengo mi propio dron que piloto cuando quiero, cuando continúa.

—Oye, ya que tienes el chaleco salvavidas, ¿por qué no vienes?

Me quedo un poco sorprendido ya que no hay mucho hueco en la lancha cuando Steve y Dan están filmando.

—Vamos a dar un paseíto por la colonia, a ver qué podemos ver.

—¿Por la colonia? ¿Vais a caminar en la isla? Pensé que habías dicho que no estaba permitido...

—Así es. Dije que no se nos permitía, pero no dije que no lo hiciéramos. Venga. Voy a pillar a Jason ahora para que te dé el dron y te lo traigas, siempre es bueno tener algunas tomas desde el aire.

—¿De verdad? —No puedo evitar sentirme un poco emocionado.

—Claro. Nos lo vamos a pasar genial.

Así que, después de todo, me subo a la lancha, pero no para hacer lo que quería.

CAPÍTULO DOCE

ROSA CONDUCE LA LANCHA, mientras Dan filma el acercamiento a la isla y Steve me cuenta lo que está haciendo.

—Queremos hacer unas fotos de cerca a los cachorros —grita, por encima del rugido del motor—. Mientras tienen la piel de bebé es demasiado peligroso ir, ya que las focas peleteras son muy territoriales, pero ahora que el número de ejemplares se ha reducido, no creo que tengamos problemas. Dicho eso, debes mantener los ojos bien abiertos cuando lleguemos a la colonia. ¿Entendido?

Asiento con la cabeza.

—¿Qué quieres que filme?

—¿Qué dices?

Vuelvo a preguntar, esta vez gritando para que me oiga.

—Ah, ya, con el dron. Lo que quieras, da igual en realidad. Dan van a grabar la mayor parte de lo que necesitamos, pero cualquier imagen aérea que puedas conseguir también servirá. Solo mantente concentrado en el dron para no entrar en la toma de Dan.

Pienso en cómo hacer eso y decido que tendré que mantener el dron volando bastante bajo, apuntando hacia el lado opuesto de Dan.

—Vale, estamos llegando a la zona de amarre —la voz de Steve interrumpe mis cavilaciones—. Prepárate para salir y hagas lo que hagas por favor no te caigas al agua.

Rosa utiliza el motor para mantener la parte delantera de la lancha cerca de las rocas. Apenas hay oleaje en la entrada del pasillo de la muerte, pero aun así las olas rompen y hacen que la espuma suba y baje por las rocas, por lo que no es fácil salir. Steve va primero y es capaz de encajar sus grandes botas en un par de grietas de roca. Extiende su mano para que le siga y avanzo con la maleta del dron sobre mi hombro. Cuando Dan sale detrás de mí Rosa hace retroceder la lancha hasta el agua más profunda.

—Lleva la lancha de vuelta al Tiburones —le grita Steve—. Vamos a tardar un buen rato.

Luego caminamos unos pasos hacia el interior. Está muy chulo. Llevo años estudiando la colonia de focas de la isla de Lornea pero son focas grises comunes y nunca he entrado de verdad en la colonia, siempre la he observado con prismáticos. Ahora estoy caminando por una de las mayores colonias de focas peleteras del mundo. Hay cientos y cientos de focas a mi alrededor. El ruido es increíble y el olor ha vuelto. Steve tenía razón, nos hemos acostumbrado tanto a él que desde el barco ya no lo notamos, pero ahora que estamos cerca es más intenso que nunca. Huele un poco a algas secas y sobre todo a tripas de pescado y caca de foca. Las rocas son en su mayoría planas, aun así tenemos que escoger nuestros pasos con cuidado para evitar caminar delante de los adultos. Las focas se giran para observarnos cuando pasamos. No parecen del todo contentas de que estemos aquí, pero son un poco perezosas, así que aunque se vuelven para no quitarnos la vista de encima, no hacen nada más que eso.

Cuando llegamos a una de las partes más altas nos detenemos y Steve se pone a hablar con Dan. Le dice que se prepare con el trípode y me hace señas para que me acerque a un cachorro que está tumbado, solo, observándonos. Tendrá unas cuatro semanas, ha sido uno de los últimas en nacer y aún está cubierto de un pelaje gris y esponjoso que le hace parecer más un peluche que un animal salvaje de verdad.

Steve me sonríe. Con mucho cuidado, extiende una mano y, manteniendo la mirada fija en los enormes ojos de la foca, deja que le huela los dedos.

—Tranquilo, pequeñín. No estamos aquí para hacerte daño. —La voz de Steve es suave y tranquilizadora—. Solo vamos a utilizarte durante unos momentos.

La foca se mueve un poco hacia atrás, para alejarse, así que Steve retira la mano. En silencio, se levanta y se vuelve hacia Dan.

—Venga, manos a la obra.

Se pone de nuevo en cuclillas y Dan se arrodilla para poner la cámara al mismo nivel.

—Rodando —le informa Dan.

—Estamos aquí, en la mayor colonia de focas peleteras del mundo... —comienza, en su susurro que usa para la televisión. Me desentiendo un poco y me concentro en sacar el dron de su caja de la manera más silenciosa posible. Me preocupa un poco el ruido cuando lo pongo en marcha, pero estoy bastante lejos de Steve y él está hablando al micrófono de todos modos, debido a todo el ruido de las focas a nuestro alrededor. Así que despego y vuelo bajo sobre la colonia, estudio la pantalla del mando para ver dónde estoy.

—Y ahora nos hemos encontrado con este chiquitín —oigo a Steve continuar—. Con cuatro semanas de vida ya ha pasado de la leche materna a los peces y calamares. Por eso está solo aquí, esperando a que su madre vuelva para darle de comer. Esto no es nada inusual, lo que no sabe este cachorro es que cuando su madre se metió en el agua hoy, tuvo un encuentro con uno de los numerosos grandes tiburones blancos que merodean en estas aguas.

Mira al objetivo con seriedad antes de continuar.

—La madre de esta pequeña cría no va a volver, lo que significa que se enfrenta a una lenta muerte por inanición.

—Vale, lo he captado todo —dice Dan, después de unos largos segundos. Entonces Steve se levanta de inmediato y estira las piernas.

—Muy bien. Sácale un primer plano de los ojos, ¿quieres? Haz que parezca trágico. Luego lo repetimos de nuevo.

Se vuelve hacia mí.

—Veras Billy, está claro que no sabemos si la madre va a volver o no, pero vamos a cortar esto con imágenes de un ataque a una foca adulta en el agua. Vamos a hacer que parezca que es la madre de este cachorro. Así contaremos una historia que no es estrictamente cierta, pero que narra la realidad de la vida de estos animales.

Asiento con la cabeza. No estaba prestando mucha atención, es un dron diferente al que estoy acostumbrado y me he tenido que concentrar durante el vuelo para no meterme en el plano de Dan. Las imágenes en la pantallita del mando son increíbles, sobre todo la forma en que puedo enfocar en cualquier parte que me guste. Empiezo a notar que no solo hay focas, cachorros de foca, algas y rocas en esta isla, también hay una sorprendente cantidad de basura, de plástico y boyas de pesca.

Steve se agacha de nuevo.

—A pesar de lo sombrías que parecen las cosas en este momento para este cachorro, este no es el final. Porque hemos sido testigos de un comportamiento increíble entre estos animales que los hace parecer casi humanos. —Se levanta y se aleja unos pasos de la foca, hasta que se encuentra con otro adulto—. Una vez que los padres vecinos se den cuenta de que se ha quedado huérfano hay muchas posibilidades de que lo adopten como si fuera su propio cachorro.

Steve se vuelve hacia la cámara, de nuevo agachado junto a las focas.

—A primera vista parece no tener sentido evolutivo, ¿por qué arriesgar tu vida cuidando la descendencia genética de otros individuos? Pero cuando se considera el panorama más amplio, las cosas se ven de otra manera. Si existe la posibilidad de que te coman vivo cada vez que sales a cazar empieza a tener sentido tener un plan de apoyo para tus hijos. Así que cuidas del cachorro de tu vecino si les pasa lo peor y esperas que ellos hagan lo mismo por ti...

—¡Oye, mirad esto! —interrumpo. No es mi intención, pero hay algo que me ha llamado la atención en la pantalla.

—¡Joder, Billy! —Steve se levanta—. ¿Qué pasa?

Estoy más cerca de Dan, así que giro el mando para mostrarle la pantalla. El dron sigue en el aire, sobrevolando la otra parte de la colonia.

—Aquí. Esa foca está atascada. —No puedo apuntar porque tengo las manos ocupadas pilotando el dron, así que desciendo justo sobre la gran foca macho, con la cola y la aleta lateral enredadas por completo en una red de pesca.

—Mierda, ¿está muerta? —pregunta Steve. Pero entonces la foca levanta la vista hacia el dron, como si le molestara el zumbido del aparato.

—Vale. No está muerta, pero sí bastante jodida.

—¿Deberíamos soltarla? —pregunto. Miramos hacia donde está volando el dron. Estará a menos de un kilómetro, justo al otro lado de la isla. Steve sacude la cabeza.

—Ni hablar. Está demasiado lejos, no se puede llegar hasta allí. Es demasiado peligroso cruzar toda la colonia a pie. Incluso si pudiéramos, es demasiado peligroso acercarse a un macho adulto…

No respondo. Pero supongo que mi rostro lo dice todo.

—No va a poder nadar con esa red alrededor —digo al final. Levanto el dron, para que se vea cómo está atrapada desde otro ángulo—. Igual si cortamos ese cabo de ahí el resto se suelta.

Hay silencio durante un minuto. Entonces Steve suelta en voz alta.

—Joder, Billy. Muy bien. Vaya mierda. Dan, ¿te apetece dar un paseo?

Dan ya se ha unido a nosotros, pero sacude la cabeza.

—No puedo cargar la cámara a través de estas rocas. Además, ¿no quieres esperar hasta que vuelva la madre de este y terminar el relato de la adopción?

Steve mira al cachorro que estaba filmando y al vecino que se ha alejado de los ruidosos humanos. Chasquea la lengua con irritación.

—¿Tienes la cámara pequeña?

—Sí, está en la bolsa.

Steve asiente con la cabeza. Parece haber tomado una decisión.

—Vale. Dan, quédate aquí y graba al cachorro. Billy, aterriza el dron y coge la cámara de mano. Intentaremos llegar hasta allí, pero no prometo nada. No puedo correr ningún riesgo contigo.

Así que eso es lo que hacemos. Bajo el dron, lo aterrizo y lo guardo, mientras Dan prepara la cámara de mano. Es una cámara pequeña pero debe de ser muy cara y Dan insiste en que tengo que llevar la correa alrededor del cuello en todo momento, en caso de que se me caiga de las manos. Aun así no parece contento. Entonces Steve y yo nos ponemos en marcha. Sin el dron es muy difícil saber por dónde ir y no podemos caminar en línea recta, debido a las rocas y a todas las focas que hay en el camino.

—Mantente cerca, Billy —dice Steve, cuando me quedo un poco atrás.

Es asombroso, caminando entre las focas me doy cuenta de lo distintas que son. Desde la distancia todas parecen negras pero de cerca hay todo tipo de patrones y colores diferentes. Es como cuando ves una multitud desde muy lejos, toda la gente parece igual, pero cuando te metes entre ellas te das cuenta de que son todos individuales, todos diferentes.

—Joder, Billy, no te separes. Voy a tener que atarte con una cuerda. —Steve susurra enfadado. Así que tengo que esforzarme por seguirle el ritmo.

Tardamos unos veinte minutos en cruzar la isla y luego otros diez en encontrar la foca con la red enrollada. Cuando la localizamos, vemos que está escondida en una pequeña hondonada. La red le ha cortado la piel, por lo que está sangrando. Parece enfadada. Suelta un horrible bramido y se tambalea cada vez que intentamos acercarnos. Steve sacude la cabeza.

—Esto no tiene buena pinta —murmura, no creo que me esté hablando a mí. Empiezo a filmar de todos modos, sin saber qué otra cosa puedo hacer, pero Steve no parece darse cuenta. Sigue caminando alrededor de la foca, mirándola desde todos los ángulos pero sin acercarse. Al final se detiene y saca de la funda el cuchillo de buceo que lleva en la pierna. Entonces parece recordar que estoy aquí.

—Mantente atrás, Billy —dice. Esta vez no ha puesto la voz de la tele.

Empieza a silbar sin ton ni son mientras se acerca a la parte trasera de la foca. La red de pesca, una cuerda de nylon azul, está enrollada en una gran bola sobre las rocas y solo hay un par de cabos que rodean a la foca, pero están bien enrollados.

Steve se acerca a la red y agarra el cabo de la foca. Con bastante cuidado lo levanta. De inmediato, el animal sufre una gran convulsión, su enorme cuerpo intenta retorcerse, pero no puede y enseguida vuelve a caer. Si nos quedásemos atrapados bajo semejante masa sería como si te atropellase un camión.

Ahora que estamos cerca está claro que es una de las focas más grandes que hemos visto. Fácilmente tiene dos metros de largo y pesará unos 250 kilos. A medida que Steve se acerca, se me ocurre que podría noquearlo sin problema alguno y entonces no sabría qué hacer yo solo en esta parte de la isla rodeado de focas. Me muerdo el labio, pero sigo apuntando con la cámara.

Steve se acerca, vigilando de cerca las aletas de la cola del animal, que es la parte con más probabilidad de golpearle. Luego desliza la hoja de su cuchillo por la cuerda, hasta casi tocar el costado del animal. Entonces, observando sus ojos, desliza la hoja por debajo de una parte de la cuerda, donde se enrolla alrededor de la piel. Gira la cuchilla hacia fuera, contra la cuerda, y empieza a cortar suavemente. Es una suerte que esté tan afilada y que la dura cuerda se deshaga con la hoja. Pero la foca está atrapada en varios sitios y en algunos la cuerda está muy incrustada en su piel.

Un par de veces la foca se tambalea, tratando de escapar, aunque Steve está tratando de liberarla. Pero Steve es capaz de ver cómo se prepara para moverse inclinando su peso hacia delante. Cada vez que lo ve da un paso atrás y espera a que se calme. Poco a poco es capaz de separar la parte principal de la red, hasta que solo queda una sección, que está incrustada en la piel. La corta para que le quede un extremo libre y luego me señala con la cabeza.

—Retrocede un poco. Voy a darle un tirón a la red.

No respondo, tan solo asiento con la cabeza.

Y entonces, antes de que esté realmente preparado, Steve tira de la cuerda. Al instante, el animal se convulsiona de dolor y suelta un rugido. Luego palpita hacia delante mientras se vuelve contra Steve, pero él es más rápido. Se aleja hasta que llega a mi lado. Finalmente, la foca se calma, quizás comprendiendo que por fin es libre. Gira la cabeza y se lame la herida como un perro. Steve se acerca a mí y se agacha de nuevo. Está sin aliento mientras habla y al principio no me doy cuenta de lo que está haciendo. Pero, por suerte, enseguida caigo.

—Incluso aquí no podemos escapar del problema de los residuos de plástico en nuestros océanos. Este macho habría pagado con su vida, si no hubiera sido por uno de nuestros estudiantes ayudantes, el joven Billy Wheatley, que lo detectó con el dron. Estaba muy lejos y no creí que tuviéramos ninguna posibilidad de salvarlo, pero él insistió y como resultado... —Me hace una seña y después de un momento me doy cuenta de que quiere coger la cámara. Se la entrego y le da la vuelta, de modo que el objetivo me está apuntando— ...tiene la oportunidad de ver la luz de otro día. Gracias, Billy.

Sigue filmándome un poco más y luego corta la grabación con el pulgar.

—Buen trabajo, Billy. Ahora salgamos de aquí.

Está oscureciendo cuando volvemos al Tiburones, así que no tiene sentido que pida ir a medir a Chumy. Como ha sido un día bastante completo y sorprendente, me siento aliviado de volver a mi litera.

Pero a la mañana siguiente todo se tuerce.

CAPÍTULO TRECE

EL REVUELO COMIENZA mientras estoy desayunando. Se oye un grito de Debbie, a quien le toca comprobar el equipo, en la cubierta de observación. Cuando comprueba las imágenes de las boyas se da cuenta del problema.

—¿Qué le ha pasado a Chumy?

Entonces Rosa se acerca a la pantalla para ver cuál es el problema y yo también miro.

La pantalla funciona y la cámara suspendida bajo la boya también funciona, porque vemos las imágenes bajo el agua. Se ve como siempre por la mañana, con los rayos de sol que la atraviesan. Pero falta el gran tiburón de madera.

—¿Dónde diablos está Chumy? —pregunta Rosa.

Miramos hacia el lugar donde debería estar amarrado, atado por delante y por detrás entre dos boyas naranjas. Vemos enseguida que las boyas siguen en su sitio, no parece que se hayan movido. Así que decidimos acercarnos en la lancha y ver qué ha pasado. Resulta ser más fácil de lo normal porque Steve decidió no subirla a la parte trasera del barco anoche cuando volvimos de la isla, ya que era demasiado tarde. Así que Rosa lleva la lancha y Debbie y yo tiramos de la primera de las boyas naranjas y la subimos a bordo de la lancha para ver qué ha pasado. Pesa bastante, lo que significa que el ancla sigue en su sitio, pero al subir la cuerda a bordo vemos que donde Chumy solía estar atado, ya no lo está. En su lugar, el extremo de la cuerda está deshilachado, flotando en la corriente.

—Lo han debido de morder —dice Rosa, al verlo.

—¿Por qué?

Nadie responde.

—Y ¿dónde está Chumy? —pregunta Debbie.

—Debe estar atado a la otra boya —responde Rosa. Así que tiramos la primera boya naranja al agua y nos dirigimos hacia la segunda. Cuando la sacamos vemos exactamente el mismo problema. La cuerda que debería estar atada a la parte delantera de Chumy está suelta y su extremo se retuerce con la corriente.

—Parece que la han cortado —digo en cuanto la subimos a la lancha. Agarro la cuerda y la inspecciono. Se ven las marcas de un filo dentado.

—Maldita sea —dice Rosa cuando lo ve—. Romper ambos extremos... eso es casi una acción deliberada. Lo han debido coger manía.

—¿Quién? ¿Qué? —pregunto. No sé a qué se refiere.

—Entiendo que hayan podido cortar un extremo, pudo haber sido un accidente, quizá uno de los tiburones mordisqueó la cuerda para ver qué era. Pero ¿ambos lados? Ha debido ser un ataque deliberado.

—Ya y, ¿dónde está ahora? —Agarro una máscara de buceo de la taquilla que hay bajo el asiento de Rosa, me la pongo en la cara y la uso para mirar hacia abajo en el agua. A través del agua azul y transparente veo las rocas del fondo a unos veinte metros más abajo. La cuerda de la boya se arquea hasta el neumático lleno de hormigón de su ancla. Saco la cabeza del agua, con el pelo mojado y pegado a la frente—. No lo veo ahí abajo.

—El Chumy flota, así que una vez liberado de las cuerdas habrá flotado a la deriva —responde Rosa. Mira a su alrededor—. Podría estar en cualquier parte.

Se hace un silencio en la lancha que se rompe cuando Rosa golpea el lateral con la palma de la mano.

—¡Maldita sea! Es una pérdida muy grande. Esa era la única manera consistente de tomar medidas.

Me sorprende lo enfadada que está de repente. Nunca había visto a Rosa así.

Dejamos las boyas naranjas en su sitio, pero desenganchamos los cabos de sujeción de las líneas de anclaje, para poder examinar los extremos dañados una vez de vuelta en el Tiburones. Media hora más tarde estamos todos reunidos en el salón, los cabos están encima de la mesa y los observamos mientras tomamos café. Tenemos el portátil de Rosa abierto, reproduciendo el video de la cámara de la boya de anoche. Por supuesto, está oscuro, pero queremos ver si hay algo que podamos detectar, como el destello del vientre de un tiburón blanco atacando las cuerdas. Vemos toda la noche a dieciséis veces la velocidad normal, pero no se ve nada, la pantalla está en negro todo el tiempo. Hasta que amanece y cuando el agua se aclara se ve como Chumy ha desaparecido.

—A mí me parece que lo han cortado —digo, mirando de nuevo el extremo de la cuerda. Es bastante gruesa, como la que usan los escaladores, y los bordes tienen marcas raras. Steve también la inspecciona.

—Espera aquí —dice al rato. Cuando vuelve, ha traído la mandíbula del tiburón que guarda en su camarote—. Se puede identificar a un tiburón por sus dientes. El marrajo tiene dientes largos y puntiagudos, para atrapar presas a gran velocidad. El tiburón nodriza tiene dientes redondeados para aplastar mariscos. Los dientes del tiburón blanco, como estos que tengo aquí, ¿veis cómo tienen forma triangular y son de sierra? Son dientes diseñados para cortar carne y huesos.

Pone la cuerda dentro de la boca y empuja la mandíbula para que se apriete. Empuja más fuerte y al mismo tiempo tira del extremo de la cuerda, para que se desprenda. Parece que la mandíbula ha cortado la cuerda, aunque no es así.

—Creo que por las marcas en la cuerda podemos identificar esto como la obra de un tiburón blanco —dice Steve. Entonces todo el mundo empieza a preguntarle si alguna vez ha oído hablar de este tipo de incidentes, porque a pesar de la reputación de que los tiburones blancos atacan a los humanos y a los barcos, los científicos sabemos que no suele ser cierto. Prefieren comer focas. Steve continúa diciendo que es posible que uno de los tiburones blancos de aquí haya visto a Chumy como una amenaza, o quizá se haya enfadado al verlo. Nos explica cómo el próximo año tendrán que atarlo con alambre de acero en lugar de cuerda. Y que en realidad han tenido suerte de que no ocurriera antes.

Según habla, no puedo evitar notar lo bien que se está tomando la pérdida de Chumy.

CAPÍTULO CATORCE

PASO la mañana mirando por los prismáticos. Se supone que tengo que contar tiburones para el estudio de la población y lo estoy haciendo, pero también estoy aprovechando para buscar a Chumy. Se me ocurre que podría haber aparecido en uno de los barrancos o las ensenadas que forman la costa rocosa de la isla. Tras escudriñar toda la costa, o al menos la parte que es visible desde nuestro barco, no veo nada. Así que, cuando me toca el descanso para comer, vuelvo al salón.

Como no tenemos que trabajar todo el tiempo en el barco y como no tenemos acceso fácil a Internet, el capitán Bob tiene una pequeña biblioteca. No es que haya una sala especial para ello, sino que hay un baúl de madera lleno de novelas de bolsillo, ejemplares de revistas de biología marina y algunas revistas antiguas como *Surfer* y *National Geographic*. Me pongo a buscar un artículo en particular. Es uno que escribió Steve hace un par de años, habla de la isla de Wellington con su colonia de focas y de cómo hacen un estudio de población de tiburones todos los años. Lo conozco porque todo el mundo lo estaba ojeando al principio del viaje, pero en realidad lo vi por primera vez hace dos años porque estoy suscrito a *National Geographic*. En aquel momento pensé que era muy chulo cómo hacían las investigaciones y lo cierto es que no me di cuenta de lo significativo que iba a ser el artículo.

No tardo mucho en encontrarlo y, cuando lo hago, examino las fotos. La que estoy buscando muestra a Steve, sin camiseta, fijando los cabos de amarre a Chumy en la cubierta del Tiburones. Se puede ver a Rosa en el otro extremo, está muy guapa con la parte de arriba de un bikini y unos pantalones cortos blancos. Recuerdo haberlo notado cuando vi por primera vez este artículo, aunque entonces nunca imaginé que llegaría a conocerla un día. En cualquier caso, esto no es lo que quería ver. Vuelvo a examinar la foto. Ambos están de pie en la cubierta de observación del barco y han puesto a Chumy apoyado en la barandilla. Pienso un momento, luego recojo la cuerda de medir de mi litera y la saco, junto con la revista, al exterior. Coloco la revista más o menos en el lugar donde creo que se tomó la fotografía. Luego voy y pongo mi cuerda de medir en línea recta donde está Chumy en la fotografía. Vuelvo a la revista, lo compruebo de nuevo y tengo que hacer algunos ajustes, pero al final pongo la cuerda de medir en el barco exactamente dónde están las marcas de medición de Chumy en la fotografía. Compruebo si coinciden.

No es un método exacto, lo admito. No puedo medirlo al milímetro, pero se ve que hay un pequeño desajuste. Es más o menos lo que me esperaba, casi medio metro. La marca de diez metros de longitud en el Chumy de la foto en realidad marca nueve metros y medio en mi cuerda. Lo veo porque los postes verticales que forman las barandillas del barco están instalados a intervalos de medio metro. Lo compruebo de nuevo, asegurándome de que no he pasado mi cuerda por error por otros postes de la barandilla. Pero no parece haber ninguna duda. Las marcas de medidas de Chumy están mal hechas.

—¿Qué estás haciendo? —me interrumpe la voz de Rosa. Cierro la revista a toda prisa y le doy una patada a la cuerda. Luego me giro para mirarla. Tiene la frente un poco arrugada por el gesto de confusión que ha puesto y sigue de mal humor, como todos, porque de sobra sabemos que los datos que vamos a recoger este año no van a ser tan buenos. Sin embargo, no parece sospechar nada en absoluto. Tan solo parece tener curiosidad por saber qué estoy haciendo. Estoy a punto de decírselo, pero en el fondo sé que es con Steve con quien tengo que hablar, no con Rosa.

—Nada —miento.

Por supuesto, Steve está filmando toda la tarde con Dan en la lancha y luego en la jaula de tiburones. Durante la cena están ocupados editando y repasando las grabaciones, así que es tarde cuando llamo a su puerta. Aun así, tengo la sensación de que me estaba esperando.

—Billy —esta vez sonríe y no hace ningún comentario sarcástico—. Pasa. Siéntate.

Hago lo que me dice y me siento en la cama de nuevo. Cierra la tapa de su portátil y sale de detrás de su escritorio. Saca la silla de debajo del escritorio y la hace girar con una mano, de modo que tiene la espalda hacia mí. Luego se sienta en ella, de espaldas, tratando de parecer relajado.

—¿En qué puedo ayudarte?

—Se trata de Chumy —digo sin más. Entonces espero. Él también espera, pero al final tiene que preguntar.

—¿Qué pasa con Chumy?

Vuelvo a hacer una pausa, para dejar claro la seriedad del asunto.

—No es tan largo como creías.

Luego hay una pausa muy larga antes de que Steve vuelva a hablar, una extraña mezcla de expresiones se cruza por su rostro.

—¿Qué te hace pensar eso?

Entonces le entrego el ejemplar de la *National Geographic*, abierto por la página con su artículo. Lo despliega y lo mira un rato, luego vuelve a mirarme.

—Lo he medido. No conseguí encontrar una cinta métrica en todo el barco, así que tuve que utilizar una cuerda para medir y luego Chumy desapareció, así que no pude medir al Chumy de verdad, pero en esta fotografía se ve lo largo que es contra la barandilla del barco, así que puse mi cuerda contra la barandilla para calcularlo. Y, bueno, la escala está mal.

Steve vuelve a estudiar la fotografía. Luego tira la revista en la cama a mi lado y mira a un lado. Al cabo de un rato se vuelve para mirarme a los ojos de nuevo. Pero ninguno de los dos decimos nada. Nos quedamos callados un buen rato en el que siento que sus grandes ojos azules me estudian sin cesar. Yo le devuelvo la mirada.

Finalmente, suspira.

—¿Has visto alguna vez «Tiburones asesinos» en el canal 4?

La pregunta me sorprende.

—¿El programa de tiburones de la tele?

—Sí, bueno uno de ellos, Billy. Uno de los muchos que hay.

No respondo porque quiero averiguar primero por qué lo pregunta.

—¿Y bien? ¿Lo has visto alguna vez?

Al final me encojo de hombros.

—A veces.

—¿Te gusta?

Vuelvo a encogerme de hombros.

—No mucho. Es un poco... —No se me ocurre la palabra.

—¿Hiperbólico? ¿Exagerado? —sugiere Steve—. ¿Un poco mierda?

—Sí… Bueno, es que no son científicos de verdad, ¿no? Es más bien una especie de programa de entretenimiento.

Steve asiente.

—Así es. Russell Owens, el tipo que lo presenta, es un gilipollas total. Lo conocí hace unos siete años. Estábamos atrapados en un puerto durante una tormenta, en el Caribe, creo. Nos tomamos unas cervezas y empezamos a hablar. Parecía muy interesado en lo que hacía yo en el Tiburones, pensé que solo estábamos charlando. Unos meses más tarde me enteré de que había reformado su barco, con el dinero de su papá por supuesto, y había conseguido un programa en la tele. De inmediato empezó a acaparar una gran parte de nuestra audiencia.

Vuelvo a fruncir el ceño. No entiendo qué importancia tiene esto.

—Copió mi fórmula, combinando la emoción que se siente al interactuar con tiburones con la investigación de primera mano acerca de cómo viven… —Cierra la boca por un momento—. Solo que él nunca se molestó en hacer la segunda parte. Se limita a decir que los tiburones son asesinos mortales que van a por cualquiera que se meta en el agua. Eso es todo.

Steve hace una pausa y sacude la cabeza.

—A los jefes de la productora de televisión, este es el quid de la cuestión Billy, no les importa una mierda. Esa es la dura realidad. Solo hay una cosa que les interesa: la audiencia. Un par de años después de que Russell comenzara su serie querían cancelar mi programa. Solo cuando los convencí…

Vuelve a mirar a un lado. Como si buscara una salida para no tener que decirme lo siguiente. Pero sabe que no la hay.

—¿Cuál de estos suena más peligroso Billy? ¿Un gran tiburón blanco de diez metros o uno de nueve?

—Bueno, depende de si están en modo de crucero o en modo de ataque…

—Sí, está bien. —Levanta una mano—. Tú lo sabes, pero ¿qué va a pensar un espectador normal?

No respondo. De verdad que no lo sé.

—El más largo es peor, Billy. Cuanto más grande el tiburón, más grande es la boca. Cuanto más grande es la boca, más grandes son los dientes. No me quedaba ninguna duda.

—¿De qué no te quedaba duda?

—De que los jefes de la tele iban a reemplazar mi programa con el de Russell. Así que fui a reunirme con ellos. Les conté toda la mierda sobre la importancia de educar a la gente sobre los tiburones y la vida marina, que tenemos que vivir todos juntos en este planeta, etcétera. Pero no conseguía convencerlos. Lo veía en sus ojos. Hasta que dije una cosa.

Steve levanta el dedo índice de su mano derecha pero no continúa hablando.

—¿Qué cosa?

—Ni siquiera planeé decirlo. Se me escapó. Les dije que con nuestra experiencia científica estábamos mejor situados para localizar y filmar a los especímenes más grandes. Y ellos lo aceptaron.

—¿Qué quieres decir?

—Pensaron que me refería al mismísimo tiburón de la película. Pensaron que les estaba diciendo que iba a encontrar al monstruo de Hollywood. Ya sabes, diez metros de largo, hecho de fibra de vidrio y con una boca a control remoto. Eso es lo que querían, lo único que querían. De alguna manera se les ocurrió que porque éramos científicos de verdad podríamos encontrar los tiburones más grandes del océano, los más peligrosos. Los tiburones que la gente quiere ver.

Infla sus mejillas y luego exhala con lentitud.

—Pero eso no tiene sentido.

—Sí, es una tontería. Es una puta mierda.

—Entonces, ¿qué hiciste?

—Ya sabes lo que hice. Me acabas de decir lo que hice. Fui y empecé a encontrar tiburones más grandes.

—Pero ¿cómo lo conseguiste? —Siento que mi cara está completamente arrugada de tanto fruncir el ceño.

Tarda en contestar.

—Para entonces ya estábamos utilizando a Chumy. Queríamos aportar algún tipo de rigor al método de estimar el tamaño de los tiburones. Había otros investigadores que ya estaban haciendo lo mismo... con sus propios Chumys —continúa—. Así que cambié la escala.

—¿Cambiaste la escala?

Steve asiente.

—¿Hiciste trampa?

Duda, pero vuelve a asentir.

—Dios mío —digo—. Y, ¿eso pasó hace cuatro años?

—Sí.

—¿Por eso los tiburones crecieron un diez por ciento ese año?

—Así es.

—Bueno más bien un 9,8 por ciento.

—Si tú lo dices.

—Entonces ¿en realidad no habían crecido?

—No, Billy. No habían crecido.

Estoy aturdido. Al cabo de un rato, noto que se me ha quedado la boca abierta y la cierro rápidamente. A ver, en cierto modo ya lo sabía, pero oírle admitirlo es sorprendente. Impactante.

—Has escrito artículos en revistas científicas sobre el tamaño de la población de los tiburones blancos y de otras especies. Y todo se basa en los datos medidos por Chumy. Los datos no son exactos.

—Solo han cambiado un poco. Dudo que lo suficiente como para que afecte las conclusiones.

—¡Pero siguen siendo incorrectos!

Steve se frota la cara. Oigo como sus dedos rozan los pelos de su barba.

—Quise corregirlo. Al principio, quiero decir. Pero luego me di cuenta de que no podía. Siempre había estudiantes como tú que me ayudaban a recopilar datos y podrían darse cuenta si los artículos que publicábamos de repente mostraban tamaños diferentes. Así que tuve que mantenerlos tal y como se registraron. Y, ¿sabes lo más gracioso de todo?... ¡funcionó! —Se encoge de hombros—. Me gané la reputación de ser capaz de localizar a los tiburones más grandes y con esa reputación fui a hablar con los de la televisión. Estaba funcionando, Billy.

—Pero...

—No. No hay pero que valga. Funcionó. Los jefazos de la televisión juegan al puto golf todos juntos y les encanta que yo fuera el que encontrase los tiburones más grandes. Les daba derecho a fanfarronear. Pusieron Tiburón salvaje en la franja horaria de máxima audiencia y ganamos la guerra de los ratings contra el jodido Russell Owens.

Me quedo en silencio durante un largo rato.

—Pero los datos son erróneos —digo al final. Steve me responde enseguida.

—Si no lo hubiera hecho, no habría datos que estudiar.

Nos miramos fijamente durante un momento, ambos respirando con dificultad.

—Pero... —vuelvo a decir.

—No, Billy. Así son las cosas.

No soy capaz de decir nada durante un rato. Estoy tratando de encontrarle sentido a esto.

—Bienvenido al turbio mundo de la investigación científica, Billy. Joder, siento que sea un golpe tan...

—¿Lo sabe Rosa? —le interrumpo.

—¿Qué?

—Que si Rosa sabe lo que estás haciendo.

—No, qué va. Nadie lo sabe. ¿Rosa? Ni hablar. —Sacude la cabeza—. Mira, yo pinté la escala en Chumy, lo hice solo. Pensé que si alguien se daba cuenta de que la escala estaba mal, podría decir que había sido error que yo había cometido. Pero nadie se dio cuenta. Al menos hasta que llegaste tú.

Pienso en esto. En cierto modo me alegra que Rosa no lo sepa.

—Y tampoco se van a enterar —me interrumpe de repente Steve. Levanto la vista—. Nadie lo va a saber.

—¿Fuiste tú quien soltó a Chumy?

Mira hacia otro lado, frotándose de nuevo la barbilla.

—Sí. Rosa me dijo que querías medirlo. Así que me escabullí anoche. Lo remolqué hacia el otro lado de la isla y lo anclé allí.

No respondo. Cojo el ejemplar de la *National Geographic*. Ojeo las páginas del artículo de Steve.

—Es medio metro, Billy. No le va a hacer daño a nadie.

—Eso no es cierto, ¿a qué no? —le pregunto—. Estamos envejeciendo a los tiburones al incrementar su longitud. No solo significa que son un poco más pequeños de lo que pensábamos, también significa que la población es más joven y eso podría tener consecuencias importantes para estimar la salud de la población al completo.

Steve levanta las cejas ante esto, pero no responde. Luego, de repente, se levanta de un salto y se dirige al fondo de su cabina. Abre un armario y saca una botella de whisky y dos vasos. Sin preguntarme, echa dos tragos en cada vaso y me da uno.

—No me gusta el whisky.

—Tómatelo. Algún día te acabará gustando.

Lo huelo un poco y casi me quema el interior de la nariz. Vuelvo a dejar el vaso. Steve sonríe.

—Sabes, Billy, hay una lección que he aprendido en la vida. Siempre hay algo bueno que sale de una crisis. —Hace una pausa para dar un sorbo a su bebida—. ¿Y sabes qué es lo bueno de esta?

Lo miro con el ceño fruncido, pero no respondo.

—¿Tienes qué, diecisiete años?

—Dieciséis.

—¿Dieciséis? Joder, no sabía que aceptáramos a chicos de esa edad.

Dudo un instante antes de continuar.

—En realidad no tengo dieciséis años hasta dentro de un mes. Puse que los tenía en mi formulario de solicitud porque había que tener dieciséis años para participar.

Steve se lo piensa un momento y luego levanta su copa en una especie de brindis.

—Bueno, ahí lo tienes. Todo el mundo tiene que saltarse alguna regla de vez en cuando, hasta el mismísimo Billy Wheatley. Mira, esto es solo el principio. El comienzo de toda tu carrera y yo puedo ayudarte. ¿Sabes una cosa? Esto de ser una celebridad es una tontería, pero al menos significa que conozco a mucha gente. Tengo contactos en todas las universidades de Biología Marina del país, de todo el mundo, por así decirlo. Es un mundillo muy pequeño y difícil de entrar. Así que tu pequeño trabajo de detective a bordo de mi barco te ha ganado un aliado muy poderoso. Te va a abrir un montón de puertas. —Levanta su vaso de nuevo—. ¿Podemos brindar por eso al menos?

No me muevo. Después de unos segundos, Steve coge mi vaso y me lo tiende.

—Vamos, Billy. Este es un whisky de malta de catorce años. Me lo enviaron desde Escocia y cuesta una fortuna.

El líquido que contiene es dorado y tan espeso que se adhiere a las paredes del vaso. Lo huelo y me entra tos. Steve sonríe. Entonces, supongo que será la curiosidad, me lo llevo a los labios, tomo un sorbo y un reguero de fuego me llena la boca.

—¡Salud, muchacho! ¡Por tu carrera Billy! Por tomar riesgos. Por agarrar la vida por las malditas pelotas y apretarlas con fuerza.

Choca su vaso con el mío y da un gran sorbo a su bebida. Vuelvo a acercarme el mío a los labios y doy un sorbo también. Esta vez dejo que el whisky me llene la boca y me lo trago, sintiendo que me quema la garganta.

A la mañana siguiente, cuando la alarma me despierta para mi turno, todavía puedo saborear el whisky en mi boca. Salgo de mi litera, asegurándome de no despertar a Jason, que tiene una pierna colgada por el borde y ronca con suavidad. Luego me visto sin hacer ruido y salgo al salón. Debbie está en el mismo turno y me acerca una taza de café. Me dice algo pero no lo oigo, porque todavía estoy pensando en la noche anterior.

—He dicho buenos días —dice de nuevo.

—¿Qué? Ah, sí. Buenos días.

No decimos nada más y ambos nos sentamos a tomarnos el café. Suelo tomar un tazón de cereales pero esta mañana no tengo hambre. Así que cuando hemos terminado nuestros cafés nos dirigimos a la plataforma de observación para empezar a trabajar. El sol aún no ha salido, pero ya hay luz en el cielo. Empezamos a vigilar a los tiburones al amanecer y seguimos hasta la puesta de sol. No importa si nos perdemos algunos que aparecen antes del amanecer, lo importante es que sigamos exactamente los mismos métodos que los años anteriores, para que los datos sean comparables. Por eso la pérdida de Chumy es un golpe tan fuerte.

—Tiburón —grita Debbie. Levanto la vista de las pantallas y sigo su mano extendida. A unos veinticinco metros hay una perturbación en el agua. Es difícil ver desde aquí y no está junto a ninguna de las boyas de la cámara. Pero tenemos el dron listo para volar, así que cojo el mando y sale zumbando de la cubierta. Lo hago volar sobre la zona perturbada. A estas alturas del día, el agua está todavía un poco oscura para ver con claridad, pero hay algo negro flotando en el agua.

—¿Qué es eso? —pregunta Debbie. Bajo el dron para ver mejor.

—Es la mitad trasera de una foca.

Ya hemos visto muchas, pero todavía dan un poco de asco. Así que vuelvo a volar un poco más alto, hasta que vemos la sombra de un tiburón girando lentamente en círculos alrededor de la media foca. Tenemos ya experiencia en identificar qué tipo de tiburón es por la silueta y sin siquiera consultarlo conmigo, Debbie lo anota como un tiburón blanco macho.

—Mira, todavía tiene la otra mitad de la foca en la boca.

Anota la hora, el tipo de ataque en la carpeta y yo aterrizo el dron de nuevo.

—Dime, Billy, ¿encontraste el metro que buscabas? —pregunta, mientras conecto el dron para recargarlo. Sacudo la cabeza—. Querías comprobar las medidas de Chumy, ¿no? Supongo que ahora que se ha perdido ya no tiene sentido.

Me lo pienso un momento, se me acaba de ocurrir cómo podría usar el dron para intentar encontrarlo. Pero... ¿qué sentido tendría eso? Ahora sé que Steve puso las medidas equivocadas aposta. La pregunta que me ronda la cabeza es qué debo hacer al respecto.

—No entiendo para qué lo necesitamos de todos modos —me interrumpe la voz de Debbie—. Deberíamos usar el dron para las medidas. Es muy sencillo, solo hay que volar el dron a una altura predeterminada sobre cada tiburón y tomar una foto. Podríamos calcular la longitud exacta de todos los tiburones con mucha más facilidad.

Me quedo callado un rato y luego la miro.

—Es una buena idea.

—Ya lo sé. No eres el único inteligente a bordo, Billy.

—No, quiero decir que es una muy buena idea.

Debbie pone los ojos en blanco.

—Y yo te digo que ya lo sé. De hecho, se lo voy a contar a Steve, a ver qué opina.

La mención de Steve hace que me cambie la cara.

—¿Qué te pasa? —pregunta Debbie—. ¿No decías que te gustaba la idea?

Trato de parecer positivo de nuevo.

—Sí, me gusta.

—¿Y bien? ¿De qué se trata entonces?

Dudo. Sé que no debería decir nada. Pero al final no puedo evitarlo.

—No tiene sentido.

—¿Qué? Billy, ¿estás bien? Estás muy raro esta mañana —dice Debbie—, que para ti ya es un decir.

No digo nada durante un rato, porque no he decidido si se lo debo contar a alguien o no. Entonces sé lo que voy a hacer. No me queda otro remedio.

—Digo que da igual, mentirá sobre ello de todos modos.

—¿Qué? ¿Qué significa eso?

Entonces se lo cuento. Estamos solos en la plataforma de observación, así que se lo cuento todo. Que encontré la inconsistencia en los datos y quería la cinta métrica ya que un error en Chumy era la única manera que se me ocurría de explicar el problema. Luego Steve descubrió lo que estaba haciendo e hizo que pareciera que los tiburones habían atacado a Chumy, todo para evitar que pudiera medirlo.

—Ni hablar, no me lo creo —dice Debbie cuando termino. Por un momento me pregunto si es mejor, incluso ahora, que ella le crea a él y no a mí. Pero entonces saco mi teléfono, abro la aplicación de mi grabadora de voz y paso por mis grabaciones hasta encontrar la que hice anoche mientras Steve admitía lo que había hecho.

—No estaba seguro de si lo admitiría o no, así que grabé la conversación. —Aprieto el botón y ambos escuchamos la parte en la que Steve admite haberse levantado en mitad de la noche para esconder a Chumy. Lo detengo antes de la parte en la que intenta sobornarme.

Debbie se ha quedado con la boca abierta, literalmente.

—Madre mía. ¡Joder, Billy!

La miro y no digo nada.

—¿Qué vas a hacer?

No sé la respuesta. Es lo único en lo que he estado pensando desde que descubrí la verdad.

—A ver, si lo cuentas, le vas a arruinar su carrera. Pero si no lo haces, es como descubrir un enorme fraude científico y no hacer nada para pararlo.

Sonríe mientras lo dice y sé por qué. Es porque sabe lo importante que es pero a la vez es un alivio que sea mi problema y no el suyo.

—Entonces, ¿qué vas a hacer?

—No lo sé.

Me paso todo el día pensando en ello. Por un lado, no es que haya descubierto que es un asesino ni nada por el estilo. Pero por otro lado, lo que está haciendo está mal, y va en contra de la ética del científico. Puesto de otra manera, ¿qué pasaría si todos los científicos se comportaran como Steve? Tengo un libro que mi padre me regaló un año por navidades. Se llama «A hombros de gigantes». Trata de cómo los grandes avances científicos se basan en trabajos que otras personas han realizado con anterioridad. Por eso los científicos no tienen que empezar desde el principio, investigando el punto de ebullición del agua o dando nombres a los peces. Así que si el trabajo de Steve se basa en una mentira, aunque él piense que es solo una pequeña variación, sí que importa. Porque no sabemos lo que van a basar en su investigación en un futuro. Su pequeña mentira se amplificará cada vez que alguien se base en ella y podría hacer que todo se derrumbe.

Además, no es que sea una pequeña mentira. Dado que solo conocemos la edad de los tiburones a partir de su tamaño, su mentira no solo afecta al tamaño de los tiburones, sino que también afecta a la edad de los tiburones y, por tanto, a la salud de toda la población. Nosotros, los científicos que trabajamos en este campo, pensamos que la edad media de los tiburones blancos es en realidad mayor de lo que es de verdad, todo ello como resultado de la mentira de Steve. Incluso si quisiera, no creo que pueda ignorar esto. No creo que nadie pueda.

La verdad es que no había ninguna decisión que tomar. Todo el comedero de cabeza que llevo, me doy cuenta, es solo porque no me gusta la conclusión a la que acabo de llegar. Pero no hay duda sobre lo que debo hacer y por lo tanto no tengo que decidir qué hacer. Es solo que me entristece.

Una vez llegado a esta conclusión, pienso que tengo que ponerme manos a la obra lo antes posible. Espero a que termine el día y a que todo el mundo se vaya a sus literas, entonces voy a la zona de trabajo y descargo mi clip de audio en el ordenador y lo comprimo, para que no sea un fichero demasiado grande para enviarlo. A continuación, escribo una explicación de lo que ha estado haciendo Steve y añado las fotografías que tomé de la barandilla del barco, con una foto que tomé del artículo de la *National Geographic* con Chumy. Luego adjunto dos archivos de datos, la hoja de Excel con los registros de los tamaños de tiburón de los últimos cuatro años y una segunda hoja donde he calculado los tamaños reales, por si quieren corregir los artículos. Lo envío todo a la revista Asociación de Biología Marina, que es donde se han publicado la mayoría de los artículos de Steve sobre la población de tiburones. Ellos son los expertos en este tipo de cosas. Sabrán lo que hay que hacer.

Y después no hago nada. Al día siguiente es como si no hubiera pasado nada. Steve no dice nada, pero se muestra amable y un poco más atento de lo normal, aunque sigue filmando mucho. Hago mi turno, tratando de evitar hablar con Debbie, después me quedo en la plataforma de observación y luego me toca hacer la cena. Me voy a la cama temprano.

Al día siguiente explota todo.

CAPÍTULO QUINCE

CASI HE TERMINADO mi turno de mañana cuando el capitán Bob viene a buscarme. Tiene la cara de un pálido extraño que resalta incluso a través de su bronceado.

—Billy, tienes que venir conmigo —dice—. No sé qué habrás hecho, pero Steve dice que va a echarte por la borda.

Habíamos tenido una mañana ajetreada, más ajetreada aún al no tener a Chumy para que nos ayude a calcular el tamaño de los tiburones y casi había olvidado lo que había pasado, así que siento que mis labios se curvan en una sonrisa desconcertada.

—No estoy bromeando y creo que él tampoco. Está bastante furioso. ¿Qué has hecho?

No tengo la oportunidad de decírselo ya que entonces Steve aparece por la esquina.

—¿Dónde coño está ese puto niño? —Me ve mientras habla y se lanza hacia mí. Bob se apresura a interponer su cuerpo para protegerme.

—Quieto ahí, Steve, piensa en lo que estás haciendo.

—Déjame que coja al niñato este de mierda.

Intento apartarme pero no hay ningún sitio donde ir en el barco y no voy a tirarme al agua; acabamos de ver al mayor tiburón blanco hembra hasta el momento y su caza no ha tenido éxito esta vez.

—¡Steve! —insiste Bob—. He dicho que te calmes. ¿Qué está pasando aquí?

Steve no responde. Se queda ahí, demasiado cerca, con la respiración agitada.

—Pregúntale al jodido chaval.

Se da la vuelta y se aleja. Le pega un puñetazo al marco de la puerta mientras la atraviesa.

El resto de la tripulación está de pie, en la parte trasera del Tiburones, mirándome. Bob sigue delante de mí.

—¿Qué has hecho, Billy? —pregunta Rosa, con la cara blanca de asombro. Siento que es injusto el modo en que lo dice. Como si me estuviera culpando a mí. Miro a los demás, todos parecen confundidos, excepto Debbie. Ella parece asustada.

—Steve estaba mintiendo acerca del tamaño de los tiburones, exagerando lo grandes que eran —digo.

Se hace el silencio. Entonces Rosa empieza a sacudir la cabeza.

—¿Qué dices? —pregunta mientras frunce el ceño—. ¿De qué estás hablando?

No respondo.

—¿Cómo es posible? ¿Mientras tomábamos las medidas? Y además, ¿por qué iba a hacerlo? ¿Qué sentido tiene?

—Me dijo que era para hacer la serie de televisión más emocionante. Al público le gustan los tiburones más grandes.

Rosa empieza a responder pero se detiene. Frunce el ceño.

—Pero ¿cómo ha podido hacer eso? Las observaciones las tomamos nosotros mismos.

Así que se lo explico todo. Lo de las marcas de Chumy y demás.

Se hace otro silencio cuando termino. Parece que estamos todos un poco aturdidos.

—Entonces, ¿qué has hecho? —pregunta Rosa al rato.

Le explico que envié un correo electrónico al editor de la revista Asociación de Biología Marina, que era la única opción responsable que me quedaba.

—La madre que te parió —responde Rosa—. Lo has arruinado, joder.

Después de eso el Capitán Bob toma el control. Me lleva a su camarote y cierra la puerta con llave. Me dice que tengo que mantenerme alejado de Steve mientras él trata de calmarlo. Me deja allí un buen rato y después oigo gritos provenientes de algún otro lugar en el barco. Por fin vuelve el Capitán Bob.

—Tenemos que sacarte del barco, Billy. No estás en peligro, Steve no va a tirarte por la borda, pero... —duda lo suficiente como para suspirar—, se niega a que te lleve de vuelta a tierra firme. Así que he llamado por radio para ver si hay algún otro barco cerca que te pueda recoger. Estás de suerte, hay una pareja sueca en un barco de vela que está a solo un par de horas de distancia. Van hacia Port George, allí puedes coger un autobús hasta Melbourne y de ahí al aeropuerto. Tendrás que solucionar el resto por ti mismo.

—¿Qué pasa con el estudio? Se supone que debo estar aquí tres semanas más, haciendo el estudio de la población de tiburones...

—Creo que podemos decir con seguridad que el estudio se ha acabado, al menos para ti. No sé si nos quedaremos para completar el trabajo. No sé nada ahora mismo, excepto que te necesito fuera de mi barco para evitar un asesinato.

—Pero... —pienso en su solución—. ¿Quién va a ir conmigo?

—Nadie va a ir contigo.

—Pero... —Me detengo. De repente se me acaban las preguntas.

—Será mejor que vayas preparando tus cosas para cuando lleguen. Solo espero que sea lo suficientemente pronto antes de que Steve cambie de opinión de nuevo.

El capitán Bob me acompaña desde su camarote hasta la parte delantera del barco, donde está mi litera. En el camino nos cruzamos con Rosa por el pasillo. Tiene los ojos rojos, como si hubiera estado llorando. Abro la boca, pero no sé qué decir y de todos modos se da la vuelta, como si no quisiera oír lo que tengo que contarle.

Cuando llegamos a mi camarote Bob se gira y comienza a caminar.

—¿No vas a esperar conmigo? ¿En caso de que Steve intente tirarme por la borda?

Se lo piensa un momento.

—Haz la maleta, Billy.

Así que hago lo que me dice. Meto toda la ropa en mi mochila y apago el ordenador, que lo tenía cargando en la litera. Cuando miro hacia arriba veo a Jason de pie en la puerta.

—Supongo que ahora puedes dormir en la litera de abajo si quieres —le digo de broma, pero no se ríe. En su lugar, sacude la cabeza.

—Vaya cagada, Billy. Vaya puta cagada.

CAPÍTULO DIECISÉIS

ME QUEDO en el camarote del capitán Bob mientras él se conecta a Internet para buscarme un billete de Australia a Estados Unidos. No tengo dinero, así que me preocupa cómo voy a comprarlo, pero me dice que no me preocupe, que él lo solucionará. Una vez que ha comprado el billete se va y me quedo sentado mirando por la pequeña ventana del camarote. Al cabo de una hora veo la vela de un velero en el horizonte, que poco a poco se va acercando. Al final, las velas bajan y veo a una mujer en la cubierta, mirándonos. Entonces el capitán Bob vuelve al camarote, abre la puerta y me lleva arriba.

Me sorprende que estén todos allí, como si fuera yo el espectáculo, incluso Steve ha salido. Tengo la sensación de que están todos de su parte, lo que me parece bastante injusto, dado que yo no he sido el que ha hecho nada malo.

Steve insiste en llevar la lancha para llevarme al velero sueco. Veo que a Rosa y al capitán Bob no les gusta nada la idea, pero él les hace señas para que no se acerquen. Así que, un poco nervioso, subo a la lancha y Jason me pasa mi gigantesca mochila. Sin mediar palabra, Steve enciende el motor y mueve la palanca para acelerar. Le mete un montón de potencia, lo que hace que se forme una enorme curva en el agua y que la proa se levante, así que tengo que agarrarme muy fuerte para no caerme. Avanzamos con rapidez hacia el velero y Steve ni siquiera me mira. Hay demasiado ruido para decir nada. Entonces, justo antes de que nos choquemos con el lateral del velero, Steve mete la marcha atrás y nos detenemos en seco. De verdad que ha conducido de manera realmente temeraria.

En el velero hay un hombre y una mujer, ambos de unos sesenta años. Noto la cara de curiosidad que tienen por saber lo que está pasando, pero no dicen nada, excepto que les pasemos la mochila. Me pone nervioso ponerme de pie en la lancha porque Steve podría encender el motor de nuevo y hacerme perder el equilibrio. Pero no lo hace. Tras la mochila, me toca subir a mí. Steve sigue sin decir nada así que lo miro, pensando que igual quiere decirme algo y esta vez me mira a los ojos. Tiene los dientes apretados y sus ojos no se mueven mientras me mira fijamente. Pero sigue sin decir nada. Me vuelvo hacia el velero y subo a bordo. Cuando termino de estrechar las manos del sueco y su esposa, Steve ya ha dado la vuelta a la lancha y se dirige a toda velocidad hacia el Tiburones.

La pareja de suecos se llaman Eric y Agnes y son muy simpáticos, sobre todo Agnes. Me cuenta que Eric trabajaba en una aseguradora y que ella era profesora en una escuela de primaria de Gotemburgo, pero ahora están jubilados y se dedican a navegar por el mundo. Al principio estoy un poco confuso ya que pensaba que Gotemburgo no era un lugar real, sino la ciudad donde vivía Batman. Por fin caemos en que no era Gotemburgo sino Gotham y a Agnes le parece muy divertida la confusión. Luego me cuenta un montón de historias sobre su viaje, de lo preocupados que estaban por los piratas del estrecho de Malaca y de cómo casi naufragan en una tormenta en la costa de Kerala, en la India. Cuando acaba su relato me pregunta qué me ha pasado en el Tiburones y yo le cuento toda la historia. Agnes tan solo frunce el ceño y no dice nada durante un rato.

Al rato, me pregunta si estoy cansado y me dice que puedo acostarme en la litera del puente de proa. Como no planeaban tener invitados en el barco han estado utilizando ese camarote como almacén, pero Agnes me hace una cama entre las velas de repuesto y las provisiones. Luego, cuando me despierto, estamos muy cerca de tierra y ayudo en cubierta a preparar las defensas para amarrar.

Agnes me lleva en taxi a la estación de autobuses y espera a que suba al autobús a Melbourne. Una señora que vive en la zona nos explica que tengo que coger un segundo autobús hasta el aeropuerto y es bastante fácil seguir sus instrucciones. Luego, en el aeropuerto, solo tengo que ir al mostrador de Qantas donde hay un billete esperándome. En realidad, son dos billetes, el primero a Los Ángeles y el segundo a Boston.

En total, tardo treinta y ocho horas en llegar a Boston y desde allí tengo que coger otro autobús hasta la terminal del ferri. Allí tengo que esperar otras cuatro horas antes de que salga el barco de vuelta a la isla de Lornea. Una vez en la isla tengo que coger otros dos autobuses, el primero a Newlea, la capital de Lornea y eso se me hace raro, porque siempre me había parecido un lugar bastante grande, pero después de tanto viajar de repente se me hace bastante pequeño. Por último tomo el autobús local que para al final del camino de mi casa en Littlelea. Por fin, casi tres días después de despedirme de Agnes, estoy frente a la puerta de casa metiendo la llave en la cerradura.

CAPÍTULO DIECISIETE

QUIERO LLAMAR A PAPÁ, aunque sepa que no está en casa. Pero no lo hago. En su lugar me detengo un segundo a oír los ruidos de mi hogar. La casa está fría y en silencio. Papá ya sabe lo que ha pasado. Se ofreció a viajar conmigo, pero le dije que no porque es importante que se quede a trabajar en nuestro nuevo barco, La Dama Azul II. Todavía está en tierra firme, en un astillero de la capital y estamos intentando ahorrar dinero haciendo que papá haga él mismo los trabajos de acondicionamiento. Solo faltan unas semanas para que termine y le dije que estaría bien en casa, que de todos modos tenía muchos trabajos que hacer para el instituto. Pero no me pongo con eso de inmediato. En su lugar, dejo la mochila en la cocina y subo a darme un baño. Entonces recuerdo que no hay agua caliente. Tampoco hay comida en la nevera, así que saco una lata de judías de la despensa y las caliento en una cacerola. Espero una hora y me voy al baño de nuevo, pero el agua sigue sin estar caliente del todo, así que me siento un rato en la bañera y antes de que se enfríe del todo me salgo. Entonces desisto y me voy a la cama.

Me siento muy extraño cuando me despierto la mañana siguiente. Sé dónde estoy, pero aun así parece que algo no cuadra. Será que la casa está demasiado tranquila, supongo. Quizá estoy desorientado después del viaje tan largo en avión y antes de eso en el barco con gente por todas partes y Jason durmiendo en la litera de arriba. Puede que esta sea mi casa, pero no me cabe duda de que estoy completamente solo.

No tengo prisa por levantarme. No parece tener sentido. Papá me dijo que debería llamar por teléfono al instituto para explicarles todo lo que ha pasado y ver si me dejan volver antes. Pero no lo hago. En su lugar, vuelvo a buscar comida en casa y al final me rindo y voy en el autobús a Silverlea. Allí voy a la tienda y compro toda la comida que me cabe en la mochila. La traigo a casa y decido ver la tele, pero veo que están poniendo Tiburones salvajes, un capítulo repetido que ya ha había visto. Aun así, no consigo forzarme a no verlo, porque ahora conozco a todos los que salen, excepto a los estudiantes que son diferentes. Veo lo bien que se lleva Rosa con ellos y eso me hace sentir mal. Así que vuelvo a subir y me preparo otro baño. Esta vez el agua ardiendo, porque se me olvidó apagar el calentador del agua, lo que enfadaría a papá si estuviera aquí. Pero no está, así que me doy un baño muy largo y, cuando empiezo a quedarme frío quito el tapón para que se vacíe un poco de agua y abro el grifo de nuevo para rellenar la bañera. Al final acabo todo arrugado y me tengo que salir. Y, aunque todavía es temprano, me acuesto y me vuelvo a dormir.

Al tercer día decido hacer algo más útil que comer, dormir y darme baños. Así que llamo a Ámbar. Me imagino que querrá saber qué ha pasado y seguramente se alegrará de que haya vuelto, porque puedo ayudarla a arreglar la vieja La Dama Azul para ponerla a la venta. Marco su número.

—¡Billy! —Es agradable escuchar su voz—. ¿Cómo estás? Quiero decir... —Se detiene y cambia a un acento australiano realmente malo—, ¿qué tal, amigo? ¿Cómo te va por la otra punta del mundo?

—Ya no estoy allí. He vuelto.

—¿Qué? Vaya —Ámbar vuelve a su voz normal—. ¿Por qué? ¿Qué ha pasado? No la habrás cagado, ¿no, Billy?

—No. No hice nada. Bueno, no fue ninguna cagada.

Así que le cuento lo que ha pasado y lo que estaba haciendo Steve. Y como es Ámbar le cuento la versión más larga, porque sé que querrá saberlo todo con pelos y señales. Pero a mitad de mi explicación me detiene y me dice que me dé prisa.

—¿Por qué?

—Nada, es que me has pillado liada.

—Ah —digo—, ¿liada con qué?

—No, con nada. Es que no estoy sola, estoy con alguien, vaya.

Entonces, claro está, tengo que preguntar con quién.

—¡Billy! —me reprende Ámbar.

—¿Qué pasa? ¿Con quién estás?

No me responde.

—Mira, luego te llamo —me dice en su lugar. Y añade—: Siento que no te fuera bien con el tipo del tiburón. Luego hablamos.

Y con esas, me cuelga. Entonces no sé qué hacer. Al cabo de un rato decido prepararme un bocata enorme y cuando termino me encuentro un poco mal por haber comido tanto así que me doy otro baño.

Por la noche espero a que Ámbar llame y, aun comprobando que mi teléfono funciona bien, sigue sin sonar. Me entretengo un rato en Internet y me voy a la cama.

A la mañana siguiente cuando me despierto estoy decidido a hacer algo útil y decido ir en bicicleta hasta Holport, donde está amarrada La Dama Azul. Quiero asegurarme de que no le ha pasado nada durante mi ausencia y ver si Ámbar ha progresado con la limpieza y los arreglos para la venta. Así que eso es lo que hago.

Me sienta muy bien salir de casa y recordar que la isla de Lornea es en realidad un lugar muy agradable, aunque no haga tanto calor y los colores no sean tan brillantes como los de Australia. Aunque para ser honestos, los colores aquí son bastante espectaculares. La isla está cubierta por los tonos del otoño, las hojas de los árboles muestran mil tonos de naranjas y marrones. Mientras bajo la colina para llegar a Holport, todo me parece pequeño, familiar, ya que he hecho este camino miles de veces. Marco la combinación en la cancela del pontón y empujo la bicicleta, porque a los guardias de seguridad no les gusta que vaya montado en bici.

La Dama Azul está en el último amarre, justo al final del muelle, porque es el más barato que pudimos conseguir sin tener que pagar por un amarre. Cuando llego todo parece estar bien, más o menos igual que la última vez que lo vi, pero de todos modos subo la bicicleta a su pequeña plataforma de popa y saco las llaves para abrir la cabina.

Me parece muy pequeño después de haber pasado tanto tiempo en el Tiburones. Huele un poco a humedad en el interior, pero todo está en orden y Ámbar ha hecho un buen trabajo de limpieza. Empiezo a sentirme un poco tonto por haber venido hasta aquí para nada. Pero entonces me doy cuenta de algo un poco extraño: tenemos un vecino nuevo. Durante mucho tiempo, el amarre contiguo al nuestro perteneció a un anciano que guardaba allí su barco de pesca. Cuando murió de un infarto su familia vendió el barco, por lo que había un amarre disponible junto al nuestro en el que ahora hay un velero amarrado. No me di cuenta cuando pasé con la bici, sería porque estaba concentrado en comprobar el aspecto de La Dama Azul. Pero ahora lo miro y veo que me resulta un poco familiar. Tengo que hacer memoria hasta dar con el porqué, pero entonces me doy cuenta. Es el barco de aquel tipo que pillé pescando con arpón en la reserva marina cuando fui a hacerle fotos al pulpo. Al menos, creo que es el mismo. Desde luego que lo parece. Quiero asegurarme y salgo de la cabina para verlo mejor.

Es entonces cuando veo que hay alguien a bordo. Los barcos que están vacíos lo tienen todo cubierto y a oscuras. Pero este tiene ropa tendida en la barandilla y una gran toalla roja colgada en la botavara. Ahora que presto atención, oigo música procedente del camarote. Miro el nombre que pone en el casco y, efectivamente, con una pintura un poco vieja, como el resto del velero, está escrito el nombre: Misterio. Frunzo el ceño. Me sienta bastante mal esto. Esto es ya lo que me faltaba.

Sigo sintiéndome molesto mientras me preparo una taza de café y enciendo mi portátil, no por ninguna razón en particular. Puedo acceder a Internet a bordo de La Dama Azul porque conecto mi teléfono móvil al portátil. No podía hacerlo en Australia, porque no teníamos señal de teléfono móvil, e incluso si hubiera habido, habría costado una fortuna. Pero entonces no sé qué mirar en Internet. Así que lo vuelvo a apagar y me tomo mi café. Había pensado que igual podría quedarme a dormir a bordo de La Dama Azul esta noche. Tenemos una pequeña habitación preparada y siempre hay algo de comida en latas en los armarios de la cocina. Pero ahora ya no estoy seguro de querer hacerlo, con el barco este justo al lado y con aquel tipo viviendo allí. Lo que quiere decir que me tengo que volver en bicicleta dentro de un rato, antes de que anochezca. La mayor parte del camino de vuelta es cuesta arriba. Así que, aunque me da un poco de pena que me siga saliendo todo tan mal, lavo mi taza de café y lo ordeno todo, listo para salir. Luego vuelvo a subir la bici al pontón y la dejo allí mientras cierro la puerta del camarote. Después me bajo de La Dama Azul y empiezo a empujar la bicicleta por el muelle. Justo cuando paso por delante del velero de al lado vuelvo a tener mala suerte porque un hombre sale de repente de la cabina.

No puede evitar verme y yo no puedo pretender no haberlo visto. Por lo que deja de hacer lo que estaba haciendo, que era reírse mientras lo perseguían. Como le he interrumpido, parece un poco sorprendido e incluso un poco avergonzado. Pero solo por un momento, antes de que la persona que lo perseguía salga también de la cabina. Entonces soy yo quien se queda sorprendido, muy sorprendido.

—¿Ámbar? —pregunto.

Ella también deja de reírse.

CAPÍTULO DIECIOCHO

—¡BILLY! ¿Qué haces aquí? —Ámbar se detiene. Su cara, que era todo sonrisas mientras salía del camarote del velero, se ha quedado pálida. Es como si yo fuera su madre y la hubiera pillado haciendo algo malo.

—¿A qué te refieres? Ya te dije que había vuelto.

—Sí, pero... no me dijiste que ibas a venir aquí.

—Quería comprobar el barco. —Me lo pienso un segundo—. ¿Qué estás haciendo tú aquí?

Esa me parece la pregunta más pertinente del momento. Ámbar parece avergonzada. Entonces el hombre responde de todos modos.

—¿Tú eres Billy? ¿El Billy?

Su acento me recuerda a cuando lo vi antes, pescando con arpón en la reserva marina, pero esta vez no está enfadado y su sonrisa es diferente.

—¿Trabajas con Ámbar? ¿En La Dama Azul? —Toda su cara parece sonreír con él y veo, aunque me moleste admitirlo, que es bastante guapo—. Ámbar me lo ha contado todo sobre ti. —La mira y vuelve a sonreír. Siento que la está intentando reconfortar y burlarse de ella al mismo tiempo—. Y cuando digo todo, me refiero a todo. Ámbar no ha parado de hablar de ti.

Ella le da un golpe desde atrás.

—Cállate, Carlos. —Pero él solo se ríe.

—De verdad que me ha contado hasta el más diminuto detalle. —Vuelve a sonreír, hasta que ella le empuja más fuerte.

—En serio, cállate. —Ámbar parece muy preocupada y no me mira a los ojos. Hay un momento de incómodo silencio, pero luego parece que intenta sonreír a su manera.

—No, lo digo en serio. Me ha contado que tenéis el barco y lleváis un negocio juntos. Y que encuentras ballenas donde nadie puede encontrarlas. Eso mola un montón, colega.

Se acerca desde la cabina del velero para estrechar mi mano. Me mira fijamente a los ojos hasta que lo hago. Ojos oscuros que parecen obligarme a hacer lo que él quiera. Me acerco y le doy la mano.

—Soy Carlos —me dice. Hace rodar la r de su nombre de forma que suena Carrrrrrlos.

Vuelvo a mirar a Ámbar, que ahora tiene la cabeza agachada.

—Oye, íbamos a tomar una cerveza —dice Carlos—. ¿Por qué no entras y te tomas una con nosotros? Si no tenías otros planes, quiero decir...

Miro mi bici. Si no me voy pronto va a oscurecer y aunque tengo luces, las carreteras no son seguras para ir en bicicleta cuando oscurece.

—No, tengo que... —pero me detengo cuando se me ocurre una idea—. Dime, Ámbar, ¿tienes tu coche aquí? Podrías llevarme cuando te vayas a casa.

Si me llevan en coche, no tendré que subir la colina en bicicleta. Pero Ámbar no responde. Parece avergonzada.

—¿Qué pasa? —les pregunto, ya que no entiendo la mirada que se están echando.

—Nada, colega —Carlos agita una mano para indicar que no es molestia. Se vuelve hacia Ámbar—. Podemos llevarlo a casa más tarde, ¿a que sí, nena?

¿Nena? Dice la palabra con tanta ligereza que casi se me escapa. Pero es evidente que la oigo perfectamente, porque nadie ha llamado nunca a Ámbar nena sin que ella le pegase un puñetazo en la cara. Lo miro fijamente y luego a Ámbar quien vuelve a empujarle en el hombro y parece que desearía estar a mil kilómetros de distancia. Al final se gira para mirarme y pone los ojos en blanco.

—¿Qué?

No respondo.

—Ay, por el amor de Dios. Luego te llevo, Billy. Deja de mirarme con esa cara.

Entonces no tengo otra opción, aunque creo que preferiría no tomarme ninguna cerveza con estos dos. Vuelvo a poner la bici en La Dama Azul y una vez que le he puesto bien el candado me subo al velero. Parece que últimamente lo único que hago es ir de barco en barco. Tanto Ámbar como

Carlos ya han bajado al camarote. Los oigo hablar y el resplandor amarillo del interior del velero parece bastante acogedor.

—Baja, Billy, hace frío ahí fuera —me dice Carlos con tono amistoso.

Me acerco a la cabina y miro hacia abajo. Parece acogedor, pero está mucho menos ordenado que el velero de Eric y Agnes en el que navegué en Australia. También huele un poco raro, aunque no estoy seguro de a qué.

—Vamos, baja —dice Carlos de nuevo, mientras hace un poco de hueco en uno de los asientos del banco.

Así que bajo la escalera y me siento junto a Carlos. Ámbar, que estaba medio sentada, medio tumbada en el otro lado, se inclina para sentarse más recta.

—Tómate una cerveza.

Carlos rebusca en un armario detrás de su asiento y saca una botella. Es curioso, nunca había bebido cerveza antes de ir a Australia, pero ahora le he cogido el gusto al sabor.

—Así que… —comienza Carlos—, Ámbar me dijo que estabas en Australia, pero que tuviste que volver.

—Sí —digo al cabo de un rato—. Aunque no terminé de explicarle toda la historia.

—¿Algo sobre tiburones de tamaño equivocado?

—Sí.

Carlos levanta las cejas y se queda callado. Entonces empiezo a explicar lo que pasó. Es un poco raro. A pesar de que acabo de conocer a Carlos, si no contamos la vez que lo pillé pescando, parece mucho más interesado que Ámbar. Me interrumpe un par de veces para hacer preguntas sensatas y parece que también sabe bastante sobre tiburones. Me sorprende un poco, teniendo en cuenta cómo nos conocimos. Y, sin darme cuenta, se lo suelto, lo que hace que parezca bastante confundido.

—¿Qué quieres decir? —pregunta, con un acento más fuerte de repente —. ¿Cuándo nos conocimos?

—Bueno, no es que nos conociésemos exactamente. Pero en la reserva marina…

—¿Qué dices? —Se inclina hacia delante, de repente parece bastante nervioso.

—Estabas pescando con arpón en la reserva marina y yo te detuve.

Frunce el ceño, pero poco a poco parece caer en la cuenta.

—¿Ese eras tú? Tú fuiste aquel chaval —se echa a reír—. ¡Joder, tío! ¡Eras tú!

Ámbar no sabe de qué está hablando, así que se lo explica, a pesar de que ella parece estar de muy mal humor.

—Intenté hacer algo de pesca cuando llegué por primera vez. Ni siquiera sabía que estaba dentro de una reserva marina. Billy me paró los pies. Aunque, en el proceso, me dio un susto de muerte.

Se ríe de nuevo, como si fuera la anécdota más divertida del mundo y tanto Ámbar como yo le miramos con cara de no entender nada.

—Bueno, da igual —continúa Carlos una vez que se ha calmado—. Me estabas contando que el tío ese estaba midiendo mal los tiburones y tú lo descubriste.

—Sí —continúo mi historia, explicando lo de Chumy y que Steve necesitaba tiburones más grandes para subir los índices de audiencia. Carlos escucha con atención y está claro que está prestando más atención que la que Ámbar me prestó el otro día, pero de repente se incorpora hacia delante y se inclina sobre la mesa. Del desorden que hay por todas partes saca una caja de metal y quita la tapa.

—Sigue —dice, al verme dudar. Dentro de la caja veo algo extraño. Hay un paquete de tabaco, papel de liar y una bolsa llena de unas ramillas verdes secas—. Entonces, ¿cómo saliste del barco, del Tiburones se llamaba?

—Hum...—Intento seguir hablando, pero en su lugar le observo mientras saca tres papeles, lame uno de ellos y lo une a los otros dos con destreza. Supongo que he debido de callarme porque vuelve a levantar la vista y sonríe.

—¿Fumas, Billy?

—Hum... —vuelvo a decir. Entonces Ámbar abre la boca por primera vez en un largo rato. Es la primera cosa que lo oigo decir.

—Oye... Quizá no deberías...

—No pasa nada. —Carlos la corta con otra sonrisa y se vuelve hacia mí —. A Billy no le importa, ¿a qué no, Billy?

No tengo la oportunidad de responder y no sé qué hubiera dicho. En su lugar, observo sus dedos mientras trabajan. Supongo que está concentrado, porque no parece darse cuenta de que nos hemos quedado los tres callados. Creo que a Ámbar le incomoda el silencio, porque es la siguiente en hablar.

—¿Ha vuelto ya tu padre?

Me sorprende la pregunta. Pensé que ella ya lo sabía.

—No. Todavía está en la capital, trabajando en el nuevo barco.

—¿Cuándo vuelve?

—Dentro de un par de semanas.

Vuelve el silencio. De verdad que quiero hacerle un par de preguntas a Ámbar. Empezando con qué demonios está haciendo en este barco, por qué este tipo la ha llamado nena y ella no le ha dado un puñetazo en la boca, y si se va a quedar ahí sentada mientras él consume drogas. Pero lo cierto es que no puedo preguntarle nada de eso.

Carlos saca la bolsa de marihuana, ya sabía lo que era, y la abre. Saca un pellizco de la planta seca y arranca pequeños trozos, luego los esparce a lo largo de los papeles que ha colocado frente a él. Noto el olor, es muy fuerte. Ahora me doy cuenta de que es lo que olí cuando entré por primera vez en la cabina, solo que no lo reconocí.

—¿Has estado alguna vez en Europa, Billy? —Carlos levanta la vista de repente y me sonríe. Tengo que apartar la mirada de sus manos muy rápido.

—No.

Vuelve a su trabajo y entonces, como no quiero que haya otro silencio, le hago una pregunta.

—¿Es de ahí de dónde eres?

—Sí.

Se echa hacia atrás y coge el porro con las dos manos, luego lo enrolla en un tubo y lame el borde encolado. Lo gira y momentos después está golpeando un pequeño cilindro perfecto en la parte superior de la mesa.

—Mi padre es de Génova, una ciudad en la costa oeste de Italia. Tiene una fábrica donde hacen partes de metal, piezas para motores, esas cosas. Pero mi madre es de Barcelona. Así que soy cincuenta por ciento italiano y cincuenta por ciento español. Y quizá un diez por ciento de loco, ¿no? —Mira a Ámbar y sonríe. Entonces tengo que preguntar algo más.

—¿A qué se dedica?

—¿Qué? ¿Quién?

—¿Tu madre?

—¡Ah! —Parece satisfecho con la pregunta—. Es una artista.

Vuelve a mirar a Ámbar.

—Como Ámbar, pero no tan buena.

Me siento un poco incómodo al oír eso, ya que Ámbar no es una artista. Está estudiando diseño, que no es lo mismo.

—Es cierto. Hace cerámica y cristalería, y también algún cuadro que otro. Se los vende a los turistas. Tiene un pequeño estudio cerca de las Ramblas. Es muy chulo. —Entonces parece tener una idea—. Te lo puedo enseñar si quieres. ¿Si vienes conmigo, el año que viene?

Por un momento pienso que la oferta va dirigida a mí, pero luego veo, por la forma en que Carlos se gira en su asiento para mirar a Ámbar, que se refiere a ella. Le dedica una amplia sonrisa y veo cómo su rostro pasa de parecer molesto a morderse el labio inferior. Es un gesto que he visto mil veces. Lo hace cuando le gusta una idea. Pero no responde.

—¿Conoces Las Ramblas, Billy?

Frunzo el ceño. Me molesta no saber de qué está hablando.

—Es una calle de Barcelona, una calle muy famosa. Allí se puede ver de todo: arte, arquitectura fabulosa, teatro, se puede ir de compras. Te encantaría.

—Ah —digo, dudándolo bastante. No me gusta ninguna de esas cosas que ha mencionado. Pero no respondo. Me interesa más saber a qué se refería con lo de que Ámbar fuera con él el año que viene.

—¿Qué estás...? —comienzo. Intento pensar en una forma educada de preguntarle qué hace aquí y cuándo se va a ir, pero me distrae al arrancar la esquina de la portada de una revista y enrollándola en un tubito, para luego introducirla en un extremo del canuto. No sabía que se hiciera así.

—¿Qué estás... cómo has llegado hasta aquí? —pregunto al final. No es exactamente lo que quería preguntar.

—Vine navegando.

—¿Qué quieres decir?

Se encoge de hombros.

—Pues eso, que navegué hasta aquí.

—¿Viniste navegando hasta aquí?

—Eso es.

—¿Cómo? ¿Todo el camino hasta aquí?

—No, Billy —interviene Ámbar y oigo el sarcasmo en su voz—. Ha navegado hasta la mitad del camino y todavía está en medio del Atlántico.

La fulmino con la mirada, pero parece que a Carlos le resulta una broma increíble. Luego continúa como si no la hubiera oído.

—Sí. Vine por la ruta comercial. Salí del Mediterráneo y bajé a las Islas Canarias. Luego continué a través de los vientos alisios. —Levanta la vista y sonríe. No puedo evitar mirar a mi alrededor. Es un barco bastante pequeño para cruzar todo un océano. Carlos tampoco es muy mayor que digamos, quiero decir, es mayor que yo, pero no tanto. Mientras miro, sujeta el porro con el labio inferior, de modo que le cuelga de la boca, y luego coge un encendedor Zippo. Mueve el brazo, más rápido de lo que mi vista puede seguir, y de repente se abre y sale una llama brillante y firme. La pone en el extremo del porro, que crepita y brilla en naranja y blanco. Apaga el mechero.

—Y ¿has venido directamente aquí? —Estoy como hipnotizado con la droga, pero también me interesa saberlo. Vamos que la isla de Lornea es muy bonita y todo eso, pero es una travesía muy larga desde Europa.

—No. Vine al Caribe. Me quedé allí un tiempo. Luego empecé el camino de regreso hacia el norte. Había planeado cruzar el Atlántico por la ruta del norte antes de que se hiciera demasiado tarde, pero el mal tiempo llegó antes de la cuenta. Así que ahora estoy atrapado aquí hasta la primavera —se encoge de hombros y da una calada al porro.

—¿Atascado aquí hasta la primavera? —repito.

—Sí, tengo que esperar a que mejore el tiempo. No quiero que me pille un huracán.

Abre los ojos de par en par mientras lo dice, como si un huracán fuera una especie de hombre del saco.

—¿Así que te vas a quedar aquí hasta la primavera? ¿No te vas a ir a casa y esperar allí?

Carlos se ríe. Luego extiende un brazo y señala el estrecho interior del barco.

—Esta es mi casa. Aquí es donde vivo, colega.

Vuelvo a mirar alrededor del barco. Esta vez me fijo en los detalles. La alfombra que tiene en el suelo, la fila de botes de mantequilla de cacahuete y de chocolate para untar, en la cocina. Tiene un teléfono Samsung, como el mío.

—Y qué lugar para quedarse atrapado ¿no? La isla de Lornea. Juro que nunca había oído hablar de ella hasta que la vi en la carta náutica.

Por la forma en que lo dice, parece que no le gusta mucho la isla.

—Sin embargo, quedarse atascado tiene un lado bueno —mira hacia Ámbar y levanta las cejas. Ella lo ve y pone los ojos en blanco. Pero, aunque intenta no demostrarlo, se nota que quiere que él siga—. Porque de lo contrario, no habría conocido a nuestra querida Ámbar. —Sonríe de nuevo y me ofrece el porro, con la punta encendida hacia arriba. No me lo esperaba en absoluto.

—Em. No...

—Venga, tómalo.

—No, yo... —Siento que a Carlos le hace gracia lo incómodo que estoy de repente.

—¿Seguro? —Sigue inclinado hacia mí tendiéndome el porro—. Es de muy buena calidad. Me lo vendió un tipo en un bar de la ciudad. Está bien, incluso para un lugar tan pequeño como este.

—No, gracias. No tomo... drogas —digo, al final. Hago una pequeña mueca por cómo debe de sonar. Pero no voy a empezar a tomar drogas solo para no quedar mal con este tío.

—No pasa nada, chaval. —Se lleva el porro a la boca, le da otra calada y exhala una gran nube de humo azul—. Es mejor ser así.

Entonces me sorprende de nuevo tendiéndole el porro a Ámbar. No es que me sorprenda al ofrecérselo. Lo que me sorprende es que ella lo acepte. De hecho, duda durante unos segundos, luego da un pequeño suspiro y lo agarra entre sus dedos. Tengo que morderme la lengua para no decirle nada.

—No pasa nada, Billy —me dice con voz irritada—. Solo es un poco de marihuana.

No respondo, no creo que pueda hacerlo. Intento no mirar, pero no puedo evitar ver cómo se mete el porro en la boca y aspira un poco con cuidado, tratando de parecer natural.

—¿Y qué te ha parecido Australia?

—¿Eh?

—Australia. ¿Qué te ha parecido?

No sé a qué se refiere. Acabo de explicarle que me salió todo fatal.

—Aparte de lo de los tiburones, quiero decir.

No consigo concentrarme en la conversación, ya que todo lo que veo es a Ámbar con el porro en la mano.

—¿Qué te pareció la gente?

—¿Perdón?

—Estaba pensando en navegar hacia allí el año que viene. Seguir hacia adelante, una vez que haya cruzado a Europa. —Se encoge de hombros—. Es increíble, la gente cree que es una gran hazaña cruzar un océano, pero no es tan difícil... —Continúa hablando, pero ya he dejado de escuchar. Me doy cuenta de que hay quien pensará que es un tipo encantador, pero yo ya he tomado una decisión. Hay algo en Carlos que no me gusta y ahora me siento molesto.

—¿Cuándo dijiste que te ibas a casa, Ámbar? —pregunto de repente.

—¿Qué? —gira la cabeza hacia mí y frunce el ceño, como si fuera yo el que estuviera siendo grosero.

—Dijiste que me llevarías después de tomarnos una cerveza. Bueno, ya me he terminado la cerveza. Será mejor que no fumes más droga antes de conducir. Por eso te pregunto si vas a tardar mucho en irte a casa.

Veo que mira a Carlos y este le sonríe abiertamente. No sé exactamente lo que significa su sonrisa, pero está claro que no ha tratado de ocultarla. Decido que no me importa en absoluto lo que signifique. Es el tipo de persona que va a pescar con arpón en una reserva marina y que fuma drogas. Su opinión me resbala.

—No tenía pensado... —comienza Ámbar, pero se detiene antes de que sepa lo que quería decir. Entonces respira profundamente, e incluso sonríe un poco. —Ay joder, Billy —dice con un tono de voz un poco más parecido al de siempre—. Prepárate que te llevo a casa.

Vuelve a mirar a Carlos, sacude la cabeza y le devuelve el porro. Por un momento veo que algo pasa entre ellos y a continuación se pone de pie.

CAPÍTULO DIECINUEVE

TARDAMOS MUCHO EN IRNOS. Al principio porque Carlos pensaba que iba a venir con nosotros, aunque yo no quiero y no tiene sentido porque entonces Ámbar tendría que volver al barco para dejarlo antes de regresar a su casa. Tampoco hay sitio para él en el coche con la bici. Luego tardamos un siglo en bajar el asiento del coche de Ámbar, que es pequeño, y en meter mi bici porque no tenemos la herramienta que hace falta para quitarle la rueda de delante. Por fin lo conseguimos y Ámbar y yo nos subimos al coche.

—Entonces —pregunto mientras arranca el motor—. ¿Qué estás haciendo? —Intento que no se me note el enfado en la voz.

—Te estoy llevando a casa... —responde sin mirarme.

—No me refiero a eso. Me refiero a qué haces con ese... el tal…

—¿Con Carlos? ¿A eso te refieres? —se gira para mirarme.

—Sí.

—¿Qué pasa con él?

La lista es tan larga que no sé por dónde empezar. Decido comenzar por lo más evidente.

—¿Qué fuma droga?

—Ay Billy, madura un poquito. Solo es un porrillo de marihuana de vez en cuando. De hecho, llevo fumando ya bastante tiempo.

—¿Ah sí? ¿Cuándo fumas?

—Cuando no estás tú delante. Tengo más amigos ¿sabes?

Sacudo la cabeza. Para empezar, no es verdad.

—Pues sí, gente de mi clase, de la universidad. —Ámbar terminó el instituto el año pasado, así que ya no estamos juntos en Newlea.

—¿Fumas drogas en la universidad?

—No en la universidad, Billy.

—Bueno, ¿dónde entonces? No va a ser en casa con tu madre, te caería una bronca enorme, especialmente con tu hermana...

—Ay joder, Billy, ¿qué más da? —Esta respuesta hace que me calle. Nos quedamos así un buen rato, mientras subimos la colina en coche para salir de Holport. Al menos no tengo que ir en bicicleta.

—¿Nena? —le pregunto, cuando ya llevamos unos cuantos kilómetros—. Entonces es como... —No quiero decirlo en alto, pero no me puedo resistir— ¿Es tu...?

—Estoy saliendo con él, Billy. Si es eso lo que estás preguntando...

¿Saliendo con él? ¿Ámbar?

Ella continúa conduciendo. Para variar, va muy despacio. Me pregunto si es porque le preocupa que le hayan afectado las drogas.

—¿Dónde...? ¿Cómo...? —Parezco incapaz de terminar ninguna pregunta. Igual a mí también me han afectado las drogas. Definitivamente inhalé el humo, así que a lo mejor estoy un poco subido.

—Cuando estaba limpiando La Dama Azul, Carlos estaba en el amarre de al lado. Nos pusimos a charlar.

—¿De qué?

—De todo un poco, Billy. Como lo hace la gente, la gente normal al menos.

—¿Lo sabe tu madre? —le pregunto, ignorando la pulla que me ha soltado.

—Claro que lo sabe —suspira—. No pasa nada, Billy, de verdad. Solo estamos... pasando un buen rato...

No puedo evitar preguntarme qué significa eso exactamente. Ya he visto que tiene que ver con las drogas.

—¿Se lo has presentado?

—¿A quién?

—¿A tu madre?

—¿Qué dices? ¡Por supuesto que no! Mira, olvídalo ¿vale? Solo nos conocemos desde hace un par de semanas. No estamos exactamente en la etapa de conocer a los padres.

—¿Pero dijo que te iba a enseñar el estudio de su madre, en Barcelona?

Ámbar me deja en suspenso por un momento, pero luego me explica.

—Me ha dicho que cuando vuelva a navegar el año que viene podría ir con él. Ya sabes, irnos de aventura. Siempre he querido visitar Europa.

Me lo planteo durante un rato.

—Pero ¿qué pasa con tu curso?

—No lo sé.

—¿Cuánto tiempo te llevará la visita a Europa? ¿Vas a perder mucho de universidad?

—No lo sé, Billy. Es solo... de momento solo lo estamos hablando. Ya sabes, nos estamos tanteando el uno al otro.

La expresión me trae una imagen horrible a la mente y me giro para mirarla. Sé que ella también lo ve y mantiene los ojos en la carretera.

—No me refería a eso, Billy.

Se hace otro silencio incómodo y veo pasar los árboles en la oscuridad, por la ventana.

—Tengo dieciocho años —me hace mirarla de nuevo—. No es inconcebible que dos chicos de dieciocho años salgan juntos.

—Ya lo sé.

—Y la única razón por la que no he salido con otros chicos de la isla es porque son todos una pandilla de raros. Y porque me paso el día entero contigo.

Estoy a punto de explicarle que no tiene que pasar tiempo conmigo, sino que ambos ayudamos a papá a llevar el negocio de avistamiento de ballenas. Pero continúa antes de que pueda decir nada.

—Pensé que te alegrarías por mí.

—Claro que me alegro —respondo de manera automática—. Me alegro un montón. —Aunque creo que se me nota que estoy nada de contento.

—No es que pueda salir contigo, ¿no? —lo dice de broma, pero no nos reímos.

Al final, cuando llegamos a casa, Ámbar me pregunta qué voy a hacer. Al principio creo que se refiere en este mismo momento, pero luego caigo en que es una pregunta más general.

—Supongo que voy a contactar con el instituto para decirles que he vuelto antes de tiempo y ver si puedo volver a clase.

—Sí. Buena idea —dice Ámbar. Entonces ambos nos quedamos en silencio durante unos segundos, antes de que ella abra la puerta de un empujón.

Tenemos que forcejear un rato para sacar la bici y luego no le pregunto, pero en cierto modo espero que vaya a entrar, no sé por qué, es solo que siempre lo hace. Se conoce el interior de nuestra nevera mejor que yo y siempre se termina la Coca-Cola Light. En cambio se vuelve hacia la puerta del conductor.

—¿No vas a entrar?

—¿Para qué?

No sé qué responder, así que me encojo de hombros.

—Supongo que tienes que irte a casa ¿no?

—Sí —responde. No me mira a los ojos, en su lugar, juguetea con las llaves en la mano—. Sí, más o menos.

CAPÍTULO VEINTE

REFLEXIONO ACERCA de todo lo que ha sucedido mientras me tumbo en la bañera. Al cabo de un rato empiezo a preguntarme si quizá he sido un poco duro. Al fin y al cabo, Ámbar tiene dieciocho años y es cierto que la mayoría de los chicos de la isla no son precisamente el tipo de tíos con los que debería salir. Quizás también haya exagerado con lo de las drogas. A ver, era solo un poco de marihuana, no es que se estuvieran inyectando heroína. Muchos chicos de mi clase fuman, o dicen que lo hacen, aunque seguro que exageran. Pero estoy seguro de haber leído en alguna parte que la mitad de los estados la han legalizado para uso médico. No estoy seguro de para qué sirve, pero Ámbar sufre un poco de ansiedad, así que tal vez le ayuda con eso.

También comienzo a cambiar de opinión sobre Carlos. Dijo que no sabía que estaba en una reserva marina y lo cierto es que la asignaron como tal hace poco y desde Europa no se habría enterado. Tampoco es que haya señales ni nada por el estilo. Si llegó navegando hasta allí, podría haber pensado que era un buen lugar para echar el ancla y pescar. Hay otro detalle también, tardo un tiempo en caer, pero al final me doy cuenta de lo que es. Me siento un poco culpable por lo que dije acerca de Steve a la revista Asociación de Biología Marina. Sé que decírselo fue lo correcto, pero quizá debería haber hablado con él primero. Tal vez para advertirle. No lo sé.

Al final tomo una decisión. En realidad, son dos decisiones. La primera es que, en lugar de llamar por teléfono al instituto para preguntarles si puedo volver antes, como dije que iba a hacer, simplemente me voy a presentar allí, como siempre. Ahora que lo pienso, no sé por qué no se me había ocurrido antes. Para empezar, me costó un montón convencerlos de que me dejaran ir de viaje, por todas las clases que iba a perder, así que no creo que se vayan a quejar ahora que he vuelto antes de lo previsto.

Lo segundo es que voy a disculparme con Ámbar. No es que lo tenga que hacer, pero es mi mejor amiga así que voy a ser un poco más tolerante con ella.

Después de eso me siento un poco mejor y practico aguantar la respiración bajo el agua durante un rato. Llevo años haciéndolo. Fue papá el que me convenció para que lo hiciera, él lo hacía como entrenamiento para el surf, ya que a veces cuando las olas son grandes te quedas sumergido durante mucho tiempo. No es que me guste mucho el surf así que no lo hago por eso, es más bien porque puede ser útil para el buceo y la apnea. Ya puedo aguantar más de un minuto con facilidad y mi récord es un minuto y cincuenta y nueve segundos.

De hecho, creo que hay otra razón por la que es todo un poco raro con Ámbar. Definitivamente ahora ya no es el caso, pero hace unos años, al principio de conocernos, creo que estaba un poco enamorado de ella, pero solo un poco. El caso es que hay veces que, si está de buen humor, lo cual no pasa a menudo, según se la mire es muy guapa. Empezamos esta tontería de abrir una agencia de detectives. Entonces éramos muy inmaduros, ella más que yo, por supuesto, porque yo soy muy maduro para mi edad. Pero definitivamente ahora no estoy enamorado de ella. Pienso en ella más como en una hermana. Quizá soy un poco protector con ella, tal vez demasiado. En cualquier caso, creo que debería pedirle perdón.

Así que salgo del baño, me preparo algo de cenar y me acuesto temprano para estar fresco para las clases al día siguiente.

* * *

Me monto en el autobús de las 08:33 que me lleva a Newlea. Entonces me doy cuenta de que he sido un poco tonto, porque aunque el instituto empieza a las 08:45, la primera clase a la que de verdad me merece la pena ir no es hasta las 10:30. No me voy a pasar allí plantado dos horas así que me voy a casa de Ámbar. Está a solo unas manzanas de distancia y sé que ella no empieza las clases hasta las 11:30.

Estoy un poco nervioso cuando llego a la puerta de Ámbar. No es que se me dé muy bien pedir perdón que digamos. Pero aun así estoy decidido a hacerlo. Miro mi reloj: las 08:55. Espero que ya se haya levantado. No es precisamente la más madrugadora.

Llamo a la puerta. Es Gracie la que abre.

—Hola, Billy —me saluda.

Gracie me cae bien. Es la hermana pequeña de Ámbar, solo que ya no es un bebé, tiene seis años. Es muy simpática. A veces viene con nosotros en La Dama Azul y le hablo de los pájaros que vemos y de los tipos de ballenas que buscamos.

—¿Por qué no estás en A-us-tra-lia? —demanda saber, ladeando la cabeza.

Trato de sonreír relajadamente.

—Es una historia un poco larga. ¿Ya se ha levantado Ámbar?

—No lo sé. Me gustan las historias. ¿Me la cuentas?

—Claro que sí. Un día te la cuento, pero no ahora. Porque de verdad necesito ver a Ámbar. ¿Puedes ver si ya se ha levantado?

Gracie me mira divertida y se encoge de hombros.

—No.

Esto me confunde. No es propio de Gracie ser así.

—¿Por qué no?

—Porque no está aquí.

—¿Ah no? ¿Dónde está entonces?

Gracie se encoge de hombros.

—No lo sé. Quizá esté en la universidad —añade con un poco de esperanza, pero no puede ser porque Ámbar no tiene clases que empiecen tan temprano. No tiene sentido explicarle esto a Gracie, porque todavía no sabe decir la hora.

—¿Has desayunado ya? —pregunto en su lugar.

—Sí.

—¿Salió Ámbar antes o después de desayunar?

Gracie vuelve a inclinar la cabeza hacia un lado, pero no responde.

—¿Antes o después de desayunar? —repito, por si no lo había entendido la primera vez, pero entonces suelta una risita.

—Estoy intentando averiguar si... —Pero no llego a terminar lo que estoy diciendo porque en ese momento la madre de Ámbar se acerca a la puerta, supongo que para ver quién es.

Por un momento temo que voy a tener que repetir la historia de Australia de nuevo a la madre, pero en su lugar ella me mira expectante. Así que le pregunto si Ámbar ya se ha ido a la universidad. La madre de Ámbar frunce el ceño.

—No... Bueno, creo que no. Pero no lo sé porque anoche se quedó con una amiga, una chica que se llama Jane que ha conocido en clase.

—¿Jane? —Ámbar no mencionó a ninguna Jane ayer y nunca he oído hablar de ella antes.

—Así es. —La madre de Ámbar me dedica una sonrisa despreocupada, como si quisiera deshacerse de mí. Pienso un poco más. Ámbar sí dijo que había hecho amigos en su curso, aunque fue en el contexto de que fumaban drogas juntos.

—Hum, ¿sabes dónde vive Jane? —le pregunto—. Es que necesito hablar con Ámbar esta misma mañana a ser posible.

La madre de Ámbar deja escapar un largo suspiro, lo hace a menudo cuando habla conmigo. Por eso no me gusta hablar con ella.

—No tengo la dirección. ¿Por qué no la llamas por teléfono?

—Sí, de acuerdo, lo haré. —Empiezo a darme la vuelta, un poco decepcionado, cuando la madre continúa.

— Sé que está en algún lugar de Newlea. Ha pasado mucho tiempo allí últimamente. Ayer por la tarde estuvo allí estudiando y se les hizo tarde, así que decidió quedarse a dormir.

Me lanza su mirada de ya sabes cómo son los adolescentes, lo cual es un poco irónico porque yo también soy un adolescente.

—Oye, no habrá ningún problema, ¿verdad? —pregunta inquieta. Supongo que me ha visto la cara que he puesto. Decido que no voy a meter a Ámbar en ningún lío, pero está claro que no le ha contado a su madre lo de Carlos después de todo.

—No —digo—, para nada. No es nada urgente. —Me giro para irme, pero Gracie me entretiene.

—¡Adiós, Billy! —grita. Así que me doy la vuelta y la saludo con la mano.

—Adiós, Gracie. ¡Que tengas un buen día!

Vuelvo a bajar por el camino y regreso al instituto.

CAPÍTULO VEINTIUNO

VOY CAMINANDO HACIA EL INSTITUTO. Tengo la cara tensa, el ceño fruncido. Estoy enfadado porque Ámbar le ha mentido a su madre, diciéndole que estaba en casa de la tal Jane, si es que existe de verdad. Estoy muy enfadado porque me haya mentido a mí con lo de que su madre sabía lo de Carlos. Supongo que pensó que si me decía que su madre lo sabía y no le importaba, quizá ayudaría a que a mí tampoco me importase. Pues muy bien, le ha salido el tiro por la culata.

Tengo el instituto delante de mí. Algo me hace frenar. Se me han quitado las ganas de ir a clase. Me detengo un momento y pienso. Supongo que es posible que Ámbar me dejara anoche y que luego se fuera a casa de la tal Jane en lugar de irse a su casa. Palpo mi teléfono móvil dentro del bolsillo. Podría llamarla. Aunque no sé exactamente qué le voy a decir. No quiero que parezca que estoy fisgoneando. Definitivamente no es eso lo que estoy haciendo. Es solo que me preocupa con quién está saliendo. Estoy intentando cuidar de ella.

Así que suelto el teléfono y pienso un poco más. Hay otra forma de averiguar dónde pasó la noche. Si soy rápido.

Me doy la vuelta y empiezo a correr. La estación de autobuses está tan solo a un par de manzanas y salen autobuses a Holport cada media hora, lo que significa que hay uno en cinco minutos. Estoy sin aliento cuando llego y el autobús acaba de salir de la estación, así que corro para ponerme delante de él y levanto los brazos. El conductor me echa una mirada asesina, pero se detiene y la puerta se abre con un silbido. Le enseño mi pase y me coloco en el primer asiento vacío que veo, sintiendo que el corazón me late con fuerza en el pecho. El autobús tarda una media hora, pero no tengo tiempo de pensar si es una buena idea o no porque estoy preocupado por si llegaré antes de que se vaya a la universidad. Si es que ha estado allí, claro.

El autobús tarda una eternidad. Tengo que esforzarme mucho para no maldecir cuando la gente sube y tarda mucho en pagar. ¿Por qué no tienen un pase como el que tengo yo? O al menos podrían tener el importe correcto preparado. Finalmente llegamos a Holport. Pulso el botón para que el autobús se detenga y me bajo en cuanto se abren las puertas. Es más rápido correr hasta el puerto que esperar mientras el autobús recorre toda la ciudad. Corro por el callejón que lleva al puerto pesquero y luego por el muelle hasta llegar al puerto principal donde La Dama Azul está amarrada. Cuando la localizo veo que el barco de Carlos, el Misterio, sigue junto al nuestro. Entonces me detengo. Tengo que doblarme y pongo las manos en las rodillas para recuperar el aliento. Luego miro la hora. Si Ámbar ha pasado la noche aquí, podría estar saliendo ahora mismo para ir a la universidad. Tengo que asegurarme de que no me vea.

Busco en los sitios donde suele aparcar su coche y lo veo de inmediato. Hoy lo ha dejado justo contra el escaparate del corredor de barcos, cosa que odian porque impide que los transeúntes miren por el escaparate. Me acerco por detrás y miro por la ventanilla. Los asientos aún están bajados, de ayer cuando metimos mi bici. Por lo demás, no hay nada raro en el coche de Ámbar. Compruebo las puertas y están cerradas. Entonces, sintiéndome un poco estúpido, voy a la parte delantera y toco el capó para ver si está caliente, lo que significaría que lo ha cogido recientemente. El capó está frío. Ya veo yo lo de la tal Jane…

Miro a mi alrededor. Me siento un poco estúpido. No sé qué hacer a continuación. Creo que esperaba ver a Ámbar entrando en su coche, lista para irse a la universidad. Tal vez esperaba que me viera y se diera cuenta de que la habían pillado, quizá se disculpara por no haberme dicho la verdad. Pero lo único que veo es el coche de Ámbar. Vuelvo a mirar hacia donde está amarrado el Misterio. No se ve mucho desde aquí, ya que está amarrado justo al final del pontón. Podría ir allí. Podría fingir que tenía que comprobar algo en La Dama Azul; eso me daría la excusa perfecta para echar un vistazo a las ventanas de la cabina del Misterio y ver si Ámbar está allí. Vuelvo a palpar mis bolsillos, sintiéndome mejor por tener un plan, pero entonces me doy cuenta de un pequeño percance. No tengo las llaves del barco. Hoy tenía pensado ir a clase y no venir aquí, así que las dejé en casa. Eso significa que no puedo fingir que voy a coger algo de La Dama Azul, porque no puedo abrir la cabina. Pero de verdad que quiero mirar por las ventanas del Misterio para comprobar si Ámbar está allí y qué es lo que está haciendo.

Solo me queda una opción: mi kayak. Puedo remar hasta el Misterio por el otro lado del pontón, donde no se me vea y avanzar por la parte superior para situarme justo a su lado. Así podré mirar por las ventanas, ver exactamente lo que está haciendo Ámbar.

Corro hacia el callejón donde está guardado el kayak y desato la cuerda que lo sujeta al agarre. Lo bajo, lo apoyo en las ruedas del carro y lo llevo hasta la rampa.

No me quito los zapatos ni los calcetines. El agua del puerto siempre está en calma y he aprendido a botarlo sin mojarme los pies. Es muy fácil en realidad, según se desliza el kayak por el agua y las ruedas del carro empiezan a flotar, las saco y las pliego para guardarlas en la parte delantera de la embarcación. Una vez hecho esto agarro el kayak en paralelo a la rampa y me meto dentro, para luego salir remando tranquilamente. Tengo que pasar por debajo de la pasarela hasta el pontón y, a continuación, pasar por delante de las popas de las embarcaciones del lado opuesto hasta donde están atracados el Misterio y La Dama Azul.

Cuando llego al final del pontón reduzco la velocidad. Desde aquí podrían verme, si estuvieran mirando por la ventana o de pie en la cubierta. Así que me mantengo muy cerca de los barcos amarrados para aprovechar el cobijo que ofrecen. Me dirijo hacia La Dama Azul. Una vez que estoy en su refugio, acelero de nuevo hasta llegar a su proa. Aquí me detengo y miro a mi alrededor. Es un poco difícil mirar alrededor sin ser visto, porque hay un metro de kayak que sobresale por delante de mí. Pero pienso que, en el improbable caso de que vean algo, pensarán que es un kayak cualquiera, no sabrán que soy yo. Cuando por fin veo el Misterio, parece atado y vacío. No hay nadie en la cubierta.

Trato de remar con suavidad, para no salpicar el agua y hacer ruido. Me deslizo hacia adelante, libre del refugio de La Dama Azul y avanzo por el hueco que hay entre ambos barcos hasta que estoy bajo la proa del Misterio. Voy directamente hacia el otro lado, lejos de donde está atado contra el muelle flotante. Esto es peligroso. Me aseguro de que el casco del kayak no toque el lateral del velero, o peor aún, que lo golpee con fuerza, porque eso se oiría muy fuerte dentro del barco. Sin embargo, puedo tocarlo con las manos, siempre que sea con cuidado. Así que coloco mi remo en el kayak y me arrastro con cuidado a lo largo del velero, hacia el centro, donde están las ventanas. Aquí me doy cuenta de que he cometido un error. En realidad, no se ve por la ventana porque el kayak está demasiado bajo. No me queda otra opción que ponerme de pie. No sé si alguna vez habrás intentado ponerte de pie en un kayak, pero no están diseñados para ello. Son lo suficientemente estables cuando estás sentado, pero en cuanto mueves tu centro de gravedad hacia arriba, se vuelven muy inestables. No me afecta mucho porque tengo muy buen sentido del equilibrio y además tengo el lateral del barco para agarrarme. Pero debo tener cuidado.

Me pongo de pie con mucha lentitud, hasta que llego al nivel de la ventana. Es entonces cuando noto algo extraño. Mientras me arrastro por el lateral de la cabina, la pintura ha empezado a quedarse pegada en mi mano. Me preocupa que Carlos me acuse de haberla dañado, aunque la culpa sea suya por no haberla aplicado bien. Trato de ignorar el pequeño parche de color azul que ha brotado donde he borrado sin querer la pintura blanca y llego a la ventana. Tiene una especie de cortina en el interior pegada con velcro. Está medio echada, lo cual es un rollo porque hace que tenga que avanzar aún más haciendo equilibrios. Cuando me empujo hacia delante, oigo un ruido. Lo reconozco. Ahora que lo oigo no sé por qué no me había dado cuenta antes. Supongo que me estaba concentrando demasiado en no caerme. Pero me hace sentir como si me hubieran quitado el tapón del corazón y todas mis emociones se estuvieran escapando. Cuando finalmente miro por la ventana, ya sé lo que voy a ver.

Pero me sigue chocando igual. El tipo de choque que hace que los ojos tarden unos segundos en comprender lo que están viendo. Todo son extremidades y movimiento. Y el pelo de Ámbar, hoy en día lo lleva de negro, esparcido por el suelo detrás de ella. Tiene la boca abierta, jadeando. Están desnudos, haciendo el amor. Allí mismo, en el suelo de la cabina. En cierto modo, es una suerte que Carlos esté encima de ella, porque eso significa que no puedo verle las partes a Ámbar; no soy un pervertido, no quiero mirar. Pero es tan impactante que no puedo apartar la mirada de inmediato. Es como si mis ojos se sintieran atraídos por ella. Veo el culo de Carlos, del mismo bronceado que la parte posterior de sus piernas, supongo que debe de haber tomado el sol desnudo mientras cruzaba el océano, subiendo y bajando. De solo pensar lo que están haciendo me pongo malo. Estoy a punto de recuperarme del susto lo suficiente como para apartar la mirada cuando Ámbar gira la cabeza. No sé si habrá oído algo, o si mover la cabeza es algo que hacen las chicas mientras hacen el amor, pero en cualquier caso, no puedo dejar que me vea. No puedo. Muevo la cabeza hacia atrás y luego, olvidando que estoy de pie en mi kayak, voy a dar un paso atrás. Es demasiado. Incluso con mi buen sentido del equilibrio y a pesar de estar apoyado contra el velero, no consigo estabilizarme.

Mientras me caigo, oigo el casco de plástico duro del kayak chocar con el casco del velero. Entonces me hundo en el agua.

CAPÍTULO VEINTIDÓS

—¿QUÉ haces? —preguntó un corpulento hombre, mientras se ajustaba el cinturón de seguridad sobre su amplia barriga. Su acompañante, más joven, más delgado y con un traje bastante más brillante, continuó con lo que estaba haciendo, que era inclinarse sobre la pantalla del coche y programar el GPS.

—Estoy metiendo la dirección.

—¿No sabes dónde vive Jimmy el Pez?

—Claro que sé dónde vive Jimmy el Pez. Pero quiero ver cómo está el tráfico.

El hombre mayor se detuvo un momento.

—Está a un par de manzanas.

—Sí... ya me lo has dicho... —La voz del joven se apagaba mientras seguía presionando la pantalla.

—¿Y?

El joven lo ignoró, concentrándose en la pantalla.

—¿Dime? —insistió ahora el hombre mayor—. Si son solo un par de manzanas... —Pero su voz también se apagó, en su caso por la frustración al percibir, demasiado tarde, cómo había caído en una trampa conocida.

El grandullón apretó los puños y se obligó a mantener la calma. Se llamaba Tommy Battaglia, pero lo conocían como Tommy, el Dientes, al menos a sus espaldas. La razón era evidente cada vez que abría la boca. Durante su pubertad le habían salido muchos más dientes de lo normal. Si hubiera acudido a un dentista se habría enterado de que el problema era bastante común y la solución también, pero para entonces ya vivía en la calle, robando coches para el Viejo. No tenía mucho tiempo para dentistas. Además, el aspecto intimidatorio que le daban los dientes de más le resultó útil cuando pasó a asaltar camiones de mercancías y a organizar impuestos de protección en el barrio. Ahora, más de tres décadas después, su boca no era más que un amasijo de dientes torcidos, demasiado grandes y sucios. Y su aliento siempre apestaba.

—Joder, Tommy, ¿quieres calmarte? —le dijo el joven, muy consciente de que Tommy ya se había callado y quería provocarlo de nuevo. El joven se llamaba Paolo y sus dientes no tenían nada de malo. De hecho, cuando se enteró de que iba a trabajar con Tommy, había ido a ver a su dentista a pedirle que le hiciera un tratamiento de blanqueamiento adicional para que sus perfectos dientes rectos resaltasen aún más en su cara, la cual él ya consideraba con orgullo que era más atractiva que la mayoría.

—Igual ha habido un accidente —continuó—. O podrían estar haciendo obras. O... —Se le acabaron las posibilidades y se calló, molesto por no poder pensar en nada más para irritar a su compañero.

Cuando le dijeron que le iba a tocar trabajar con Tommy el Dientes le sentó fatal. Le dieron el nuevo puesto tras la reorganización que tuvo lugar cuando el Viejo murió. Fue una muerte por sorpresa, al menos en algunos aspectos. La muerte de alguien a quien llamaban el Viejo desde hacía varias generaciones no podía sorprender a nadie. Pero la forma en que falleció, en paz en su propia cama, no era como se habían imaginado que sucedería. Después de la muerte hubo unos cuantos sobresaltos que afectaron a toda la organización. En lugar de que el poder recayera en algún miembro de la familia, como era de esperar, el Viejo había dado instrucciones para que su sustituto fuera el hijo de su más fiel consejero, Ángelo Costello. Para Paolo esto fue una grata sorpresa y una gran oportunidad. Paolo no había sido nada para el Viejo, solo otro humilde soldado de a pie cuya cara no habría podido reconocer en un grupo. Pero Ángelo era familia de Paolo. Técnicamente eran tan solo primos lejanos, pero de niños habían tenido mucho trato. Claro que cuando crecieron habían perdido el contacto, ya que mandaron a Ángelo a internados privados y luego a una universidad de la Liga Ivy. Aun así, de pequeños, habían jugado juntos. Eran familia.

Por eso le decepcionó tanto que, en lugar de conseguir un puesto de cierta responsabilidad que Paolo consideraba que se merecía, le hubieran emparejado con Tommy el Dientes. La pagaba con él cada vez que podía, aprovechando todas las oportunidades que veía para cabrearlo.

—Y si así fuera —continuó, recordando de repente los fundamentos de cómo funcionaba el GPS—, el satélite, que recibe datos sobre el tráfico de toda la ciudad, procesaría esa información y nos dirigiría por un camino más rápido. Lo que quiere decir que no me tendré que sentar a tu lado y verte tu jodida cara ni un segundo más de la cuenta.

Pulsó el botón de comenzar y la pantalla mostró un mapa, su ruta sobresalía en rojo delante de ellos.

—Ya está, no te ha pasado nada por esperar un poquito ¿no? —soltó Paolo.

—Anda, arranca el jodido coche ya —respondió Tommy, añadiendo bajo su agrio aliento—, puto idiota.

Paolo pulsó el botón de arranque del Toyota, silbando para sí mismo. También habían discutido sobre los botones de arranque. Tommy se había quejado de que hoy en día todos los coches los tienen. Cuando Paolo le había preguntado qué tenían de malo los coches con botón de arranque, Tommy le había respondido que eran más difíciles de hacer puentes. Paolo se sonrió al pensar en ello. Era cierto, los arranques por botón eran más difíciles de manipular, pero ¿quién coño se dedicaba a robar coches hoy en día? Tommy, en el crepúsculo de su vida, estaba recordando sus días de juventud, cuando tenía todo un futuro por delante. Bueno, pensó Paolo, eso ya era el pasado. Ahora el futuro era él.

—¿Por qué estás tan jodidamente cabreado? —preguntó Paolo, cansado de su silbido antes de que hubiera podido enfadar a Tommy.

—No estoy cabreado.

—Sí lo estás. Estás como un oso al que le han dado una patada en las pelotas.

Tommy se giró entonces hacia él, haciendo rechinar sus dientes desiguales.

—Es esta puta mierda del bitcóin —dijo de repente.

Paolo lo miró de reojo, no se había esperado esa respuesta.

—¿Qué pasa con el bitcóin?

—¿Que qué pasa? Pues que no me fio.

Paolo sopesó qué decir mientras se acercaba a un cruce.

—Vale. —Se encogió de hombros—. Entonces véndelo.

—No me fío de venderlo y es un puto engorro. Andar hurgando en el maldito móvil. No veo por qué no podemos cobrar a la antigua usanza —se quejó Tommy, renegando con la cabeza.

—¿Qué dices? ¿En efectivo? —se rio Paolo—. ¿Quieres que te den un sobre lleno de billetes de cien dólares todos los viernes?

—Funcionaba muy bien —gruñó Tommy con la suficiente mala leche como para recordarle a Paolo que había un punto más allá del cual era mejor no pasarse.

—Tal vez. —Paolo siguió conduciendo durante un rato, preguntándose si ya estarían llegando o no. Decidió seguir con la discusión—. Pero no era precisamente seguro para la vida moderna. ¿Cuándo fue la última vez que te fuiste de vacaciones, Tommy?

Tommy le echó una mirada con el rostro ensombrecido.

—Nunca voy de vacaciones.

—Ah ya. Pues digamos que un día te quieres ir, una situación hipotética. Quieres comprar un vuelo. ¿Cómo vas a hacerlo con tu sobre de dinero?

Tommy frunció el ceño.

—Pues muy claro, me voy a una agencia de viajes.

Paolo sacudió la cabeza.

—Ya no existen, Tommy. Las han cerrado y en su lugar han abierto putas cafeterías veganas. ¿O es que no te has dado cuenta?

Se quedaron en silencio por un momento.

—Entonces voy al mostrador de la aerolínea, al aeropuerto —lo intentó de nuevo Tommy.

—Ah claro. Sí, muy fácil. Te vas hasta el aeropuerto, con todo lo que cuesta y el coñazo que es conducir hasta allí y ¿qué te crees que te encuentras cuando llegas? Un puto millón de personas en la cola, o peor aún, el mostrador cerrado.

Tommy no respondió. En su lugar, trató de ajustar el asiento, que se había atascado.

—¿Por qué tienes un coche japonés de mierda?

Paolo le ignoró.

—Y si está abierto, el mostrador quiero decir, el billete es cinco veces más caro. Ah, y otra cosa: en el momento en que sacas tu fajo de billetes te juegas a que suene la alarma. Y prepárate, grandullón, a que te metan el dedo por el culo —sonrió, echándose un vistazo en el espejo retrovisor y disfrutando de lo que veía. Se pasó una mano por el pelo, que lo llevaba rapado por los lados y engominado hacia atrás por arriba—. Como mínimo —continuó, olvidando por un momento si seguía tratando de pinchar a Tommy o si se encontraba en un raro momento en el que realmente disfrutaba hablando con el tipo—, vas a llamar la atención. Eso no te pasa con el bitcóin.

—Ya, si lo entiendo. Solo que no me fío, joder.

Paolo sonrió. La verdad era que le había sorprendido y estaba igual de dispuesto a unirse a la indignación general cuando uno de los primeros cambios que Ángelo había introducido era hacer todos los pagos dentro de la organización a través de una criptodivisa. No sabía qué coño era el bitcóin. Pero desde entonces su valor casi se había duplicado, duplicando así sus ingresos y los de todos. De repente, el nuevo jefe era un puto genio, y todo el mundo deseaba que el Viejo lo hubiera hecho también, o que la hubiera palmado antes, para poder haber tenido bitcóin nada más salir, cuando su valor se triplicaba cada dos meses.

Ya habían llegado. Paolo metió el coche por una calle residencial y avanzaba con lentitud, buscando a través del parabrisas el apartamento donde vivía Jimmy el Pez. Se detuvo justo en la puerta, en el momento en que una joven pareja salía del portal. Paolo esperó hasta que pasaran junto al coche. Los observó hasta que hubieran avanzado veinte metros por la calle sin mirar atrás.

—Yo te ayudo si quieres —le ofreció de repente. No quería admitir por qué de repente se mostraba más amable con su colega, pero en cierto modo lo sabía. Le gustase o no pasar tiempo con Tommy, lo cierto es que no le gustaba nada, había momentos en los que se sentía bien teniendo a alguien con sus años de experiencia guardándole las espaldas. En este mundo no llegabas a esa edad sin tener mucho cuidado y un poco de suerte. Igual tenía toda la pinta de monstruo de película de terror, con mal aliento incluido, pero entendía el negocio. Se conocía el oficio a la puta perfección.

Tommy parecía incómodo. No dijo nada y de repente metió la mano en la chaqueta y sacó su pistola, una Sig Sauer P938 de 9 mm, que Paolo sabía que había obtenido meticulosamente con todos los rasgos identificativos borrados. Paolo no reaccionó en absoluto. En cambio, se limitó a observar cómo Tommy abría el cargador, se aseguraba de que estaba lleno de cartuchos, todos cargados correctamente y lo volvía a colocar en su posición. A continuación, retiró la corredera, comprobó que la recámara estaba vacía y cargó un cartucho, listo para disparar. Cada movimiento era automático, practicado al detalle.

—Lo digo en serio —continuó Paolo—. Sé que no siempre nos llevamos bien. Pero hay una razón por la que Ángelo nos ha puesto a trabajar juntos. Puedo enseñarte mierdas como esta y tú... — Paolo dudó ahora, no quería echarle piropos—, bueno ya sabes, ya llevas un tiempo haciendo esto. Has visto de todo. —Se encogió de hombros—. Lo cual también me ayuda.

Tommy volvió a meter la mano en la chaqueta y esta vez sacó un silenciador. Lo levantó y apuntó hacia abajo, comprobando que estuviera limpio. Finalmente gruñó por respuesta.

—Vale, muy bien.

Paolo asintió con la cabeza.

—Genial. Además, por ser tú, te voy a cobrar menos comisión. No te pensarías que lo iba a hacer gratis.

* * *

Ambos hombres salieron del coche y se dirigieron al interfono. Paolo pulsó el timbre del apartamento de Jimmy y esperó a que contestaran.

Momentos después una voz electrónica respondió—: ¿Quién es?

—Soy yo, Paolo. Déjame entrar, ¿quieres?

—No te esperaba... —respondió la voz tras un breve silencio.

—Abre la puta puerta, Jimmy —Paolo levantó el dedo del interfono, miró a Tommy y sacudió la cabeza, como si no pudiera creer la forma en que el maldito Jimmy estaba reaccionando. A los pocos segundos sonó el timbre y Tommy, que ya tenía la mano en la puerta, la empujó para abrirla. Entraron en el vestíbulo.

No había ascensor. Tommy echó un vistazo al hueco de la escalera antes de empezar a subir, atento a cualquier ruido que no sonase bien. Se movían en silencio, con los ojos mirando a un lado y a otro, comprobándolo todo. Avanzaron por el pasillo hasta llegar al apartamento de Jimmy. Paolo golpeó la puerta con el dorso de la mano. Enseguida se abrió y un hombre delgado, que solo llevaba vaqueros y una camiseta de tirantes, se asomó. Observó a Paolo y cuando también vio a Tommy su nariz empezó a moverse, como un conejo que olfateaba a un zorro.

—¿Podemos pasar un momento?

—No dijiste que te habías traído al Tommy contigo.

—No me lo has preguntado, joder.

Paolo sonrió ante su propia respuesta y se dirigió a empujar al flaco, pero este se apartó de la puerta en ese momento, por lo que Paolo se tropezó al entrar en la casa. Tommy se quedó junto a la puerta, cerrándola tras él. La puerta daba a una sala de estar. La televisión estaba encendida, el sofá, con pinta de desgastado, cerca de ella. Los restos de una pizza estaban en una caja de cartón para llevar en un brazo del sofá; por el suelo y por el resto de los escasos muebles, había latas de cerveza y platos sucios desperdigados. Pero lo más llamativo de la sala era una pared dedicada a una pecera gigante. Dividía el salón y la cocina y llegaba desde la encimera hasta el techo. Estaba llena de miles de diminutos peces tropicales, plantas acuáticas y bonitos adornos. Se notaba muy bien cuidada, con el agua reluciente.

Jimmy se frotó la cara.

—¿Quieres sentarte?

Paolo apartó la mirada de la pecera y observó el sofá.

—Pues la verdad es que no. Tommy, ¿tú estás cansado? ¿Quieres poner los pies en alto?

Tommy, que no se había movido de la puerta, respondió con un mínimo movimiento de cabeza.

—Pues no, estamos bien de pie —concluyó Paolo.

—Vale —respondió Jimmy a quien parecía costarle levantar la vista del suelo—. ¿Cuál es el problema? No esperaba que viniera nadie. Todavía me queda mucha mercancía.

—Ah, eso ya lo sabemos.

—Y no debo nada. Estoy al día con todos mis pagos. Así que no entiendo de qué va esto.

—¿Qué estás viendo? —Paolo lo ignoró y se dirigió al televisor—. ¿Es *Breaking Bad*?

Jimmy no respondió, así que Paolo se volvió y le preguntó por segunda vez.

—Sí.

—Joder, tío, me encanta esa serie —Paolo volvió a mirar la pantalla, bastante animado ahora—. Es la tercera temporada, ¿a qué sí? ¿La del tipo de la tienda de pollos? —Se giró hacia Tommy para continuar—: Resulta que este tío dirige todo el puto cartel de drogas en Nuevo México. Vaya ocurrencia. La idea de que puedas dirigir toda una organización desde una pollería es una puta locura —sonrió Paolo mientras se volvía hacia Jimmy de nuevo—. A ver, yo trabajé en una tienda de pollos de esas de comida rápida, un par de meses. Una cosa que me quedó claro es que no se para. No tienes tiempo para vender mercancía, créeme.

Se volvió hacia la pantalla, donde dos hombres de aspecto siniestro estaban reunidos en la oficina de un pequeño restaurante.

—Le he dicho a Tommy que la tiene que ver, pero a él le gustan más los programas de naturaleza. ¿No es cierto, Tommy?

Tommy no se movió en absoluto y Paolo continuó.

—Es verdad, le encanta un documental que se llama Planeta Azul. Supongo que a ti también te gustaría... —Señaló de nuevo la pecera y, aunque Jimmy no contestase, se le notaba el miedo en los ojos—. Pero nuestro problema es que no tenemos tiempo para ver la tele, porque estamos siempre trabajando. No como tú. Parece que tienes todo el tiempo del mundo. Hasta para estar viendo *Breaking Bad* a las... —miró su reloj, un Rolex de metal pesado—, las tres y veinte de la tarde un jueves. No creo que a Ángelo le vaya a gustar esto. Le gusta que sus chicos trabajen duro, ¿me entiendes? Que le cundan los sueldos que paga.

—Solo estaba... Tengo gente que viene por aquí, mis clientes.

—Ah, claro —Paolo dio la apariencia de entender de repente—, lo entiendo. Así es como trabajas tú, sentado en tu sofá viendo Netflix. De vez en cuando suena el timbre y pasas un poco de mercancía. Estás trabajando, sí, sí, ya te veo echando horas. Me aseguraré de informar de ello.

Jimmy puso en su cara una sonrisa poco convincente de agradecimiento, que borró en un instante

—De hecho, ahora que vengo a mencionarlo —prosiguió Paolo, que había estado buscando el mando y lo había agarrado—, uno de esos clientes que vienen por aquí, que te mantienen tan jodidamente ocupado, resulta que no es un cliente después de todo. Al menos, no en el sentido estricto de la palabra.

Paolo pareció haber perdido el interés en Jimmy. Había pausado el programa y pulsado varios botones para comprobar qué episodio estaban emitiendo.

—Tercera temporada. Te lo dije. —Se giró para mirar a Tommy, que le ofreció una especie de media sonrisa torcida en reconocimiento a su acierto.

Paolo se volvió de nuevo hacia Jimmy y continuó su explicación.

—Resulta que este cliente tuyo en realidad es un tipo que le estaba haciendo un favor a Ángelo. ¿Has oído hablar del cliente misterioso?

—¿Qué? —preguntó Jimmy, que por un momento se había distraído al ver los dientes de Tommy de cerca. Pero ya estaba atento de nuevo, preocupado por lo que Paolo le estaba contando.

—El cliente misterioso, es todo un invento. Imagínate que tienes una cadena de tiendas y quieres mejorar el servicio al cliente. Así que impones todas estas reglas que dicen que el personal tiene que ser respetuoso con los clientes, atenderles en treinta segundos, o lo que sea que quieras mejorar. Pero dime, ¿cómo te aseguras de que tus empleados estén cumpliendo las normas? ¿Cómo sabes que el personal está haciendo lo que les has pedido?

—No lo sé —respondió Jimmy al rato.

—Con el cliente misterioso —sonrió Paolo de manera casi amistosa—. Mandas a alguien que se haga pasar por un cliente y les pides que te informen de cómo les han tratado. Todos los grandes almacenes lo hacen. Supongo que Ángelo lo aprendió cuando estudió el máster de administración de empresas que le pagó el Viejo. Total, que eso es lo que ha estado haciendo Ángelo contigo.

Jimmy se esforzó para evitar que se le tensase el rostro, pero los ojos le traicionaron, se les veía el miedo. Paolo hizo una pausa, disfrutando ahora del miedo que exhibía, antes de proseguir con desparpajo.

—Así que este tipo, o igual era una clienta, no tengo ni puta idea, tal vez ha venido varias veces o quizá fue solo un intercambio. ¿Quién coño sabe? —se encogió de hombros—. Lo importante es que te compraron mercancía y le llevaron tu bolsita de cocaína a Ángelo.

Paolo se detuvo para mirar fijamente a Jimmy. Jimmy tragó saliva con fuerza.

—¿Y sabes qué?

Jimmy respiró varias veces de manera rápida antes de contestar.

—Mira, puedo explicar...

—Resulta que alguien ha alterado el producto.

El cambio en el tono de Paolo pareció bajar la temperatura de la sala y se hizo un silencio ominoso. Jimmy no respondió. En cambio, miró hacia la puerta, la única vía de escape de la habitación. Pero Tommy seguía bloqueándola y ya no sonreía. Tenía la mirada negra y un fuerte corpachón que le impediría a Jimmy cualquier posibilidad de escape.

—A ver —continuó Paolo—. Ángelo te proporciona el producto con un nivel de pureza muy específico. Le gusta hacerlo así porque da a sus clientes un producto que conocen. La calidad de la marca, por así decirlo. ¿Sabes lo importantes que son las marcas, Jimmy?

Jimmy no respondió.

—Son muy importantes. Por eso a Ángelo le gustan tanto, porque es un tipo muy inteligente.

Por un segundo Paolo se preguntó por qué, si Ángelo era tan listo, no le apreciaba un poco más, pero sacudió la cabeza y se obligó a concentrarse.

—Así que cuando nuestro comprador misterioso apareció con el producto mezclado con ácido bórico, y... —fingió pensar un rato—, ¿qué era lo otro, Tommy?

—Leche en polvo.

—Ah, eso, leche en polvo —hizo una mueca—. Bueno, lo que le molestó fue que afectase la calidad de la marca, su marca. Ángelo se lo ha tomado como algo personal.

Paolo le echó una mirada de reojo a Tommy que duró solo una fracción de segundo, pero en respuesta, este metió la mano en su chaqueta. Sacó la pistola, luego metió la mano por segunda vez en el bolsillo y sacó el silenciador. Enroscó una parte en la otra y luego dejó caer las manos junto a su regazo, el arma colgando despreocupadamente de su gran manaza.

Jimmy, que había observado toda la actuación, se volvió hacia Paolo.

—Fue solo una vez. Lo juro. Me faltaba el dinero que le debía a Ángelo y necesitaba compensarlo. Esa es la única razón por la que lo hice.

Paolo se llevó un dedo a los labios, como si fuera un juez, escuchando el caso de Jimmy.

—Te lo juro. Te lo juro, Paolo. Una única vez. Sabes que muchos por ahí lo hacen todo el tiempo, pero yo no. Sé que a Ángelo no le gusta. Te juro que lo respeto.

—¿Lo respetas? ¿Respetas a Ángelo?

—Sí. Joder, claro que sí, lo adoro. Mira, lo entiendo. La he jodido. No volverá a suceder. Y lo compensaré. Cueste lo que cueste. Juro por Dios que lo haré, lo juro por la vida de mi madre.

Paolo no contestó y durante unos instantes se hizo el silencio absoluto que se rompió solo con varios gemidos que se le escaparon a Jimmy.

Por fin, Paolo renegó con la cabeza.

—¿Sabes una cosa, Jimmy? Te creo. Fue solo una vez, porque si no nuestro comprador misterioso lo habría detectado. Y es verdad que nunca te retrasas con los pagos. Lo cual, ayuda… Pero ya sabes cómo son las cosas, Jimmy. Con el Viejo fuera de juego y Ángelo al mando, tiene que asegurarse de que nadie se piense que este periodo de transición es una oportunidad para aprovecharse de él. Tiene que mirar por su reputación.

—Sí pero puedes hablar con él, Paolo. Él te escucha y me conoce, de los viejos tiempos. No volverá a suceder, te lo juro…

—Eso ya lo sé yo —interrumpió Paolo con voz de repente muy tranquila.

Jimmy había abierto la boca para seguir protestando, pero algo lo detuvo.

—Para eso hemos venido —continuó Paolo—. Para tener una charla y para asegurarnos de que esto no vuelva a suceder, nunca más.

Paolo se volvió hacia Tommy, que ahora levantaba la pistola y apuntaba a Jimmy. El brazo firme, la mirada muerta.

—Paolo, ¿qué coño? No mezclé casi nada. Yo le hago buen negocio a Ángelo. Tú lo sabes. No tiene ningún sentido meterme un puto tiro por esto.

Paolo se alejó de Jimmy antes de responder.

—Como ya te he dicho, Jimmy. Nosotros no tomamos las decisiones. Solo estamos aquí para transmitir un mensaje de Ángelo.

Y con esas, Paolo retrocedió dos pasos hasta que Jimmy se quedó solo en el extremo de la sala. Giró la cabeza hacia Tommy y se fijó en la pistola. Parecía paralizado por la vista, incapaz de moverse.

—¿Tommy? No lo hagas. Todo el mundo mezclaba mercancía con el Viejo, ¡lo sabes! No fue…

Fue silenciado por dos chasquidos apagados que se sucedieron rápidamente. El arma retrocedió, incluso bajo el experto agarre de Tommy. Pero Jimmy no oyó los disparos. Al menos no correctamente. En cambio, su cerebro, conmocionado y aterrorizado, se centró en el hecho de que las balas no le habían alcanzado a él, sino que se habían estrellado contra el grueso cristal transparente de la enorme pecera que tenía a su espalda. Se giró, a tiempo de ver una red de grietas que se extendía por el frente hasta llegar a los lados y las esquinas. Por un momento no ocurrió nada más, la inercia mantuvo el agua en su sitio, pero entonces la pared se abultó y finalmente el cristal debilitado cedió, derrumbándose hacia fuera.

En un segundo, miles de litros de agua, cristales rotos y peces tropicales salieron en una enorme avalancha. Estaba lo suficientemente cerca como para engullir a Jimmy, tirándolo al suelo y empapando la sucia alfombra del salón. Tommy, lo suficientemente lejos como para no tener que moverse ni se inmutó, pero Paolo tuvo que dar un salto para evitar el agua, riéndose mientras lo hacía.

Entonces Tommy desenroscó despreocupadamente el silenciador y guardó la pistola, mientras en el suelo, a su alrededor, un millón de pececillos aleteaban y se retorcían en la alfombra. Cuando Paolo se dio la vuelta, no le importó pisar una docena de ellos.

—Ah —dijo, bajando la mirada hacia Jimmy con desagrado—. Creo que deberías empezar a buscarte otro apodo.

CAPÍTULO VEINTITRÉS

UNA SEMANA MÁS TARDE, el Toyota plateado se detuvo frente a otra torre de apartamentos, esta vez era el bloque barato de ladrillos marrones donde vivía Tommy. Paolo se inclinó hacia delante y miró a través del parabrisas hacia el segundo piso, luego se apoyó en el claxon para dar un largo pitido.

Dentro, Tommy se acercó a la ventana de su cuarto de baño. Estaba desnudo, salvo por una toalla que llevaba a la cintura. Mientras lo hacía sonó su teléfono, que estaba apoyado en el alféizar de la ventana.

—¿Sí?

—¿Dónde coño estás? Te dije que Ángelo quería vernos.

Tommy subió la persiana del baño y miró hacia abajo, justo en el momento en que Paolo volvía a tocar la bocina. Esta vez el sonido viajó a través de la calle. Un momento después también lo oyó a través del auricular del teléfono móvil.

—Vale, vale. Ya voy. ¿Qué quiere?

—¿Y yo qué coño sé? Date prisa.

Dos minutos después, Tommy salió por la puerta del edificio de apartamentos y cruzó la calle caminando mientras se metía la camisa por dentro de los pantalones. Paolo observó con asco la lenta manera con la que arrastraba los pies.

—Tengo vecinos, ¿sabes? —dijo Tommy mientras subía al coche.

—Sí. También tienes una cita para ver a Ángelo. ¿Cuál de los dos es más importante?

Tommy respondió tirando con fuerza de su cinturón de seguridad y maldiciendo cuando el mecanismo se bloqueó.

—Puto coche japonés —exclamó entre dientes.

Paolo mantuvo el límite de velocidad y pronto se detuvieron frente a una gran cancela de hierro que protegía una gran mansión a la orilla del mar. La cancela era la única forma de acceder a la finca que estaba rodeada por un muro de tres metros de altura y con cámaras de seguridad montadas en cada poste y a intervalos regulares a lo largo del muro. Las cámaras a cada lado de la cancela tenían forma de buitres. Durante un momento, ambos hombres esperaron mientras las cámaras se giraban para inspeccionar su coche, aun con el motor encendido. Al instante se abrió la cancela. Paolo entró con el coche, atravesó un jardín bien cuidado y subió hacia un gran caserón de piedra. Aparcó en un hueco entre un Cadillac y un Porsche y se bajaron del coche.

Un hombre de complexión gruesa y traje oscuro ya había abierto la puerta principal. Comprobó el terreno y una vez satisfecho se llevó la muñeca a la boca y susurró en voz baja. Cuando Tommy y Paolo se acercaron a la entrada, el hombre los saludó con la cabeza y los hizo pasar. Entraron en un amplio vestíbulo decorado al estilo tradicional. Un jarrón pintado de azul que parecía chino, o al menos caro, se encontraba sobre una enorme cómoda de roble teñida casi de negro que, a través de grandes puertas de cristal, mostraba una selección de pistolas antiguas.

—Oye, Barney —dijo Paolo, desabrochando su pistola sin vacilar—, ¿qué pasa?

Puso la pistola sobre la mesa mientras el hombre cogía el arma con cuidado, comprobando que la recámara estaba vacía, antes de meterla en un cajón. Luego se volvió hacia Tommy.

Un poco a regañadientes, Tommy sacó su pistola. Entregar el arma antes de entrar a ver al jefe era una nueva norma de Ángelo. Todavía le resultaba extraño, irrespetuoso quizá, como si implicase que podrías estar tentado a usarla. En los días del Viejo tenías respeto. Si había alguna duda de que pudieras no tener respeto, bueno, en ese caso nunca te acercarías tanto antes de que alguien te metiera una bala en la frente. Como había hecho mil veces en los últimos meses, se le pasó por la cabeza que las cosas estaban cambiando. Sacó su pistola de la funda, abrió la recámara para mostrar que no estaba cargada y se la entregó a Barney con la empuñadura por delante. Mientras lo hacía, una mirada se cruzó entre los dos hombres mayores, ambos eran supervivientes del antiguo régimen.

—Yo te la guardo —dijo Barney en voz baja. Tommy asintió.

—¿Sabes de qué va el asunto? —preguntó Paolo alegremente, mientras Barney los guiaba por un pasillo y subía unas escaleras.

—No —dijo Barney sin volverse. Al final de la escalera había un gran rellano, con algunas sillas dispuestas, de manera no muy diferentes a las de una sala de espera de un médico. Había incluso una mesa baja con revistas.

—Esperad aquí. No tardará mucho. —Barney se dio la vuelta y volvió a bajar las escaleras, dejando a Tommy y Paolo solos. Paolo se sentó, pero Tommy se acercó a la ventana y echó un vistazo al puerto. Luego miró alrededor del rellano, observando los cambios que Ángelo había hecho desde la muerte del anciano. Vio que faltaban algunos cuadros. El anciano había desarrollado un interés por el arte en sus últimos años. Cuadros clásicos, siempre de pintores italianos y seguramente no tan valiosos como querían aparentar. Pero, aun así, Tommy los había apreciado, especialmente el par de veces que el anciano se había tomado el tiempo de explicarle su procedencia.

—Faltan muchos cuadros —dijo Tommy.

Paolo levantó la vista de la revista *Motos Acuáticas*.

—¿Qué pasa? Ah, sí. —Se encogió de hombros—. Ángelo los habrá vendido, mejor. Le daban un aspecto jodidamente lúgubre al descansillo este.

Tommy frunció el ceño pero no tuvo oportunidad de decir nada más, porque en ese momento se abrió una puerta y salió otro hombre, vestido impecablemente con un traje azul oscuro y un chaleco de seda. Primero miró a Tommy y había algo en sus ojos, un respeto silencioso, pero fue a Paolo a quien se dirigió.

—Ángelo ya está listo para veros.

La voz del hombre era muy tranquila y calmada. No esperó a que le respondieran, sino que los hizo pasar a un enorme despacho, revestido con paneles de roble y con una pared dedicada por completo a una estantería llena de libros. El mueble más grande del interior era un enorme escritorio, no oscuro como el resto de la habitación, sino pintado de blanco mate. Un joven de pelo rubio estaba sentado detrás de la mesa, con el ceño fruncido frente a un portátil Apple. A su lado había un iPad apoyado en una funda con su propio teclado. Llevaba ropa cara pero informal, una camisa blanca de algodón con las mangas remangadas dejaba ver su bronceado. Tommy se dio cuenta de que no llevaba zapatos en los pies.

Ángelo levantó la vista cuando los tres hombres entraron. Ofreció una breve sonrisa pero siguió trabajando. Solo después de unos momentos apartó el ordenador y se levantó. Se dirigió primero a Paolo y lo abrazó cariñosamente. Luego asintió en dirección a Tommy, pero no lo tocó.

—Entrad, por favor. Tomad asiento —dijo, indicando las sillas frente al escritorio. Tommy y Paolo lo hicieron, mientras el hombre del traje azul tomaba asiento también, junto a la pared.

—Gracias por venir. Os lo agradezco —Ángelo hablaba con un tono nasal que le hacía parecer quejica pero sus ojos brillaban en alerta.

—No hay problema —respondió Paolo. Consideró añadir «primo» al final de su frase, pero le fallaron los nervios. En su lugar, se conformó con añadir de manera despreocupada—: ¿Qué pasa?

Ángelo no respondió de inmediato. Volvió a su escritorio y se sentó. Se inclinó hacia delante. Luego se recostó de nuevo. Parecía estar a punto de hablar, pero desvió la mirada. Los demás esperaban con impaciencia.

—Tengo un trabajito para ti —dijo al final Ángelo.

—Claro. —Paolo sintió que su pecho se inflaba del orgullo. Era la primera vez que entraba a ver a Ángelo desde que se había hecho cargo. La mayoría de las veces las órdenes fluían hacia abajo a través de los rangos. Así que sea lo que fuera esto, seguro que no era poca cosa. Esto era algo más, una gran oportunidad.

El despacho volvió a quedarse en silencio. Por un momento todos observaban a Ángelo mientras se acariciaba la barbilla.

—Es un trabajo un poco diferente. Tendré que explicarlo bien.

—No pasa nada. —Paolo se esforzó por contener la emoción.

Otro silencio llenó la habitación.

—El Viejo, antes de que... falleciera, tuvo algunos problemas en el puerto —dijo Ángelo por fin—. Estoy seguro de que ya lo sabes. —Se detuvo un momento, como si se acabase de dar cuenta de que tal vez era algo que no habían sabido—. Nada grave. Solo que el coste de traer la mercancía estaba subiendo. Ya sabéis, la gente se vuelve codiciosa, ¿no sé si me entendéis?

—Claro que sí —respondió Paolo con entusiasmo. Sin embargo, la verdad era que no tenía ni idea. Siempre había sido de un nivel demasiado bajo como para ser partícipe de información de ese tipo. El hecho de escucharlo ahora le producía una enorme ilusión.

—A decir verdad, me pregunto si contribuyó de alguna manera a…. ya sabes... —Ángelo no terminó la frase.

—¿Al infarto? —ofreció Paolo e inmediatamente deseó no haberlo hecho, ya que Ángelo levantó la mirada bruscamente.

—Sí. —Ángelo volvió a bajar la cabeza. Era la reacción normal cuando salía el tema del fallecimiento del anciano. Una especie de muestra de respeto que Paolo, ahora que se daba cuenta, acababa de violar de alguna manera. Se maldijo a sí mismo, se dijo que debía ser más cuidadoso.

—En cualquier caso —continuó Ángelo—, después de su muerte, quise echarle un vistazo al tema. Ver si podíamos solucionarlo de alguna manera.

Cuando Ángelo empezó a hablar de nuevo parecía que no le importaba mucho respetar al Viejo. Pero por qué iba a hacerlo, el negocio era suyo ahora...

—Le pregunté a Nico, mi contacto que maneja los asuntos con los colombianos, si había alguna alternativa a nuestras rutas de siempre. Ya sabes que generalmente lo hacemos llegar en contenedores... —Ángelo lo dijo con indiferencia, como si fuera de dominio público, pero Paolo volvió a sentir un zumbido de emoción. No lo sabía. Sabía que en las altas esferas de la organización se hablaba de eso, pero nunca había estado presente cuando lo hacían.

Paolo se obligó a mantener el rostro neutral. Miró a Tommy y se decepcionó al ver que casi parecía aburrido.

—Así que echamos otro vistazo a la opción de volar la mercancía —continuaba Ángelo—. Fui allí, para reunirme con él. Echamos un vistazo a los aviones pequeños, preguntándonos si podrían llegar a nuestros aeródromos privados. De esa manera no habría que pagar aduanas. O incluso dejarlo caer desde el aire... —Con la mano hizo el gesto de un avión sobrevolando sobre su escritorio, pero luego hizo una mueca—. No me gustó esa opción. Hay que rellenar y guardar planes de vuelo. Pueden rastrear los aviones. Es... complicado. —Ángelo negó con la cabeza—. Pero entonces Nico tuvo una idea. Estábamos sentados en un restaurante de Puerto Varadero viendo pasar los veleros cuando Nico se volvió hacia mí y me dijo «¿por qué no traemos la mercancía en barco?».

Ángelo miró de repente a Paolo. Paolo no sabía qué decir, así que decidió quedarse callado. Tras un preocupante silencio, Ángelo continuó.

—Decidimos investigarlo. A ver, yo no entiendo mucho de veleros.

Mientras decía esto, Ángelo miró por la ventana donde Paolo sabía que tenía un gran yate a motor amarrado en un muelle en el jardín. Lo sabía porque había oído hablar de las fiestas. Decían que Ángelo organizaba las fiestas más increíbles, para sus amigos más cercanos. Eran poco menos que orgías, cantidades de coca en abundancia y chicas importadas de Sudamérica y Europa del Este.

—Pero Nico sí que entiende. Me dijo que un montón de jubilados se van de crucero en sus veleros y que viajan a donde les da la gana sin tener que decirle a nadie a dónde van. Resulta que todo el tema de la aduana es algo voluntario: llegas a un puerto y si hay algún aduanero, no sabe de dónde coño has venido. Le dices que acabas de llegar del puerto de al lado o que has atravesado el puto océano. —Hizo otra pausa, como si reviviera la conversación original—. Pero no podíamos preguntar a esta gente, a los jubilados. Es bastante improbable que quieran ser contrabandistas —Ángelo se rio de repente—, por lo general tienen bastante dinero. No necesitan pasta. Así que le propuse un reto a Nico. Le dije: encuéntrame a alguien que pueda hacer una prueba, que traiga una cantidad pequeña, algo simbólico para ver el coste y cómo funciona.

Sonó un suave ping electrónico que indicaba que un correo electrónico había llegado a la bandeja de entrada de Ángelo. Sus ojos se dirigieron a la pantalla sin mover la cabeza. Leyó las primeras líneas y volvió a su historia.

—Total, a las dos semanas, Nico me llama y me dice que ha encontrado al tipo perfecto. Un italiano, italiano de verdad, que ha cruzado al caribe desde Europa en su velero y ahora se dirige aquí, a los Estados Unidos, antes de volver a Italia. Está solo y lo mejor de todo es que está dispuesto a ello. Así que lo comprobamos. Nico lo lleva a cenar y mientras lo hacen subimos al barco y lo registramos de arriba a abajo. Está limpio, completamente limpio. Así que tomamos una decisión. Propongo que le demos una oportunidad y lo cargamos con diez kilos. —Ángelo aspiró con fuerza por la nariz, como si fuera un acto reflejo al mencionar cocaína—. Pero entonces pienso, qué coño, ya que lo hacemos hagámoslo de verdad. Así que ponemos un poco más a bordo, ochenta kilos en total. —Hizo una pausa, para todos los presentes entendieran lo que significaban ochenta kilos de mercancía. —Pusimos un rastreador en uno de los paquetes y nos aseguramos de que lo viese. Para que supiera que no íbamos a perderlo de vista ni un puto minuto. Quedamos en que trajese la mercancía a un pequeño puerto al norte de Florida para de ahí trasladar la carga en camión.

Ángelo sonrió con nostalgia.

—Ochenta kilos. Si podemos meter esa cantidad sin tener que pagar a los del muelle eso nos daría... —Se detuvo de repente, al darse cuenta de que revelar sus márgenes de beneficio era ir demasiado lejos—. Eso es una puta maravilla, eso es lo que es. Total, que Nico le da las instrucciones al tipo para que se vaya al puerto y ambos vigilamos el rastreador mientras navega hacia el norte. La pantalla del rastreador nos mostraba un mapa de Centroamérica y el sur de los Estados Unidos con una línea de rayas que marcaba la ruta que el velero iba tomando. Primero sube por el Caribe, se dirige al este de Cuba y todo va bien. Pero entonces cambia de dirección. Lo veo en el ordenador y pienso «¿qué carajo está pasando?». Llamo a Nico, le pregunto y me dice que el tipo le ha llamado, desde el velero, para decir que está bordeando la parte trasera de una zona de mal tiempo.

Esas palabras quedan en suspenso durante unos segundos, mientras Ángelo parece volver a estar más presente. Mira a los dos hombres que tiene delante, luego elige a Paolo y deja que sus ojos se posen en los suyos.

—Y mira, puedes ver el tiempo en el mapa, así —lo hace ahora, girando el iPad para poder verlo mejor él mismo. De repente, la pantalla cambia, para mostrar los sistemas meteorológicos superpuestos a la ruta—. No es un maldito mal tiempo en el que está metido el muy imbécil. Es un puto huracán.

Hubo otro silencio. Paolo se preguntó si se esperaba que hiciera o dijera algo, tal vez incluso que soltara una carcajada ante la estupidez de aquel desconocido, pero no sabía nada en absoluto de barcos, así que no estaba seguro de si era apropiado o no. Al final se conformó con rascarse torpemente la nariz. Pareció funcionar ya que Ángelo continuó.

—Al principio el tipo no está nada preocupado. Cree que puede rodearlo, que, de alguna manera, no le va a alcanzar, yo qué sé. Yo sigo comparando dónde está este pequeño velero y dónde dicen los meteorólogos que está la tormenta. Puedo ver que no va a conseguir rodearla. Todo el maldito lote va a aterrizar encima de él. ¿Pero qué podemos hacer? No podemos salir a buscarlo. Solo tenemos que esperar. Entonces el tipo llama de nuevo, dice que el barco ha sufrido daños, el timón o no sé qué mierdas. Así que tiene la fabulosa idea de llamar a los guardacostas para pedir ayuda. Nico le dice que ni hablar, no con ochenta kilos de la mejor cocaína de Colombia a bordo pero entonces el tipo entra en pánico y dice que la va a tirar por la borda. Así que todo se va a la mierda. —La voz de Ángelo se endurece de repente—. Y yo pensando, ¿cómo vamos a recuperar ochenta kilos del océano? Estaba claro que no vamos a poder.

Se quedó un momento en silencio, pensando. Luego Ángelo volvió a sacudir la cabeza.

—Lo siguiente que recibimos es otra llamada del tipo. Le dice a Nico que va a tener que emitir un *Mayday*, que el maldito barco se está hundiendo. Está en medio del huracán y su velero se está hundiendo —Ángelo levantó ambas manos en señal de rendición. Luego se sentó en su silla—. Eso fue lo último que supimos de él. Averiguamos después que emitió un... —Ángelo buscó la palabra en el aire—, no era un *Mayday*, era otra cosa... —Se volvió hacia el hombre del traje azul—. ¿Cómo lo llamaron?

—Un pan-pan —respondió el ayudante.

—Sí, eso. Un jodido pan-pan. Los guardacostas de Miami lo recibieron y, al no oír nada más de él, enviaron un helicóptero a buscarlo. Pero cuando llegó, el velero ya se había hundido. Desaparecido a unos cuatrocientos kilómetros de la costa.

La historia parecía haber terminado y aunque Paolo estaba más que encantado de que Ángelo la hubiera compartido con él, no tenía ni idea de por qué lo había hecho. Aun así, tenía que decir algo.

—Joder —dijo sin más.

—Bueno —respondió Ángelo, inesperadamente. Hizo un gesto con la mano para alejar el comentario—. Son solo ochenta kilos. No es el fin del mundo. Es una pena, porque habría estado bien poder traer esa cantidad…

Volvió a hacer una pausa.

—Pero esas cosas pasan.

Hubo otro silencio mientras reflexionaban acerca del mensaje de la historia.

—Pero luego seguí dándole vueltas a la cabeza y no podía dejar de preguntarme una cosa —continuó Ángelo, inclinándose hacia delante de repente—: ¿Por qué un tipo, que está en un velero que se está hundiendo, en medio de un puto huracán, se molestaría en llamar a Nico?

—No entiendo —Paolo frunció el ceño.

—¿Por qué iba a llamar a Nico? Quiero decir, ¿qué cree que vamos a hacer nosotros? Emite el pan-pan, que es esa llamada que haces cuando quieres alertar al helicóptero, pero no sabes con seguridad si lo necesitas… solo quieres ponerlos en espera. Entonces llama a Nico y nos dice que se está hundiendo. Pero no hace la llamada de auxilio. El guardacostas nunca recibió el *Mayday*. ¿No te parece extraño?

Paolo consideró la pregunta. Con ninguna experiencia en importar mercancía y mucho menos en navegación, no tenía ninguna idea, pero sentía que esta reunión era una especie de prueba. Si solo pudiera dar con lo correcto para decir.

—Los tipos así, saben que tienen que mostrar respeto —respondió, dando lo mejor de sí mismo.

El ceño de Ángelo se frunció lo suficiente como para que Paolo supiera que se había equivocado.

—Yo no lo haría —dijo con desprecio Ángelo—. ¿Qué? Estoy a punto de hundirme y tengo tiempo de hacer una llamada. Yo hago la llamada de auxilio. Escojo *Mayday* todas las malditas veces.

Hubo otro silencio y finalmente Paolo se encogió de hombros.

—Claro —dijo, sintiendo dolor de tripas. Se movió torpemente en su silla. —Sí, yo también.

Se hizo una pausa durante la cual llegó otro correo electrónico. De nuevo Ángelo lo miró, le prestó unos segundos de atención y volvió a levantar la vista.

—Y entonces recibí una llamada... —Sonrió con un sutil giro de sus pálidos labios.

Paolo estaba totalmente perdido ahora. Intentó que la ansiedad no se reflejara en su rostro.

—Una simple llamada de uno de mis chicos... no lo conocéis. —Ángelo descartó de lleno esa idea—. Mi chico quería contarme una historia curiosa. A uno de sus contactos le habían ofrecido medio kilo de coca. Un tipo italiano, pero italiano de verdad, no italoamericano de los de aquí, ¿entiendes? —Ángelo miró a Paolo y levantó las cejas—. Lo más curioso de todo es que no estaba pidiendo lo suficiente por ella. ¿Qué opinas de eso?

Paolo comenzó a acariciar su barbilla ahora. Por fin tenía un atisbo de hacia dónde podía ir esto.

—¿Un tipo italiano?

—Sí.

—El tipo del velero, era italiano, ¿verdad?

—Sí.

—¿Italiano de verdad?

—De verdad de la buena.

Paolo pensó un poco más.

—¿Y se encontraron los restos del velero?

Ángelo negó con la cabeza.

—El guardacostas lo anotó como desaparecido en el mar. Hundido.

—¿No se sumergieron para asegurarse?

—El agua era demasiado profunda. Lo comprobamos cuando estábamos buscando una manera de recuperar la maldita coca. Pero estaba demasiado hondo.

Paolo se acarició la barbilla un poco más.

—Así que tal vez... ¿Tal vez no se hundió?

—Eso es lo que yo estoy pensando.

—Entonces, ¿dónde está?

—Buena pregunta. —Ángelo sonrió ahora—. Le pedí a mi chico que investigara al italiano, pero nadie sabía nada de él. Así que indagaron un poco y lo único que oyeron es que hay un tipo que creen que está viviendo en un barco en algún lugar.

—¿Qué tipo de barco?

—Ah, sí. Un velero.

—¿Dónde?

—No lo saben exactamente. Pero...

Paolo miró a Tommy. Por fin estaba entendiendo en qué consistía el trabajo.

—¿Has estado alguna vez en la isla de Lornea? —preguntó Ángelo.

—No suelo ir de vacaciones.

—Bueno, estás a punto de irte en unas pagadas. —Giró el ordenador para mostrarles la pantalla—. Es una apuesta arriesgada. Hay una docena de lugares donde el tipo podría estar escondido, si es que está en la isla. Hay puertos deportivos, pequeños arroyos, mierda como esa. O podría haberse marchado ya. O, lo más seguro, podría no haber estado nunca allí porque acabó como comida para peces. Pero necesito que alguien de confianza vaya a comprobarlo —Ángelo se sentó de nuevo en su silla giratoria y miró a los dos hombres que tenía delante—. Danny os dará unas fotos del barco y del tipo. —Al mencionar su nombre, el tipo del traje se levantó y se acercó en silencio con un sobre. Paolo sacó las fotografías de un velero blanco con la cabina pintada de azul. Otra de un joven sonriente. Contempló la fotografía con odio y una emoción eléctrica, la esperanza se extendía por él como un nuevo amanecer. Cuando Tommy y él habían recibido la orden de visitar a Jimmy el Pez, le había decepcionado que la orden hubiera sido darle una advertencia y no meterle una bala entre ceja y ceja como soñaba con hacer. Paolo anhelaba la oportunidad de demostrar su lealtad y su competencia. Y por fin había llegado esa oportunidad.

—¿Y si lo encontramos? ¿Qué quieres que hagamos? —Frunció el ceño mientras un horrible pensamiento cruzaba su mente. Cada vez que creía haber entendido lo que Ángelo quería, se daba cuenta de que se había equivocado. Podría haber ocurrido lo mismo de nuevo. ¿Podría Ángelo querer que se le diera una simple advertencia? —. Lo mismo que a Jimmy el Pez, ¿no?

—No, no como al puto Jimmy el Pez. —Ángelo se enfureció de inmediato —. Este cabrón me ha robado la coca. Quiero que le cortéis las pelotas y le metáis la cabeza en una puta caja.

Por primera vez en la reunión, fue a Tommy a quien miró Ángelo. Paolo siguió su mirada y vio cómo el gran hombre le devolvía la mirada con calma, impasible ante la orden de acabar con la vida de otro ser humano. Sintió una oleada de celos. Entonces Ángelo volvió a hablar.

—Ah y más que nada, quiero recuperar mis ochenta kilos de coca.

CAPÍTULO VEINTICUATRO

EL AGUA ESTÁ fría pero ni siquiera lo noto. Mientras caigo al agua, siento cómo el lateral de mi kayak choca con fuerza contra el casco del velero y produce un estruendo que debe de haber resonado en toda la embarcación. Ahora estoy bajo la superficie, tragando agua de mar rancia del puerto antes de que se me ocurra cerrar la boca. Normalmente cuando me sumerjo en el agua me invade una tranquilidad absoluta, pero esta vez me entra el pánico. Tengo que salir a la superficie, volver a mi kayak y perderme de vista antes de que salgan a cubierta a ver qué ha pasado. Agito los brazos, pero más bien parezco un pájaro aprendiendo a volar que un joven nadando. Por fin se me despeja la cabeza y, cuando abro los ojos, miro a mi alrededor. El kayak está a mi lado, pero volcado.

Me muevo con rapidez y coloco las manos a ambos lados, cerca de la parte delantera, para poder hacer palanca y volver a subir a bordo sin volcarlo de nuevo. Al mismo tiempo, miro hacia la cabina del Misterio. Todavía no están allí. Pienso. Estaban desnudos. Tendrán que ponerse algo de ropa antes de salir. Quizá también haya otras cosas que tengan que hacer. No estoy seguro de si puedes interrumpir el sexo así de repente. Como pasa con los perros. O cuando vas al baño. No, vaya estupidez. Tan solo es un deseo, porque de verdad, de verdad y mil veces de verdad que no quiero que Ámbar vea que era yo quien la estaba espiando. No sé cómo se lo voy a explicar si me vio.

Le grito a mi cerebro que se calme. Gracias a Dios tengo mucha práctica con el kayak. A veces observo a los turistas que alquilan kayaks durante sus vacaciones y, si se caen, lo normal es que no puedan volver a subirse porque no saben la técnica. Tienes que levantarte y girar sobre tu trasero, todo en un mismo movimiento. Así lo hago y me monto de nuevo sin problema. Cuando estoy dentro, agarro el remo y empiezo a ir tan fuerte como puedo. Afortunadamente, la parte delantera del kayak apunta en sentido contrario al pontón y, dado que ir en línea recta es más rápido que girar, continúo hacia el rompeolas que hay al otro lado de la marina. Este separa la marina del canal que se abre hacia el mar, pero hay un segundo canal que lleva al puerto comercial. Entonces me doy cuenta de que si llego al segundo canal puedo esconderme allí, detrás de las rocas. Así que remo más fuerte por mi lado izquierdo para desviarme hacia la entrada. Hay unos seis metros de mar abierto que tengo que cruzar para llegar hasta allí. Me pongo a remar tan rápido como puedo, jadeando como un loco y temiendo oír a Ámbar gritando mi nombre en cualquier momento.

Por fin estoy fuera de la vista, escondido detrás de la alta barrera de rocas. Dejo de remar e intento recuperar el aliento. No había planeado dónde escapar, pero en realidad me ha salido bien la jugada. Además de estar escondido, aquí no pueden alcanzarme ni tampoco pueden acercarse para ver quién soy, a menos que decidan rodear la dársena del puerto a pie.

Presto atención ahora, para ver si puedo oír gritos, pero no se oye nada, no hay ningún sonido. Tras diez minutos de espera, enrosco el cordón del kayak alrededor de una roca puntiaguda, para que no se aleje y salgo del agua con cuidado. Trepo por el rompeolas para poder asomarme por un hueco en la parte superior. Tengo mucho cuidado, por si están en cubierta vigilando, pero veo que no lo están. El Misterio sigue ahí, igual que antes, su cubierta está vacía y el pontón también. Deben de haber... Bueno, no sé qué deben de haber hecho. Me pregunto por un segundo si tal vez no me oyeron después de todo, es difícil de creer, dado lo fuerte que chocó el kayak contra el casco. Pero parecían bastante absortos en lo que estaban haciendo.

Qué asco.

Decido no pensar en eso. Así que me concentro en mi situación. Que no es muy buena. Estoy empapado. Es tarde y no tengo ropa de repuesto. La única forma de llegar a casa es en autobús. Además, ahora que la adrenalina de la casi persecución se me ha bajado un poco, ya me está entrando el frío. Por si fuera poco, no puedo volver remando a la rampa desde la que me metí en el agua, porque para hacerlo tendría que pasar de nuevo por delante del Misterio y con solo mirar por la ventanilla me verían. Ahora que pienso en esto también me doy cuenta de otra cosa. Si sospechan que he sido yo, Ámbar solo tiene que ir a mirar el callejón dónde guardo mi kayak para ver si está allí o no. Así que, además de todo, tengo que guardarlo lo antes posible.

Me siento desanimado mientras bajo por las rocas y me subo al kayak. Remonto el canal hasta llegar al puerto comercial. Es el lugar donde los pescadores descargan sus capturas y decido ir con cuidado, porque se enfadan mucho cuando los turistas entran aquí, ya que no hacen más que estorbar, según ellos. Pero tengo suerte, en este momento no hay nadie. Sin embargo, tengo otro problema: aquí no hay rampas para sacar el kayak. Remando un poco, me pregunto qué hacer. Se me ocurre que podría subirlo por el muro, ya que la marea está bastante alta. Me detengo junto a una de las escaleras de hierro y me enrollo el cabo alrededor de la mano. Subo los escalones y cuando llego a la cima intento arrastrar el kayak tras de mí. Está hecho de plástico duro, así que es bastante fuerte y pesa demasiado por lo que no puedo con él. Por un momento me enfado: estoy helado de frío y esto es muy frustrante. Entonces arrastro el kayak, de nuevo en el agua, hasta que está bajo una de las mini grúas que utilizan los pescadores para sacar las cajas de pescado. Está terminantemente prohibido usarlas, pero como he dicho, no hay barcos en este momento y sé cómo usarlas. Bajo el cabrestante, luego desciendo por otra escalera, lo engancho y vuelvo a subir. Enciendo la grúa y subo el kayak con el cabrestante. Luego, por fin, conecto las ruedas y lo llevo al callejón para guardarlo.

Durante todo el tiempo que estoy trabajando, vigilo atentamente por si Ámbar y Carlos aparecen, pero no veo a ninguno de los dos. Así que estoy bastante seguro de que tampoco me han visto. Me sirve de consuelo mientras me arrastro hasta la parada de autobús del pueblo, que está bien alejada del puerto. Casi me muero de frío esperando y me preocupa que el conductor no me deje subir, porque debo de parecer un loco. Para cuando llega el autobús solo estoy un poco húmedo, no empapado, y el conductor ni siquiera me pregunta. Me siento junto a la rejilla de ventilación de la calefacción y pienso que sin ella me daría una hipotermia y quizá me moriría.

Tengo que cambiar de autobús en Newlea, pero hay una sala de espera y dentro encuentro un gran radiador. Me siento a su lado a esperar. El autobús para Littlelea no tiene la calefacción puesta y, cuando tengo que bajarme, es peor aún porque hay que caminar un tramo desde la parada hasta mi casa y con la ropa húmeda que me pesa me cuesta más. Afortunadamente la casa está caliente, porque dejé la calefacción a tope antes de salir. En cuanto entro me doy un baño.

* * *

Intento deducir si Ámbar me ha visto y, si es así, qué hacer al respecto. Por un lado, es imposible que no oyeran cuando el kayak chocó con el casco del velero, pero probablemente no sabrían qué era. Entre otras cosas porque estaban distraídos. Definitivamente no los vi correr hacia la cubierta, pero no me fijé en las ventanas. Podrían haberse asomado cuando volvía a subir al kayak, o cuando me alejaba remando de espaldas. Pero, por otra parte, fui bastante rápido, así que si me vieron, fue la parte de atrás de mi cabeza. Igual ni me reconocieron. Si Ámbar me reconoció entonces sabrá que yo también la vi y lo que es más importante, vi lo que estaba haciendo. No creo que quiera sacar eso a relucir en ningún momento. Así que, aunque no me siento precisamente bien por cómo ha ido hoy, decido que lo mejor es intentar olvidarlo. Si Ámbar lo menciona alguna vez voy a fingir que no tengo ni idea de lo que está hablando.

Aun así, todavía me siento un poco desanimado. Salgo de la bañera y saco el móvil del húmedo bolsillo de mi abrigo. Es un Samsung Galaxy S7. Se supone que es resistente al agua hasta metro y medio de profundidad, o casi, pero nunca lo había probado, porque los móviles son muy caros y no quería arriesgarme a averiarlo sin motivo. Pero parece que está bien lo cual me anima un poco. Ahora que he demostrado que sí funciona bajo el agua, lo pruebo de nuevo, sujetándolo bajo el agua de la bañera. La verdad es que está muy bien. Se ve perfectamente incluso cuando está sumergido del todo, de hecho se ve mejor de lo normal, porque el agua magnifica la imagen. Eso sí, no puedes usar la pantalla táctil, pero ya leí antes en las instrucciones que eso era normal, por aquello de que el agua rompe la conexión eléctrica. O algo así, no recuerdo los detalles.

Me meto en la bañera de nuevo para jugar un rato con el móvil bajo el agua. Luego agarro una toalla del suelo y lo vuelvo a secar. Después, me relajo en el agua, pensando.

Pienso en Carlos. Hay algo en él que no me gusta. Algo en lo que no confío. Su historia de navegar a través del Atlántico, por ejemplo. No creo ni por un minuto que haya hecho eso. Estoy seguro de que está mintiendo.

Agarro el móvil de nuevo y empiezo con Google. Carlos no me dijo su apellido, pero recuerdo que contó que su padre era de un lugar llamado Génova, en Italia. Compruebo dónde está en el mapa y luego empiezo a

144

buscar en Google combinaciones de palabras que puedan ayudarme a dar con él. Pruebo con «Carlos, Misterio, Génova», pero no aparece nada. Entonces recuerdo que dijo que su madre era una artista de Barcelona. Así que añado más palabras relacionadas con eso. Pero sigue sin aparecer nada relevante, lo cual no es del todo inesperado, pero sí un poco extraño. Así que decido centrarme en el barco. Los dueños de barcos tienen que registrarlos y lo más probable, si Carlos dice la verdad, es que el suyo esté registrado en Génova o en Barcelona. Entonces me topo con un pequeño problema. Todo lo que encuentro sobre la matriculación de barcos en Italia está escrito en italiano y todo lo que se refiere a la matriculación de barcos en Barcelona está escrito en catalán. Y yo no hablo ni catalán ni italiano. Pero con la ayuda del traductor de Google creo que más o menos lo pillo todo. A pesar de todo sigo sin encontrar nada útil.

Entonces salgo del baño. Necesito un ordenador para hacer una investigación como esta y, de todos modos, el agua de la bañera se está enfriando.

Mientras me seco, tengo otra idea. Se me ocurre comprobar la página de Instagram de Ámbar. Ámbar está súper metida en Instagram. No sé por qué no se me ocurrió antes. Lo primero que hace cuando conoce a alguien, sea quien sea, es seguirlo en Instagram y etiquetarlo en todas las fotos que sube.

Tardo un poco en entrar en Instagram porque no tengo una cuenta de verdad, no tengo perfil en ninguna de las redes sociales y borré todas las cuentas falsas que creé antes para poder seguir a otras personas. Cuando por fin entro me desplazo por la cronología de Ámbar, esperando ver cientos de fotos suyas. Pero no hay nada. No ha mencionado a ningún Carlos en ninguna parte. No ha etiquetado a nadie con ese nombre. No hay fotos de él. Nada. Confundido, voy a la página de Facebook de Ámbar y compruebo allí. Se me ocurre que tal vez los europeos no tengan Instagram. Pero tampoco lo encuentro en Facebook. O, al menos, si tiene cuenta, Ámbar no es una de sus amigas. Lo cual es una locura, porque ya vi que eran mucho más que amigos.

Repaso las notas que he tomado. Me doy cuenta de que no he encontrado absolutamente nada de quién es, ni de dónde viene su barco, ni nada de nada. Es como si no existiera. O tal vez como si no quisiera existir.

CAPÍTULO VEINTICINCO

AL DÍA SIGUIENTE, me levanto temprano y vacío mi mochila para prepararla para el día que me espera. Luego me hago algo de comida: no queda mucho en casa, pero encuentro una manzana y me hago un sándwich con dos cortezas de pan y algo de queso. Siempre puedo pasarme por la tienda para comprar algo más rico. Luego subo las escaleras y me arrodillo junto a mi cama. Meto la mano por debajo y saco mi caja de espionaje.

Dentro hay una maraña de cables negros y varias cajas de plástico de cuando me dio por ser organizado, lo cual no me duró mucho. Pasé por una fase, hace un par de años, en la que estaba un poco obsesionado con los artefactos de James Bond. No de los que matan, sino de los de espionaje. Es bastante sorprendente si lo piensas, cuando salieron las películas al principio del todo, los aparatos que Q daba a Bond eran inventados, nadie imaginaba que fuera posible construirlos en la vida real. Pero ahora puedes comprarlos en Internet y tampoco son tan caros. Aunque, como he descubierto, si compras los baratos, a menudo las instrucciones están en chino, o si no están en chino, las ha escrito alguien que es chino y no se le da muy bien mi idioma.

Vacío la caja sobre la cama. Compré la mayoría de estos chismes justo después de que Ámbar y yo creáramos nuestra agencia de detectives. Tuvimos que cerrarla, porque descubrimos que era ilegal que los menores de dieciocho años operasen como detectives privados en la isla de Lornea. Yo tenía catorce años en ese momento y Ámbar dieciséis, así que ni siquiera estábamos cerca. Además, se necesita una licencia que tampoco teníamos.

Pero en su momento no sabíamos nada de eso. Aun así, conseguimos un caso real y todo, y lo resolvimos. Más o menos. Nos gastamos la mayor parte del dinero que ganamos en comprar La Dama Azul, pero papá no me dejó gastarlo todo en eso, así que fue entonces cuando me volví un poco loco comprando todo tipo de accesorios de espionaje.

El problema era que no tenía a nadie a quien espiar. La agencia estaba cerrada y Ámbar aprendió muy pronto a revisar su casa para ver si había escondido micrófonos o cámaras ocultas. Entonces papá me dijo que si no dejaba de espiarlo iba a agarrar mis chismes y les iba a dar cuatro martillazos a todos, incluyendo el portátil. Así que acabaron aquí, en esta caja bajo mi cama.

Ahora los reviso, pensando en cómo podrían ser útiles. Saco mi cargador de móvil, que de verdad funciona como cargador, pero que también tiene un dispositivo para escuchas secretas. También hay un rastreador y el endoscopio, que es un cable largo con una lente de cámara incorporada en el extremo. Me pongo de pie y veo mi reflejo en el espejo. Sin pensarlo me he vestido como siempre, cosa que tengo que solucionar. Me pongo una gorra de béisbol y una ropa que no suelo llevar. Finalmente, bajo las escaleras y agarro uno de los abrigos más grandes de papá. Me queda enorme, pero me hace parecer mayor, lo cual es bueno.

Luego salgo y tomo el primer autobús a Newlea. Cuarenta minutos más tarde estoy de vuelta en la marina, observando los barcos del puerto deportivo de Holport.

* * *

El Misterio está exactamente donde lo vi por última vez, el penúltimo barco al final del pontón, con La Dama Azul a su lado. No hay nadie alrededor. Manteniéndome lo más discreto posible, abro la puerta para acceder al pontón y me dirijo hacia el fondo. No hay nada que pueda hacer para evitar pasar por delante del Misterio y solo me queda rezar para que Carlos no me vea, ni Ámbar. Si cualquiera de los dos me viera no sería un desastre, porque hoy he traído las llaves y podría decir que voy a trabajar en La Dama Azul. En cierto modo, eso es lo estoy haciendo. Aun así, intento caminar de la manera más sigilosa posible al pasar por delante del velero y me siento aliviado cuando no sale nadie del camarote. Sin embargo, veo que la escotilla está abierta y escucho música desde el interior.

Me encanta dar un salto para entrar en La Dama Azul, sentir cómo cede un poco bajo mis pies, pero hoy voy con cuidado. En silencio, abro la puerta de la cabina, me deslizo dentro y la cierro tras de mí. No quiero que nadie sepa que estoy aquí. Entonces por fin respiro profundamente por primera vez en cinco minutos.

Me quito la mochila, el abrigo de papá y deshago el equipaje. Lo primero que hago es preparar el endoscopio. Solo tuve que pagar 49,99 dólares por él, lo cual es una ganga, pero por otro lado no es más que una lente de cámara acoplada a un cable, con un enchufe USB en el otro extremo. Llevo el cable hasta una de las ventanas del lado de babor, que da al Misterio. Abro la ventana lo suficiente como para sacar la cámara al exterior y vuelvo a cerrarla con cuidado, para que el objetivo de la cámara se mantenga en su posición, mirando hacia el velero. Luego conecto el otro extremo a mi portátil y lo enciendo. Tengo que volver a subir y ajustarlo un poco, pero al final quedo satisfecho. Tengo una visión clara de toda la cabina del Misterio. No van a poder entrar ni salir sin que yo lo vea y a su vez no hay absolutamente ninguna posibilidad de que sepan que estoy observándolos.

Me siento un poco mejor, me preparo un café y abro el paquete de dónuts.

CAPÍTULO VEINTISÉIS

LO QUE PASA con las vigilancias, y esto no se ve nunca en las películas, es lo increíblemente aburridas que son. Hay que prepararlo todo y luego esperar a que pase algo. El problema es que casi nunca pasa nada. Es un poco como la pesca en ese sentido.

Total, veinte minutos después me he preparado un café, me lo he bebido y me he comido tres donuts y, aunque aún queda otro, no quiero comérmelo porque entonces me entrarán náuseas; bueno, más de las que ya siento. He estado mirando la pantalla sin parar y no ha pasado absolutamente nada. Así que desconecto la cámara del portátil y la conecto al teléfono. Hago esto para continuar viendo la imagen que transmite la cámara, aunque sea en una pantalla más pequeña, a la vez que poder conectar el portátil a Internet.

En realidad, no sé por qué lo hago ya que no tengo nada que mirar en Internet, pero como he dicho, las vigilancias son muy aburridas. Decido buscar en Google a Steve Rose. Supongo que quiero ver si hay noticias sobre su fraude científico. Rápidamente descubro que sí las hay. Veo en un artículo que han cancelado su serie de televisión. El reportaje no explica por qué, ni nada acerca del tamaño de los tiburones, solo dice que se debe a circunstancias ajenas a su voluntad. A continuación, compruebo mi correo electrónico para ver si hay noticias de mis colegas de Australia. Es un poco raro porque quedamos en que debíamos mantener el contacto una vez terminado el viaje, pero como tuve que venirme antes de tiempo no he oído nada de ninguno de ellos. Compruebo mi bandeja de entrada y mis carpetas de correo no deseado, pero no encuentro nada. Me planteo por un momento enviar un correo electrónico a Debbie, para preguntarle si sabe algo. Pero decido no hacerlo.

En su lugar, me como el último donut.

Luego tengo que ir al baño, bueno al aseo, lo cual me presenta un pequeño problema. El aseo en La Dama Azul es un inodoro marino que utiliza agua de mar para bombear lo que se pone en la taza. Y por razones que no creo que tenga que explicar, se supone que no se puede usar en el puerto deportivo. No suele ser un problema, porque hay un lavabo público al final del muelle, pero no quiero volver a pasar por el Misterio a no ser que sea absolutamente necesario. Así que hago una excepción y uso el aseo. Cuando termino, bombeo con la mayor delicadeza posible para que no se me oiga desde el pontón. No pasa nada, porque bombeo por el lado de estribor del barco, que es el lado que no da al Misterio. Cuando vuelvo me siento mucho mejor y al comprobar la pantalla de mi teléfono, veo que está pasando algo.

En realidad, casi me lo pierdo, porque la imagen es muy pequeña. En la pantalla de mi móvil veo una pequeña imagen de Carlos con su mochila al hombro, saltando sobre la barandilla del Misterio. En la pequeña pantalla parece tan inofensivo que casi me acerco a la ventana para comprobarlo, pero me obligo a no hacerlo. Al menos hasta que desaparezca de la vista de la cámara. Para asegurarme cuento hasta treinta y luego me asomo por la ventana. No veo a nadie. Así que, en silencio, salto al pontón con pasos ligeros para que no se balancee demasiado bajo mi peso. Corro hacia la popa del Misterio y miro alrededor. Veo que la espalda de Carlos desaparece por la rampa.

Observo el velero. La escotilla está cerrada y estoy casi seguro de que eso significa que Ámbar no está a bordo. Después de todo, su coche no estaba aquí cuando llegué, o al menos no estaba aparcado en ninguno de sus lugares habituales. Además, tiene clases en la universidad. Aunque eso no la detuvo el otro día.

Espero hasta que veo a Carlos abrir la verja al final del pontón y cerrarla tras él. Entonces, cuando estoy seguro de que se ha ido, me subo al Misterio y tiro de la escotilla. Está cerrada. Eso es bueno. Significa que Ámbar no está dentro. Pero también hace que sea difícil entrar. Difícil, pero no imposible. Vuelvo a saltar del velero y cojo mi mochila. Esta vez abro el compartimento delantero y saco mi equipo para abrir cerraduras. Ya dije que tuve una fase en la que estaba obsesionado con el espionaje. Bueno, también compré un kit de apertura de cerraduras. Me lo pasé bomba experimentando. Tenía versiones transparentes de todos los tipos de cerraduras comunes y las herramientas e instrucciones adecuadas para abrirlas. Durante semanas estuve obsesionado con el tema. Fue un poco como cuando papá me compró un cubo de Rubik cuando era pequeño. Jugué con él semana tras semana hasta que memoricé todas las formas de resolverlo. Incluso podía hacerlo con los ojos vendados. Bueno, casi con los ojos vendados. Pero abrir una cerradura es un poco como resolver el cubo de Rubik. Solo tienes que identificar en qué fase estás y luego realizar una secuencia de movimientos para pasar a la siguiente fase hasta que se abra. La cerradura del velero de Carlos es una cerradura común, así que solo hay que resolver tres etapas. Lo hago en menos de tres minutos.

Deslizo la escotilla un poco hacia atrás y miro hacia dentro. Ver dónde vive me hace detenerme un poco. Me doy cuenta de que me estoy pasando de la raya al entrar allí. Así que, antes de hacerlo, vuelvo a bajar del velero y compruebo a lo largo del pontón para asegurarme de que no esté volviendo. El pontón está vacío, pero sigo un poco ansioso, ya que no sé a dónde ha ido ni cuánto tiempo estará fuera. Por un momento me planteo volver a colocar el endoscopio para que apunte hacia el pontón y vigilar por si vuelve. Pero el cable no es lo suficientemente largo. Es un fastidio, porque podría haber comprado uno mucho más largo por solo veinte dólares más. Pero ya es demasiado tarde. Decido que tendré que ser rápido y que estoy perdiendo el tiempo preocupándome por ello. Abandono la idea del endoscopio y vuelvo a subir al barco.

Esta vez deslizo la escotilla hacia atrás y bajo al cálido interior. Miro a mi alrededor. El sitio está bastante desordenado. Hay un bol de cereales en la mesa del salón, junto con una revista de navegación doblada contra el lomo. Debe de haber estado leyéndola mientras desayunaba. Echo un vistazo al artículo, un crucero por el Caribe, pero no parece relevante. Hay ropa por todos lados. Me fijo en la alfombra del suelo. No puedo evitar pensar en Ámbar ayer tumbada sobre ella y tengo que sacudir la cabeza para quitarme la imagen de la mente. Entonces veo su ordenador en una estantería, un Apple Mac; enseguida lo saco y abro la tapa.

Me molesta que me pida una contraseña. Nunca he tenido un ordenador Apple, pero sé que si no conoces la contraseña de alguien, no hay mucho que puedas hacer para entrar. Intento un par de cosas fáciles, como «Misterio» y «Ámbar», pero luego me rindo, porque no quiero que le envíen un recordatorio de la contraseña al móvil ya que se daría cuenta de lo que está pasando. Así que vuelvo a cerrar la tapa y me pongo a buscar lo que necesito.

De todos los productos de espionaje que compré, mi favorito es, sin duda, el cargador de móviles. Es un cargador de Samsung, o más bien no es un cargador de Samsung, pero se parece a uno. Puedes usarlo como cargador si quieres, funciona igual, pero también tiene un dispositivo de escuchas secretas. Puedo marcar y escuchar lo que capta el micrófono secreto del cargador. O, si quiero, puedo hacer que escuche todo el tiempo y que me envíe un mensaje de texto cuando capte algo. Me parece increíble. El único problema es que la gente tiene muchos tipos de teléfonos móviles: Apple, Samsung, Nokia y Motorola, y todos utilizan cargadores distintos. Así que si fueras un detective de verdad necesitarías tener toda una gama de dispositivos de escucha de cargadores diferentes, porque si no la persona a la que tratas de espiar enseguida vería que alguien ha cambiado su cargador por una marca diferente. Y podrían sospechar.

Sin embargo, sé que Carlos tiene un teléfono Samsung como el mío. Me di cuenta la otra vez que estuve aquí. Tenía el teléfono cargándose en la mesa de cartas náuticas, junto a los escalones de la escotilla. Ahí es donde miro y el teléfono no está, porque se lo habrá llevado. Pero no importa. No puedo evitar sonreír cuando encuentro el extremo del cable, que tiene pegado con un trozo de cinta adhesiva. Lo único que tengo que hacer es cambiar su cargador por el mío y podré escuchar cada palabra que diga cuando esté en el barco. Sigo el cable hasta donde está enchufado en la toma de corriente del lateral del velero. Entonces me detengo.

El enchufe donde está conectado el cargador de Carlos no se parece en nada al de mi cargador de vigilancia. Estoy tan molesto conmigo mismo que me golpeo la cabeza con la palma de la mano. Estaba claro. El mío está hecho para parecer un cargador normal, pero el suyo es europeo. Tiene clavijas redondas, en lugar de las planas normales de aquí. La única forma de enchufar mi cargador en el barco sería usando un adaptador. No tengo uno e incluso si lo tuviera, creo que parecería bastante sospechoso. Pero el mayor problema es que no tengo ninguno.

Me siento en el banco, derrotado.

Pienso por un momento en meter mi dispositivo de seguimiento en su chaqueta, o en sus zapatos. Pero tampoco me serviría. Tengo un dispositivo de seguimiento, pero cuando lo compré no me di cuenta de que se necesitaba una suscripción mensual para que funcionase. Son como los teléfonos móviles, funcionan con las mismas redes de datos. Lo utilicé los tres meses de prueba gratuitos con los que llegó, pero cuando se acabó el período gratis no me apunté a la suscripción continua. Supongo que podría volver a suscribirme, pero me he dejado el rastreador en casa, sobre la cama. Así que eso también está descartado.

Estoy a punto de irme cuando pienso que podría revisar los cajones junto a la mesa de cartas náuticas, para ver si hay algo útil. Y es una suerte que lo haga, porque enseguida encuentro algo interesante.

CAPÍTULO VEINTISIETE

SON los papeles de registro del barco. O mejor dicho, es la documentación de un barco, pero no puede ser de este. Los documentos están escritos en italiano, pero anoche estuve mirando papeles como estos en Internet, cuando estuve comprobando dónde estaba registrado el Misterio. Con la documentación delante de mí, veo que el velero está registrado en Génova después de todo. Pero no se llama Misterio sino Falcó.

Estudio los papeles, intentando recordar que significaban todas las palabras en italiano. No tiene ningún sentido. La clase y el tamaño del velero a los que se refieren estos documentos parecen corresponder al Misterio. Entonces me doy cuenta de algo más. Hay un pequeño recuadro donde han escrito la descripción del barco. Esto es lo que dice:

Scafo bianco con timoneria blu

Incluso con mi pequeña lección de italiano de anoche no tengo ni idea de lo que significa, pero al lado hay un pequeño diagrama para ayudar. Muestra una vista lateral del barco y lo muestra en dos colores. La parte inferior del casco está pintada de blanco, igual que este barco. Pero la parte superior, los lados de la cabina, son azules. De inmediato me hace recordar algo. Justo antes de caerme al agua, cuando me estaba acercando por el lateral en mi kayak, me di cuenta de que la pintura estaba pelándose por un lado de la cabina, y mostraba otro color por debajo. En ese momento no le presté mucha atención a la pintura, así que salgo hacia afuera. Echo un vistazo rápido a mi alrededor para comprobar que no hay señales de que Carlos esté regresando y luego me dirijo a la ventana por la que me asomé y vi a Ámbar y Carlos en pleno acto sexual. Me agacho y rasco la pintura. En la mayoría de los lugares no se desprende, pero hay un par de zonas en las que la nueva capa no se ha adherido bien y debajo del blanco hay un color azul claro. Tal y como aparece en el diagrama. Me balanceo sobre mis talones. Este barco no es el Misterio. O más bien es un misterio, porque hasta hace muy poco se llamaba Falcó.

* * *

Me quedo sentado un rato tratando de encontrarle sentido a todo este lío. Se me ocurren varias ideas pero nada que de verdad tenga sentido. Es entonces cuando oigo un ruido. Suena a un tintineo de metal y me resulta familiar, demasiado familiar, de hecho. Estoy tan perdido en mis pensamientos que casi lo ignoro, pero entonces me doy cuenta de que es el ruido que hace la verja en la parte superior del pontón. Se atasca un poco, así que hay que darle un buen empujón y cuando se cierra hace un ruido metálico. En un instante sé qué significa ese sonido. Significa que Carlos ya viene de regreso.

Me pongo en pie de inmediato y veo una figura alta que camina a paso ligero entre algunos de los botes más pequeños. Veo atisbos de pelo oscuro. Es él, ya está a mitad de camino del pontón.

Me entra el pánico. Quiero salir del barco lo antes posible, pero he sido un completo idiota y me he dejado la mochila en la cabina. Así que vuelvo corriendo hacia abajo, maldiciéndome por ser tan descuidado. Meto todos mis trastos en la mochila. Se me escurre el cargador de las manos y se me cae al suelo debajo de un mueble de la cocina. Tengo que arrodillarme para recuperarlo, lo que me cuesta cinco valiosos segundos. El pontón no es muy largo, ya estará a punto de llegar, así que no puedo hacer nada por volver a ponerlo todo como lo encontré, es demasiado tarde para eso. Me echo la mochila al hombro, subo corriendo los escalones y cierro la escotilla con fuerza. Siento que se engancha detrás de mí y, gracias a Dios, el cierre vuelve a encajar.

Entonces me balanceo sobre el lado del velero hacia el pontón entre su barco y el mío. Desembarco justo cuando Carlos dobla la esquina del pontón principal. Me ve de inmediato y se detiene.

—¿Qué estás haciendo aquí? —Su voz no es hostil, pero es sospechosa, o al menos bastante curiosa.

Justo cuando estoy a punto de responder con mi excusa de antes, que estoy aquí para trabajar en La Dama Azul, noto algo que me preocupa. Es difícil no hacerlo. Su velero se balancea de lado a lado. Es porque acabo de correr por la cubierta y para salir de él. Me doy cuenta de que tengo que explicarlo de alguna manera, de lo contrario va a saber que estaba a bordo.

—Solo estoy... —pienso rápido—. Dime, ¿has visto pasar esa lancha motora? —Intento que mi voz suene molesta y luego sacudo la cabeza—. Iban demasiado rápido. El límite de velocidad en el puerto es de cuatro nudos. Y eso es en el canal principal —señalo vagamente el agua detrás de mí, esperando que la inexistente estela de la lancha que acabo de inventarme explique el balanceo del velero.

—¿Qué lancha? —pregunta Carlos mientras se acerca y me mira con extrañeza. Mira detrás de mí, hacia el agua, que está en calma.

Abro la boca para repetir la mentira, pero no digo nada. Acabo de cometer un estúpido error. Si hubiera pasado una lancha la estela sería evidente y haría que todos los barcos del canal se balancearan, no solo el suyo. Cierro la boca y me encojo de hombros. Pero entonces tal vez me cree, porque de repente sonríe.

—Ay Billy, Billy. Te encantan las reglas, ¿verdad? —Se quita la mochila del hombro y veo que está llena de comida. Vuelve a sacudir la cabeza—. ¿Has venido a trabajar en tu barco?

No me puedo creer mi suerte. Asiento con la cabeza.

—Sí, había algunas... cosas que tenía que hacer.

Carlos asiente de nuevo como si no necesitara oír nada más. Estoy a punto de darme la vuelta y volver a subir a bordo de La Dama Azul, cuando continúa.

—Dime Billy, no estarías aquí el otro día, ¿no?

Me quedo helado.

—¿Cuándo?

—Ayer por la mañana, a eso de las once. Alguien le dio un golpe al casco del barco.

Carlos sonríe abiertamente al preguntarme y me mira a los ojos. Siento que el sentimiento de culpa aumenta en mi interior. Me obligo a poner un gesto confundido, tal y como decidí anoche, pero siento que me pongo colorado.

—Le dieron un golpe en el lado que da al pontón —continúa Carlos.

—¿Qué quieres decir?

—Estaban en una... canoa, creo. Se dieron un golpe contra el costado. Quienquiera que fuera, se cayó al agua. Ámbar pensó que igual habías sido tú.

Parpadeo.

—¿Yo?

—Sí.

—¿Ámbar pensó eso?

—Sí.

—¿Estaba contigo?

—Eso parece.

Trago saliva.

—No, no fui yo.

Intento mirarle a los ojos, porque eso es lo que haría alguien que no fuera culpable. Pero no deja de mirarme. Siento que mi cara se derrite bajo su mirada.

—El agua está un poco fría para bañarse, ¿no?

Estoy a punto de responder, pero me doy cuenta de que podría ser un truco. Así que me lo pienso antes de hacerlo.

—No lo sé. No me he metido desde hace un montón de tiempo.

Esta vez consigo mantener el contacto visual.

—¿Ah no?

Ya no sonríe tanto y siento que estoy ganando la batalla que estamos librando. Pero entonces, en el momento equivocado, siento que necesito estornudar. Quiero que el picor desaparezca, pero es cada vez más fuerte y al final no puedo evitarlo. Me doy la vuelta y estornudo allí mismo, delante de él. Mientras me limpio la nariz, suelta una carcajada.

—Vaya resfriado has pillado, Billy —dice, de repente su voz suena aburrida. No dice nada más, pero salta con elegancia por encima de la barandilla y sube a su barco. Le oigo silbar mientras abre la escotilla. Entonces lo sé. Sé que lo sabe.

* * *

Vale, lo sabe. O al menos cree que lo sabe. Pero no puede probar nada. Eso es lo que me digo a mí mismo, cuando vuelvo a estar dentro de La Dama Azul vigilando su velero a través del endoscopio. E incluso si pudiera probarlo, si me hicieron una foto o lo que sea cuando los pillé en pleno sexo, no es ilegal ir en kayak en el puerto deportivo. Ni siquiera es ilegal mirar por las ventanas de la gente. Lo que sí es ilegal es cambiar el nombre de tu barco.

Bueno, en realidad eso tampoco lo es. La gente cambia los nombres de sus barcos por muchos motivos, cuando los compran, o si se aburren del nombre anterior. Pero no lo hacen muy a menudo ya que se supone que trae mala suerte. Pero si se cambia el nombre, también hay que cambiar los documentos de registro. Eso está claro.

En cualquier caso, el Misterio o el Falcó, o como sea que se llame ahora, no es solo un barco, no en el sentido de la mayoría de los barcos que tiene la gente. Carlos vive ahí. Así que es como si alguien cambiara el nombre de su casa. No, no el nombre, la dirección. Es como si alguien cambiara su identidad. ¿Y por qué harían eso?

Lo medito durante un rato, pero mi cabeza sigue repitiendo el encuentro que acabo de tener con él y cada vez me siento más avergonzado. Estaba tan tranquilo cuando me preguntó si había estado mirando por la ventana ayer, es como si hubiera estado jugueteando conmigo. Ahora me doy cuenta de que tampoco se tragó mi excusa de la lancha. Sabía que había estado a bordo de su velero y ni siquiera pareció importarle. Creo que se estaba divirtiendo.

Entonces es como si este nudo que he estado sintiendo en la boca del estómago de repente se deshiciera de golpe. He sido un idiota. Sigo siendo un idiota. Estoy viendo problemas donde no los hay. Vale, así que Carlos y Ámbar estaban fumando drogas. No es nada del otro mundo. Sabía que Ámbar había fumado drogas antes de conocernos, me lo contó. Dejamos de hablar de ello porque yo no estoy de acuerdo con esas cosas. Para ser honesto, debo de ser el único en mi clase que no fuma drogas hoy en día.

Vuelvo a mirar la pantalla de mi portátil que sigue mostrando la transmisión del endoscopio. En ese momento Carlos sale a la cubierta. Se sube al tejado de la cabina y lo veo tender la ropa. Hay un par de camisetas que ha echado por encima de la barandilla, colocándolas con cuidado para que no se arruguen. Tiene la cabeza inclinada hacia un lado y me lleva un rato averiguar por qué, pero luego veo la razón. Tiene el teléfono metido entre el hombro y la oreja y está hablando mientras tiende. Y, como es normal, se ríe y sonríe. Cuando termina con la ropa, vuelve a bajar, transfiriendo ahora el teléfono a su mano. Siento una ráfaga de frustración: si mi dispositivo de escucha del cargador hubiera funcionado podría haber oído toda la conversación. Sabría con quién estaba hablando, qué estaba diciendo y podría averiguar si era algo sospechoso o no.

Entonces se me ocurre una idea, pero tengo que ser rápido si quiero que funcione. Agarro mi teléfono y marco el número de Ámbar. Cuando se conecta, me doy cuenta de que no tengo ni idea de qué decir si contesta, pero no tengo tiempo de preocuparme. Porque, tal y como esperaba, no lo coge. En su lugar, la llamada va al buzón de voz: la línea está ocupada. Estoy seguro de que Carlos estaba hablando con Ámbar. Cuelgo, sin dejar mensaje.

Entonces, por fin, me doy cuenta de lo que estoy haciendo. De repente es como si me viera a mí mismo desde arriba y no me gusta lo que veo. Debería estar en el instituto, pero en su lugar estoy aquí espiando a mi mejor amiga.

Y ni siquiera tengo una razón válida. Pensé que iba a descubrir algo malo sobre Carlos, y que tal vez Ámbar decidiría dejar de verlo. Pero en realidad no ha hecho nada malo. Vale, echó el ancla en la reserva marina, pero para ser sinceros, hasta yo lo hice unas cuantas veces antes de descubrir la roca donde dejar el kayak. Ah, sí, y le ha cambiado el nombre al barco. ¿Y qué? Tal vez es porque no ha tenido oportunidad de comunicárselo a las autoridades italianas. No es un gran delito que digamos.

Si Ámbar descubriera lo que estoy haciendo, no solo tratando de espiarla mientras está en la cama con Carlos, me estremezco de nuevo al pensar en ello, sino también irrumpiendo en su barco y colocando dispositivos electrónicos de escucha, se volvería loca. Se enfadaría mogollón. Creo que no volvería a hablarme en la vida.

En el fondo sé que hay una razón por la que estoy haciendo todo esto. Son los celos. Estoy celoso de que ella siga con su vida, feliz con Carlos, cuando yo lo único que he conseguido es fastidiarlo todo por lo que hice en Australia.

Echo un último vistazo al velero en la pantalla de mi portátil, luego desenchufo el endoscopio del portátil y hago un bucle con el cable. La pantalla se queda en negro y se cierra automáticamente. Lo único que muestra mi portátil es el artículo sobre Steve Rose describiendo cómo perdió el programa de televisión. Fui yo quien hizo que perdiera su programa de televisión. Me siento peor ahora que cuando me comí los dónuts. Me siento un desgraciado mientras recojo mis cosas y ordeno el interior del barco. Luego me bajo y me voy en autobús a casa.

CAPÍTULO VEINTIOCHO

TOMMY Y PAOLO estaban uno al lado del otro mirando la estrecha franja de agua frente a ellos. La franja estaba bordeada por un trecho de lodo grueso y gris que había quedado expuesto durante la última marea baja. Un desvencijado embarcadero de madera se extendía un poco sobre la orilla, el extremo más alejado apenas alcanzaba el agua marrón que se arremolinaba alrededor de los montantes cubiertos de algas. En algún lugar cercano se encontraba el mar abierto, pero el horizonte abierto se perdía en un laberinto de arroyos pantanosos que conformaban esta sección de la costa de la isla.

Detrás de ellos se encontraba otro vehículo, esta vez una furgoneta gris. Tenía un par de años, no era ni nueva ni demasiado vieja como para llamar la atención y estaba aparcada junto al único edificio que había en varios kilómetros a la redonda, un cobertizo para barcos cerrado y aparentemente abandonado.

—¿Cómo dices que se llama este lugar? —preguntó Paolo.

Tommy consultó el mapa que sujetaba a su lado en su gran mano.

—El puerto del obispo.

—¿El puerto del obispo? —repitió Paolo—. Pues si de verdad llegó hasta aquí, no se quedó mucho tiempo antes de irse a la mierda otra vez.

La mano de Tommy se cerró en un puño alrededor del borde del mapa, pero no dijo nada. Ambos estaban de mal humor. En el ferri, Paolo había estado lleno de entusiasmo. Estaba claro que consideraba que este trabajo era su gran oportunidad para impresionar al nuevo jefe. Pero ese entusiasmo había ido desapareciendo poco a poco a medida que iban de una pista a otra, comprobando los cientos de lugares en los que se podría esconder un velero en esta isla de mala muerte.

Tommy no estaba acostumbrado a trabajar con esos altibajos. Era el tipo de persona que se afanaba en una tarea durante el tiempo necesario para llevarla a cabo. Esa forma de actuar parecía un poco anticuada hoy en día. Se dio la vuelta, dispuesto a volver a la furgoneta para probar el siguiente lugar.

—¿Vienes o qué?

—No lo sé —respondió Paolo—. Que le jodan a todo.

La enorme cara de Tommy se arrugó lo suficiente como para indicar que estaba perdiendo la paciencia. A diferencia de Paolo, él ya no soñaba con alcanzar una posición de poder en la organización y no estaba claro que alguna vez lo hubiera hecho. Hoy en día tenía un sueño diferente: comprar un modesto apartamento, en algún lugar cerca de un campo de golf, en Florida quizás. O lo suficientemente lejos como para no tener que pasar todos los días mirando por encima del hombro por si algún niñato viniese tras él, buscando venganza, por lo que Tommy le pudiera haber hecho al padre. Pero con la muerte del Viejo y la decisión de Ángelo de que tenía que trabajar con Paolo, cualquier posibilidad de jubilarse parecía muy lejana. Tal vez después de este trabajo, quizá si obtenían un buen resultado, recuperaban la coca...

—Que le jodan a todo —dijo Paolo de nuevo.

—Sí, ya lo has mencionado —soltó Tommy de repente. Luego tomó aire. Independientemente de lo que significara el éxito en este caso, enfadarse no iba a servir de mucho.

—Oye, ¿quizá deberíamos dejarlo por hoy? ¿Qué tal si buscamos un motel? —No mencionó a la prostituta en la que también estaba pensando, si es que podía encontrar una.

—No. —De repente, en la cara de Paolo apareció una chispa de entusiasmo que no había estado presente la mayor parte de la tarde—. No, tengo una idea de cómo podemos acelerar este proceso—. Dime, ¿cuál es el mejor lugar para esconder un cuerpo?

Tommy suspiró mientras la cerveza y la comida desaparecían de su mente.

—Paolo, tendremos que encontrar al tipo antes de cargárnoslo...

Paolo parecía irritado.

—No, no, quiero decir... Es una metáfora.

—¿Una qué?

—Venga hombre, sígueme la corriente. ¿Cuál es el mejor lugar para esconder un cuerpo?

Tommy lo miró fijamente. Después de un rato se encogió de hombros.

—Un lago —dijo por fin.

—¿Un lago? No...

—Sí, un lago. He metido más cadáveres en lagos que en ningún otro sitio...

—¿Qué coño? ¿De qué leches estás hablando?

—Te lo estoy diciendo. Si metes a un tipo en un lago, con pesas de gimnasio atadas alrededor de los muslos y los hombros, no volverá a salir. No importa cuánto se hinche.

Paolo consideró esto por un momento, quería dejar claro su punto de vista y a la vez no quería que pareciera que esto fuera una novedad para él, una novedad desagradablemente morbosa.

—Vale, muy bien. Los lagos son buenos. Pero no me refiero a eso. Estoy hablando de una metáfora. No estaba buscando una respuesta literal.

—¿Una metáfora? —Tommy repitió de nuevo.

—Sí. Es como... un dicho.

—¿Un dicho?

—Sí.

—«¿Cuál es el mejor lugar para esconder un cuerpo?» ¿Eso es un dicho?

—Sí.

—Pues no es uno que haya escuchado yo.

—Joder. —Paolo miró a su alrededor, como si buscara algo que golpear.

—¿Qué tal si seguimos con la tarea? —Tommy se alejó a duras penas, sacudiendo la cabeza.

Volvieron a la furgoneta y se subieron. Tommy en el asiento del copiloto, Paolo al volante. Tommy se puso a estudiar el mapa, buscando cuáles de las docenas de posibles sitios que quedaban por comprobar estaba más cerca. Al cabo de un rato levantó la vista, preguntándose por qué Paolo no había arrancado aún la furgoneta.

—Lo digo en serio —dijo Paolo—. Metafóricamente hablando, ¿cuál es el mejor lugar para esconder un cadáver?

Tommy estudió a su compañero durante un rato, deseando haber aprovechado la oportunidad de retirarse cuando el Viejo estaba vivo. Le habría dejado marchar, Tommy estaba casi seguro de ello.

—A ver si me aclaro. No quieres una respuesta real, sino que quieres saber cuál sería la respuesta si esto fuera un dicho popular.

—Sí.

—Aunque no lo sea.

Paolo hizo un gesto involuntario.

—Sí.

—En ese caso no lo sé.

—Ay, joder, me rindo, contigo no se puede. La respuesta es que el mejor lugar para esconder un cadáver es en un cementerio.

Tommy sopesó esta información durante un rato.

—Un sitio un poco público, ¿no crees?

Paolo suspiró en señal de irritación.

—Sí, pero...

—Tienes que cavar la tumba y rellenarla de nuevo cuando acabes, lo que puede suponer dos o tres horas de trabajo dependiendo de las condiciones del terreno. Hay gente que se presenta en los cementerios a todas horas. Es arriesgado.

—Por el amor de Dios, Tommy. Es un dicho. No es real. La idea es que es el último lugar donde alguien pensaría en buscar y si lo hicieran, lo único que encontrarían sería un montón de cuerpos más.

Tommy infló las mejillas. Pensó en lo fácil que sería realizar pruebas de ADN a cualquier resto encontrado. Pensó que habría muchos cuerpos más allí y que la policía sabría exactamente la fecha en que los enterraron, lo que facilitaría la obtención de la fecha de la muerte por comparación. Le parecía un lugar jodidamente estúpido, lo dijera o no. Pero lo dejó pasar.

—Si tú lo dices. No estoy necesariamente de acuerdo.

Paolo exhaló con paciencia, contando hasta diez en su cabeza mientras lo hacía.

—Vale. Solo digo que podríamos estar perdiendo el tiempo conduciendo por estas mierdas de caminos de tierra comprobando los putos arroyos del cura.

—Del obispo...

—Lo que sea. Deberíamos buscar en lugares más grandes.

Hubo una pausa mientras Tommy pensaba en esto.

—¿Por qué? —preguntó por fin.

—Por lo que acabo de decir. Si el mejor lugar para esconder un cadáver es donde haya muchos más, se deduce que lo mismo ocurre con un velero. El mejor lugar donde esconderlo es donde esté rodeado de otros veleros, es decir, en un puerto deportivo.

—Pero el mejor lugar para esconder un cuerpo es un lago. Atado con pesas de gimnasio... —Tommy había dudado, pero al final no había podido evitar decirlo. Se había pasado tres meses con Paolo aprendiendo a cómo ser un puto grano en el culo.

—Cállate, Tommy. O te meto un tiro en la frente y te ato siete pesas de gimnasio en cada pata.

Tommy se calló. Pero mientras lo hacía sonreía por dentro.

—¿Cuántos puertos deportivos hay en esta mierda de isla? ¿Hay alguno que muestre el mapa ese?

Tommy estudió el mapa. Había varios, pero habían comprobado primero los lugares más pequeños y escondidos.

—Sí —dijo.

—¿Y bien? ¿Dónde están?

—Hay dos en Newlea. Uno, en un lugar llamado Catterline. Y luego otro en... Holport.

—Muy bien. Vamos.

—¿A cuál?

—No lo sé. Escoge uno.

Tommy cerró los ojos, puso el dedo en el mapa y comprobó qué sitio estaba más cerca su dedo.

—Holport —concluyó.

—Muy bien. Nos vamos al puto Holport —dijo Paolo, y encendió el motor.

CAPÍTULO VEINTINUEVE

VEINTICINCO MINUTOS DESPUÉS, la furgoneta avanzaba por la carretera que daba al puerto público de Holport. Un bosque de mástiles se erizaba desde la dársena de veleros y Tommy los contemplaba, aburrido. Paolo dejó el coche en un aparcamiento que daba al agua.

—¿Ahora qué? —preguntó Tommy.

—¿Lo ves?

—¿Si veo el qué?

—El barco. ¿Lo ves?

—No lo sé. Veo muchos barcos. Me parecen todos iguales.

Paolo no respondió. En su lugar, tiró del freno de mano y abrió la puerta de un empujón. Tommy esperó un momento y observó que se dirigía hacia una rampa que llevaba al pontón flotante donde estaban amarrados los barcos. Pero no llegó muy lejos. Una gran verja de acero le impedía el paso. Tommy observó mientras Paolo la sacudía, primero con suavidad, pero luego con más fuerza. Luego se puso a mirar si era posible saltarla, pero no parecía fácil. Cuando Paolo volvió a sacudirla con desesperación, Tommy suspiró. Salió de la furgoneta y abrió la puerta corredera de atrás. Dentro había varias bolsas de lona. Abrió una y hurgó dentro.

Momentos después se unió a Paolo en la puerta, sujetando un gran par de cizallas en la mano. Sin mediar palabra, las colocó en la cerradura.

—¿Qué haces? —Paolo no daba crédito a sus ojos.

—Abrir la puerta.

—Ni hablar, joder. ¿Quieres anunciar que estamos aquí en el puto Twitter? —Paolo lo apartó bruscamente de su camino y siguió mirando a través de la malla. Había una docena de veleros que podrían haber sido el de la fotografía, pero estaban demasiado lejos para verlos bien.

—¿Y cómo vamos a echar un vistazo si no? —preguntó Tommy. Cuanto antes comprobaran este puerto deportivo, antes podrían irse a cenar y acabar con esto mañana.

Paolo no respondió.

—Cuanto antes comprobemos los barcos —dijo Tommy mientras le daba un empujón a Paolo—, antes nos podemos ir a cenar. —Había visto un bar por el camino que parecía el tipo de lugar con posibilidad de encontrar a la prostituta en la que había pensado antes.

—Tengo una idea.

—¿Ah sí?

—Sí. Suelta la cizalla.

Paolo no hizo caso a las preguntas de Tommy y, en su lugar, procedió a subir la rampa. Al cabo de un rato, Tommy le siguió y, sacudiendo la cabeza, metió la cizalla de nuevo en la furgoneta. Cuando volvió a levantar la vista, Paolo había cruzado la calle y estaba frente a la ventana de un corredor de barcos.

—Espera aquí —dijo Paolo, cuando Tommy lo alcanzó.

—¿Por qué?

—Porque no quiero parecer un par de maricones, por eso.

Paolo se abrió paso hacia el interior.

Tommy sintió que los puños se le cerraban de nuevo, pero hizo lo que le decían. Mientras tanto, se dio cuenta de que hoy en día siempre hacía lo que le decían. Puede que los hubieran puesto juntos como socios, pero cada vez se sentía más el socio menor. La razón estaba clara y no tenía nada que ver con quién tuviera más experiencia. La razón por la que Paolo se sentía con derecho a mangonearle era porque era el primo segundo de Ángelo. Ambos lo sabían. Paolo tenía confianza con Ángelo.

Observó a Paolo en su interior, sin poder oír lo que decía. Una mujer se había levantado de detrás de su escritorio para saludarlo y se habían puesto a charlar. Paolo era expresivo, parecía relajado y mostraba una gran sonrisa. Incluso le tocó ligeramente el hombro a la mujer. Tommy se dio cuenta de que era atractiva, estaba mejor que cualquier prostituta que fuera a encontrar esa noche.

La mujer se estaba poniendo el abrigo. Agarró un gran manojo de llaves de un gancho en la pared y se acercó a la puerta. Tommy se dio la vuelta cuando la puerta se abrió y salieron la mujer y Paolo.

—Es un barco precioso —decía la mujer—. ¿Cuánto tiempo llevas mirando?

—Bueno, ya sabes —contestó Paolo, con voz de pillo—, siempre ando mirando.

La mujer echó la cabeza hacia atrás, mostrando un elegante cuello y soltó una pequeña carcajada, coqueteando sin disimulo. Tommy dio una patada a la pared, los odiaba a los dos.

—Jodido Paolo —murmuró mientras esperaba para seguirlos en la distancia. La mujer guio a Paolo de vuelta a la rampa y se detuvo ante la verja. Tommy observó cómo la mujer ponía la combinación en la cerradura y conducía a Paolo hasta el pontón. Se detuvieron en la tercera embarcación, en la que Tommy se dio cuenta de que había un cartel de «Se vende» en la parte trasera. Se montaron en el velero y mientras ella buscaba la llave en el gran manojo, Paolo sacó su teléfono móvil. Momentos después, el de Tommy sonó en su bolsillo. Cuando lo sacó vio un mensaje con cuatro números.

CAPÍTULO TREINTA

EN EL INTERIOR de la cabina del Misterio se oía el rítmico sonido que hacían las zanahorias mientras las cortaba lentamente, con cuidado. Carlos sostenía el cuchillo con un agarre excéntrico, enroscaba los dedos sobre los lados de la hoja dejando la mayor parte del mango al descubierto. Observaba con atención mientras cortaba, como si el proceso de cortar cada rodaja le proporcionara poder de concentración. Solo cuando estuvo convencido de que tenían todas el mismo tamaño y forma, dejó el cuchillo en el suelo y echó las rodajas de zanahoria en una cacerola. Luego se lavó y secó las manos, se dirigió a la zona del salón y se colocó sobre la mesa.

Ámbar trató de ignorarlo, sus ojos fijos en la pantalla del portátil. Tenía un cuaderno abierto a su lado, lleno de su letra negra y enrevesada. Sin embargo, al cabo de un rato tuvo que levantar la vista y vio que Carlos la observaba. Apartó la vista de inmediato, pero no con suficiente rapidez como para no ver cómo los bordes de su boca se convertían en una sonrisa de satisfacción.

—¿Qué? —intentó sonar irritada por la interrupción.

—¿Qué quieres decir?

—¿Por qué me miras?

—Me pregunto si de verdad te vas a pasar toda la noche haciendo el trabajo ese.

—Ya te lo he dicho —respondió Ámbar. No perdió de vista su trabajo, aunque ya había perdido el hilo de lo que estaba haciendo—. Tengo que terminar esto.

—Es verdad, ya me lo has dicho.

Carlos no se movió. Tampoco dejó de observarla.

—Y no puedo concentrarme contigo ahí parado.

—Oye, no tengo otro sitio en el que estar en mi humilde velero. ¿Dónde quieres que me ponga sino?

—Dijiste que ibas a hacer la cena. ¿Tal vez deberías ponerte con eso?

—Ya. —Se encogió de hombros.

—¿Y bien? ¿Dónde está la cena?

Carlos guardó silencio durante tanto tiempo que Ámbar tuvo que volver a levantar la vista. Tenía la misma mirada pensativa que antes mientras cortaba las verduras.

—Me he dado cuenta de que no tengo hambre —dijo, mientras mantenía sus ojos fijos en los de ella—. No hambre de cena, en cualquier caso.

Las comisuras de su boca se curvaron de nuevo. Aparecieron sus dientes, brillantes. Luego bajó los ojos, observando cómo estaba dispuesto el cuerpo de Ámbar en el asiento. Se tomó su tiempo y luego volvió a levantar los ojos hacia su rostro.

—Tengo que terminar este trabajo, ya voy muy atrasada.

Carlos se adelantó para colocar un mechón de pelo detrás de su oreja. Dejó que su mano acariciara su cara.

—Hazlo más tarde.

—No, hagamos esto más tarde.

—Hagamos esto ahora y más tarde también.

—¡Carlos! Eres insaciable.

—Y tú eres irresistible.

Muy a su pesar, Ámbar sonrió. Llevaba una camiseta que le había cogido prestada a su madre. Cada vez que su madre se la había puesto a Ámbar no le había gustado nada por la forma en que se bajaba por el escote y dejaba a la vista la parte superior de sus senos. Ahora cambió de posición, cuidando de mantener el pecho a la vista de él. Luego se volvió hacia la pantalla.

—Bueno, tú eres la razón por la que estoy atrasada con este proyecto, así que vas a tener que sufrir.

Carlos no respondió. En cambio, empezó a empujar la tapa del ordenador para cerrarlo.

Ámbar le agarró la muñeca y lo detuvo. Pero no lo soltó. Desenroscó las piernas y las dejó caer al suelo, utilizando su peso para levantarse. Luego, de cara a él, colocó cuidadosamente la mano de él sobre su pecho. Observó sus ojos mientras lo hacía, viendo cómo se dilataban sus pupilas, cómo abría la boca. Sintió su aliento en la cara. Le soltó la muñeca para sujetarle la cara con las dos manos y acercó su boca a la suya. Lo besó, sintiendo su duro cuerpo presionando contra el suyo. Entonces, justo cuando su otra mano comenzaba a rodearla, se apartó. Tuvo que tomarse un momento para serenarse antes de poder hablar.

—De verdad que tengo que terminar esto. Y tengo hambre. Así que ponte a cocinar. —Levantó la mano y lo empujó de vuelta a la galera.

Esta vez se rindió.

—Vale. Pero después vamos a hacer el amor. —La señaló con un dedo, como en señal de advertencia.

—Vamos a ver primero qué tal te sale la cena.

—Ah, va a estar muy buena. —Golpeó ruidosamente una sartén sobre la cocina, jugando a enfadarse—. Va a estar más que buena. —Abrió el gas y el fogón se prendió con un silbido azul—. Y no solo la comida va a estar buena.

Ámbar se rio y volvió a su trabajo. La sensación que recorría su cuerpo era increíble. La anticipación de lo que iba a suceder era muy poderosa. Sin embargo, a la vez, también se sentía tranquila y relajada, y pudo volver a sumergirse en su trabajo mientras la pequeña cabina se llenaba de los sonidos y el olor de la cena.

—¿Por qué tienes que terminar ese trabajo hoy? —La voz de Carlos interrumpió lo que estaba haciendo y vio cómo se deslizaba en el asiento junto a ella. Levantando la vista vio una olla que cocía en el fogón. Frunció el ceño ante la pantalla.

—Ya te lo conté. Mi madre se va de la isla un par de días por un asunto de trabajo y tengo que cuidar de Gracie. Así que tengo que hacer esto ahora, porque luego no voy a tener tiempo. Carlos se dio la vuelta y sacó una pequeña bolsa de plástico medio llena de un fino polvo blanco.

—Así que tu madre está fuera. —Formó con el lateral de la bolsa un embudo y vertió un pequeño montón de polvo sobre la mesa—. ¿Quieres decir que tienes la casa para ti sola?

—Para mí y para mi hermana de seis años —Ámbar levantó las cejas antes de continuar—, quien no va a dudar de chivarse a mi madre si traigo a mi novio a casa.

Ámbar se detuvo. No había querido usar esa palabra, tan solo se le había escapado. Lo miró, sintiéndose un poco ansiosa.

En cambio, él le dedicó una sonrisa que no pudo leer y luego agarró su tarjeta de identificación de la universidad, que estaba sobre la mesa. La utilizó para cortar el montoncito de polvo blanco en cuatro montones más pequeños y comenzó a colocarlos en ordenadas líneas. Ámbar lo observó, con ojos vacilantes.

—De hecho, se supone que tengo que estar allí esta noche —continuó. No había querido decir eso. La situación, quizá observarlo con las drogas, de repente la había puesto nerviosa.

—¿En dónde?

—En casa. Mi madre quería repasar la rutina de Gracie conmigo. Como si... —continuó ahora, sintiéndose más cómoda con el cambio de tema—, como si no supiera cuidar de mi propia hermana. Es solo porque es la primera vez que se va y Gracie es tan especial... —Se detuvo cuando él enrolló un billete y se colocó un extremo en la fosa nasal izquierda. Se inclinó hacia delante sobre la primera raya y en un segundo la esnifó. Luego cambió al otro lado y una segunda raya desapareció. Se echó hacia atrás, abrió la boca y un escalofrío recorrió su cuerpo. Ámbar vio cómo aquellas oscuras pupilas se dilataban de nuevo, más amplias esta vez. Le tendió el billete.

Ámbar dudó. Por un momento se imaginó lo que diría su madre si supiera lo que Ámbar estaba haciendo en ese momento en lugar de que estar hablando de cómo cuidar de su hermana. Pero lo cierto era que no necesitaba instrucciones. Desde que su madre se había separado de Pete, el hombre al que Ámbar nunca había aceptado llamar padrastro, había vuelto a trabajar y Ámbar había desempeñado un papel importante en el cuidado de Gracie. A veces se preguntaba si debía decirle a su madre lo que le gustaba hacer a la niña. Sonrió al aceptar el billete. Lo sintió delicado entre sus dedos, como algo valioso.

Miró las restantes rayas de coca, ¡de cocaína! Solo con pensar la palabra le daban vueltas la cabeza. Se arriesgó a mirar a Carlos, que estaba ahora reclinado en su asiento, con los ojos semicerrados, las manos relajadas sobre la mesa y moviéndose un poco. ¿Quizás no debería hacerlo? ¿Tal vez debería tener la cabeza despejada? Pero la cocaína no la dejaba atontada al día siguiente, no como la marihuana. Y ya había cuidado de Gracie estando fumada, unas cuantas veces. Además, tener sexo con cocaína era otra cosa. Era increíble. Estar con Carlos era extraño: él era mayor y tenía mucha más experiencia, por lo que a veces se sentía como una niña interpretando un papel. Pero la cocaína le quitaba toda la conciencia de sí misma. La ansiedad social que escondía tan bien, pero que sin duda sentía, la falta de confianza en sí misma que disimulaba con su actitud, todo desaparecía. La coca le permitía sentirse como la amante experimentada que un hombre como Carlos tendría como novia.

Colocó el billete en su nariz y se inclinó sobre la línea.

Notó un cambio instantáneo cuando la sustancia química la golpeó, como si el interior de la cabina girara alrededor de su cerebro. Tuvo que morderse el labio para no gritar. Entonces los colores estallaron a su alrededor, como si cada uno explotara en una versión más vibrante de sí mismo, uno tras otro.

Su oído se agudizó. Los sonidos de la cocina crepitaban y chisporroteaban, como si no hubieran existido antes, pero ahora fueran fuertes y vibrantes. Los olores parecían llenar cada centímetro de su cuerpo, podía distinguir los sabores uno por uno, como si estuvieran dispuestos en platos separados. Cuando levantó la vista hacia el cálido y bronceado rostro de Carlos, este resplandecía. Era increíblemente guapo.

Ámbar se agachó y se sacó el top de su madre por la cabeza. Lo tiró en el asiento de enfrente y se inclinó para besarlo.

—Vamos —dijo—, vamos a follar.

Por un segundo, él pareció estar demasiado cómodo en el lugar donde se encontraba como para complacerla, pero entonces le pasó las manos por el cuerpo hasta llegar al bulto que se estaba endureciendo en la parte delantera de sus vaqueros. Dejó una mano allí y rodeó la cabeza de él con la otra, juntándolos. Se separaron, unos momentos después, solo para que él quitara suavemente el portátil y demás papeles de la mesa, y la doblase para darles más espacio en el banco.

* * *

—¿De dónde la sacas?

—¿El qué? —preguntó Carlos entrecerrando los ojos.

Ámbar parpadeó, consciente de repente de que había hecho la pregunta en voz alta. Estaba desnuda, tumbada bajo una manta, con Carlos tumbado de espaldas fumando un porro.

—Ya sabes. La... la coca. Todo el mundo que conozco dice que es difícil de conseguir, aquí en la isla al menos.

Carlos se encogió de hombros.

—Conocí a un tipo en un bar —respondió, relajado de nuevo.

Se quedó callada por un momento. Pero la verdad era que tenía un montón de preguntas. Y le encantaba hablar después del sexo, le parecía muy íntimo.

—¿Pero no es muy cara? ¿Y peligroso? Nunca se sabe lo que puede contener.

—No te preocupes.

Sonrió con facilidad y se puso de lado, de cara a ella. El porro crujió cuando lo chupó y se lo entregó. Empezó a pasar el dedo en círculos por el hombro desnudo de ella.

Era una distracción, pero a ella le encantaba el efecto que su cuerpo tenía sobre él.

—No me preocupa. Solo me interesa. Creo que eres interesante.

—Yo también creo que eres interesante —dijo él, con los ojos concentrados en la trayectoria de su dedo. Siguió la curva de su esternón hasta la garganta.

Ella le dio una calada al porro. Carlos le había contado cómo el bajón de la marihuana ayudaba a equilibrar el subidón de la cocaína. Lo haría más fácil al día siguiente, cuando dejase de esnifarla. El cálido humo del porro le resultaba familiar e inhaló con profundidad. Cerró los ojos y sintió ondas que subían y bajaban por su cuerpo. Se dio cuenta de que debía tomárselo con calma, él liaba porros mucho más cargados que ella.

—Bueno, si te preocupa que se acabe, descuida. Tengo un suministro garantizado.

Ámbar se lo tendió para que lo tomara de nuevo.

—No era eso lo que me preocupaba. —Habló con tranquilidad al principio, pero luego su voz se tensó. ¿Era eso lo que él pensaba? ¿Que ella estaba aquí solo por la droga? Se quitó la idea de la cabeza, esas eran las ocurrencias de la droga. La paranoia se extendía por su mente. Lo miró a la cara, tratando de averiguar en qué estaba pensando.

Carlos torció la cara, como si ni se acordara de lo que había dicho. Luego volvió a encogerse de hombros y tomó el porro. Alargó la mano sobre ella para echar la ceniza en un plato que usaba como cenicero y luego volvió a tumbarse de espaldas.

—Es un poco cara —continuó, con tono relajado—. Pero no tengo que pagar por ella.

Ámbar, que seguía preocupada por el flujo de pensamientos en su propia mente, casi no registró lo que había dicho. Pero entonces lo notó.

—¿Cómo? ¿Por qué no?

Miró al otro lado y lo vio sonreír hacia el techo de la cabina.

—Cuando dije que lo había conseguido de un tipo en un bar. No era un tipo real. En un bar de verdad.

Ámbar sintió que ahora se concentraba.

—¿Qué quieres decir?

—Al menos, no fue en un bar de aquí. Fue en otro lugar.

Ámbar se inclinó, dejando caer la manta, pero sin preocuparse por ello.

—No entiendo.

—No hay nada que entender. —Carlos pareció darse cuenta de lo que estaba diciendo y cambió de opinión—. Mejor que no lo hagas.

—¿Por qué no? Quiero entender. —De repente la conversación era mucho más que una simple charla postcoital. Ella quería entenderlo. Ya era suficientemente misterioso, apareciendo de la nada, un europeo que había cruzado un océano. Necesitaba que él se abriera a ella.

—Venga, Carlos. Cuéntamelo.

Carlos se quedó pensativo un rato antes de responder.

—¿De verdad quieres saberlo? —Se volvió hacia ella, midiendo, pensando. Sus ojos eran oscuros, insondables.

—Sí, claro que quiero.

Dudó. Un largo rato.

—De acuerdo —dijo al final—. La robé.

—¿La robaste?

—Sí. —Se rio despreocupadamente—. No lo planeé exactamente. Solo ocurrió.

Ámbar lo miró fijamente.

—¿A quién se la robaste?

—No pasa nada. No se van a enterar nunca.

—¿Cómo puedes decir eso? ¿A quién robaste?

Carlos levantó una mano y se la apretó contra la sien. Parecía que deseaba no haber sacado el tema.

—Mira, conocí a unos tipos, me pidieron que llevara un par de kilos de Venezuela a Florida. Eso es todo. Pero en el camino me pilló una tormenta y creen que naufragué. Eso es todo.

—¿Eso es todo?

—Eso es todo.

Ámbar volvió a tumbarse. Sintió que su cuerpo temblaba, pero ¿de qué? ¿De miedo? ¿Excitación?

—Y, ¿es seguro? Quiero decir, ¿dónde está? —De repente miró alrededor de la cabina, preguntándose si era posible que no hubiera notado un alijo de cocaína entre el desorden general.

—Aquí no, eso desde luego que no.

Abrió la boca para continuar, pero él se adelantó y le puso un dedo en los labios.

—Y nada más. No hay nada de qué preocuparse. Bueno, en realidad, hay una cosa de la que preocuparse.

—¿El qué?

—Tu amiguito Billy.

—¿Billy? —preguntó ella frunciendo el ceño.

—Sí. Lo pillé bajándose del barco el otro día. La escotilla estaba cerrada, así que no pudo haber entrado. Pero estaba fisgoneando de nuevo. Puede que tenga una idea de dónde está.

—Ay Dios. Billy —gimió Ámbar. Recordó la mezcla de sentimientos que había sentido al verlo agitarse en el agua. Le hizo gracia, pero también le horrorizaba pensar lo que debió de haber visto antes de caerse al agua. Entonces recordó lo que Carlos le acababa de decir.

—¿Billy? ¿Cómo iba a saber él dónde está la coca?

—Ah, no sé. Es que la primera vez que lo conocí...

Carlos dejó de hablar, en su lugar sonrió.

—¿Qué? —preguntó Ámbar—. ¿Qué pasó?

Pero esta vez Carlos no contestó.

—Venga, tengo hambre —dijo en cambio, poniéndose en pie de un salto desnudo y dejándola con la manta. Se dirigió a la cocina y removió la olla—. Hambre de comida esta vez.

Comenzó a sacar platos de la estantería y volvió a mirar a Ámbar. Ella captó la indirecta y se levantó también, aunque aprovechó que estaba distraído con la cena para vestirse de nuevo antes de volver a levantar la mesa y colocarla para que pudieran comer.

* * *

Comieron en silencio. Carlos parecía disfrutar así y Ámbar olvidó sus preocupaciones. Sin duda, más tarde consideraría lo que le había contado. Pero quizás era mejor así. Que no hubiera ningún hombre en un bar. Además, sabía, por cómo habían transcurrido las últimas noches, que Carlos aún tendría ganas de más. Dejó que su mente se concentrara en eso. Le resultaba extrañamente excitante escuchar el sonido del cuchillo cortando la carne y la forma cuidadosa con la que se la llevaba a la boca. Y la sensación de sus ojos oscuros sobre ella mientras comía de su propio plato. Cuando estuvo a punto de terminar, cogió un trozo de pan y lo utilizó para limpiar la salsa de su plato, pero en lugar de comérselo él, se inclinó y se lo ofreció a ella, acercándoselo a los labios. Cuando ella los separó, él lo colocó suavemente en su interior y lo introdujo con el dedo, sin apartar los ojos de su rostro. Sin embargo, ninguno de los dos habló. Ámbar cogió los dos platos y los puso en el fregadero, luego se agachó y se quitó la camiseta de su madre por segunda vez.

CAPÍTULO TREINTA Y UNO

—DE VERDAD que tengo que irme —dijo Ámbar, casi dos horas después. Se sentía cálida y cómoda, el zumbido de su mente se desvanecía poco a poco con la ayuda de otro porro.

—¿Por qué? —preguntó Carlos girándose para observarla.

—Ya te lo he dicho. Tengo que estar en casa mañana antes de que mi madre se vaya. Va a salir en el primer ferri.

—Sal desde aquí —bajó sus ojos al responder.

Ella negó con la cabeza.

—Se suponía que iba a estar en casa esta tarde, ¿te acuerdas? —Le sonrió, quería que fuera un recuerdo indulgente de lo que habían hecho en su lugar.

—Vale, vete —pretendió sonar como si estuviese enfadado. O quizás lo estaba un poco. Pero luego se ablandó—. ¿Quieres que te lleve?

—No tienes coche —exclamó Ámbar con el ceño fruncido.

—Puedo llevar el tuyo.

—¿Y cómo vas a volver aquí?

Sus ojos le revelaron que estaba pensando en ello, pero luego se apartó, derrotado. Ella aprovechó el momento para salir de la manta y agarrar su ropa interior. Lo oyó darse la vuelta de nuevo para observarla.

—Deja de mirar. ¿No has tenido suficiente?

—No. Nunca tengo suficiente.

Se inclinó hacia delante para ponerse las bragas, sintiéndose incómoda por el aspecto que debía tener.

—Pues te vas a tener que aguantar porque esta noche ya no hay más. —

Encontró su sujetador, que colgaba de la esquina de la mesa de trabajo y se lo puso rápidamente. Luego se puso el resto de la ropa. Pensó que estaría bien si él se ofrecía a acompañarla por el pontón hasta su coche. Pero mientras se vestía, él no daba señal de querer moverse. Por otra parte, entendía que estuviera cansado. Sonrió por dentro al pensarlo.

—¿Vas a venir mañana cuando salgas del colegio?

—De la universidad, dirás.

—Sí, ¿vendrás después de la universidad?

—No, tengo que cuidar de Gracie. ¿No te acuerdas?

Se quedó con cara de piedra, como si fuera una dificultad increíble no verla. Y ella tuvo que reírse.

—Solo son tres días. No te preocupes, te las arreglarás.

—Tal vez tengas que enviarme fotos tuyas, para mantenerme cuerdo.

—Tal vez lo haga.

De repente, Carlos se incorporó y se apoyó contra el respaldo. La manta que lo cubría se deslizó hacia abajo para mostrar su estómago, tonificado y bronceado. Ámbar no podía quitarle el ojo de encima mientras él estiraba el brazo y agarraba la bolsita de cocaína.

—¿Una rayita para el camino?

—No puedo. Tengo que conducir.

—Una sola, no pasa nada.

—¡Carlos!

Se detuvo y puso la bolsita de nuevo en la estantería.

—Vale, te acompaño entonces. Te llevo al coche. — Se puso de pie, seguía desnudo pero no hizo ningún movimiento para vestirse.

—¿Vas a venir así?

Se encogió de hombros.

—¿Por qué no?

Ámbar se volvió a reír y tomó una decisión.

—No te molestes. He aparcado justo enfrente. Y solo es Holport.

—No, en serio, no me importa ir contigo. —Se puso a buscar sus vaqueros, pero sin muchas ganas, como si esperase a que ella lo parara. Así fue. Ámbar levantó la mano para despedirse.

—No pasa nada. Tengo que irme. Te veo dentro de un par de días.

Puso las manos sobre su pecho desnudo e inspiró con fuerza para saborear su olor. Lo besó, lo suficiente como para sentir que se excitaba de nuevo pero no lo suficiente como para retrasar su partida.

—Me lo he pasado muy bien esta noche —le dijo a forma de despido.

· · ·

Hacía frío y silencio en el pontón. Sus pasos resonaban en las tablas y la pasarela de madera se hundía a medida que cada pisada la empujaba hacia el agua oscura. La baja iluminación del pontón se reflejaba en la superficie, dándole un aspecto de mercurio negro. Al llegar al final, desbloqueó rápidamente la puerta y la cerró tras de sí, cruzó la calle y dobló la esquina hasta donde estaba aparcado su coche. Entonces, un pensamiento incómodo la golpeó. Su pequeño coche, que había comprado con el dinero que heredó tras la muerte de su padre y que solía ser bastante fiable, había estado dándole problemas para arrancar. Una vez, la semana pasada, incluso se quedó sin batería al intentar ponerlo en marcha y solo se salvó porque estaba en la universidad y varios de sus compañeros la ayudaron a empujar el coche. Había tenido la intención de llevarlo al taller, pero en lugar de eso se había ido corriendo a ver a Carlos. Ahora, de repente, sola en el muelle desierto, ya pasada la medianoche, se sentía vulnerable.

Abrió el coche y se acomodó en el asiento; introdujo la llave. Contuvo la respiración al girarla y oyó cómo el motor protestaba cuando se le ordenó que se pusiera en marcha. Algo giró con fuerza bajo el capó y luego gimió, pero el motor no se encendió. Entonces, justo cuando estaba a punto de parar e intentarlo por segunda vez, se encendió. Aceleró, sintiendo que el alivio la inundaba de la misma manera que la gasolina invadía el motor y el motor se aceleró con normalidad, aunque renqueaba un poco. Ámbar se relajó entonces, hinchó las mejillas y se ajustó el cinturón de seguridad. Qué pedazo de coche tenía. Miró al cielo, agradeciendo en silencio a su padre. No había razón para mirar por el espejo retrovisor y, aunque lo hubiera hecho, los dos hombres que estaban observándola desde dentro de la furgoneta de color oscuro aparcada detrás de su coche eran casi invisibles.

Ámbar mantuvo el motor revolucionado mientras arrancaba y conducía hacia las afueras de Holport. Bajó la ventanilla según subía la colina de la ciudad, lo que permitió que el frío aire de la noche entrara en el coche. Esperaba que el aire fresco le empezase a aliviar el efecto de las drogas aunque apenas le importaba. Su madre ya estaría dormida. Miró su teléfono móvil, que había mantenido en silencio. Tres llamadas perdidas. Podría haber sido peor. Entonces se dio cuenta de que tenía la batería baja, así que tanteó la conexión del cargador que tenía enchufado al mechero. Iba a necesitar el móvil mañana para la universidad.

A los pocos segundos se dio cuenta del error que había cometido.

La universidad. Tenía que entregar el trabajo para la universidad. Lo había terminado casi por completo y tenía que usar la tarjeta de la universidad para entregarlo.

—¡Mierda! —exclamó en voz alta. Intentó recordar qué había hecho con ella. Recordaba haber metido el portátil y sus apuntes en su bolso y podía ver ahora la esquina de su cuaderno asomando por la parte superior en el asiento del copiloto. Pero ahí no estaba su carné de identidad. Estaba en la mesa, donde Carlos la había usado para cortar varias rayas de coca.

Se planteó entregar el trabajo con retraso, o intentar entregarlo sin el carné. ¿La reconocerían? Esto no era el instituto. En la oficina donde tenía que entregar el proyecto seguramente no sabrían quién era por lo que no tenía sentido entregarlo sin el carné. Total, que iba a contar como trabajo atrasado. Le iba a bajar la nota media y sus notas ya eran bastante malas de todos modos.

Apretó los dedos alrededor del plástico del volante, luego cerró la mano en un puño y lo golpeó. El impacto le resultó extraño, como si no fuera su propia mano la que se había dado el golpe; estaba claro que seguía bajo el efecto de la coca. Sería por eso por lo que se le había olvidado la tarjeta.

Pero ¿qué importaba? Ya era tarde. Diez minutos no iban a cambiar nada. Y podría volver a ver a Carlos, sonrió. Había un cruce más adelante, donde una carretera más pequeña se unía a esta. Como no había nadie a estas horas, redujo la velocidad e hizo una pirula. Se sentía relajada, preguntándose qué estaría haciendo él. Seguramente se habría ido a dormir. Bueno, si así era ella lo iba a despertar.

Se detuvo en el mismo lugar del que había salido unos minutos antes y se apresuró a doblar la esquina. Pero antes de cruzar la calle, se detuvo. Había dos hombres inclinados sobre la cerradura de la puerta que conducía al pontón. Uno era grande, el otro pequeño, y tenían una pequeña linterna. Se escondió en las sombras del edificio que tenía detrás. No había razón para sentir miedo exactamente, había muchos barcos amarrados en el pontón y la gente podía visitarlos en cualquier momento. Pero tampoco quería que la vieran. Era tarde. Seguramente se asustarían tanto por su repentina aparición como ella por la de ellos.

El portón se abrió y ambos hombres entraron. Uno de ellos llevaba una gran bolsa. Eso la reconfortó aún más. Seguramente eran los dueños de un barco preparándose para salir temprano. Quizá para aprovechar la marea. Ese pensamiento la impulsó a actuar. Su madre le iba a preguntar sin duda a qué hora había llegado a casa. Cuanto más tarde lo hiciera, más enfadada iba a estar. Ámbar avanzó decidida a recuperar su tarjeta y volver a casa cuanto antes.

Aun así, abrió y cerró la puerta en silencio, utilizando la palma de la mano para evitar que sonara el metal. Todavía podía distinguir las siluetas de los hombres a medio camino del pontón. Los observó, esperando que desaparecieran en el momento en que llegasen a su barco. Continuaban caminando hacia delante. Debían de tener uno de los veleros cerca del final, donde estaban el Misterio y La Dama Azul. Eso la incomodaba. Habría preferido que llegaran a su barco y entraran en el camarote antes de que tuviera que pasar por delante de ellos. Entonces llegaron al último barco antes del Misterio y La Dama Azul, el último barco que podría ser el suyo y, para su sorpresa, también pasaron de largo. De repente, su irritación se convirtió en algo más. Confusión, seguida, rápidamente, de preocupación.

No había ninguna razón para que alguien visitara el Misterio o La Dama Azul a esta hora, ni a cualquier hora del día en realidad. Pero ¿en medio de la noche? Su preocupación creció y mezcló con una buena dosis de inquietud.

Se agachó hacia la izquierda, en uno de los ramales más pequeños del pontón, de modo que estaba oculta si cualquiera de los hombres miraba hacia atrás y se quedó observando desde detrás de la empinada proa de una barca de pesca. Se alegró de haberlo hecho, ya que en ese momento uno de los hombres se giró y observó el pontón a su espalda. Se quedó helada. El hombre había encendido la linterna y sondeaba con cuidado la semioscuridad que había detrás de él.

«¿Qué coño hacen?» pensó Ámbar, mientras volvía a agachar la cabeza. Pensó en llamar a Carlos, para advertirle. De qué exactamente no estaba segura. Pero todo lo relacionado con la situación le daba muy mala espina. Cuando metió la mano en el bolsillo para coger el móvil, lo encontró vacío. Lo había dejado conectado al cargador del coche. «¡Joder!».

Cuando se atrevió a levantar la vista, ambos hombres habían desaparecido. Miró a su alrededor, forzando la vista en la penumbra. Parecían haberse esfumado. A no ser que se hubieran tirado al agua... entonces se dio cuenta. Debían de haber subido a un barco. Pero las únicas embarcaciones que había eran el Misterio y La Dama Azul.

Ámbar fue entonces consciente de que estaba temblando y no debido al frío. No era solo el miedo lo que la invadía, también la confusión. Una parte de su mente, la que le gritaba que usase la lógica, hacía que se cuestionara si lo que había visto era real. Igual era una especie de alucinación retardada por efecto de la cocaína. Pero ¿qué había de la historia que le había contado Carlos sobre la procedencia de la coca? Se obligó a volver a la rama principal del pontón y se apresuró a avanzar. Ahora, sus propios pasos comenzaron a confundirla. No sonaban reales, no los sentía, igual que cuando había golpeado el volante de su coche. Todo le parecía como si interpretara un papel en una película o estuviera atrapada en un sueño. Eso la convenció de que lo que había creído ver debía de ser una alucinación. Un sueño loco.

Al llegar a la proa del Misterio se sintió casi relajada de nuevo. Iba a darle una sorpresa a Carlos. Cogería su carné de la universidad y volvería a casa. Quizás en otra ocasión le contaría a Carlos cómo su mente le había jugado una mala pasada.

Pero entonces los oyó hablar.

Eran gritos, bueno una especie de gritos. Más bien voces que sonaban furiosas. Golpes que provenían del interior de la cabina del Misterio, que definitivamente eran reales. Seguidos de una voz fuerte pero comedida. Una voz que sonaba en control.

—Como te muevas te meto una bala en la puta cabeza.

Ámbar no entendía nada, las palabras estaban tan fuera de contexto. El sonido provenía del interior del barco, no era a ella a quien iban dirigidas, pero aun así se sintió vulnerable, de pie en el pontón. Así que retrocedió hasta esconderse detrás del montante de hormigón al que estaba anclada la parte flotante de la pasarela. Aquí atrás era más difícil seguir la conversación. Solo se oían fragmentos de voces. Se planteó qué hacer. Volvió a pensar en su teléfono móvil, en el coche. ¿Debería ir a cogerlo? ¿A quién podía llamar? ¿Qué les diría? ¿De verdad había oído esas amenazas? Se dio cuenta de que tenía que volver a avanzar por el muelle para saber qué estaba pasando, antes de poder decidir qué hacer.

Caminó con cautela, pisando lo menos posible para que el pontón no se balanceara demasiado. Esta vez pasó agachada por la proa del Misterio, sintiendo que le temblaban las piernas, hasta llegar a la mitad de la embarcación. Allí se agachó, de modo que estaba por debajo de la altura de las ventanas de la cabina. No había dónde esconderse en la estrecha superficie del pontón, pero pudo oír de nuevo las voces que salían por la escotilla abierta.

—Luigi, has sido muy poco cuidadoso.

Ámbar se atrevió a levantar un poco la cabeza. A través de la estrecha ventanilla del camarote obtuvo una instantánea de lo que ocurría en el interior. Los dos hombres estaban de pie frente a Carlos, que estaba sentado, vestido solo con sus pantalones vaqueros. Tenía las manos colocadas de forma poco natural sobre la mesa que tenía delante.

Ambos hombres iban vestidos con trajes de chaqueta. No era normal ver a gente así vestida en el camarote de un barco, pero de alguna manera parecían más amenazantes que extraños, o tal vez era por la forma en que estaban de pie. Entonces Ámbar vio que el más pequeño de los dos hombres se movía y en ese momento pudo ver sus manos. En una de ellas sostenía la bolsa de cocaína de Carlos. Su corazón se aceleró por el miedo y, cuando vio la otra mano, se quedó sin aliento. Sostenía una larga pistola negra. Había visto suficientes películas para saber que tenía un silenciador.

El hombre se quitó un guante y abrió la bolsa. Introdujo la punta del dedo en el polvillo blanco y sacó una pequeña cantidad. La probó y miró a Carlos.

—Ay, querido Luigi... —Sacudió la cabeza, como si fingiera estar decepcionado. Luego se volvió hacia el hombre más grande, lo que impulsó a Ámbar a hacer lo mismo. Vio que él también tenía una pistola con silenciador—. Luigi, Luigi, Luigi...

Junto con su horror, Ámbar notó que el hombre más pequeño repetía ese nombre a Carlos, como si tuviera el nombre equivocado. Eso la confundió. Otra cosa que no tenía sentido. Agudizó el oído, desesperada por entender lo que estaba viendo.

—Creo que tenías un acuerdo para entregar una mercancía a nuestro jefe —el hombre más pequeño seguía hablando. Tenía el pelo engominado, echado hacia atrás y un pendiente negro en cada oreja. ¿Debería recordar detalles como este? ¿O tratar de olvidarlos? Ámbar no tenía ni idea. Era como si su cerebro estuviera intentando encontrar la salida de un laberinto.

—No sé de qué estás hablando —respondió Carlos. Su miedo se intensificó por el aspecto tenso que tenía. Qué diferente a como había estado toda la noche.

—Ay Luigi. Quizás quieras tomarte un momento. Reflexionar si quieres andar jodiendo…

«¿Por qué siguen llamándolo Luigi?» Ámbar luchaba por entender. «¿Y por qué no los corrige?» Las dos posibles explicaciones chocaron en su mente. O ellos lo conocían con un nombre falso o era ella la que en realidad no lo conocía.

Entonces el hombre más pequeño bajó el arma y puso una bolsa sobre la mesa. Ámbar vio ahora que era una bolsa de deporte en lugar del macuto de viaje que creía haber visto antes. El hombre abrió la cremallera y sacó un pequeño tubo de plástico blanco. Lo desenroscó y extrajo una espátula de plástico del interior. Luego la introdujo en la bolsa de cocaína y sacó una cucharada colmada. Con cuidado, dejó caer el contenido de la cuchara en el tubo y volvió a enroscar la tapa. Lo agitó suavemente. Parecía estar disfrutando de su trabajo. Luego se volvió hacia Carlos y sonrió.

—Esta pequeña prueba va a confirmar si esta mercancía es nuestra o no. Si se tiñe de azul sabremos que has sido muy travieso —comenzó a silbar mientras esperaba. Luego levantó el frasco.

Ámbar vio que el líquido del interior era ahora de un suave color azul.

—Vaya, vaya —dijo el hombre con los pendientes.

Entonces hubo un zumbido de movimiento dentro de la cabina. Sucedió casi demasiado rápido para que Ámbar pudiera seguirlo, pero captó cómo Carlos se abalanzaba de repente hacia el hombre más grande, que aún tenía su pistola. Fue rápido, pero el otro hombre había sido más rápido aún. Se había desviado hacia la izquierda, evitando así la envestida de Carlos y al mismo tiempo, le había dado un golpe en la cabeza. Eso lo detuvo de inmediato y se dejó caer en el lugar donde estaba sentado, como si estuviera a punto de perder el conocimiento. Entonces el hombre grande gruñó. Tenía los dientes torcidos y descoloridos. El hombre más joven, el Pendientes, parecía despreocupado, casi aburrido, durante el altercado.

—No te molestes, Luigi —dijo el Pendientes—. Solo queremos tener una pequeña charla.

Una burbuja de esperanza creció dentro Ámbar cuando lo oyó, estaba desesperada por creerle pero cuando Carlos volvió a levantar la vista, vio que un chorro de sangre corría por el lado de la cabeza. Carlos se limpió con un paño y se miró el dedo con incredulidad. Ámbar supo entonces que no había nada de bueno en lo que estaba sucediendo frente a ella.

—Tengo que decirte, Luigi —el Pendientes volvió a coger la bolsa y la agitó pensativo—, que puedes ahorrarte mucho dolor si nos dices dónde has escondido el resto de la coca. ¿Nos lo cuentas? ¿Está aquí en el barco? —alzó las cejas con esperanza.

Pero Carlos no respondió en absoluto, salvo para levantar los ojos, mirar con rabia al Pendientes y tocarse la herida de la cabeza por segunda vez.

—¿No nos vas a decir nada? Pues sabes qué te digo, me alegro. Me da la oportunidad de arreglar una pequeña disputa que tuve antes con Tommy, ¿a qué sí, Tommy?

Esta vez el Pendientes se volvió para mirar a su compañero, que parecía más enfadado que nunca.

—Ya ves. Aquí mi colega Tommy, a quien llaman el Dientes por el estado de su boca, no querrás que te eche el aliento, créeme, resulta que Tommy no tiene nada de estilo. Si fuera por él, ya te estaría rompiendo los dedos, uno por uno, hasta que le dijeras dónde has escondido la mercancía. Tal vez eso funcionaría, o tal vez no. A lo mejor nos dirías lo que queremos oír, o quizás nos contarías alguna historia de mierda y luego, después de haberte rajado el jodido cuello, seguiríamos sin tener ni puta idea de dónde la habías escondido —dejó de hablar y volvió a coger la bolsa de coca. La abrió y metió el dedo por segunda vez, pero esta vez sacó un montoncito de polvo en equilibrio sobre la uña. Se lo llevó a la nariz y lo aspiró.

Por un segundo cerró los ojos. Luego continuó.

—Y no puedo permitir que pase eso. Vine aquí para recuperar lo que has robado y eso es exactamente lo que voy a hacer. Así que le dije a Tommy que no te rompiera los dedos como es su costumbre, machacándote uno por uno hasta que chilles como un puto cerdo. Esto lo vamos a resolver a mi manera.

El Pendientes miró las manos de Carlos, ambas todavía con las palmas hacia abajo en la mesa frente a él.

—Así que tal vez quieras dar las gracias por ello —continuó.

Carlos no contestó y después de un segundo, el Pendientes repitió.

—He dicho que quizá quieras dar las gracias porque no vaya a romperte los dedos.

Ámbar sintió que contenía la respiración, e incluso deseaba que Carlos hiciera lo que el hombre le pedía, le envolvía un aire muy amenazador. Pero aun así Carlos se quedó callado y quieto. Entonces, en un súbito movimiento borroso, Ámbar vio cómo el Pendientes se lanzaba hacia delante y golpeaba con fuerza la empuñadura de la pistola contra los dedos de Carlos. Le golpeó una y otra vez, hasta que la sangre brotó de la mano que Carlos se llevó al pecho. Se oía un ruido, el sonido de Carlos gritando y maldiciendo en italiano. Entre lágrimas de asombro, Ámbar vio cómo el otro hombre, Tommy, cogía tranquilamente una revista de la estantería, la doblaba dos veces y se la metía en la boca abierta a Carlos.

CAPÍTULO TREINTA Y DOS

CON UNA REPENTINA SACUDIDA, Ámbar se dio cuenta de que tenía que hacer algo. Si no lo hacía, iba a ver cómo torturaban y asesinaban a su novio, estaba segura de ello. Se dejó caer de nuevo en la cubierta donde había más espacio para pensar. ¿Qué diablos debía hacer? Llamar a la policía. Podía llamarlos, tenía que llamarlos. Pero no tenía su teléfono. Gimió ahora por su decisión de haberlo dejado cargándolo en el coche, antes de gritarse a sí misma que se pusiera a pensar. Podía correr a buscarlo. Mejor aún, podía llamar a la policía desde su coche, donde estaría a salvo.

Pero algo la detuvo y supo de inmediato el qué. Holport era demasiado pequeño para tener una comisaría de policía por lo que tendrían que venir de Newlea. Eso estaba a media hora en coche. ¿Y cuánto tiempo tardarían en prepararse? ¿Antes incluso de salir? La isla de Lornea no era el típico lugar donde la policía estaba preparada para este tipo de situaciones. Podrían pasar cuarenta minutos, una hora, antes de que apareciera alguien. Lo estaban torturando, torturándolo de verdad. Esto no iba a durar tanto. Mientras luchaba por obtener respuestas, escuchó que la pesadilla empeoraba aún más.

—Hijo de puta —gruñó el Pendientes, como si fuese él a quien hubieran pegado.

Carlos seguía con la mano sujeta al pecho, con los ojos fuertemente cerrados. Incluso desde su posición, Ámbar podía ver que estaba en muy mal estado.

—Así que, como te iba diciendo —continuó el Pendientes de repente, como si no hubiera pasado nada—, le dije a Tommy que íbamos a hacer esto de una manera más inteligente.

Se dio la vuelta y empezó a rebuscar en la bolsa que habían traído. Sacó un pequeño maletín negro. Lo colocó sobre la mesa, abrió la cremallera y dobló la tapa hacia atrás. El contenido era demasiado pequeño para que Ámbar lo viera con claridad, pero parecía el tipo de botiquín que llevan los médicos.

—A ver, la manera de Tommy de hacer estas cosas está bien pero la ciencia ha avanzado mucho desde que él empezó en este negocio —el Pendientes sonreía ahora—. Dime, Luigi, ¿has visto alguna película en la que usen la droga de la verdad?

Esperó a que Carlos respondiera y cuando no lo hizo se ocupó de escoger una jeringa y un pequeño frasco de vidrio del maletín. Por fin, Carlos respondió.

—Sí. —Su voz sonaba horrible. Tenía el pecho manchado de sangre que le había salido de la mano rota.

—Muy bien. Y, déjame adivinar. Mostraban a un tipo al que habían inyectado con esta droga contándolo todo sin parar, ¿a qué sí?

Carlos respiró con fuerza antes de responder.

—Algo así.

—Eso pensaba yo. —El Pendientes lo ignoró por un momento, jugueteando con el frasco en la mano. Al cabo de un rato continuó. —No funciona así, al menos en la vida real. Quiero decir, imagínate por un momento si fuera así: no harían falta tribunales, ni abogados. Nada de eso. Solo habría que clavar la aguja y la verdad saldría a borbotones. Tal vez lleguemos a eso algún día. Pero lo que la mayoría de la gente no sabe es que intentan hacerlo como en las películas. Ya sabes, la CIA, el Servicio Secreto, todos esos mierdas. No nos van a decir exactamente lo que están haciendo, pero he oído, de un tipo que su hermano estaba en el ejército, en las fuerzas especiales creo... Bueno, no importa cómo lo sé, el caso es que lo sé...

Presionó la aguja de la jeringa a través de la tapa del frasco, luego la invirtió y tiró hacia atrás del émbolo. La jeringa se llenó de un líquido claro.

—Esto es pentotal sódico. Lo que hace es ralentizar la forma en que el cerebro envía mensajes de una parte a otra. Es como intentar pensar con un cerebro pegajoso. A ver, tienes que considerar cómo funcionan las mentiras. Cuando mientes, tienes que inventarte una realidad alternativa. Para que funcione, muchas partes diferentes del cerebro tienen que trabajar a la vez, cooperar. Eso requiere esfuerzo. Por eso, si te metes una dosis suficientemente alta de esta droga pierdes la habilidad de seguir mintiendo.

Sostuvo la aguja hacia arriba y empujó el émbolo hasta que unas gotitas se escaparon hacia arriba.

—Pero ya te dije que aún no lo tienen como en las películas. No es tan sencillo. —Frunció el ceño y puso cara de dolor—. Verás, es un poco peligroso. Acertar con la dosis correcta es muy importante. Necesitas una gran cantidad antes de que empiece a funcionar, pero si pones demasiada, entonces se te detiene el corazón. Así de simple. Otra cosa que hay que tener en cuenta es que no siempre funciona. Pongamos el caso de un tipo como tú, aferrado a una gran mentira. Bueno, es posible que consigas guardar la mentira, incluso si la droga funciona. Si eso sucede la situación no es mejor que con el Tommy aquí rompiéndote los dedos.

Carlos no respondió, su mirada seguía fija en su mano herida.

—Pero lo que nadie puede hacer es mentir acerca de todo. El cerebro no funciona así. Esa es la verdadera belleza de este método. Si te hacemos preguntas que no parecen estar relacionadas con ese secreto que guardas no se te ocurrirá mentirnos. Lo que significa que tan solo tenemos que dar varios rodeos y encontraremos la verdad.

Entonces se volvió hacia su compañero y le espetó.

—¿Vas a sujetar a este cabrón o qué?

Ámbar miró al hombre al que llamaban Tommy a tiempo de ver que una mirada oscura recorría su rostro, pero se adelantó y agarró a Carlos. Lo hizo girar, con la misma facilidad que si fuera un niño y lo agarró por el cuello. Ámbar pensó, al ver que Carlos jadeaba de dolor, que iban a estrangularlo allí mismo. Pero mientras Tommy lo sujetaba, el Pendientes avanzó y le introdujo con cuidado la jeringuilla en la parte superior del brazo. Presionó el émbolo y luego volvió a sacar la aguja. Cuando Ámbar volvió a verla, la jeringuilla estaba vacía. Entonces Tommy le liberó y volvió a sentarse enfrente de Carlos.

—Ahora nos toca esperar —dijo el Pendientes.

Fuera le estaban dando arcadas a Ámbar y le sabía mal la boca. Respiraba con tanta fuerza que parecía que era ella a quien torturaban. Volvió a pensar en la policía, deseando haberse ido antes, fantaseando que ya estaban de camino, o que ya habían llegado. Se imaginó una flota de coches patrulla viniendo al rescate. Pero sabía que no era así. Si se iba ahora a llamarlos, Carlos moriría. Su novio estaría muerto antes de que llegaran. Llegarían para encontrar su cadáver...

Comenzó a vomitar. Solo un poco de bilis pero luego le salió todo lo que tenía dentro. Fluyó por la superficie del pontón hacia el borde y cayó al agua negra. Vio llegar a peces, atraídos por el movimiento, o quizá por el olor.

Reconoció lo que había comido antes, lo que hizo que todo lo que estaba viendo pareciera aún más increíble, pero muy real.

Finalmente dejó de vomitar. Vio la pota en la cubierta y parpadeó horrorizada. Tenía que hacer algo. No podía esconderse aquí mientras presenciaba un asesinato. Pero ¿qué podía hacer? Miró a su alrededor, buscando ideas. Había un pequeño poste de plástico en la entrada del pontón que emitía un tenue haz de luz amarilla, lo mínimo para que los usuarios pudieran ver y no se cayeran al agua. Pero estaba fijo en el suelo, lo cual no le servía de nada. Había una manguera, para que los propietarios de las embarcaciones limpiaran el salitre. ¿Qué iba hacer ella con una manguera? Los hombres de dentro estaban armados con enormes pistolas con silenciadores. Ese hecho la impactó por primera vez. Se dio cuenta de que lo que estaba presenciando era el trabajo de verdaderos asesinos profesionales. La idea casi le hace gemir en voz alta.

Se acordó de la pistola de bengalas. En La Dama Azul había una pistola de bengalas. La esperanza se desvaneció casi tan rápido como llegó. Ellos eran dos asesinos profesionales, con armas de verdad. Sintió que se le salían las lágrimas de pura frustración. Si no se le ocurría nada, Carlos iba a morir. El hombre del que se había enamorado iba a ser asesinado frente a sus ojos.

—Vale, Luigi —escuchó que el Pendientes comenzaba a hablar de nuevo —, creo que ya deberás estar bien subidito con la dosis que te he metido. Vamos a empezar con unas preguntas facilitas.

Ámbar se estiró sobre sus rodillas, lo suficiente como para ver dentro de la cabina.

—¿Cómo te llamas?

—Luigi —dijo Carlos en respuesta—. Luigi Fantoni.

—Genial, Luigi. Fenomenal. Gracias por contestar. Dime, ¿sabes por qué estamos aquí?

Ámbar observó como el hombre al que ella conocía como Carlos se inclinaba ahora hacia atrás, con la cabeza apoyada en los hombros, como si le costara demasiado esfuerzo mantenerse en pie.

—Sí —respondió por fin.

—Muy bien, dime porqué entonces.

Otra pausa. Luego Carlos respondió.

—Tenía que entregar... un cargamento de cocaína. Pero no lo hice.

—¿Y por qué no lo hiciste?

—No lo sé. Decidí no hacerlo. Decidí llevármela a casa y venderla allí. Pensé que nadie me encontraría.

—Está bien, Luigi. Lo entiendo. Es una decisión jodidamente estúpida, pero lo entiendo. Dime, ¿dónde está la mercancía ahora? ¿Dónde la has escondido?

Por un momento pareció que Carlos no había escuchado. O que lo había oído, pero el dolor de su mano le bloqueaba todo lo demás. Al final levantó la cabeza muy ligeramente, con los ojos apenas abiertos.

—¿Está en el barco?

—No —consiguió decir Carlos por fin.

—Entonces, ¿dónde está?

—La enterré —dijo Carlos. El esfuerzo que hacía para hablar fue evidente.

—¿Ah sí? —dijo el Pendientes. Se volvió hacia Tommy y sus cejas se alzaron sorprendidas—. ¿Dónde la has enterrado?

A Carlos le costaba respirar y tardó en contestar.

—En un bosque.

—¿Un bosque? ¿En qué bosque?

Carlos respiró un par de veces antes de continuar.

—No, en un bosque no, junto a un arroyo.

El Pendientes frunció el ceño ahora.

—¿Qué arroyo?

—O quizás... —Carlos volvió a jadear—, tal vez no era un arroyo. Más bien un lago.

—¿Un lago? —El ceño del Pendientes se frunció más.

—Más bien un mar en realidad. Sí, eso es —continuó Carlos, que ahora parecía recordar—. Creo que se llama el mar de la tranquilidad, está en la luna.

Se reclinó en el asiento y miró el desastre de su mano.

—¿En la luna? ¿Has enterrado nuestra mercancía en la jodida luna?

—Os va a dar lo mismo dónde la he enterrado, cabrones, porque no tenéis ninguna posibilidad de encontrarla —continuó Carlos y forzó una sonrisa antes de que se le aflojara la cara.

Pero el Pendientes no parecía molesto.

—En la luna entonces, ¿eh? Qué bien. Es un buen escondite. Nadie va a encontrarla allí —asintió para sí mismo, antes de continuar—. Y dime, Luigi, ¿alguien más sabe que has tomado prestada un poco de cocaína? ¿O solo lo sabes tú? —el Pendientes mantuvo su voz casual.

Fuera Ámbar se dio cuenta inmediatamente del peligro de la pregunta. Se quedó mirando a Carlos, deseando que él también lo viera. Pero él se limitó a encogerse de hombros.

—No —Carlos negó con la cabeza, luego se detuvo—. Sí. —Entrecerró los ojos como si se le hubiera ocurrido algo, pero no estaba seguro de qué—. Ámbar. Se lo dije a Ámbar.

El sonido de su propio nombre estalló en su cabeza. Volvió a mirar a su alrededor; sentía como si estuviera atada a la vía del tren viendo como una locomotora cargaba hacia ella, sin poder hacer nada para evitar lo que se avecinaba.

—Vale, Luigi —dijo de nuevo el Pendientes, manteniendo su voz agradable—. ¿Ámbar es la chica que te estabas tirando antes?

—Sí.

—¿Te importa que hablemos de ella un rato?

Carlos no respondió.

—Es un pedazo de tía...

De nuevo se quedó callado.

—Tiene un culo muy bonito. Apretadito, como a mí me gustan.

Carlos no respondió.

—Vamos, Luigi. Debe de estar genial, meterla en un culo como ese…

De alguna manera, Carlos consiguió encogerse de hombros otra vez.

—Pues eso, eres un chico con suerte. Por cierto, ¿sabes su apellido?

Una mirada pasó por la cara de Carlos, como si por un momento pensara que esto podría ser algo que no debería decir pero no conseguía recordar por qué.

—Atherton.

—Ámbar Atherton. ¿Así que tal vez tienes la coca escondida en su casa? ¿Estoy en lo cierto?

Carlos tardó un rato en contestar. Parecía costarle un gran esfuerzo.

—No te lo voy a decir.

—¿Ah no?

—No. De ninguna manera.

—¿Dónde vive, entonces? Solo por interés.

Ámbar rezó para que se negara a decírselo, pero esta vez Carlos apenas dudó.

—En Newlea. No sé la dirección.

Hubo un silencio antes de que el Pendientes continuara con el interrogatorio.

—¿Esto es suyo?

Carlos parecía confundido cuando le pusieron algo delante de la cara. Ámbar vio lo que era, su tarjeta de identificación de la universidad.

—Oye —balbuceó Carlos—, ¿de dónde has sacado eso?

—¡Tiene su dirección, aquí mismo! Gracias, Luigi. ¿Y dices que ella sabe dónde está escondida la mercancía? ¿Eso es verdad?

Carlos murmuraba ahora, por lo que a Ámbar le costaba oírle, pero luego se animó, con la voz más clara.

—Sí, así es. Creo que sí.

—Ok, Luigi. Eso es genial. Vamos a hacerte un par de preguntas más. ¿Te parece?

Carlos se quedó un rato en silencio. Luego, con un gran esfuerzo, levantó la cabeza. Ignoró al Pendientes y miró fijamente al hombre más grande.

—¡Oye, Tommy! —le llamó. El grandullón entrecerró los ojos y apretó la pistola—. Dime una cosa, —continuó Carlos. Ámbar contuvo la respiración, sin saber qué estaba pasando ahora. Carlos esbozó una sonrisa, aunque parecía que el esfuerzo estaba a punto de matarlo— ¿qué se siente al trabajar para un puto imbécil como este?

El ambiente en la pequeña cabina cambió de inmediato, era como si el control hubiera cambiado de manos, sutil pero significativamente. Ámbar lo observó, confundida.

—Tu colega es un jodido imbécil, ¿en qué te convierte eso, eh? Yo te lo digo, en un tipo que recibe órdenes de un puto imbécil. —Carlos volvió a reírse pero no dejó de hablar—. Y apuesto... apuesto a que así es como has acabado con esos dientes, de tanto mamarle la polla... ¿A qué sí? —Carlos levantó su mano buena e hizo el gesto de una mamada—. Se la chupas y te excitas tanto que te arrancas los dientes...

Carlos sonreía ahora como un loco. Ámbar entendió de inmediato lo que estaba haciendo. Los estaba incitando. Estaba haciendo todo lo posible para provocarlos y que lo mataran ahora. Se había dado cuenta de que no había ninguna posibilidad de salir vivo de esta y estaba haciendo todo lo posible para que se acabase todo cuanto antes.

Y eso fue lo que por fin incitó a Ámbar a actuar.

CAPÍTULO TREINTA Y TRES

SE PUSO EN PIE, recorrió los pocos pasos que la separaban de La Dama Azul y saltó a bordo. Había un extintor montado en el interior de un escudo protector, lo arrancó y lo lanzó contra el cristal de la puerta de la cabina. La puerta se rompió de inmediato y tanteó con la mano para encontrar la cerradura, agarrándose la manga para protegerse de los cristales que seguían incrustados en el marco de la ventana. Desde el interior, giró el picaporte y la puerta se abrió.

Se fue enfilada a la taquilla donde guardaban las bengalas de socorro. Estaban obligados por ley a guardar varios tipos y, por razones claras, debían estar accesibles en caso de emergencia. Pero no para emergencias como esta. Tardó unos valiosos segundos, pero pronto encontró el tipo que buscaba: las bengalas para cohetes. Cogió una y abrió el paquete mientras saltaba de nuevo al pontón.

No tuvo tiempo de pensar en lo que estaba haciendo, tan solo actuó. Atravesó corriendo los dos escalones de la pasarela y subió a bordo del Misterio. Apoyó los pies en los dos bancos laterales de la cabina y miró hacia la escotilla de esta. Tardó un momento en comprender la visión que se le ofrecía.

Carlos seguía vivo pero había llegado justo a tiempo. El hombre más grande, el que se llamaba Tommy, tenía su pistola en la mano y el hombre de los pendientes sostenía un enorme machete, de los que usan los exploradores para cortar las lianas de la selva. Parecían estar discutiendo, horriblemente, sobre cómo iban a matarlo. Entonces el Pendientes agarró a Carlos y le sujetó la cabeza hacia atrás, exponiendo su cuello hacia el cuchillo.

—¡Suéltalo o te meto un tiro, joder! —gritó Ámbar, extendiendo el tubo de plástico hacia ellos.

Los tres hombres la miraron, desconcertados por la interrupción. El hombre grande fue el más rápido en moverse, giró su arma hacia ella.

—¡No te muevas, joder! —volvió a gritar, eso frenó el brazo del hombre. La bengala tenía un cordón de tracción y ella ya lo tenía tensado, de modo que un pequeño tirón la detonaría. No tenía ni idea del efecto que tendría en la cabina pero no le quedaba tiempo para pensar. No había tiempo para hacer nada. El hombre grande seguía blandiendo el arma hacia ella y ella sabía que iba a disparar. Una fracción de segundo le pareció eterna, pero cuando el cañón del arma se dirigió hacia ella, tiró de la cuerda con todas sus fuerzas.

El resultado fue instantáneo. Fue como si su propio brazo disparara fuego. La bengala atravesó el aire que la rodeaba y una estela amarillenta estalló en la cabina del velero. No explotó. En cambio, golpeó la puerta del camarote de proa, que estaba cerrada, rebotó primero en una dirección y luego en otra, moviéndose demasiado rápido y brillando con demasiada intensidad para que nadie pudiera seguir su trayectoria. Parecía una bola en una máquina de pinball. Durante unos instantes rebotó en el interior de la pequeña cabina, haciendo erupciones de fuego y chispas con cada superficie que golpeaba. Entonces explotó. De repente, toda la cabina se llenó de un resplandor rojo, tan brillante que Ámbar tuvo que protegerse los ojos. Entonces sintió que una ola de calor se extendía por la cabina, obligándola a apartarse.

Cuando volvió a mirar, la cabina seguía siendo demasiado brillante para mirar dentro de ella. Parpadeó horrorizada al pensar que los había matado a los tres. Pero entonces la bengala, tal vez dañada por su trayectoria fracturada, empezó a atenuarse y finalmente vio formas reconocibles emergiendo de la luz roja. Luego vio movimiento. Entonces, tras un estallido, la luminosidad se redujo considerablemente. Tardó varios segundos en comprender lo que había sucedido, pero cuando sus ojos se adaptaron a la luz, vio la razón. El hombre más grande había cerrado de una patada la puerta del camarote de proa. La bengala estaba ahora encerrada en el interior, todavía encendida pero con la puerta bloqueando la luz. En un instante el camarote recuperó un aspecto casi normal, aparte del humo que subía por los escalones del pasillo y de los tres hombres que se levantaban del suelo. Entonces el hombre de los pendientes la vio. Sus ojos se cruzaron.

—¡Maldita hija de puta!

Se estaba levantando del suelo y ambos vieron la pistola al mismo tiempo, justo al lado de su mano. Ya había soltado el cuchillo y agarrado el arma. Ámbar solo había traído la bengala por lo que no le quedaba nada para defenderse. Cuando él volvió a apuntarle con la pistola, no pudo hacer otra cosa que darse la vuelta y correr.

* * *

Ámbar bajó de un salto al pontón y casi se cae de bruces. La estrecha pasarela que discurría entre las dos embarcaciones estaba resbaladiza en la zona donde había vomitado antes. Pero una parte de su cerebro lo recordó justo a tiempo y consiguió extender los brazos para ayudarse a mantener el equilibrio. Patinó unos metros, pero se mantuvo en pie y empezó a correr. Aun así, se sentía como si corriera a través de un terreno enfangado, cada paso le costaba un mundo y con cada uno temía oír los disparos amortiguados por el silenciador y sentir las balas golpeándole la espalda.

Estaba casi en la esquina, donde el estrecho ramal de la pasarela se encontraba con el pontón principal. Pero justo al llegar sintió que algo salía disparado por el aire hacia ella. Oyó un ruido, más fuerte de lo que esperaba, pero que se correspondía con el sonido amortiguado de varios disparos. Gritó y se dejó caer sobre la cubierta. Por un segundo se quedó paralizada. Entonces, algo en su terror la hizo mirar hacia atrás, como si estuviera a punto de morir frente a su verdugo. Vio al hombre que se preparaba para bajar del velero de un salto. Una vez que estuviera a su altura en el pontón no volvería a fallar. Se volvió a girar y obligó a sus extremidades a trabajar, a ayudarlo a escapar de él aunque fuera a gatas, aun sabiendo que era inútil.

Entonces sonó otro golpe detrás de ella y Ámbar se congeló de nuevo. Pero de nuevo se dio cuenta de que no la habían dado y, cuando miró hacia atrás por segunda vez, vio al hombre tendido de espaldas en la pasarela, donde se había resbalado con la vomitona. No necesitó una segunda invitación. Se puso en pie y huyó hacia la tierra.

Le dio una pequeña ventaja pero, segundos después, Ámbar se dio cuenta de otro error que había cometido. La puerta del muelle. Debería haberla dejado abierta antes del ataque. Ahora le bloqueaba el camino y él la alcanzaría mientras intentaba abrirla. O, al menos, sería un blanco fácil, inmovilizada contra ella como un animal en una trampa. Había sido un error fatal que le hizo gemir en voz alta al darse cuenta.

No podía hacer otra cosa que seguir corriendo. Obligó a sus piernas a correr más rápido, consciente de cómo los músculos ardían pero el dolor era casi irrelevante. Llegó a la puerta antes de lo que pensaba, chocando con ella para frenar y sintiendo cómo el metal le golpeaba la frente. Las manos y los dedos le temblaban, casi más de lo que podía controlar, mientras intentaba meter la combinación en la cerradura. Era consciente de que gritaba de frustración. Pudo oírlo, el sonido de los pasos corriendo con fuerza detrás de ella mientras alineaba los números. Uno. Dos, tres números ahora... ¿Qué sentiría cuando la bala le impactara? ¿Sentiría algo? Sus dedos no dejaban de temblar mientras intentaba marcar el cuarto número. Hizo girar el dial demasiado y tuvo que darle la vuelta hacia el otro lado. Mientras tanto, los pasos se acercaban y su voz gritaba ahora. ¿Por qué no disparaba?

La cerradura se abrió y el pestillo de la puerta se soltó. Empujó a través de ella, justo cuando sintió el peso del hombre llegar por detrás. Al atravesar la puerta, se agarró al borde con ambas manos, se giró y la cerró con fuerza. Sintió el crujido del metal enganchándose con algo en lugar de encajar en su marco y cuando miró vio que los dedos del matón estaban atrapados entre la puerta y el marco. El hombre lanzó un grito de dolor al intentar sacarlos, pero Ámbar puso todo su peso detrás de la puerta y la cerró de un empujón. Quiso que el mecanismo se cerrara, pero los dedos lo impedían. Cambió de posición para intentar aumentar la presión, pero él aprovechó ese instante para sacar la mano. El portón se enganchó, cerrándose correctamente ahora, y ella hizo girar la combinación de nuevo. Durante un segundo se miraron a los ojos, estaban tan cerca como para tocarse, pero con el acero de la puerta entre ellos. Entonces Ámbar volvió a girar y huyó una vez más, subiendo la rampa y saliendo del pontón.

Cuando llegó a tierra firme, no redujo la velocidad. Atravesó la carretera a todo correr y dobló la esquina hacia el lugar donde había dejado el coche. Se estrelló contra el lateral y empezó a buscar las llaves a tientas. Pero entonces se acordó de algo, su coche no era de fiar. Una imagen pasó por su mente, ella misma inmovilizada en el asiento del conductor mientras el motor giraba, anunciando dónde estaba pero dejándola impotente para escapar mientras él enfilaba su disparo a través del parabrisas.

Entonces oyó un ruido, el repiqueteo metálico de la puerta abriéndose de nuevo y girando en sus bisagras. Se volvió hacia el coche, rezando para que arrancara, pero al intentar introducir la llave en la cerradura, sus manos se torcieron y se le cayeron las llaves al suelo. Miró hacia abajo para recuperarlas, pero solo vio la oscuridad de la noche. Volvió a oír pasos que subían por la rampa.

Decidió abandonar el coche y volver a correr. Esta vez sin saber a dónde iba. En segundos él doblaría la esquina y la vería. En realidad no había ningún lugar al que huir. Nadie vivía aquí, por la noche solo había almacenes vacíos y tiendas cerradas. Presa del pánico, se agachó detrás del coche más cercano, pero él tardaría solo unos instantes en verla. Oiría sus frenéticos jadeos. Entonces, su mente registró una parte de la pared junto a ella. No era solo una pared, sino que había un estrecho callejón. Llevaba a un espacio detrás de un pequeño almacén de barcos y no se utilizaba para nada. Lo conocía porque era donde Billy guardaba su kayak. Estaba lo suficientemente escondido como para que nadie se lo robara. Sin tiempo que perder, fue hacia allí. Entró en el oscuro callejón a toda velocidad y no frenó. Fue otro error. Primero, algo se le enganchó en los pies, quizá una cuerda o algo más, pero fuera lo que fuera la lanzó hacia adelante en la oscuridad. Luego, un golpe contundente la golpeó en la parte delantera de la cabeza. Se dio cuenta de que se estaba cayendo y de que sentía un dolor agudo en la sien. Pero entonces, en lugar de aumentar el dolor, ocurrió lo contrario. Todo el dolor y todas sus sensaciones disminuyeron. Se desvanecieron. Su rango de visión se redujo rápidamente mientras la negrura que la rodeaba era sustituida por un tono diferente de negro que solo existía en su cabeza. Sus rodillas se aflojaron bajo ella.

Lo agradeció. Ahora ya no sentía ningún dolor.

CAPÍTULO TREINTA Y CUATRO

FUE el frío lo que la despertó. Se le metía por el costado hasta llegar a lo más profundo de sus huesos. Abrió los ojos. No reconoció lo que vio. Le dolía todo el cuerpo. Todo estaba frío, muy frío. Tenía las rodillas y las caderas agarrotadas y la cabeza... Fue a mover una mano para tocarse la frente y se enganchó en el ladrillo rugoso de la pared contra la que estaba tumbada. Sus ojos volvieron a enfocar y vio otra pared justo enfrente, sobre ella un extraño techo de plástico verde, más allá un cielo de color azul pálido. El techo no era plano, sino curvo y... Su cerebro lo descifró, era el casco de un kayak. ¿El kayak de Billy? ¿Por qué...?

Comenzó a recordar. Había estado corriendo, tratando de escapar del hombre. El hombre de los pendientes, con pequeñas bolas negras en cada una de sus orejas. ¿Pero por qué...? ¿Por qué había estado corriendo? Entonces todo la golpeó en un instante, como la estela de un barco que de repente golpea una orilla tranquila. Cada una de las imágenes que recordaba empujaba un nuevo torrente de horror a su mente. Había dejado a Carlos en el barco, pero luego regresó para recoger su tarjeta de la universidad y encontró a dos hombres torturándolo. El hombre de los pendientes había estado a punto de cortarle el cuello. Ella había intentado detenerlos. Había disparado la bengala en la cabina, pero... no había funcionado. Debía de haber escapado, recordaba haber corrido hacia el callejón, pero ¿y Carlos? Habían vuelto a por él. ¿Estaba... estaba muerto?

Se le cortó la respiración. Sintió el comienzo de un ataque de pánico que apenas logró controlar. Se dijo a sí misma que debía tranquilizarse. Contó diez respiraciones y, solo cuando sintió que su ritmo cardíaco disminuía un poco, permitió que la pregunta volviera a aparecer. ¿Carlos estaba vivo o muerto?

Tenía que averiguarlo. Se levantó con dificultad. Tuvo que agacharse para evitar el casco del kayak y se dio cuenta, por el modo que le zumbaba la cabeza, de que la noche anterior se había chocado con él. Debió de haber perdido el conocimiento. Se volvió y observó el pequeño espacio donde había pasado la noche. Los matones debieron de haberla buscado, razonó, pero había resultado ser muy buen escondite. No lo había planeado, pero bajo el kayak encajado en el callejón era el lugar perfecto para pasar desapercibida. Sin embargo, no era de extrañar que todo le doliera, no era de extrañar que se sintiera más fría que nunca en su vida.

Una nueva oleada de miedo la asaltó. ¿Y si los hombres seguían buscándola? ¿Y si seguían ahí fuera, con las armas preparadas? Tal vez incluso junto a la entrada del callejón, de ser así ya la habrían oído. Pero no, eso no tenía sentido. Debían de haber pasado varias horas. Calculó, aunque pensar en ello le causaba un verdadero dolor de cabeza. La oscuridad había reinado durante la persecución, estaba segura de que todo había sucedido ya entrada la medianoche. Ahora era de día. No habrían estado buscando tanto tiempo.

Buscó su teléfono móvil para ver la hora y solo entonces recordó que lo había dejado cargando en el coche.

Se acercó con cuidado a la entrada del callejón, temiendo ver a los hombres en cualquier momento. Lo que vio en su lugar fue la calle, que parecía normal. Aun así, se sintió aterrorizada mientras miraba con cautela al doblar la esquina. Nada. La calle tenía el mismo aspecto de siempre. Vio su coche, exactamente donde lo había aparcado y, una docena de metros más allá, un hombre con un mono azul silbaba mientras barría la entrada de uno de los pequeños almacenes. Ella lo miró por un instante, deseando correr hacia él y contarle lo que había sucedido, suplicarle que la ayudara. Pero el miedo la detuvo y, al pensar en ello, se dio cuenta de que era imposible. Su historia, tal y como ella la recordaba, sonaba demasiado increíble. Era demasiado increíble. En su lugar, salió del callejón y, con mucha cautela, se dirigió a la calle y volvió a los muelles. No tenía ni idea de lo que esperaba ver, solo una profunda sensación de temor y la certeza de que, de alguna manera, Carlos debía de estar muerto. Parpadeó al pensar en eso, en la imposibilidad de que eso hubiera sucedido.

Pronto llegó a la dársena. Al principio todo parecía normal. Pero luego, al mirar hacia afuera, vio que al fondo del pontón, uno de los mástiles de un velero no apuntaba hacia arriba, sino que estaba inclinado en un ángulo de

45 grados. Cuando lo siguió con la mirada hasta donde debía encontrarse con la cubierta de un barco, vio que estaba medio sumergido y yacía en un ángulo extraño. El Misterio seguía en su amarre, pero estaba medio hundido. Lo que quedaba de su estructura por encima del agua estaba ennegrecido y retorcido. Quemado. Ámbar sintió que las lágrimas fluían libremente por su cara ahora. Estaba muerto.

—¿Estás bien, jovencita?

Giró la cabeza alarmada. Un hombre estaba de pie, mirándola con descaro, un pequeño perro marrón con una pelota naranja en la boca estaba a su lado.

Se secó las lágrimas lo mejor que pudo.

—Sí. Sí, estoy bien.

El hombre parecía decepcionado con su respuesta. Como si hubiera preferido que fuera alguien con quien poder cotillear.

—¿Vienes a ver qué ha pasado?

—¿Qué?

—El velero que se hundió —dijo el hombre—. Supongo que verías las llamas anoche. Fue muy emocionante ¿verdad? No suelen pasar estas cosas en Holport.

Ámbar lo miró a los ojos, incapaz de responder, pero sorprendida por la ligereza de su tono. Su novio había muerto asesinado por asesinos profesionales, ella apenas había escapado con vida y ¿él creía que se trataba de un simple alboroto local? Apenas oyó cómo el hombre seguía hablando.

—Creen que fue gas, ese tipo de explosión así suele ser.

—¿Explosión? —Ámbar se obligó a concentrarse.

—Sí, ¿no lo sabías? Yo lo oí desde lo alto de la carretera. Luego vino un montón de gente, ambulancias, bomberos… Todo un drama.

No quería hacerlo pero Ámbar se obligó a preguntarle.

—El hombre… El hombre que estaba en el velero, ¿sabes lo que le pasó?

—Bueno, sí. Creen que dejó el gas abierto sin darse cuenta. Siempre tiene que haber un tonto que haga eso.

—Sí, pero ¿sabes si está…? —a Ámbar no le salían las palabras.

—A ver…

Ámbar miró a su alrededor. No había ningún cordón policial. Ni siquiera coches de policía. Si hubieran asesinado a un hombre aquí la noche anterior, seguramente habría presencia policial. Un coche patrulla al menos. Se volvió de nuevo hacia el anciano, esta vez sin atreverse a esperar.

—¿Ha sobrevivido?

Las palabras se le atascaron en la garganta y el hombre la miró de otra manera.

—Ay, lo siento, chica —dijo ahora el hombre. La observó y Ámbar se preguntó qué pinta debía de tener—. Oye, no estarás involucrada ¿no?

Todo en la situación les pedía a gritos que fuera precavida. Sea lo que fuera, se trataba de drogas, asesinos profesionales.

—No... solo estaba... Es tan horrible... —Se obligó a sonreír y pareció funcionar, ya que el hombre pareció contentarse con volver a su chismosa diatriba.

—¿Te refieres al dueño del velero? —preguntó ahora el hombre y no esperó respuesta—. Se lo llevaron en la ambulancia. Parece que se las arregló para salir a rastras antes de que el incendio fuera demasiado grave. Lo encontraron tirado en el pontón. Pero estaba muy mal.

Ámbar parpadeó.

—¿Dónde está? ¿Dónde se lo han llevado? Quiero decir...

El hombre se encogió de hombros, parecía de nuevo confuso.

—Estará en el hospital. Según he oído tenía unas quemaduras bastante feas...

Ámbar dejó de escuchar. Apenas notó lo de las quemaduras, solo importaba que estaba vivo. ¡Carlos estaba vivo! Se cubrió la cara, cerrando los ojos con fuerza y solo entonces recordó al anciano que estaba a su lado y el aspecto que debía tener. Trató de serenarse, pero se dio cuenta de que su pelo y su ropa delataban su estado. Lo miró y vio que la observaba con expresión curiosa.

—¿Seguro que estás bien? Porque si sabes algo de este asunto... He oído que han encontrado drogas en el barco.

—¿Drogas? —Ámbar dejó caer las manos.

—Sí. Hay una empresa de seguridad que cuida el puerto deportivo. Hablé con el guardia, traigo a Elvis aquí de paseo todas las mañanas y todas las noches, así que nos conocemos y me dijo que el tipo del velero era un drogadicto. Que no había parado de fumar drogas desde que había llegado. El guardia no estaba sorprendido de que sucediera esto en absoluto... —El anciano negó con la cabeza, pero mantuvo la mirada fija en Ámbar, de quien claramente sospechaba ahora.

Esta vez el único impulso que sintió Ámbar fue el de alejarse de él lo antes posible. Asintió con un gesto de agradecimiento y volvió a cruzar la calle en dirección a su coche, sintiendo los ojos de él en su espalda durante todo el camino. Al llegar al coche, buscó las llaves y recordó que se le habían caído la noche anterior. Se giró, vio al hombre, que seguía mirándola sin parar y mientras la observaba sacó un teléfono móvil de su bolsillo, pero entonces notó un destello de plata en el suelo junto a sus pies. Se agachó, haciendo un apresurado intento de parecer que se estaba atando el cordón de las deportivas y agarró las llaves con la mano. Luego se puso de pie, abrió la puerta de su coche y se metió dentro.

Introdujo la llave en el contacto y rezó una oración silenciosa. La giró. El motor rugió una, dos, tres veces y luego se detuvo. Apoyó el pie en el suelo, aceleró con fuerza y expulsó una nube de humo gris por el tubo de escape.

Por el espejo retrovisor vio al hombre que seguía mirándola, pero ahora con el teléfono en la oreja. Puso el coche en marcha, metió la primera y se puso en camino.

CAPÍTULO TREINTA Y CINCO

CONDUJO hacia el hospital de Newlea. Mientras lo hacía, su cabeza se llenaba de preguntas y de nuevos temores. ¿Estaría la policía en el hospital? Si estaban allí seguramente querrían preguntarle acerca de las drogas. ¿Qué debía decirles para no meter a Carlos en más líos? ¿Qué debía decir para no incriminarse a ella misma? Y lo que era peor, fue ella la que había disparado la bengala que provocó la explosión que hizo que Carlos acabase en el hospital. Quizá lo mejor era contarlo todo y rezar para que la creyeran. Una preocupación surgió en su mente. Ni siquiera sabía su nombre, al menos no estaba segura. ¿Por quién debía preguntar? ¿La dejarían verle?

Entonces, sus pensamientos se vieron interrumpidos por el timbre de su teléfono móvil, aún conectado al cargador del coche.

—Ay, mierda.

Por un segundo lo dejó sonar, pero luego cogió el aparato y pulsó el botón para aceptar la llamada.

—¿Mamá?

—Ámbar, ¿dónde diablos estás? Llevo llamándote toda la mañana. Tengo reservado el ferri, ya te lo había dicho, si no estás en casa, ¿quién demonios va a cuidar de Gracie...?

—¡Mamá! —Ámbar intentó detenerla, pero no sirvió de nada.

—No me vengas con «mamás». Te dije que estuvieras aquí anoche para poder explicarte lo de las clases de piano de Gracie y aun así no pasaste la noche en casa. Te mandé un mensaje esta mañana y te dije que más te valía

estar aquí a las siete como muy tarde y son las ocho y media y estás...
¿dónde diablos estás?

—Mamá... —Los pensamientos de Ámbar se aceleraban mientras
intentaba comprimir todo lo que había sucedido en una respuesta para
cortar el enfado de su madre—. Tenía la intención de volver...

—¿He dicho que dónde estás? —insistió su madre, ignorándola.

Ámbar miró a su alrededor. La verdad era que había estado conduciendo
sin ser consciente de la carretera por la que iba.

—Estoy... estoy en la carretera de Newlea.

Su madre suspiró.

—Bueno, algo es algo. Si te das prisa quizás aún llegue al ferri. —Y sin
más cortó la llamada.

Ámbar permaneció sentada sin moverse durante un largo rato,
observando cómo el asfalto fluía hacia ella como en un sueño. Agarró con
fuerza el volante y abrió la ventanilla de par en par, pero seguía sin estar
segura de si estaba soñando o no. Al entrar en Newlea pasó por delante del
hospital y giró la cabeza para contemplar el monótono edificio que había
visto cientos de veces pero en el que nunca se había fijado. En lugar de girar
hacia el aparcamiento, siguió adelante hasta que, diez minutos después, se
detuvo frente a su casa. Volvió a cerrar los ojos con fuerza antes de salir del
coche y avanzar hacia la entrada.

Su madre abrió la puerta antes de que le hubiera dado tiempo a poner la
llave en el cerrojo.

—Estoy muy enfadada contigo, Ámbar.

—No es mi culpa.

Su madre estaba tan enfadada como Ámbar nunca la había visto. Tenía la
maleta preparada en el pasillo, la agarró y se la llevó a través de la puerta
principal hasta el maletero de su coche.

—Te he dejado las instrucciones escritas en la cocina. Gracie tiene piano a
las cinco, no a las seis, y tienes que estar en la escuela a las dos y media para
recogerla. ¿Lo has entendido, Ámbar?

—¡Mamá! Necesito hablar contigo. Ha pasado algo.

—¿Me has oído? Las clases de piano se han adelantado. ¿Puedes al
menos admitir que lo has entendido, Ámbar? ¿Es mucho pedir?

—Mamá, es importante.

Su madre se detuvo, con la maleta apoyada en el borde del maletero del
coche.

Ámbar se esforzó por pensar en cómo decírselo. ¿Cómo podría expresar
con palabras todo lo que había sucedido la noche anterior?

—¿Y bien?

Finalmente, negó con la cabeza. Su madre suspiró y volvió a meter la maleta en el maletero.

—¿De verdad era mucho pedir? ¿Tres días? —Con un gruñido, metió la maleta y cerró el maletero—. Ya solo me faltaba pillar tráfico y perder el ferri —gritó esto mirando hacia la casa, donde Gracie estaba ahora de pie en la puerta—. Te veo dentro de tres días, chiquitita. Puedes llamarme cuando quieras a mi móvil. Ámbar te va a cuidar, te lo prometo —le sonrió dulcemente a la niña, pero la sonrisa se le borró de la cara cuando se volvió hacia Ámbar—. Más te vale que así sea a no ser que quieras estar castigada de por vida, tengas 18 años o no.

Con esto, se dirigió al asiento del conductor. Ámbar la siguió, pero antes de que pudiera decir nada su madre cerró la puerta de un portazo.

Ámbar se dio por vencida y se dirigió lentamente hacia la casa. Sonrió a su hermana y la abrazó. Juntas vieron cómo el coche de su madre desaparecía por la calle. Gracie despidió con la mano al vehículo que desaparecía calle abajo.

—Deberías haber llegado antes —le dijo Gracie, que no parecía molesta.

—No empieces, enana —replicó Ámbar, pero frotó los hombros de su hermana cariñosamente y entraron juntas.

—¿Qué te ha pasado en la cabeza? —preguntó la niña mientras entraban en la cocina. Había un espejo colgado junto a la entrada y Ámbar captó su reflejo. Tenía el pelo enmarañado y la piel de la frente tenía varios rasguños en carne viva y dos moretones.

—Tuve una pelea con un kayak.

—¿Un kayak? ¿Por qué te has peleado con un kayak?

—Porque me gusta discutir con kayaks.

Gracie la miró con expresión confusa.

—¿Sabes que hoy no tengo colegio?

—Sí, ya lo sé.

—Mamá lo ha escrito en la lista, por si se te olvidaba.

—No se me había olvidado.

—Mamá ha dicho que haga los deberes de matemáticas, que tú me vas a ayudar. Pero se me ha ocurrido que a lo mejor podíamos hacer otra cosa, como por ejemplo ir a montar en monopatín y luego ver una peli comiendo palomitas en el sofá.

Ámbar sonrió todo lo que pudo. Se tocó suavemente con un dedo la piel rota de la frente.

—Creo que voy a pasar del monopatín, pero puedo ir a mirar cómo te montas tú.

—Vale —respondió Gracie con alegría—. Voy a buscarlo.

—Muy bien, pero espera un momento. Voy a darme una ducha.

CAPÍTULO TREINTA Y SEIS

LAS HAMBURGUESAS que habían comprado en el McDonald's del autoservicio de Newlea eran en parte una ayuda para justificar su presencia en la tranquila calle de aquel barrio residencial, pero también un necesario desayuno después de una noche que había resultado muy movidita. Paolo se metía las patatas fritas una a una en la boca como un goteo de almidón y sal, la mirada perdida a través del parabrisas de la furgoneta. Tommy daba enormes bocados a un Big Mac y masticaba la carne con gusto.

—Solo digo que fue una cagada, eso es todo —dijo Tommy, dando otro bocado—. Si hubieras hecho lo que te dije ya habríamos terminado el trabajo, en lugar de estar sentados aquí, preguntándonos qué vamos a hacer a continuación.

Unas cuantas patatas fritas más encontraron su camino hasta la boca de Paolo antes de que este replicara.

—Cállate de una puta vez.

Tommy obedeció solo porque se estaba metiendo el resto de la hamburguesa en la boca. Al cabo de unos instantes abrió la bolsa y sacó una segunda hamburguesa. La desenvolvió y levantó la mitad superior del pan. Empezó a quitar los trozos de lechuga.

—¿Y qué era esa mierda de cortarle la maldita cabeza?

Paolo lo ignoró.

—¿Crees que Ángelo quiere su cabeza de verdad? ¿De verdad pensabas que lo decía de manera literal? ¿Qué crees que va a hacer con ella? ¿Colgarla en la pared? —Renegó de forma incrédula—. Además, las cabezas empiezan a pudrirse en el momento en que las cortas. He oído que el cerebro es la primera parte que se descompone. Habría que meterla en hielo o algo así. Sino empezaría a oler como... —Se detuvo y puso el pan de arriba de vuelta en la hamburguesa.

—¿No te he dicho que te calles?

Tommy se encogió de hombros y dio un bocado, masticando más despacio esta vez, observando la calle a través del parabrisas. Se abrió la puerta principal de una de las casas de enfrente y salió un hombre. Llevaba un traje y un maletín. Se dirigió a un coche y lo desbloqueó, luego abrió la puerta trasera para meter el maletín. A continuación se subió al asiento del conductor. El coche dio marcha atrás y se alejó.

—Entonces, ¿quieres explicarme otra vez porqué estamos aquí sentados en vez de estar resolviendo este puto lío?

—Estamos solucionándolo —replicó Paolo, luego añadió—, y no es un puto lío.

Tommy permaneció en silencio, lo que sirvió para irritar aún más a Paolo.

—¿Y qué recomendarías tú? ¿Con todos tus putos años de experiencia?

Tommy se encogió de hombros.

—Vamos al hospital y nos lo cargamos. Puede que tengamos que dejarle la cabeza en su sitio, pero al menos sabremos que está muerto.

—Ah sí, claro. Esa es una gran idea, Tommy. Muy buena. Excepto que los hospitales están llenos de cámaras hoy en día. Con un programa de reconocimiento facial te identificarían en un plis plas.

Tommy reflexionó. El aumento en el uso de cámaras de vigilancia no les había hecho ningún favor a varios de sus mejores amigos y además no era un área que entendiera él. Tampoco se le había escapado el detalle de quién esperaría Paolo que entrase en el hospital, por lo que cambió de tema.

—De todos modos, lo que me preocupa no es que acabemos con Luigi Fantoni. El problema es volver a Ángelo sin la mercancía.

—Eso no va a pasar —Paolo sonaba frustrado—. La chica sabe dónde está, ¿te acuerdas? Lo único que tenemos que hacer es encontrar a la chavala y ella nos dirá dónde está la mercancía.

Tommy no parecía del todo convencido con esto, pero lo dejó pasar.

—Tal vez —dijo, y luego negó con la cabeza—. Sigo sin entender cómo se las arregló para escaparse.

—Ya te lo dije, me rompió los putos dedos. —Paolo cogió un puñado de patatas fritas y se las metió en la boca.

Tommy pensó que los dedos de Paolo parecían estar perfectamente, pero decidió no mencionar eso. En su lugar, continuó con sus cavilaciones.

—Y no veo por qué va a volver aquí. Me parece que este es el lugar menos probable al que acudiría. Estará en el hospital o en la comisaría.

Paolo no dijo nada.

—A ver, debió de haberle echado un buen vistazo a tu cara, mientras te rompía los...

—Que te calles la puta boca.

Tommy se dio por vencido y acomodó su chaqueta para que actuara como cojín contra el duro plástico de la puerta de la camioneta. Justo cuando estaba acomodando su voluminoso cuerpo lo mejor que podía, Paolo volvió a hablar, pero sonó como si estuviera tratando de convencerse a sí mismo.

—No va a llamar a la policía. Su novio ha metido de contrabando ochenta kilos de cocaína. Llamar a la poli es lo último que querrá hacer.

Tommy volvió a encogerse de hombros como si no fuera su problema y cerró los ojos.

Dos tediosas y largas horas después, Paolo le dio un codazo para que se despertara.

—¿Qué pasa?

—Abre los ojos, maldito imbécil. Acaba de llegar la chica.

Fuera, el pequeño Mitsubishi que habían visto conducir a Ámbar la noche anterior entró en la calzada. Tommy se incorporó, pero ninguno de los dos hizo ningún movimiento para salir. En su lugar, observaron. El coche de Ámbar se detuvo en la acera y ella salió. Pero antes de que pudiera llegar a la casa, la puerta principal se abrió y una mujer mayor, sería la madre, salió. Por la forma en que gritaba y agitaba los brazos, estaba bastante enfadada por algo.

—¡Qué coño! —dijo Paolo en voz baja.

Entonces Ámbar y la madre volvieron a entrar en la casa. La puerta permaneció abierta y, momentos después, reapareció la mujer, esta vez cargando una gran maleta. Ámbar volvió a aparecer también y siguieron discutiendo según se acercaban al maletero de otro coche, un BMW compacto que estaba aparcado en la entrada.

—¿De qué están discutiendo? —preguntó Tommy, con la voz todavía un poco adormilada.

—¿Cómo coño voy yo a saberlo? —respondió Paolo. Entonces apareció una niña pequeña en la puerta.

—¿Quién es la niña? —preguntó Tommy.

—Otra vez, ¿y yo qué coño sé? —repitió Paolo. Pero ya empezaba a formarse una idea en su cabeza.

La discusión continuó, pero era evidente que la madre tenía prisa por irse. Momentos después se marchó en el BMW, dejando a Ámbar y a la niña juntas. La niña era pequeña, tendría cinco o seis años. Ambas volvieron a entrar en la casa y cerraron la puerta.

—Bueno, bueno. ¿Qué pasa aquí? —preguntó Paolo, con una voz diferente ahora, de repente sonaba muy interesado.

Tommy lo miró, frunciendo el ceño. Lo habían interrumpido en mitad del sueño.

—Espera aquí —dijo Paolo tras cinco minutos donde no pasó nada más. Empujó la puerta de la furgoneta.

—¿A dónde vas? —preguntó Tommy.

—Solo haz lo que te dicen —le contestó Paolo. Cerró la puerta de golpe.

Tommy hizo lo que le decían. Era lo que siempre hacía. Ese había sido su trabajo de toda la vida. Pero cada vez estaba más cabreado por hacer lo que le decía un idiota como Paolo. Con una uña se quitó de los dientes un resto de hamburguesa, pero no abandonó la comodidad de la cabina de la furgoneta.

Fuera, Paolo cruzó la calle y se detuvo en la acera. Miró a ambos lados y vio que la calle estaba vacía y tranquila. Parecía que la mayoría de los vecinos ya se habían ido a trabajar, o a la escuela. En la casa que tenía delante, la dirección que figuraba en la tarjeta de identificación de la chica no había más vehículos en la entrada, solo el Mitsubishi de Ámbar aparcado en la calle. Se acercó a la entrada de la casa. Ignorando por ahora la puerta principal, se movió con cautela hacia la ventana de una habitación contigua que daba a la calle. Se giró hacia un lado, echó un vistazo y luego se arrimó a la pared. Vio lo suficiente para notar que se trataba de una sala de estar. Una segunda mirada confirmó que estaba vacía, así que Paolo se acercó y esta vez utilizó ambas manos para protegerse los ojos mientras miraba dentro. El aspecto era normal. Un sofá y un par de sillones estaban colocados alrededor de un televisor y había una colección de juguetes esparcida por el suelo. A través de la puerta abierta, Paolo pudo ver lo que parecía una cocina. La luz estaba encendida pero no se veía a nadie dentro. Se echó hacia atrás, de modo que su espalda estaba de nuevo contra la pared frontal, y pensó. Tenía que conseguir que la chica, Ámbar Atherton, los llevara a la cocaína. Cualquier otra cosa era inconcebible. La noche anterior había sido una cagada y no podía permitirse otra.

—¿Puedo ayudarlo?

Paolo se quedó sorprendido por un instante pero enseguida se recuperó y se giró con lentitud. La puerta principal estaba abierta y la niña estaba en el escalón de la entrada, mirándolo con curiosidad. No respondió, no tenía ni idea de qué decir.

—Digo que si puedo ayudarlo en algo —repitió la niña. No parecía asustada, solo en alerta. La mente de Paolo se aceleró—. ¿Por qué estás mirando por la ventana de mi casa?

—Ah, estaba... —Se apartó de la pared y forzó una sonrisa. No tenía ni idea de cómo terminar la frase, así que no lo hizo—. Dime, ¿era tu madre la que acaba de salir?

—Sí —respondió la chica.

—Ah, ¿y tu padre? ¿Está en casa?

—No, ya no vive aquí.

La sonrisa de Paolo se volvió un poco más real.

—Vaya —dijo—. Y tu madre, ¿a dónde se ha ido?

—Se ha tenido que ir, va a estar fuera tres días. —La pequeña enfatizó esto, como si fuera un detalle bastante importante.

—¿Tres días? ¿Por qué ha hecho eso entonces?

—Ha tenido que irse, no quería hacerlo —dijo la muchacha, de forma muy práctica—. Es por el trabajo.

—Ah, claro —Paolo pensó por un momento—. Entonces, ¿quién va a cuidar de ti?

—Mi hermana.

—¿Tu hermana? Es Ámbar, ¿verdad?

La chica pareció ponerse en alerta de inmediato. Inclinó la cabeza sobre su hombro.

—¿Cómo sabe eso?

Paolo consideró. Esto era mejor de lo que podría haber esperado.

—Bueno, porque es amiga mía —dijo con ligereza.

—¿Es un amigo de Ámbar? ¿Usted? —respondió la niña.

—Sí —Paolo se encogió de hombros.

—No parece un amigo de Ámbar.

—¿Bueno, cómo son los amigos de Ámbar entonces? —Se rio, estaba empezando a divertirse.

—Más guapos que usted.

Paolo dejó de reírse. Volvió a mirar alrededor de la calle.

—¿Qué quiere?

—¿Perdón?

—¿Por qué estaba mirando por la ventana de nuestro salón?

Paolo ignoró la pregunta.

—¿Dónde está Ámbar ahora?

—Está arriba, dándose una ducha.

Paolo miró hacia arriba, se dio cuenta de que la habitación de arriba era el baño. Podía oír el agua corriendo.

—¿Una ducha?

—Sí, eso he dicho.

Paolo observó a la pequeña. Por su cara estaba claro que no se había tragado del todo su actuación de hombre decente. Pero no le importaba en absoluto. Se permitió unos segundos más de reflexión y tomó una decisión. Sacó su teléfono.

—¿A quién llama? —preguntó la chica, pero Paolo volvió a ignorarla. En cuanto la llamada se conectó, empezó a hablar—. Tommy, agarra el volante y mete la furgoneta marcha atrás hasta la entrada de la casa. Hazlo ahora mismo.

—¿Con quién está hablando? —preguntó de nuevo—. ¿Por qué ha dicho eso?

—No preguntes... —Paolo siseó al teléfono—. Solo... hazlo.

Paolo volvió a meter el teléfono en el bolsillo y se volvió hacia la chica. Sonrió de nuevo, tratando de no parecer espeluznante, cosa que sabía que podía hacer muy bien por haber practicado tanto frente al espejo. En la carretera, la furgoneta se puso en marcha. Miró hacia la puerta principal de la casa, viendo hacia dónde se abría, decidiendo dónde tendría que poner el pie para bloquearla.

—Dime, ¿cómo te llamas? —le preguntó a la chica.

—¿Cómo me llamo? ¿Cómo se llama usted?

—Ah, mi nombre es...—pensó durante un instante. Por alguna razón le vino a la mente el nombre de su primera mascota, un ratón que le habían dejado tener cuando tenía unos seis años—... Jason. —Volvió a sonreír, pensando en la forma en que había correteado por sus manos cuando era niño—. ¿Y tú? No te va a pasar nada por decirme tu nombre, ¿a qué no?

—No, supongo que no — respondió mientras inclinaba la cabeza.

—Así es. —Paolo echó un vistazo a la furgoneta. Tommy estaba tardando una eternidad en ponerse en marcha. El tipo era un puto lastre—. Entonces ¿cómo te llamas?

La chica se fijó en la furgoneta, que se movía ahora delante de la casa y disminuía la velocidad. No pareció relacionarla con el extraño hombre que le hablaba.

—Me llamo Gracie.

—Es un nombre muy bonito —dijo Paolo distraídamente. Pero sus ojos estaban ahora en la furgoneta. Se había detenido en un ángulo de la calle. Se encendieron las luces de marcha atrás y, con un chirrido, subió a la acera y comenzó a retroceder rápidamente hacia la entrada. Se detuvo a pocos metros.

—¿Qué está haciendo...? —comenzó Gracie, pero no llegó a terminar la frase, porque de repente Paolo estaba sobre ella. La rodeó con un brazo, levantándola del suelo y con el otro abrió de golpe la puerta trasera de la furgoneta, se giró y la arrojó dentro, echando su peso sobre ella para silenciar cualquier posibilidad de grito. Momentos después Tommy estaba a su lado.

—¿Qué coño estás...?

—Cállate. —Paolo le cortó y se apartó de la chica. Ahora tenía una mano sujeta a su boca—. Entra y átala. Asegúrate de que no haga ni un puto ruido —ordenó Paolo y luego, cuando Tommy dudó, le maldijo hasta que este reaccionó. Sujetó fácilmente a la chica con un brazo gigante, mientras con el otro buscaba la cinta adhesiva.

Cuando estuvo convencido de que la situación estaba bajo control, Paolo salió, revisó la calle aún vacía y entró en la casa.

CAPÍTULO TREINTA Y SIETE

ÁMBAR DEJÓ que el agua caliente cayera por su pelo y sus ojos. Al principio, el agua se encharcaba de color rosa a sus pies, mientras lavaba la suciedad y la sangre de su pelo, pero pronto comenzó a correr clara. Permaneció de pie durante mucho tiempo dejando que el calor liberara la tensión de sus hombros y su espalda. No sabía qué iba a hacer, pero fuera lo que fuera tendría que esperar hasta que su madre volviera y pudiera devolverle a Gracie. Cogió el champú y apretó la botella para echarse un generoso puñado en la mano.

Entonces se oyó un ruido en el piso de abajo.

Ámbar abrió los ojos. Prestó atención pero no oyó nada más. Pensó que sería Gracie golpeando una puerta del armario, o saltando desde la mesa al suelo. Era ese tipo de niña. Ámbar escuchó durante un momento más, pero no pasó nada, no era nada, así que volvió a dejar que el agua corriera sobre ella. Diez minutos después, cerró el grifo y cogió una toalla. Se envolvió en ella, salió de la ducha y cuando se hubo secado, salió del cuarto de baño.

Enseguida sintió que algo no iba bien. Era el silencio, no se oía ni un ruido en la casa. Ámbar sintió que se le erizaba el vello de la nuca.

—¡Gracie! —Llamó hacia el piso de abajo

Le respondió el silencio.

—¿Gracie? —lo intentó de nuevo, más fuerte esta vez.

De nuevo no hubo respuesta.

Ámbar se enrolló la toalla con fuerza y miró hacia abajo. La puerta de la calle estaba abierta, no de par en par sino un poco entreabierta.

—¿Gracie? —volvió a llamar, ahora ya preocupada. Bajó las escaleras, con una ligera sensación de estar flotando, como en un sueño. Pasó por la entrada del salón y miró dentro. Gracie no estaba ahí. Tampoco estaba en la cocina. La casa estaba en silencio absoluto. Se dirigió a la puerta principal, sintió la corriente de aire rozando sus desnudas piernas. Empujó la puerta con cuidado para abrirla más, salió al umbral y miró a su alrededor. Fuera, la calle parecía completamente normal, no había rastro de Gracie. Ámbar la volvió a llamar por su nombre, pero no muy alto pues no quería llamar demasiado la atención mientras estaba allí en toalla. Luego se apresuró a entrar, subió las escaleras y se vistió con lo primero que pilló. Un minuto más tarde estaba fuera de la casa gritando ya en voz alta, comprobando todos los sitios en los que su hermana se podía haber escondido. Pero no estaba en ninguno.

Finalmente, Ámbar volvió a entrar, pensando que no había revisado bien la casa: Gracie tenía un sinfín de escondites en los que le gustaba esconderse, vestida de pirata o de princesa, perdida en su propio mundo de fantasía... Fue entonces cuando vio la nota. Garabateada en el reverso de una carta y sujeta en la encimera de la cocina bajo una taza de café. Ámbar la miró con incredulidad pero de alguna manera se dio cuenta de lo que significaba, incluso antes de que su cerebro hubiera descifrado las palabras:

Tienes lo que queremos.
Ahora nosotros tenemos lo que tú quieres.
Hagamos un intercambio.

Debajo había un número de teléfono móvil.
Ámbar estudió la nota con una mezcla de horror y sorpresa.
¿Habían raptado a su hermana?

* * *

Su cabeza se llenó de un peligroso cóctel de confusión, esperanza y horror que mezclaba lo que tenía sentido con lo que ella quería creer. Podría ser una especie de broma. Su hermana siempre andaba haciendo tonterías así. Lo más lógico era que Gracie hubiera escrito la nota para engañarla. Pero, en el fondo sabía que no tenía sentido. No era la letra de Gracie, la suya era más cuidada. ¿Qué estaba pasando entonces? Algo parecido al giro loco y extraño que había dado su vida en las últimas doce horas. Pero este pensamiento solo sirvió para conectar el pánico total de lo que había presenciado a los dos hombres haciendo a Carlos con el hecho de que tenían a su hermana. Su hermana de seis años.

Esos hombres tenían a su hermana. Sin pensarlo más, marcó el número. Respondió la voz de un hombre. Ámbar no reconoció cuál de ellos era, pero en realidad no le importaba un carajo.

—¿Dónde está mi hermana? Pedazo de mierda...

—Bueno, bueno. Cálmate, jovencita.

—Que te jodan, imbécil. Dime dónde está ahora mismo o te juro...

—He dicho que te calmes, perra, o tu hermanita va a salir perdiendo. ¿Qué eliges?

Ámbar dejó de hablar. Podía oír que su propia respiración le venía ahora en cortos jadeos. Se secó las lágrimas de los ojos.

—Eso está mejor, ¿qué tal si empezamos de nuevo? Eres Ámbar Atherton, ¿verdad?

Todavía respirando con dificultad, Ámbar lo confirmó.

—¿Fuiste tú quien disparó esa bengala contra el barco anoche? Y la que casi me rompe los dedos también, en esa maldita puerta...

—Que te jodan. Debería habértelos arrancado de cuajo.

—Sí, bueno, que te jodan a ti también. No tenemos que ir de buenas, chavala. Solo tenemos que hacer un pequeño trueque.

—¿Dónde está mi hermana? ¿Qué habéis hecho con Gracie?

—Todo a su tiempo. Te voy a explicar cómo funciona esto, es muy simple. Nosotros recuperamos la mercancía y tú recuperas a tu hermana. ¿Qué te parece?

La mente de Ámbar se quedó en blanco.

—No sé de qué estás hablando.

—Creo que sí lo sabes. Llevas un mes metiéndote nuestra mercancía por tu preciosa naricita.

Hubo un momento de silencio y Ámbar hizo la conexión en su cabeza.

—No sé dónde está, así que no tiene sentido que os hayáis llevado a Gracie...

—Nosotros creemos que sí.

¿De qué coño estaban hablando?

—¿Qué sí qué?

—Creemos que sabes dónde está escondida la mercancía. No, de hecho, sabemos que lo sabes...

—¿Qué? ¿Cómo voy a saberlo? —Ámbar sentía ganas de gritar de la frustración.

—Tu noviete te lo contó.

—Ni hablar, no me dijo nada.

—A nosotros nos contó que te lo había dicho.

—¿Qué? Esto es una puta locura. Estáis locos. ¿Por qué iba a decir eso cuando no es verdad? Me dijo que se la había comprado a un tipo en un bar.

Hubo una pausa y la voz, se dio cuenta de que era el hombre al que había llamado el Pendientes, sonó de repente considerablemente menos segura de sí misma.

—Pues más te vale que lo sepas, chavala. Por el bien de tu hermana.

Ámbar volvió a ver su reflejo en el espejo. Vio su herida en la cabeza. Esto no podía estar pasando.

—Mira, esto es una locura. No tengo nada que ver con esto y mi hermana aún menos. Te juro que no tengo ni idea de dónde la ha escondido. Por favor, te lo ruego, déjala ir.

—No me cuentes cuentos —la voz del hombre sonaba más segura ahora—. Sabes dónde está. Y si no lo sabes, mejor será que lo averigües muy pronto.

—Pero ¿cómo... —la interrumpieron antes de que pudiera terminar la frase.

—Y ni se te ocurra llamar a la policía. Si lo haces, vamos a descuartizar a la pequeña y te la devolveremos por correo, pieza por pieza. Luego iremos a por tu madre y le haremos lo mismo.

—Pero... —Ámbar dejó de hablar al darse cuenta de que habían desconectado la llamada.

Era una pesadilla. Tenía que serlo. No había otra explicación posible para que su vida estallara en un caos tan absoluto en tan poco tiempo. Pero la chica en el reflejo que le devolvía la mirada era demasiado real, su brecha seguía sangrando. No era un sueño. Su siguiente pensamiento fue llamar a la policía. Pasó por alto la última orden del hombre de no involucrar a la policía. En su lugar, trató de pensar en lo que les diría, acerca de las drogas y de lo que había presenciado la noche anterior. Les tendría que explicar que estos dos asesinos a sueldo tenían a Gracie y rogarles para que la ayudaran. Pero lo único que veía eran problemas. La policía tardaría mucho tiempo. Tendría que contar su historia a unos y otros, y luego repetirla a los jefes antes de que comenzasen a buscar a su hermana. Y eso si la creían. ¿Cómo iban a encontrar a esos dos hombres a tiempo? ¿Qué les impediría cumplir con sus amenazadas mucho antes de que la policía los atrapara?

La realidad de la situación hizo que a Ámbar se le revolviera el estómago. Al principio solo se sintió mal pero luego se dio cuenta, con incredulidad, de que iba a vomitar. Apenas llegó al fregadero a tiempo antes de que lo poco que tenía en el estómago saliera con un espeso hedor a bilis.

Y una vez que empezó, vomitó una y otra vez, su cuerpo se encerró en un ritmo de convulsiones que le hacían llorar y que temía que no terminara nunca. Cuando por fin paró, se quedó mirando miserablemente, durante un rato, el desastre que había en el fregadero. Esto no podía estar pasando. Ámbar casi se obligó a gritar el nombre de Gracie de nuevo, pero la nota seguía allí, amenazante. Había visto el machete que llevaba uno de los dos matones y había escuchado el estallido de las armas que dispararon.

De alguna manera tenía que aceptar el horror de la situación. Cuanto más rápido lo hiciera, más posibilidades tendría de salvar a su hermana. Poco a poco, su cerebro comenzó a abordar el problema de una manera más práctica. ¿Le había dicho Carlos dónde estaba escondida la coca? Se obligó a repasar las conversaciones que habían tenido. Carlos había introducido la cocaína en su relación de forma casual, poco a poco. La primera vez acababan de fumarse un porro cuando él sacó un papelito doblado en cuatro. «¿Has probado esto alguna vez?» y se rio por la cara de sorpresa que se le había puesto a ella. Eso había sido hacía tres semanas y, desde entonces, solo se habían metido un par de rayas. Hasta la semana pasada, cuando apareció con una gran bolsa llena de polvo blanco y con muchas ganas de esnifar.

Pero lo único que había dicho sobre su procedencia era la mentira de que se lo había comprado a un tipo en un bar de Holport. Aunque solo supo que era una mentira ayer, cuando finalmente admitió que la había robado. Ahora lo veía con claridad, la había mentido para protegerla. Precipitados pensamientos le invadían la mente y se negaban a permanecer el tiempo suficiente para que ella pudiera digerirlos adecuadamente. Un frío pánico se apoderó de ella. Imaginaciones horribles sobre dónde estaría su hermana en ese momento y lo que podrían estar haciéndole la invadían sin piedad.

Carlos no le había dicho dónde escondía la coca. Estaba segura de ello. Estaba convencida de que se acordaría de un detalle así, sobre todo ahora. Si hubiera mencionado dónde había metido un enorme cargamento de cocaína jamás se le habría olvidado...

De repente, se detuvo en seco. Él no le había dicho dónde estaba, en eso tenía razón. Pero había dicho otra cosa, algo acerca de Billy y de que igual él sí sabía dónde estaba.

Ámbar parpadeó ante su reflejo en el espejo durante un largo momento. Una maltrecha chica le devolvía la mirada. Agarró las llaves y salió corriendo por la puerta de su casa.

CAPÍTULO TREINTA Y OCHO

—NO ENTIENDO —digo, pero Ámbar sigue gritando y agitando los brazos.

Está en el umbral de mi casa donde, momentos antes, había estado aporreando la puerta como si fuera el fin del mundo. Ha dejado el coche en la entrada, medio aparcado en el seto, con la puerta del conductor abierta de par en par.

—A ver, Ámbar, tienes que ir más despacio.

—No tengo tiempo para ir más despacio. Necesito que me digas dónde está, dónde ha puesto la cocaína.

—¿De qué estás hablando?

Me empuja hacia la cocina, donde se pasea de un lado a otro.

—Billy, ¿quieres escucharme, por favor?

La miro a los ojos, sin saber si he oído bien.

—¿Acabas de decir cocaína?

—Sí.

Hace una pausa, por primera vez desde que llegó y aprovecho para sacar una silla y sentarme. Entonces vuelve a contarme la historia, esta vez un poco más despacio, pero sigue pareciendo una auténtica locura. Algo sobre matones de la mafia, cargamentos de cocaína y, lo más loco de todo, me cuenta lo del secuestro de su hermana Gracie.

—Entonces me acordé —dice Ámbar al terminar la historia— de que Carlos, o Luigi, o como se llame, me dijo que tú sabías dónde había escondido la cocaína.

Sigo mirándola, aún sin saber si se trata de una broma de mal gusto o, más bien, de una reacción a las drogas que ha estado fumando. Parece esquizofrénica. Es precisamente lo que me había temido.

—Ámbar... —intento mantener mi voz lo más neutral y poco amenazante posible, porque creo que es así como se supone que debes hacer con gente drogada—, dime una cosa, ¿esto es real o está pasando solo en tu cabeza?

En respuesta, suelta otro fuerte grito. Cuando se calma lo suficiente como para hablar, saca una carta del bolsillo de sus vaqueros.

—Por el amor de Dios, Billy, mira esto. —Le da la vuelta y hay algo escrito en el reverso. La letra es mala, así que apenas puedo leerla.

Tienes lo que queremos.
Ahora nosotros tenemos lo que tú quieres.
Hagamos un intercambio.

Leo la nota en voz alta y luego la miro. Sigo sin entender nada.

—¿Quién ha escrito esto?

—Ellos, los matones de la mafia. Los mismos que torturaron a Carlos. Los que me persiguieron. Los tipos que tienen a Gracie y que van a matarla si no les decimos dónde está su puta cocaína.

De repente, Ámbar rompe a llorar, grandes sollozos que hacen que le tiemble todo el cuerpo.

Hago como si leyera la nota de nuevo, pero en realidad solo estoy intentado ganar algo de tiempo para pensar. Primero estudio la letra, para ver si puede ser la de Ámbar. Tiene una letra muy característica, quiere ser artista y le gusta mucho el diseño gráfico. Así que si la ha escrito ella lo habrá hecho con la mano izquierda.

—¿Y? —dice Ámbar, un poco más calmada—. ¿Sabes dónde está?

—¿Dónde está el qué?

—El cargamento de cocaína. Carlos me dijo que sabías dónde está. ¿Y bien?

Me lo planteo, solo durante un segundo, pero tiene los puños cerrados de nuevo y emite un gemido.

—¿Por qué iba a saberlo?

—Porque tienes que saberlo —dice Ámbar, su voz suena de repente aún más desesperada—. Tienes que saberlo, de lo contrario van a hacer daño a Gracie. O peor aún...

Estoy desconcertado. Para ser honestos, pensaba que Ámbar ya no me hablaba, por aquello de que no aprobaba su relación con Carlos. De repente aparece aquí gritándome y contándome todas estas locuras. Es difícil asimilarlo todo.

—¿Quieres un café?

—No, no quiero un maldito café. Lo que quiero es que me ayudes a encontrar a mi hermana.

Nos sentamos en silencio durante unos instantes. Cuando creo que es un buen momento lo vuelvo a intentar.

—Ámbar, el otro día estuve leyendo acerca de los efectos secundarios de la marihuana, de cómo puede causar paranoia. Verás, la gente se piensa que no es tan fuerte, pero las cepas que se cultivan ahora son muy potentes. Causan alucinaciones de verdad, donde todo parece real aunque no lo sea…

Al oír esto, Ámbar se sienta bruscamente en la mesa frente a mí. Se inclina hacia delante y toma mis manos entre las suyas. Están frías como el hielo.

—Billy —tira de mis manos hacia ella y me mira de frente, con los ojos claros y serios—. Tú y yo hemos pasado por mucho, ¿verdad? Nos han pasado muchas cosas…

Espera que le responda y al final asiento con la cabeza, porque no hay mucho más que pueda hacer mientras se aferra a mí de esta manera.

—Muy bien. Te prometo que esto no es una alucinación, te lo juro. Está pasando de verdad y estoy desesperada por tu ayuda.

Al mirarla de cerca veo que tiene un corte y un moratón en la frente. Frunzo el ceño al verlos.

—¿Qué te ha pasado ahí?

—Ya te lo he dicho. Me choqué con tu kayak —responde sin dudar.

No me quita los ojos de encima mientras habla, suplicándome. Su pecho sube y baja.

—¿Te refieres a cuando te estaban persiguiendo los matones? —pregunto para comprobar que estoy siguiéndole el hilo.

Asiente con la cabeza. La verdad es que tiene mala pinta. Desde luego no parece ser una alucinación, a no ser que sea yo el que esté teniendo una.

—¿Qué dices que le pasó a Carlos? ¿Mientras te perseguían?

—No lo sé. El barco se incendió. Se ha hundido. Hablé con un anciano esta mañana que me dijo que había salido del velero a tiempo. Pero no lo sé. Ni siquiera sé si está vivo. Ni siquiera sé si ese es su verdadero nombre.

Duda durante un minuto. Luego, sin dejar de mirarme a los ojos, continúa.

—Lo que significa que estabas en lo correcto, por cierto. Con lo de no fiarte de él.

Vuelvo a reflexionar mientras Ámbar sigue mirándome a los ojos. Siempre supe que había algo que no me cuadraba con Carlos.

—¿Y en serio los viste? ¿Viste las armas que tenían y... el machete?

—Sí. Los vi. Lo vi todo.

Creo que estoy parpadeando sin parar.

—Bueno, si es así tienes que ir a la policía —digo al final. No se me ocurre nada más que decir.

Pero Ámbar vuelve a soltar un grito frustrado y mira hacia otro lado.

—No puedo. Ya te lo he dicho. Si voy a la policía van a hacer daño a Gracie. Eso es lo que han dicho... —Parece que va a continuar, pero en lugar de eso aparecen dos lagrimones en sus ojos. Esta vez se los limpia con la mano.

—¿Pero no dicen siempre eso? Los secuestradores, digo. Siempre dicen que no hay que ir a la policía, pero en realidad tiene sentido ignorarlos e ir de todos modos. Tenemos muy buenos contactos con la policía de la isla de Lornea, estoy seguro de que nos escucharán, con todos los asesinos que hemos atrapado.

Ámbar suelta un grito que parece el aullido de un animal al oír la palabra asesino.

—Lo siento —digo—. Estoy seguro de que no van a... hacer nada para herir a Gracie. ¿Por qué lo harían? Ella no sabe nada de esto. Solo tiene seis años.

—Porque, Billy, ellos creen que yo sé dónde está su cocaína. Son asesinos profesionales. Sicarios de verdad. Seguramente han matado un montón de veces ya.

—Entonces llama a la policía —reitero—. Por esa razón precisamente tienes que llamarlos. Ellos son los expertos, sabrán lo que hay que hacer en un caso como este.

Ámbar vuelve a gritar, pero esta vez, cuando termina, saca el móvil y lo desbloquea. Lo observa con atención, como si hubiera olvidado cómo funciona.

—¿A quién llamo? —pregunta.

—Llama al 112.

Respira con dificultad sin quitarme ojo de encima.

—Tienes razón. La policía tiene equipos que se encargan de esto. Ellos sabrán qué hacer.

—Así es.

Me levanto, aliviado por haber recuperado las manos y porque esta locura empieza a estar bajo control. Me pongo a hacer café. Aunque Ámbar no quiera, yo desde luego que necesito uno.

—Bien —dice ella mientras respira profundamente—. Si crees que es lo mejor, los llamaré. Solo quiero recuperar a Gracie. No me importa lo que me pase a mí, ni siquiera a Carlos. Solo la quiero de vuelta sana y salva.

La oigo mientras meto el café molido en la máquina.

—Por supuesto. ¿Tenían acento isleño? —pregunto de manera despreocupada.

—¿Quienes?

—Los mafiosos. ¿Tenían acento de la isla?

—¿Por qué preguntas eso?

—No lo sé. Solo me lo preguntaba.

Ámbar piensa un momento, con los dedos preparados para pulsar los dígitos.

—No. Al menos no lo creo. Sonaba que eran de la capital.

—Ah.

—¿Por qué? ¿En qué estás pensando?

—No estoy pensando en nada —respondo, es cierto que no lo estoy haciendo.

—¿Estás insinuando que la policía de la isla no será capaz de manejar un tema como este?

—No, no estaba diciendo eso en absoluto...

—Pues algo estás diciendo y puede que tengas razón. A ver, cuando tuvimos la agencia de detectives fueron totalmente inútiles con el asunto de la directora Sharpe.

—No, de verdad que no quise decir eso. Solo estaba...

—Y si hacemos que la policía se involucre, no los van a dejar recuperar sus drogas. Podrían herir a Gracie por despecho. Podrían matarla... Ay, Dios mío, Billy.

—No, no estaba diciendo eso. De verdad que no. —La miro—. Llama a la policía. Si esto es real tienes que llamarlos.

Ámbar parece que apenas me ha escuchado. Pero entonces asiente y esta vez marca. Sigue hablando mientras lo hace.

—Tienes razón, Billy. Me alegro de haber venido aquí. Solo quiero recuperar a Gracie lo antes posible. Pensé que de verdad podrías saber dónde estaba escondida la cocaína, porque Carlos mencionó algo acerca de la primera vez que os conocisteis. Pensé que podríamos dársela a cambio de Gracie, que esa era la opción más segura.

Mientras Ámbar habla, de repente tengo una sensación muy extraña. Es como un pensamiento muy malo. O muy importante. Pero no sé qué. No sé qué es, solo que hay algo en un rincón de mi mente intentando salir.

—112, ¿cuál es su emergencia? —escucho a través del teléfono.

—Ah, hola —comienza Ámbar. Hace una pausa, cerrando los ojos con fuerza.

—Hola, por favor, diga qué servicio necesita...

Ámbar abre los ojos, dispuesta a hablar, pero entonces supongo que ve mi cara. Debo de tener mal gesto porque entonces no dice nada, al menos no al teléfono.

—¿Qué pasa? —me pregunta en cambio.

No respondo. Intento averiguar qué es lo que se me acaba de ocurrir. Pero no lo consigo.

—¿Billy? ¿Qué pasa? ¿En qué estás pensando? ¿Te has acordado de algo? —dice Ámbar, mientras la voz de su teléfono repite su pregunta.

—Señorita, ¿está bien? ¿Qué servicio necesita?

Todavía no sé qué es lo que estoy pensando, pero se ha formado una imagen en mi mente. O más bien una serie de imágenes. Un paisaje. O, para ser precisos, un paisaje marino. Es como si mi mente hubiera puesto un vídeo y estuviera viendo las imágenes en mi cabeza, veo el agua abriéndose por la mitad según avanza mi kayak, veo los salpicones de mis remos a ambos lados.

—Billy, dímelo. ¿Qué has recordado?

—¿Señorita? ¿Está en peligro? ¿Puede hablar?

—Billy...—continúa Ámbar. Pero levanto un dedo para que se calle. Aun así me ignora—. ¿Qué pasa? ¿Te has acordado? ¿Te dijo Carlos dónde la escondió?

Pienso un poco más. Ahora entiendo de qué va esto. Es como si volviera a hacer el viaje que hice a la reserva marina, cuando fui a fotografiar al pulpo, el pulpo *Briareus*. Cuando vi por primera vez al Misterio y al hombre que resultó ser Carlos, o Luigi, pescando con arpón en la reserva. Solo que, como es una reserva natural, allí hay muchos más peces que en cualquier otro lugar de la isla. Si Carlos era de verdad un pescador submarino con experiencia es imposible que hubiera tenido que alejarse tanto del velero para pescar.

—Creo que sé dónde puede estar la droga —digo, con la voz baja.

—Señorita...

—Estoy bien. Me equivoqué de número. —Ámbar aprieta el botón para cortar la llamada—. ¿Dónde?

Se lo cuento todo. Le explico que la primera vez que vi a Carlos fue cuando estaba pescando con arpón, solo que no había pescado nada y al verme se dio tal susto que se le cayó el arpón de las manos. Es como si le hubiera pillado haciendo algo que no quería que nadie viera.

—Bueno, ¿dónde es entonces? Vamos a ir a buscar la cocaína—decide Ámbar antes de que haya terminado la historia.

Entonces tengo que explicarle aún más. Ámbar no ha estado nunca en las cuevas, no hay mucha gente que lo haya hecho, debido a que es muy difícil llegar a ellas ya que no está permitido anclar cerca y ese lado de la isla el mar está muy expuesto al oleaje. Además, se necesita una marea baja primaveral para acceder a las cuevas, a menos que se tenga un equipo de buceo adecuado.

Entonces me paro a recordar, ya que puede ser relevante. Sí, estaba tranquilo el día que vi a Carlos, porque si no, no me habría atrevido a ir. Y definitivamente también estaba baja la marea. Para mí no era un problema, pero me di cuenta de lo baja que estaba cuando subí el kayak a mi cornisa.

—¿Pero cómo iba a saber Carlos todo eso? ¿Cómo iba a saber lo de las cuevas?

Me encojo de hombros.

—Las cuevas están señaladas en las cartas náuticas. Pero, no lo sé... —Entender por qué la gente esconde las drogas donde lo hace no es que sea una especialidad mía—. ¿Quizás estaba desesperado por encontrar algún sitio y tuvo suerte? Seguramente no querría entrar en el puerto con toda la droga a bordo.

Ella asiente ante esto.

—Entonces, ¿cuándo podemos recuperarla?

Me acerco a la ventana y miro hacia la playa de abajo. El oleaje no es enorme, pero sigue siendo demasiado grande para acceder a las cuevas.

—Las mareas son buenas —digo—. Estamos en marea primaveral. Pero las olas son demasiado grandes. Tendríamos que esperar a que el oleaje se calme un poco.

—¿Cuándo va a pasar eso?

Levanto la tapa de mi portátil y abro la página que uso para comprobar la previsión del tiempo. Hay un icono en la pantalla que permite cambiar la función y lo pincho para que en vez de mostrar el tiempo para los próximos días muestre el oleaje. En realidad, es más preciso que la previsión meteorológica, ya que no es una previsión en absoluto, sino que muestra el oleaje que ya está en altamar y que seguirá avanzando hasta llegar a la costa.

—Uhm.

La pantalla muestra la costa este de la isla y el mar que la rodea está coloreado en varios tonos diferentes de amarillo y rojo e incluso púrpura. Cuando muestra esos colores significa que las olas en la costa van a ser enormes. No se me ocurre ni pensar en ir a la reserva natural a menos que las olas se muestren de color verde durante un par de días, solo para estar seguro.

—Ay, mierda —dice Ámbar. No me había dado cuenta de que se había inclinado sobre mi hombro—. ¿Es otra tormenta?

—Sí, eso parece.

Se pasa las manos por el pelo.

—Bueno, no tenemos que recuperar la mercancía —dice ahora—, solo tenemos que decirles dónde está.

No respondo. En su lugar, pincho en la pantalla para ver los modelos de mayor resolución. Luego meto la contraseña. Hay que suscribirse a la página para obtener la información más detallada y aunque yo no soy miembro, el club de salvamento de Silverlea sí lo es. Me dejan usar su contraseña, siempre y cuando me desconecte una vez que haya terminado de lo contrario ellos no podrían conectarse. Estudio la pantalla y veo que hay una estrecha franja de tiempo en la que la altura de las olas se muestra en verde, es decir, menos de medio metro de altura. Es esta noche, solo va a durar unas horas, el tiempo de que entre el viento y haga que la altura de las olas aumente. Pero, aun así, ofrece una pequeña posibilidad. Dejo que mi mente visualice estar ahí fuera por la noche, con una tormenta acercándose. No es nada apetecible.

—Voy a llamarlos por teléfono. —Las palabras de Ámbar me devuelven al presente—. Tengo que recuperar a Gracie.

CAPÍTULO TREINTA Y NUEVE

— Y NI SE te ocurra llamar a la policía —espetó Paolo al teléfono—. Si lo haces, vamos a descuartizar a la pequeña y te la devolveremos por correo, pieza por pieza. Luego iremos a por tu madre y le haremos lo mismo. —Cortó la llamada y golpeó con la mano el salpicadero—. ¡Hija de puta!

Tommy, que conducía la furgoneta a demasiada velocidad en la carretera de salida de Newlea, no lo miró. Esperó a que Paolo continuara, pero no lo hizo.

—¿Y bien? ¿Te ha dicho dónde está?

Paolo no respondió.

—¿La cocaína? ¿Te ha dicho dónde la esconden?

—Todavía no.

—¿Todavía no? ¿Y a qué cojones espera?

Paolo volvió a ignorarle, así que Tommy le preguntó por segunda vez, pero Paolo le replicó.

—¿Quieres cerrar la boca? Tengo que pensar. —Se dio cuenta de la velocidad a la que iban y le ordenó—: no corras tanto que no queremos llamar la atención.

Tommy hizo lo que le pidió y disminuyó la velocidad un poco. Miró por el espejo retrovisor a la pequeña, con las manos y las piernas atadas con cinta adhesiva y la mitad de la cara cubierta con el material plateado. Ella no paraba de mirarlos, se le veía el miedo en sus ojos.

—Claro, porque secuestrar a una niña no va a tener el mismo efecto —

dijo al final. Luego, como Paolo no reaccionó, continuó—. De atraer la atención, quiero decir...

—Que te den por culo, Tommy. Es la hermana de la tipa. Con ella tenemos ventaja.

—¿Ventaja? ¿Lo llamas ventaja? Yo lo llamaría un jodido problema.

—Sí, bueno, ¿qué sabes tú de eso?

—¿Qué voy a saber? He estado trabajando para el Viejo desde que estabas en pañales, si crees que no sé cómo...

—Y el Viejo está muerto y enterrado. Y tu nuevo jefe, que resulta ser mi primo, me puso a cargo ya que sabe que no eres lo suficientemente inteligente como para cagar sin ayuda. Así que vigila tu puta boca.

Tommy consideró corregir a Paolo y decirle que era primo segundo de Ángelo. Pero se conformó con decirlo en su cabeza. Primero o segundo, el imbécil tenía razón.

Paolo volvió a comprobar la velocidad que llevaban.

—Así que baja la velocidad de una puta vez, o le diré a Ángelo que tienes un problema de lealtad.

Parecía que Tommy no iba a responder, pero luego cambió de opinión.

—Vale. Estás al mando, de acuerdo. Estás haciendo un gran trabajo. Con tus métodos de interrogación de la CIA y el secuestro de una niña cualquiera. Es una gran operación de mierda la que estás dirigiendo aquí, de primera clase.

—No es una niña cualquiera.

—¿Y sabes qué? Me aseguraré de informar de todos los detalles del increíble trabajo que estás haciendo...

—Te digo que no es una niña cualquiera —insistió Paolo—. La tipa sabe dónde está la coca, nos lo dijo anoche el capullo italiano y lo hizo precisamente por mis métodos de interrogación. Lo intentamos a tu manera, ¿te acuerdas? Le quisiste cortar los dedos y te dijo que te fueras a buscar a la puta luna. ¿Le contamos eso a Ángelo también?

Tommy no tenía respuesta para esto, así que Paolo continuó, riéndose ahora.

—¿Qué vas a hacer, ir a Ángelo y sugerirle que construya un cohete espacial? —Hizo la mímica de estar ingrávido por un momento, flotando en el espacio.

—¿Qué hay de la policía? —dijo Tommy al final—. Se van a poner a buscar a esta niña por todas partes. Seguro que ya lo estarán haciendo.

Paolo negó con la cabeza.

—No. La zorra es tonta, pero no va a acudir a la policía. Quiere recuperar a su hermana de una pieza. Además, está metida hasta el cuello en esto.

Tommy miró al otro lado. No sentía la misma confianza.

—Aun así, qué vamos a hacer con... —Hizo un gesto con el pulgar hacia la parte trasera de la furgoneta—. No podemos dejarla en la furgoneta. Va a necesitar comida, ir al baño. Se puede poner a dar golpes para llamar la atención...

Paolo interrumpió en esto.

—Bueno, ahora que le has dado la idea igual se pone a hacerlo, tonto del culo.

—Joder, Paolo. Solo te estoy preguntando. ¿Cuál es el plan? Porque supongo que tendrás uno.

—Por supuesto que tengo uno.

—¿Y bien? ¿Qué vamos a hacer?

Durante mucho tiempo Paolo no respondió. Pero justo cuando Tommy comenzó a abrir la boca para volver a hablar, Paolo le cortó.

—Vamos a ir a un lugar tranquilo y esperar hasta que nos llame la hermana para decirnos dónde está la coca.

—Ok. ¿Y si no lo hace?

—Lo va a hacer.

Tommy podría haber seguido su línea de preguntas, pero en ese momento pasaron por un cruce en el que un coche de policía esperaba para incorporarse a la carretera. Ambos guardaron silencio, intentando no mirar mientras pasaban. Entonces, ambos comprobaron los espejos retrovisores, para ver si el coche patrulla, con sus dos agentes uniformados dentro, salía detrás de ellos.

—Cuidado con la velocidad —dijo Paolo.

—Estoy teniendo cuidado —respondió Tommy.

El coche de policía no tenía las luces azules encendidas y se quedó atrás, sin interesarse por ellos lo más mínimo.

—Entonces, jefe —comenzó Tommy—, ¿dónde dice exactamente tu plan que nos escondamos y esperemos?

Paolo mantuvo los ojos en el coche patrulla durante un largo rato. Luego miró el salpicadero para comprobar la velocidad. Por último, cogió el mapa que habían utilizado antes. De repente, sonrió.

—Conozco el lugar perfecto.

CAPÍTULO CUARENTA

LA FURGONETA AVANZÓ a trompicones por la carretera hasta que finalmente llegaron de nuevo al puerto del obispo. Al igual que la otra vez, estaba vacío. Las únicas señales de que la gente visitaba el puerto eran la presencia del embarcadero que se adentraba en el arroyo y el viejo cobertizo de madera para botes. Al salir de la furgoneta, Paolo se agachó para inspeccionar las marcas de los neumáticos en el suelo. Las únicas que pudo ver eran las suyas del otro día. Se levantó y, asintiendo con satisfacción, abrió la puerta corredera de la furgoneta. Ignoró los gruñidos y chillidos asustados de la niña, en su lugar sacó una gran palanca de una bolsa de herramientas de lona.

—Espera aquí y vigílala —le dijo a Tommy, señalando a Gracie con la palanca. Luego se dirigió a hurtadillas al cobertizo.

Las puertas dobles estaban aseguradas con un candado. Paolo lo estudió por un momento, observando que estaba oxidado por todas partes. Luego introdujo el extremo de la palanca bajo el cierre y se apoyó en él con fuerza, hasta que los tornillos empezaron a salirse de su agarre en la madera ablandada por el tiempo. Sintió que Tommy lo observaba, criticando su técnica y acabó frustrado porque, incluso con el cierre medio suelto, seguía sin poder abrir la puerta debido a sus dañados dedos. Estuvo a punto de echar mano de su pistola, pero finalmente, tras muchos gruñidos, el cierre cayó al suelo. Resistió el impulso de darle una patada, pensando, con razón, que lo único que conseguiría sería añadir un par de dedos del pie rotos a su lista de heridas. En su lugar, lo apartó con el pie y abrió la puerta de un tirón.

El interior estaba oscuro y olía a moho. Un pequeño barco de pesca abierto que había visto días mejores ocupaba la mitad de la sala de abajo. A su lado, vio un tractor con el motor parcialmente desmontado. Por encima de ellos se veía un pequeño entresuelo al que se llegaba por unos polvorientos escalones de madera. Paolo los subió con cuidado y vio una pequeña zona de talleres. Todo parecía viejo y las superficies estaban cubiertas de telarañas. Pasó un dedo por la encimera y la inspeccionó a media luz. La yema del dedo estaba negra. Paolo sonrió. Volvió a mirar a su alrededor, bajó ligeramente los escalones y salió al exterior.

—Hace años que no viene nadie aquí —dijo Paolo, mientras volvía a la furgoneta—. La esconderemos aquí y esperaremos a que la tipa nos diga dónde está la coca.

Tommy miró a su alrededor, tratando de encontrar fallos en la ubicación. Pero se mantuvo en silencio.

—Vamos, échame una mano.

Juntos llevaron a Gracie al cobertizo para botes y subieron las escaleras, donde la ataron a una viga con más cinta aislante. Paolo empezó a sentirse muy satisfecho con su trabajo de la mañana. Hasta que Tommy volvió a abrir la boca.

—¿Cómo sabes que va a llamar?

No hubo tiempo para que un exasperado Paolo respondiera, porque en ese mismo momento sonó su móvil.

* * *

Con una sonrisa, Paolo respondió a la llamada y puso el altavoz. Al instante, la voz de Ámbar sonó por el altavoz.

—¿Eres tú el hijo de puta que tiene a mi hermana?

Paolo no pudo resistir la sonrisa, se sentía muy feliz.

—Sí, soy yo —respondió—. ¿Y eres tú la idiota que cree que puede robar ochenta kilos de coca y salirse con la suya? —Tommy le devolvió la mirada.

Una pausa.

—¿Dónde está mi hermana?

—En un lugar seguro —Paolo se volvió hacia el teléfono—. ¿Dónde está nuestro producto?

—Déjame hablar con ella. Necesito saber que está bien.

Paolo miró a la chica, con la boca tapada y todo el cuerpo liado con cinta aislante que a su vez la ataba al poste.

—No puede hablar ahora mismo. Está un poco liada. —Se rio en voz alta de su propio chiste, mirando de nuevo a Tommy para ver si lo había pillado,

229

pero este seguía con la cara desencajada. Maldito hijo de puta sin sentido del humor.

—No voy a decir nada hasta que hable con ella —dijo Ámbar.

De repente el humor de Paolo estalló.

—Bueno, entonces está claro que no tienes tantas ganas de volver a verla con vida, porque aquí las reglas las pongo yo y tu hermana está jodidamente liada, literalmente. —Frunció el ceño. Era increíble que tuviera que explicar el chiste a estos cretinos.

—Bueno, pedazo de mierda —dijo Ámbar lentamente tras un momento —. No sé lo que valen ochenta kilos de coca, pero apuesto a que son millones. Te aseguro que no te voy a decir dónde está si no hablo con Gracie ahora mismo. Así que a menos que quieras perder varios millones de dólares, será mejor que la deslíes. Imbécil.

Hubo un momento de silencio, durante el cual Paolo lamentó haber puesto el teléfono en el altavoz. Notó que Tommy lo observaba y trató de reflexionar. Al final suspiró.

—Por el amor de Dios, ¡qué coño! —Le indicó a Tommy que le quitase la cinta de la boca a la chica—. Lo mismo me da, perra —escupió al teléfono, mientras Tommy desenvolvía la cinta. Notó cómo lo hacía con cuidado, sin arrancarla de un tirón. Lo cierto es que la pequeña tenía muy mal aspecto. Tenía mugre por toda la cara, con pequeñas marcas en las mejillas de tanto llorar. Y, a juzgar por el olor, se había meado encima. Cuando le quitaron toda la cinta de la boca no dijo nada. Le temblaba la barbilla.

—¿Y bien? —dijo Paolo, un momento después—. ¿No vas a decir nada?

—¿Gracie? —preguntó Ámbar—. ¿Estás ahí? ¿Estás bien?

La niña empezó a llorar de nuevo, pero consiguió decir una sola palabra: «Ámbar».

—Ay, madre mía. No te preocupes, Gracie —dijo Ámbar—. Vamos a ir a buscarte. Te lo prometo...

—Muy bien, ya es suficiente —intervino Paolo—. Vuelve a taparle la boca y dejémonos de jodiendas... —Cogió el teléfono y apagó el altavoz—. En primer lugar, más vale que no hayas ido a la policía, porque si lo has hecho, la niña va a morir. ¿Lo entiendes?

Hubo una pausa y luego la voz de Ámbar volvió a sonar.

—Sí.

—¿Has ido a la policía?

Otra pausa. Luego una respuesta sofocada.

—No.

Paolo pensó por un segundo. Quiso preguntar cómo podía saber que no había ido a la policía, pero no había forma de que ella pudiera demostrarlo.

Se tensó un poco, como si sintiera que esto se le iba de las manos. Pero reprimió el pensamiento. Entonces se dio cuenta de que la chica al otro lado del teléfono estaba sollozando. Por alguna razón, esto lo tranquilizó un poco.

—Muy bien. Entonces, ¿dónde está la mercancía?

—Está escondida.

—Escondida ¿dónde?

—Donde jamás la encontrarás.

—¿Cómo dices? —suspiró Paolo.

—Que no te lo voy a decir hasta que haya recuperado a mi hermana.

—Y yo te digo que no la vas a recuperar hasta que reveles el escondite.

—Voy a seguir sin decírtelo.

Hubo otra pausa. Paolo sintió que la tensión regresaba. ¿Cómo carajo iba a romper este estúpido punto muerto?

—¿Por qué no?

—Porque si te lo digo, ¿cómo sé que me devolverás a Gracie?

Paolo reflexionó. Dio la mejor respuesta que se le ocurrió.

—Tendrás que confiar en mí.

—¿Qué? ¿Por qué iba a confiar en ti? Eres un puto matón. Has secuestrado a mi hermana.

El inicio de una sonrisa se dibujó en los labios de Paolo al escuchar la palabra. Nunca había pensado en sí mismo como un matón exactamente.

—Y de todos modos, no es tan sencillo —continuó Ámbar.

—A mí me parece bastante sencillo —dijo Paolo, con la intención de volver a preguntar dónde estaba la coca para poder avanzar un poco. Pero entonces un segundo pensamiento irrumpió también. ¿No era esto lo que enseñaban los negociadores de la policía? ¿A complicarlo todo? Para ralentizar las cosas, para darles tiempo a localizar a los autores. Se tensó. Se le pasó por la cabeza consultar con Tommy. Si el tipo no fuera tan cretino lo habría hecho.

Luego hubo otra pausa, esta vez Paolo oyó una segunda voz en el fondo, apenas audible.

«Diles que van a necesitar un barco».

—Vais a necesitar un barco —repitió Ámbar.

—¿Quién demonios es ese? Acabo de oír una voz. ¿Has llamado a la puta policía?

—No.

—Más te vale que no... Porque si es así tu hermana va a pagar.

—No, por favor —cortó Ámbar—. Te juro que no era la policía. Es... Joder, Billy, ¿puedes hablar con ellos?

—¿Qué? —preguntó Paolo, pero no llegó más lejos, ya que se oyó el sonido de un teléfono cambiando de manos y luego la segunda voz llegó al teléfono con más claridad.

—Es que es un poco complicado —dijo la nueva voz. Increíblemente sonaba muy joven. Un chico, esta vez.

—¿Quién demonios eres? —exigió Paolo—. ¿Qué coño está pasando?

—Soy un amigo de Ámbar —respondió rápidamente el chico—. Es complicado por el lugar donde está, la cocaína quiero decir. O donde creemos que está. Donde creemos que debe de haberla escondido.

—¿Dónde?

—Bueno, no podemos decírtelo. Pero incluso si lo supieras, es muy difícil llegar.

—¿Qué? ¿Por qué?

—Pues mira, si de verdad hay ochenta kilos, entonces va a ser un bulto bastante pesado, ochenta kilos para ser exactos, y muy grande, a menos que esté empaquetado en paquetes más pequeños, me imagino que estarán en varios paquetes. Eso es lo que suele salir en la tele. Si es así, habrá un montón de paquetitos. Hay mucho oleaje, y viento, lo que va a hacerlo todo muy difícil. Te va a llevar un buen tiempo sacarlo.

—¿Sacarlo de dónde? ¿De qué coño estás hablando?

Otra pausa. Paolo sintió que Tommy lo miraba. Incluso la maldita niña le miraba con atención.

—No puedo decirte dónde está. Ya te lo ha explicado Ámbar.

—Por qué... A la mierda. —Paolo frunció el ceño y se apartó para que Tommy no pudiera verle la cara—. ¿Cuántos años tienes?

Hubo otra pausa y luego la voz del chico continuó, sonaba confusa.

—Tengo dieciséis años. Bueno, casi. Pero no veo qué importancia tiene eso.

—¿Dieciséis años? ¿Qué...?

La muy zorra ha ido a pedir ayuda a otro chaval... Paolo sintió que sus niveles de estrés aumentaban. Cómo demonios era posible que todo el mundo fuera tan jodidamente imbécil. Se dijo a sí mismo que se calmara. Esto era una locura, pero era una buena locura. No había manera de que la policía lo pusiera a hablar con un niño de dieciséis años. Ni en un millón de años. Así que todo lo que tenía que hacer era encontrar una manera de hacer el intercambio. Pero ahora el maldito niño estaba hablando de nuevo.

—Así que estamos pensando que si te damos las instrucciones de cómo recuperar la mercancía, a cambio de Gracie, entonces podrás ir cuando el tiempo sea el adecuado...

—Cállate —dijo Paolo—. Cállate de una puñetera vez.

Paolo trató de pensar. Pero cuanto más lo intentaba, menos idea tenía de qué hacer a continuación y más sentía los ojos de Tommy sobre él. Su miedo a que la policía estuviera al otro lado del teléfono incrementaba. Pero no, no había ningún policía. Eran solo un par de chavales. «Déjate de rodeos» pensó.

—Esto no va a pasar por teléfono —dijo de repente—. Hay un restaurante, en la carretera que sale del puerto del ferri. Tiene una gran ancla en el cartel, ¿lo conoces?

—¿Te refieres a La Goleta? —preguntó el chico tras una pausa.

—No lo sé. ¿Tiene una gran ancla de mierda en su letrero?

—Sí —confirmó tras otra pausa.

—Entonces me refiero a La Goleta. Nos vemos allí en una hora. Asistid solos. Si vemos una sola señal de la policía, la niña muere. Asegúrate de traer todo lo que necesitéis para recuperar esta maldita coca. De lo contrario, la niña muere. ¿Está claro?

Hubo otra pausa, esta vez larga. Finalmente el chico la rompió.

—Una hora es un poco justo para nosotros. ¿Podríamos quedar en 90 minutos?

Paolo miró su reloj.

—A las tres de la tarde, entonces. ¿Os viene bien? —preguntó con sarcasmo.

La línea se quedó en silencio y Paolo oyó cómo hablaban entre ellos.

—Vale —confirmó por fin el chico.

—Estupendo —respondió Paolo. Colgó y se volvió hacia Tommy, con la barbilla levantada en señal de desafío.

—¿Por qué has dicho eso? —preguntó Tommy.

—Porque forma parte de mi plan maestro. Y tengo hambre. Así que larguémonos de aquí.

CAPÍTULO CUARENTA Y UNO

NINGUNO DE LOS dos hablamos mucho mientras conducimos hacia Goldhaven. Ambos conocemos el restaurante al que se refieren, está muy bien para turistas que llegan en ferri porque es el primer lugar grande que hay con aparcamiento y el gran ancla del cartel deja más o menos claro lo que sirven. He metido en la mochila un mapa, una carta náutica que muestra la ubicación de las cuevas, además de una copia de la previsión del tiempo que acabo de imprimir y unas tablas con las horas de las mareas. Sin embargo, no sé cómo voy a explicarlo todo, no hemos hablado de eso. Ámbar solo quería llegar lo antes posible. No ha parado de llorar por lo que conduce con cuidado. Después de un rato me doy cuenta de que está mirando los espejos todo el tiempo, no porque esté conduciendo con cuidado, sino porque está vigilando por si nos siguen.

Cuando entramos en el aparcamiento yo también echo un vistazo para ver si hay alguien sospechoso. Hay unos diez coches, un par de camiones y varias pequeñas furgonetas, pero nada que parezca especialmente raro. En realidad no estoy seguro de qué me resultaría sospechoso. Ámbar encuentra un hueco y aparca el coche. Entonces me mira.

—Tienes que limpiarte la cara —le digo. Asiente con la cabeza y abre la guantera. Saca unos pañuelos de papel y un pequeño neceser que supongo que tendrá maquillaje, y yo vuelvo a otear el aparcamiento mientras ella se arregla.

—Vale —dice un momento después, aunque parece que va a echarse a llorar otra vez—. Vamos.

Me invade una sensación extraña al cruzar el aparcamiento. Es como si pudiera sentir que nos observan pero no tengo ni idea desde dónde ni quién. Nunca he estado en La Goleta pero está claro que no es el tipo de lugar donde los camareros te llevan a tu mesa. Así que cuando entramos, miramos alrededor del restaurante, que está casi vacío, para ver dónde nos podemos sentar. Ámbar niega con la cabeza lo que interpreto como que no ha reconocido a nadie, así que nos sentamos en una mesa al lado de la ventana para poder vigilar el exterior. Entonces esperamos. Nadie viene a la mesa para tomar nota de nuestro pedido. Tengo los mapas en la mochila que he puesto debajo de la mesa y noto que me sudan las manos mientras jugueteo con las correas. Esperamos en silencio.

Entonces suena la puerta y entran dos tipos.

Sé que son ellos por la manera en que Ámbar se tensa. Uno de ellos es bastante pequeño y tiene el típico aspecto de mafioso, con traje azul brillante y el pelo engominado. El otro es enorme, parece un gigante, y cuando lo miro a la cara veo que tiene los dientes torcidos. Está claro que nos ven de inmediato, pero de todos modos miran a su alrededor, como si fingieran no haberlo hecho. Entonces me doy cuenta de que están estudiando el restaurante. El tipo grande se acerca al baño, pero no es porque lo necesite ya que abre las dos puertas y vuelve a salir, sacudiendo la cabeza en dirección al tipo más pequeño. Entonces ambos se nos acercan. Sin preguntar ni decir nada, se sientan.

El más pequeño es que el rompe el silencio.

—Qué bien ¿no? —Lleva unos pendientes negros y redondos y recuerdo que Ámbar me habló de esto. Nunca averiguó su nombre así que le puso el Pendientes. Ni Ámbar ni yo contestamos—. ¿Cómo te llamas? —me pregunta mientras me mira de arriba abajo.

—Billy.

—Encantado de conocerte, Billy. Era verdad que tenías dieciséis años. —Echa una especie de carcajada.

No digo nada.

Tamborilea con los dedos sobre la mesa.

—¿Dónde está mi hermana? —pregunta Ámbar de repente.

—Todo a su tiempo —responde el Pendientes. Tamborilea un poco más con los dedos. Luego sonríe de repente—. Empecemos de nuevo, ¿vale? —Coge el menú y finge estudiarlo, pero veo que sus ojos se desvían hacia arriba y nos miran a Ámbar y a mí. Parece un poco nervioso.

—¿Qué tenemos que hacer? —Ámbar lo intenta de nuevo pero él la ignora.

—¡Tortitas! Eso es lo que voy a tomar. —Levanta una mano y chasquea los dedos, sonriéndome ahora. La camarera, que hasta ahora nos había ignorado, se acerca. Tiene la mirada aburrida, como si de verdad odiara a los turistas pero este fuera el único trabajo que pudiese encontrar. Muchos de los restaurantes de la isla de Lornea tienen personal así.

—¿Sí? ¿Qué les sirvo?

El Pendientes pide el «Gran desayuno la Goleta», que consiste en un gran montón de tortitas con arándanos y sirope de agave. Su colega, el de aspecto realmente aterrador, pide una hamburguesa. Entonces el Pendientes se dirige a nosotros.

—¿Y vosotros? ¿Queréis algo?

—No tengo hambre —dice Ámbar. Parece que quiere decir algo más, pero no puede ya que la camarera sigue aquí.

—¿Estás segura? No te preocupes que invito yo —el Pendientes me mira —. ¿Te gustan las tortitas?

La verdad es que hoy no he comido mucho, por aquello de que me he vuelto a quedar sin comida en casa.

—Prefiero unas patatas fritas —le respondo—, y un café. Y, bueno, una hamburguesa también.

Siento que Ámbar me mira con dureza y el Pendientes se gira hacia ella.

—Ya te he dicho que no tengo hambre.

La camarera nos mira a todos, como si fuéramos el grupo de turistas más raro que ha visto en toda la temporada, pero no parece preocuparlo. En su lugar, anota el pedido y se va. Hay un momento de silencio que dura hasta que el Pendientes se lanza a hablar.

—Ok. Reconozco que no hemos empezado con buen pie. Eso es un poco culpa mía. Lo acepto. Pero nada de esto tiene que ser complicado. Tú tienes lo que queremos. Nosotros tenemos lo que quieres. No podría ser más sencillo, Ámbar. ¿Te importa si te llamo por tu nombre de pila?

Él espera, hasta que ella encoge los hombros por respuesta.

—Vale. No queremos hacer daño a tu hermana pequeña. Ir por ese camino no nos beneficia en nada. Y, de momento, está a salvo en un lugar seguro. Tan pronto como recuperemos nuestra mercancía la tendrás de vuelta, ¿de acuerdo?

Miro a Ámbar para ver si va a responder y, cuando no lo hace, me doy cuenta de que alguien debe responder.

—Vale —digo.

—Ahora, vamos a tratar el tema de la policía. ¿Os habéis puesto en contacto con ellos?

—No.

—¿Estáis seguros?

—Sí.

—Bien. Porque si algo nos pasara jamás encontrarían a la pequeña Gracie. No antes de que se quede sin comida, o agua, o cualquier otra cosa que necesite.

—Pedazo de mierda hijo de puta —Ámbar interviene.

—¡Jesús! —dice el Pendientes—, solo estaba tratando de ser amable.

Decido intervenir para volver al tema en cuestión.

—¿Qué plan tienes?

Pero no responde, porque en ese momento la camarera vuelve con nuestras bebidas. Nos quedamos en silencio mientras ella averigua quién ha pedido el qué y es un poco lío pero al final lo resolvemos. Luego se va, pero él sigue sin contestar y empiezo a pensar que no sabe cómo hacer esto. Entonces me sorprende.

—Dijiste que necesitaríamos un barco. ¿Supongo que habrá escondido la mercancía bajo el agua en algún sitio?

—No, en realidad... —comienzo, antes de que el codo de Ámbar se clave en mi costado y me haga callar.

—¿En una isla?

Ámbar se vuelve para echarme una mirada y yo no digo nada.

—Ya. En cualquier caso, necesitamos un barco para recuperarla...

Miro a Ámbar, esto ya se lo habíamos dicho. Al cabo de unos momentos, cede y asiente con la cabeza.

—Sí, necesitamos un barco —digo, volviéndome hacia el Pendientes—. Pero tenemos uno.

—Vale, muchas gracias —responde, aunque no estoy tan seguro de que haya oído mi último comentario. Echa azúcar en el café y lo remueve pensativo. Luego se vuelve hacia Ámbar—. Ámbar, cariño, veo que no te apetece mucho decirnos dónde está exactamente la mercancía mientras tenemos a tu hermana. Lo entiendo. Pero lo que tú debes entender es que no vamos a liberarla hasta que tengamos el producto de nuevo en nuestro poder. Así que, tal y como yo lo veo, solo nos queda una opción. Vamos a tener que ir a recuperar la mercancía juntos. Así tú consigues lo que quieres, nosotros conseguimos lo que queremos y al final navegamos todos juntos hacia el atardecer. Solo que no nos iremos juntos, claro —sonríe sarcásticamente—. ¿Alguien no está de acuerdo?

Ámbar no responde, pero no creo que signifique que esté de acuerdo exactamente.

—¿Queréis discutirlo un minuto? —Nos señala con un gesto de la mano.

Ámbar me mira durante un instante y se vuelve hacia el hombre.

—Vale.

—Genial —el Pendientes parece algo aliviado.

—Entonces, ¿sabéis de algún servicio de alquiler de barcos?

—Yo tengo un barco —digo de nuevo.

—No quiero una mierda de barca con remos, chaval. Hablo de un barco de verdad, con motor.

—Es un barco de verdad —interrumpe Ámbar—. Es un barco de pesca de treinta y dos pies de eslora. Es el que está al lado del velero que hundisteis anoche.

El Pendientes mira al tipo de los dientes, que tiene la mirada perdida. Entonces se encoge de hombros.

—Muy bien, así que tenéis un barco. ¿Dónde hay que llevarlo?

Miro a Ámbar. Todavía tengo todas las cartas, las tablas de mareas y la previsión del tiempo en la mochila. Asiente con la cabeza y estoy a punto de sacarlos. Pero no tengo la oportunidad, porque por muy loco que sea todo esto, justo en ese momento el asunto se desborda del todo.

CAPÍTULO CUARENTA Y DOS

—¡BILLY! —Una voz grita desde el otro lado del restaurante—. ¡Billy! ¡Qué casualidad! ¡Compañero!

Aunque conozco esa voz a la perfección está tan fuera de contexto que tardo unos instantes en registrar a quién pertenece y para entonces ya está avanzando con grandes zancadas hacia nuestra mesa. Es Steve, Steve Rose. El de Tiburón salvaje.

—Jesús, esto es... esto debe ser el destino o algo así. —Está sonriendo y sacudiendo la cabeza con incredulidad. En cuanto llega a nosotros, extiende los brazos como si quisiera abrazarme, pero luego retira uno para que sea solo un apretón de manos lo que espera. En realidad, no tenía intención de extender la mano, pero lo hago de todos modos. A continuación, me agarra con tanta fuerza que me saca del asiento, me pone de pie y no me suelta, zarandeando el brazo de arriba a abajo—. Qué coincidencia. ¿Sabes? Acabo de bajar del ferri... tenía hambre porque la comida en el ferri es... —hace una mueca—, bueno, apuesto a que te has montado lo suficiente como para saberlo.

Por fin deja de darme la mano, pero no me suelta.

—Oye, Billy. ¿Qué pasa? ¿Qué tal un abrazo? —Y sin esperar a que le responda me rodea con sus brazos y me aprieta.

—Steve —consigo decir cuando me suelta, pero Steve me interrumpe.

—No, no, no. Déjame hablar, Billy. —Solo que entonces no dice nada. Levanta un dedo y puedo ver en sus ojos que está pensando qué decir.

—¡Oye, colega! —dice el Pendientes desde detrás de mí. No lo dice de una manera agradable. Pero Steve no se da cuenta. Ahora está listo para hablar.

—Billy... ¡Caramba! —Se detiene y esboza una sonrisa bobalicona—. Mira, quería un poco de tiempo para pensar exactamente cómo decir esto y ahora que ya estás aquí no lo tengo claro en mi cabeza, pero... —Echo un vistazo detrás de mí y veo que tanto el Pendientes como el Dientes parecen asustados. Entonces veo un destello de metal negro, mientras el Pendientes saca una pistola de su chaqueta. Parpadeo con incredulidad mientras la sostiene sobre la mesa y la tapa con el menú.

—¡Steve! —le interrumpo, tan fuerte como me atrevo, porque realmente creo que el Pendientes va a dispararle si no lo hago.

Steve vuelve a sonreír. Pero entonces en vez de irse se vuelve hacia los demás. Ve a Ámbar y le tiende la mano. Ella se la estrecha, pero con la boca abierta mientras lo hace.

—Hola. Soy Steve, Steve Rose. Encantado de conocerte.

Hay un segundo durante el cual ella no responde, así que lo hago en su lugar.

—Hum, esta es Ámbar.

—¡Ámbar! Billy me ha hablado mucho de ti. —Le muestra una sonrisa diferente, la recuerdo del viaje de investigación; es la misma sonrisa que le echaba a las chicas de allí—. No te preocupes, todo lo que me ha contado es bueno. —Le guiña un ojo.

Luego se dirige a los demás, a los dos secuestradores.

—¿Cómo estáis, colegas? ¿Sois amigos de Billy? Pues los amigos de Billy son mis amigos. —Se vuelve hacia mí—. Lo digo en serio, Billy, de verdad. Sé que estaba muy enfadado cuando te fuiste, pero ya lo he superado. Te lo juro.

Se vuelve hacia el Pendientes.

—Lo siento amigo. ¿Cómo dijiste que te llamabas?

El Pendientes también tiene la boca abierta y de repente todos le miramos, esperando su respuesta.

—Jaso... Justin —dice al final. No acepta la mano de Steve, supongo que porque aún está sujetando la pistola, así que Steve se inclina y le abraza un poco, como si fuera el comienzo de una bonita amistad.

—Soy Steve. Encantado de conocerte, Justin. Es genial. —Asiente, como si lo dijera de verdad y luego se vuelve hacia el otro. El que Ámbar me dijo que se llamaba Tommy. Este tiene los ojos entrecerrados, como si hubiera reconocido a Steve pero no tuviera ningún sentido que apareciese aquí de repente. Lo cual no lo tiene.

—Hola colega, soy Steve. Steve Rose. — Vuelve a extender el brazo, con unos músculos sólidos como una roca que lo mantienen quieto y firme.

El hombre grande lo mira con atención y decide que no puede ignorarlo. Levanta su propia mano y la estrecha. Hay un momento en el que el hombre esboza una débil media sonrisa, creo que Steve llega a verle los dientes pero finge no darse cuenta. Luego hay un extraño silencio.

—¿Eres Steve Rose? —dice el hombre al final.

Steve sonríe. Me devuelve la mirada, como si ambos hubiéramos esperado esa reacción.

—Ajá... —Asiente con la cabeza.

—¿El de los tiburones? ¿El de la serie de televisión?

—Así es, amigo. Bueno, excepto que en realidad en estos momentos no tengo programa de televisión ya que lo cancelaron, por culpa de nuestro amigo Billy. —Se vuelve hacia mí y rápidamente levanta ambas manos—. Aunque no tengo nada en contra de ti, Billy. Lo que hiciste fue lo correcto. Yo fui el que estuvo fuera de lugar. —Duda por un minuto—. En realidad, es por eso por lo que he venido.

Se detiene, torciendo la cara como si esto le causara dolor. Luego se vuelve a dirigir a los demás.

—Mirad, chicos, no quiero interrumpir vuestro... —duda un segundo—, ¿qué es esto, una comida tardía o una cena temprana? Sea lo que sea, necesito hablar con Billy. He recorrido un largo camino para encontrarlo. De hecho he venido desde Australia. —Vuelve a mirar a los secuestradores y sonríe. El contraste entre sus dientes blancos de Hollywood y los amarillos del tipo grande es un poco horrible—. Sí, ahí es donde estábamos filmando, ¿no es así, Billy? Pero no lo traté muy bien, las cosas estallaron, así que he tenido que venir aquí a disculparme en persona. ¿Entendéis lo que quiero decir?

Hay otro silencio. El Pendientes, creo que se llama Jason, lo rompe.

—¿Qué coño está pasando?

Steve levanta las cejas, sorprendido por el lenguaje.

—Tranqui, solo será un minuto, ¿de acuerdo? No hace falta ponerse así. —Intenta reírse pero parece dolido. A Justin, o Jason, o el Pendientes, no parece importarle su lenguaje.

—¿Quién coño eres? —pregunta en voz alta—. ¿Y qué coño quieres?

Steve no responde. Creo que por fin entiende que algo no va bien aquí, pero el momento no dura mucho.

—Es el tipo de los tiburones —dice ahora el otro secuestrador—. Sale en la televisión. ¿Sabes que se dedica a bucear con tiburones asesinos? Ni siquiera usa una jaula la mitad de las veces. El tipo es toda una leyenda.

Steve se ríe de nuevo, como si estuviera feliz de estar de vuelta en terreno familiar.

—Bueno, cuando entiendes a estas criaturas tan bien como yo —le dice ahora al grandullón—, más o menos sabes si te estás poniendo en una situación peligrosa o no.

—Me importa un carajo quién sea —replica el Pendientes, tratando de retomar el control—. Quiero saber qué coño está haciendo aquí.

—Vaya, vaya, ya veo que no todo el mundo es fan —dice Steve. Se dirige entonces a Tommy—. Escucha, colega, si quieres un autógrafo o un selfi o lo que sea solo tienes que decirlo. En cuanto termine de hablar con Billy...

—Nadie quiere un puto selfi y no nos importa un carajo quién eres. Así que vete a la mierda.

—Caramba —dice Steve. Mira a su alrededor y finalmente fija su mirada en mí—. Billy, ¿estás bien?

Trago saliva. Entonces me doy cuenta de que el Pendientes me mira de manera amenazante. Como si me advirtiera de que las cosas se van a poner feas si no me deshago de Steve de inmediato.

—Sí —digo con cautela. —Claro, Steve. Todo está bien. Solo estamos almorzando.

El Pendientes asiente y se vuelve hacia Steve. Todavía tiene la pistola escondida bajo el menú, lo veo por la forma en que el papel no queda plano —. Está todo bien —continúo—. Tal vez podríamos reunirnos más tarde y puedes decirme lo que quieras...

Steve hace una pausa, pero luego asiente con la cabeza.

—Ya, bueno. En realidad ya lo he dicho casi todo. Es que... —Hace una mueca de dolor—, es que tenía que venir a decirte que estaba equivocado. Tenías razón con lo de que la ciencia no debe ser comprometida. Pase lo que pase. Y que aunque parezca que lo he perdido todo, en realidad no es así. Lo que hiciste fue darme un regalo. Me has puesto de nuevo en el buen camino.

Vuelve a haber un extraño silencio.

—Vale —digo al final. Entonces me doy cuenta de que Steve está a punto de irse y de repente no quiero que lo haga. Es decir, siento que necesito que vea lo que está pasando aquí. Para que pueda llamar a la policía, o hacer algo para ayudarnos. —Vale —repito. No tengo ni idea de cómo voy a decírselo.

—Vale — repite Steve—. Mira, tengo tu número, no quise llamarte por adelantado porque pensé que tal vez no querrías hablar conmigo... Pero igual te llamo luego. ¿Podemos hablar entonces?

—Sí.

Steve me sonríe. Luego mira a los demás.

—Está bien. Encantado de conoceros... —Levanta la vista hacia el

Pendientes y me doy cuenta de que está intentando acordarse de su nombre
—. Justin.

El Pendientes no se mueve y Steve se vuelve hacia el otro hombre. Tiene
la mirada perdida, como si no recordara su nombre, aunque en realidad
nunca se lo dijo. Tommy esboza una especie de media sonrisa, como si
estuviera impresionado. Vuelve a mostrar sus dientes torcidos.

Y de repente sé qué hacer.

—*Carcharodon carcharias* —digo.

—¿Qué? —pregunta el Pendientes al instante. Veo que los tendones de su
brazo se tensan, mientras agarra la pistola con más fuerza. Steve me lanza
una mirada extraña. Miro al grandullón y repito lo que he dicho.

—*Carcharodon carcharias*.

—Qué es eso, Billy... —comienza Steve, con la cara fruncida en un ceño.
Sé que entiende lo que digo, pero necesito que haga la conexión. Deslizo los
ojos hacia la boca del tipo más grande, llena de esos horribles dientes
torcidos.

—*Carcharodon carcharias*.

Entonces veo que Steve sigue en silencio mi mirada y momentos después
sé que ha hecho la conexión. Es el nombre en latín del gran tiburón blanco, el
tiburón de dientes irregulares. Steve no sabe lo que significa, pero sabe que
estamos en peligro.

Entonces, de repente, vuelve a sonreír.

—Ya. Bueno, mirad, siento mucho haber interrumpido... —Empieza a
retroceder, pero me mira con una mirada que me dice que lo entiende. No sé
qué va a hacer. No sé lo que puede hacer. Pero al menos hay alguien que
sabe que está pasando algo malo.

Steve levanta la mano, para despedirse. Pero no tiene oportunidad de
irse.

—Ni se te ocurra moverte, joder —gruñe el Pendientes.

CAPÍTULO CUARENTA Y TRES

A CONTINUACIÓN, el Pendientes sale del asiento. Se mueve con una rapidez increíble y antes de que me dé cuenta de lo que está pasando veo que tiene la pistola apretada contra el estómago de Steve. Lo protege de la vista del resto del restaurante con su cuerpo, pero veo que retuerce la pistola, clavándola con fuerza.

—No sé qué coño acaba de pasar aquí, pero será mejor que te sientes.

Steve está conmocionado porque no hace nada para resistirse y el Pendientes le empuja de vuelta a la mesa y lo coloca a mi lado. Entonces el Pendientes toma su asiento frente a él, utilizando de nuevo el menú para cubrir la pistola. Veo que el grandullón también ha sacado la pistola ahora y hace lo mismo.

—Y sea lo que sea, acabas de unirte a nuestra pequeña fiesta.

Nos quedamos sentados en silencio, mientras el Pendientes apunta por turnos con su pistola a cada uno de nosotros, asegurándose de que la vemos. En realidad, creo que está pensando en qué decir a continuación.

—OK. Esto es lo que va a pasar. Me vas a decir ahora mismo dónde está mi mercancía, o esto se va a complicar muy jodidamente rápido. ¿Está claro?

Miro a Steve. Tiene los ojos muy abiertos y la cara blanca, parpadeando de asombro. Luego miro a Ámbar. Tiene los ojos rojos e hinchados de tanto llorar. Me devuelve la mirada y, tras unos segundos, asiente con la cabeza. Entonces comienzo.

—Está en una cueva marina en la costa este de la isla. Al menos, ahí es donde creemos que está.

—¿Dónde? ¿Específicamente?

—Es difícil de explicar. Solo se puede llegar por mar. Puedo mostrártelo, he traído una carta de navegación.

El Pendientes es cauteloso.

—De acuerdo. Sácala, despacio.

Hago lo que me dice, moviéndome con mucho cuidado por si cree que le estoy engañando y voy a sacar un arma. Saco la carta, la despliego y señalo la zona de la reserva marina donde se encuentran las cuevas.

—Aquí.

El Pendientes lo mira y luego le da la vuelta a la carta para verla mejor.

—¿Eso es una carretera? ¿Se puede ir en coche?

—No, es un sendero. —Como es una carta náutica no hay muchos detalles sobre el terreno, así que es difícil de ver—. Podríamos ir andando, supongo que se podría bajar por el acantilado con cuerdas, pero incluso así, la entrada a la cueva está bajo el agua, así que es más fácil en barco.

—¿Por qué lo puso aquí? —pregunta el Pendientes.

No sé la respuesta con certeza, pero supongo que es bastante obvia.

—Porque nadie va nunca allí, supongo….

Se queda pensando un rato.

—¿No estarás jugando conmigo, chaval?

—No.

Mira a Steve y luego a mí.

—¿Cómo encaja él en todo esto?

—En realidad no encaja en absoluto.

—Entonces, ¿qué coño está haciendo aquí?

Dudo.

—Es una historia un poco larga... —Me detengo, esperando que no quiera que se lo cuente, pero agita la pistola bajo el menú, así que me imagino que sí quiere saberlo. —Bueno... Estábamos haciendo un estudio de población de tiburones. Frente a la costa de Victoria, en Australia —empiezo. Él no me detiene, así que sigo—. Básicamente estábamos contando el número de animales individuales de cada especie y estimando su tamaño. Ya que, si conoces el tamaño de un tiburón puedes hacer una estimación precisa de su edad, que son las dos variables que necesitas para hacer un estudio de población. Solo que descubrí que Steve había estado exagerando el tamaño de los tiburones que estábamos contando. No solo en el viaje en el que fui yo, en viajes anteriores también, lo que significaba que los datos no eran fiables. Y... bueno, es muy mala práctica... —Miro a Steve, por si quiere añadir algo.

—Y yo he venido a disculparme —dice—. He sido muy poco profesional, me he comportado mal y he venido a ver a Billy para disculparme en persona...— Pero el Pendientes le corta, dirigiéndose a mí.

—¿Algo de esto tiene que ver con nuestro problema actual?

—No —digo—. Creo que no.

El Pendientes nos mira con atención a los dos.

—Entonces déjalo, no me cuentes más. —Vuelve a mirar el mapa—. ¿Así que crees que mi mercancía está en una cueva marina? ¿Cómo vamos a llegar hasta allí? ¿Es fácil de llegar?

—Ese es el problema —digo. En realidad estoy aliviado de volver a hablar de este tema—. Necesitamos la combinación adecuada de marea baja y tiempo tranquilo. Aunque el tiempo ahora está en calma, la previsión es de fuertes vientos a partir de esta noche, así que si no vamos ahora, más o menos ahora mismo, puede que no tengamos otra oportunidad hasta dentro de una semana. E incluso entonces va a ser bastante difícil. Vamos a necesitar equipo de buceo, porque no podemos entrar en la cueva con el barco. Tendremos que ir buceando y recuperarla de esa manera.

—¿Buceando? —pregunta el Pendientes tras haber sopesado todo.

—Sí. La entrada a la cueva está bajo el agua, incluso en bajamar.

El Pendientes me mira a los ojos, como si aún no estuviera seguro de confiar en lo que digo.

—Buceando —repite, después de un rato. Luego mira a su amigo—. ¿Dijiste que el imbécil este era un experto en tiburones?

—Sí —responde Tommy.

—¿Y que se mete en el agua sin jaula y es experto en buceo libre?

—Sí. Creo que sí.

Entonces el Pendientes se vuelve hacia Steve. Se queda esperando.

—Soy el campeón nacional de Australia de apnea de velocidad. —Steve se encoge de hombros—. Lo llevo siendo tres años consecutivos.

—¿Qué coño significa eso?

Steve no contesta por un momento, pero finalmente no le queda más remedio.

—Es una prueba de distancia donde se mide la máxima longitud que puedes nadar bajo el agua sin respirar.

—¿Y bien? ¿Hasta dónde puedes llegar tú?

—A doscientos cincuenta metros.

—¿Cómo de lejos es eso? —El Pendientes se encoge de hombros.

—Son cinco largos de una piscina olímpica.

—Vaya, ¿de un tirón?

—Sí.

El Pendientes sopesa esta información, parece impresionado. Luego me mira a mí.

—¿Cómo de grande es la cueva?

—No entiendo

—La cueva, ¿cómo de grande es, joder? ¿Cuánto hay que nadar bajo el agua para entrar en ella?

—Ah, no es tan lejos, para nada. Hasta yo puedo hacerlo.

—¡Fenomenal! Entonces parece que os vais a ir de buceo. Andando, joder.

CAPÍTULO CUARENTA Y CUATRO

EL PENDIENTES HACE que nos pongamos de pie apuntándonos con su pistola. Hay un momento incómodo cuando la camarera se acerca a toda prisa, porque cree que nos vamos a ir antes de que llegue nuestra comida, pero entonces el Pendientes saca un billete de cien dólares y lo tira sobre la mesa. Creo que la camarera va a decir algo, pero en lugar de eso se limita a lanzarle una mirada de odio, que parece que reserva para los que vienen de la capital. Luego se dirige a la cocina para cancelar nuestro pedido.

Salimos del restaurante. Nos llevan hasta una furgoneta gris. El tipo grande abre las puertas traseras y nos obligan a entrar. Nos hacen arrodillarnos de cara al frente, con las manos a la espalda y mientras estamos así nos atan las muñecas con algo, creo que con unos amarres de plástico que nos ponen tan apretados que nos cortan la piel. Luego nos atan también los tobillos, así que estamos atrapados, de rodillas, en el frío suelo.

—Sentaos de culo —nos ordena el Pendientes. Cuando lo hacemos nos cachea—. A ver, los teléfonos móviles, ¿dónde los tenéis? Sé que los lleváis encima.

Entonces, uno a uno, le miramos, ya que está claro que no podemos movernos para entregar los móviles. Decido mirar hacia mi bolsillo y lo siguiente que hace el Pendientes es palpar mis vaqueros, lo cual me incomoda bastante, hasta que lo encuentra. Entonces mete su mano en mi bolsillo.

—No te preocupes, te lo devolveré —dice, como si estuviera irritado por la forma en que intento escabullirme de él. Hace lo mismo con los demás y apaga todos los teléfonos. Luego cierra las puertas de golpe y nos quedamos allí en silencio.

Pero no es por mucho tiempo, porque entonces ambos suben a la parte delantera y se giran para mirarnos.

—Así que, Billy, háblame de esa cueva —me dice el Pendientes.

—¿Qué hay de mi hermana? —responde Ámbar, antes de que tenga la oportunidad de hacerlo—. No va a ser todo como tú quieras, si no nos dices dónde está te llevaremos al lugar equivocado.

Ámbar me mira según lo dice, me lo tomo como una advertencia para no revelar nada. Hay una pausa y el Pendientes intenta ignorarla.

—El barco está en Holport, ¿verdad? Al lado del otro, el que ella hizo saltar por los aires.

—Lo digo en serio —dice Ámbar—, puedes quedarte con tu puta cocaína, te juro que me da igual. Pero primero quiero recuperar a mi hermana.

Pensaba que iba a ignorarla de nuevo o a decirle que se callase, pero el tono de voz de Ámbar es serio y amenazador.

—Vale —el Pendientes deja escapar un largo suspiro—. Un trato es un trato. La recogeremos de camino y que venga en el barco con nosotros. ¿Te parece bien?

Ámbar no responde, pero asiente con la cabeza y por primera vez me invade la sensación de que quizá las cosas no pinten tan mal como me temía, a lo mejor esta gente es razonable.

—Pero si no me devolvéis la mercancía voy a ahogarla delante de tus narices. ¿Entendido?

Ámbar se pone pálida, asiente y con eso el Pendientes se vuelve hacia el frente y enciende el motor.

El hombretón nos apunta con su arma desde el asiento del copiloto mientras nos ponemos en marcha, saliendo a trompicones del aparcamiento. Sé dónde estamos durante los primeros diez minutos, más o menos, porque estamos en la carretera principal hacia el sur. Pero después tomamos una curva y pierdo la pista. Luego giramos, nos metemos en lo que debe de ser un camino de tierra y salimos despedidos hacia atrás por los baches.

No podemos usar los brazos para estabilizarnos así que nos vamos dando golpes y empiezo a preocuparme de que con tanto bache vayan a apretar accidentalmente el gatillo de la pistola y dispararnos. Pero no hay nada que podamos hacer, salvo tratar de mantenernos lo más sujetos posible hasta que la furgoneta se detenga por fin.

—Quieto ahí —dice el Pendientes. Por un momento creo que se dirige a mí, pero luego me doy cuenta de que se refiere al grandullón. Quiere que se quede dónde está, apuntándonos con su arma.

Luego no pasa nada durante unos minutos, hasta que la puerta trasera se abre de golpe y ahí está de nuevo el Pendientes, pero esta vez lleva algo. Tardamos unos segundos en darnos cuenta de que es Gracie, atada y amordazada. Ámbar suelta un grito y Gracie empieza a patalear sobre los hombros del Pendientes.

—Muévete —le ordena él, agarrándola más fuerte—. Y deja de retorcerte, joder.

Hacemos todo lo posible por hacerle un hueco a Gracie y el Pendientes se inclina hacia delante y la mete en la furgoneta. No lo hace con delicadeza, tampoco.

—Cretino —suelta Ámbar, pero en realidad ni siquiera lo mira, sino que se arrastra y consigue que Gracie se levante y se siente a su lado. La arrulla, hablándole con voz suave. Entonces las puertas traseras de la furgoneta vuelven a cerrarse de golpe y me doy cuenta de que ni siquiera he llegado a ver dónde estábamos.

—Entonces, ¿qué hay de la cueva? —pregunta de nuevo el Pendientes cuando vuelve a estar delante—. ¿A dónde vamos?

Se lo digo y respondo a todas sus otras preguntas acerca de si el barco tiene combustible, si está listo y si tenemos todo el equipo que necesitamos a bordo. Le explico que guardamos trajes de neopreno y equipos de buceo de repuesto a bordo, para que los turistas los utilicen cuando hace buen tiempo. Luego agarra mi mochila y me obliga a mostrarle en la carta náutica la ubicación exacta de las cuevas y cómo leer las coordenadas. Después de estudiarlo todo, sale de la furgoneta y hace una llamada telefónica que no puedo oír. Luego vuelve a subir y nos ponemos en marcha de nuevo, acelerando por el camino de los baches.

Cuando por fin estamos de nuevo en la carretera principal, el grandullón se vuelve por fin hacia la parte delantera. Mira hacia atrás cada cierto tiempo, pero parece que le duele el cuello de tanto darse la vuelta. En la parte de atrás de la furgoneta se oye el sonido de los neumáticos en la carretera y Steve aprovecha el ruido para volverse hacia mí y preguntarme en voz muy baja qué está pasando. Al principio no quiero decir nada, ya que temo que atraiga la atención del grandullón y vuelva a vigilarnos, pero no lo hace. Así que, manteniendo la voz lo más baja posible, le explico a Steve de qué va todo esto lío y hacia donde nos dirigimos. Steve no tarda en centrarse en los aspectos prácticos, como dónde anclar el barco y si será fácil encontrar la mercancía en la cueva. Por supuesto que no conozco muchas de las respuestas y empiezo a preocuparme: ¿qué pasa si llegamos allí y no encontramos la cocaína? Porque, hasta este momento, ni siquiera se me había ocurrido que pudiera no estar allí. O que la encontremos, pero no podamos sacarla. O que sea demasiado difícil entrar en la cueva. Pero Steve mantiene la calma y casi suena relajado.

—Está chupado —dice.

—Pero ¿y si el tiempo se pone malo o el oleaje llega antes de lo previsto?

—No lo hará. Y aunque lo haga, podemos hacerlo, es pan comido.

No entiendo su optimismo, pero sé que ha hecho muchas cosas locas a lo largo de su vida así que tal vez esto sea bastante fácil en comparación. Eso espero. Entonces cambia de tema y empieza a hablar de por qué ha venido a verme. Me cuenta que su vida se ha desmoronado desde que envié aquel correo electrónico a la revista. Primero el editor se puso en contacto con él para decirle que iban a retractar todos sus artículos. Luego, la cadena de televisión canceló su programa y le despidieron de la universidad donde daba clases. En resumen, toda su carrera académica y científica arruinada como resultado de lo que hice. Le observo mientras me lo va explicando todo.

—Solo que no fue por lo que tú hiciste, Billy —insiste, en voz baja, pero con firmeza—. La culpa fue mía, toda mía y solamente mía. —Su rostro se vuelve sombrío—. Lo que empezó como una pequeña exageración que no debía repercutir en los datos se desbordó. Entonces sentí que no había marcha atrás. Aunque debía haber dejado de hacerlo, hace mucho tiempo.

No sé qué pensar al respecto. Quiero decir, no creo que sepa qué pensar sobre ello incluso en circunstancias normales, pero con todo lo que está pasando, es demasiado.

—Entonces ¿por qué has venido? —le pregunto.

—Ya te lo dije —responde y ahora sonríe—. Tenía que decírtelo a la cara. Quería decirte que tenías razón y no solo razón, tienes valor. Lo que hiciste fue realmente increíble. Te pusiste del lado de la ciencia, mientras que a mí solo me importaba mi carrera y si iba a rodar otra serie de televisión.

Supongo que debo parecer confundido porque sacude la cabeza.

—Lo que intento decir es que todo este asunto me ha hecho darme cuenta de algo. Pensé que todo iba bien en mi vida, pero no era así. Estaba en el camino equivocado. El camino de las trampas y los engaños. Y yo no soy así o, al menos, no es como quiero ser. Cuando me di cuenta de todo esto supe que debía comenzar a hacer lo correcto. Empezando por venir aquí y pedirte disculpas en persona, cara a cara.

—¿Por qué no me enviaste un correo electrónico? —pregunto. Steve no contesta, así que no lo presiono. Se queda sentado, a mi lado, con cara de pena. Todavía no sé qué decir—. ¿Cómo está Rosa? —pregunto al final.

—Ah sí, Rosa está bien, muy bien —responde Steve, sonriendo de nuevo. Luego, un momento después, añade—. De hecho me ha dejado pero, claro, es lo que me merezco.

—Vaya.

No me es posible hablar con Ámbar ya que tiene toda su atención puesta en Gracie.

De alguna manera ha conseguido poner sus manos delante de ella, tiene a Gracie en su regazo y no deja de abrazarla. Le ha quitado la mordaza de los dientes y sigue hablándole en voz muy baja. Gracie dice que tiene sed, pero cuando Ámbar le pide al Pendientes un poco de agua, él le dice que no. Bueno, no con esas palabras.

Y entonces, solo por los atisbos del mundo exterior que puedo ver desde donde estoy sentado en el suelo, me doy cuenta de que estamos bajando la colina hacia Holport. Pronto, el Pendientes está metiendo la furgoneta en una plaza de aparcamiento y luego apaga el motor. Hay silencio por un momento.

—Muy bien chicos y chicas. Ya sabéis el plan. Vamos a cortaros los amarres, vamos a salir de la furgoneta en silencio y luego nos vamos a montar en el barco. Si alguien intenta escaparse me voy a poner a dar tiros a diestro y siniestro ¿entendido? Pues venga, a portarse bien.

CAPÍTULO CUARENTA Y CINCO

SALEN de la furgoneta y unos segundos después se abren las puertas de atrás. Han aparcado justo al lado de la rampa que baja al pontón, así que no hay que ir muy lejos. El tipo grande se inclina y utiliza un cúter para liberar nuestras manos. Lo hace sin cuidado, aunque podría cortarnos las muñecas y tengo la sensación de que ha hecho esto muchas veces. No sé si eso me hace sentir más nervioso o no, pero en cualquier caso me alegra volver a tener las manos y las piernas libres.

Entonces nos hacen salir de la furgoneta y nos acompañan por la rampa hacia donde está amarrada La Dama Azul. Me arriesgo a mirar a mi alrededor, con la esperanza de que alguien nos vea y piense que es extraño el modo en que caminamos, pero ya es tarde y no hay nadie.

Llegamos a la puerta. Se me ocurre que tal vez pueda parar esta locura de la manera más simple: no voy a revelar la combinación de la entrada. Pero ni siquiera me la preguntan y abren el portón sin dificultad.

Mientras pasamos por delante de las demás embarcaciones compruebo cada una de ellas, por si hubiera alguien a bordo. Conozco a la mayoría de los propietarios, al menos los que sacan sus barcos con regularidad, pero no veo a nadie. En ese momento vuelvo a sentir el cañón de la pistola en la parte baja de la espalda y oigo al Pendientes diciéndome con un gruñido que acelere. Entonces veo el Misterio. Sigue en su amarre solo que está, en su mayor parte, bajo el agua y solo se ve un poco de la cabina. A medida que nos acercamos se puede ver la cubierta y el resto del barco a un par de metros de profundidad.

—Las llaves —dice el Pendientes. No me doy cuenta de que me está hablando a mí, porque sigo mirando al Misterio hundido—, dame las llaves, date prisa. —Me clava con más fuerza el cañón de la pistola en la espalda, rebusco en los bolsillos y se las entrego.

El Pendientes se las da a Tommy, que se sube a La Dama Azul y mira hacia arriba y hacia abajo en la cubierta. No sé qué busca, pero al cabo de unos segundos abre el camarote y desaparece en su interior. Unos instantes después aparece de nuevo en cubierta y nos llama a bordo.

Siempre me siento bien cuando subo a mi barco. Incluso ahora, con una pistola clavada en la espalda de repente me siento como en casa, un poco más confiado. Tanto es así que pregunto si le podemos dar algo de beber a Gracie.

El Pendientes parece molesto por la pregunta y me ignora. En su lugar le dice a Tommy que vaya a encerrar a Gracie en algún sitio. Pero entonces Ámbar no la deja ir y le dice que de ninguna manera la va a abandonar de nuevo. Así que entonces el Pendientes le dice que las encierre juntas y veo que las lleva a la cabina delantera de abajo. Noto que ve una botella de agua y se la lleva. Nos quedamos Steve, el Pendientes y yo solos en la cubierta. Echo un vistazo a mi barco y me fijo en la ventana rota por la que debió de entrar Ámbar para coger la bengala.

—Vamos. Enciende el cacharro este —dice el Pendientes, irritado.

Me empiezo a preparar cuando se me ocurre intentar algo que se me había ocurrido mientras bajábamos hacia la rampa.

—Tengo que llamar por radio a la oficina de la capitanía del puerto. No podemos hacernos a la mar sin avisarlos.

—Lo siento, Billy —dice el Pendientes—. Pero creo que eso no va a ser posible.

Entro en el camarote y enseguida veo por qué no. La radio, que suele estar fijada a la pared sobre la mesa de navegación, ya no lo está. Está averiada, hecha añicos y apenas está colgada en su sitio. Supongo que Tommy debe de haberle dado un mamporro cuando subió a bordo antes.

—Sácanos de aquí.

Así lo hacemos. Pongo en marcha el motor y un par de minutos después Steve suelta las amarras, mientras yo subo al puente. Pongo el motor en marcha atrás y saco a La Dama Azul de su amarre, dándole la vuelta y teniendo cuidado de no acercarme demasiado al Misterio, que está medio hundido. Entonces, cuando estamos libres de obstrucciones, empujo la palanca de cambios hacia delante, la hélice se pone a rodar y un suave chorro de burbujas sale por nuestra popa.

Tommy ha vuelto ahora. Está sentado en el salón y no deja de observarnos todo el tiempo. El Pendientes también me observa mientras dirijo el barco. Mantengo la velocidad a seis nudos mientras salimos del puerto, para no llamar la atención, pero de todos modos no hay nadie cerca. Casi nadie saca sus barcos en esta época del año. Ni siquiera los barcos de pesca van a salir con la previsión de tiempo tan mala.

Cuando pasamos el rompeolas, acelero y hago que La Dama Azul comience a planear. Es un barco viejo, pesado y no lo hace con facilidad. Al cabo de un rato me doy cuenta de que el Pendientes se ha ido. Cuando lo busco con la mirada, veo que está en la popa haciendo otra llamada telefónica.

—¿Cuánto falta para que lleguemos? —me grita de repente.

Miro la pantalla del monitor, al menos Tommy no lo ha destrozado.

—Estamos a siete millas náuticas —le digo, por encima del ruido del motor—. Llegaremos en una media hora.

Repite esto en el teléfono y vuelve a llamar.

—¿Cuáles son nuestras coordenadas? ¿Ahora mismo?

Considero la posibilidad de darle una posición falsa. Pero sigo pensando que nuestra mejor oportunidad es hacer lo que dicen, así que le leo los números y veo cómo los repite en su móvil. Cuando termina, cuelga. Sube la escalera de vuelta al puente y me da una palmadita en la espalda, con el lado de la pistola.

—Muy bien. ¿Esta vieja bañera va más rápido? —Casi parece que se divierte. Niego con la cabeza, pero me ignora y empuja la manivela hacia adelante con el lado de su pistola. Avanzamos un poco más rápido hasta alcanzar la velocidad máxima de La Dama Azul. Nunca voy tan rápido, ya que gastamos mucho más combustible, pero no soy tan estúpido como para decírselo.

El Pendientes me hace mantener a La Dama Azul a la máxima velocidad mientras recorremos la costa. El mar está plano en su mayoría, pero hay una brisa creciente que presiona oscuras ráfagas de viento sobre los acantilados y, cuanto más avanzamos, más empujan una ligera picada sobre la superficie del agua. Esto, combinado con el sol que ya se ha puesto por la isla a nuestro lado de estribor, da una sensación ominosa al viaje, como si no fuera solo la oscuridad lo que se acerca, o una tormenta, sino alguna fuerza malévola. Por fin nos acercamos a los acantilados donde están las cuevas marinas y me alegro de poder reducir la velocidad. Me inclino hacia un giro para que podamos volver a rodar sin que nuestra propia estela nos alcance e inunde la cabina. El Pendientes, que estaba sentado examinando su pistola, levanta la vista bruscamente.

—¿Ya hemos llegado? —pregunta.

Asiento con la cabeza y echa un vistazo a su alrededor.

—¿Dónde está la cueva? —me pregunta al instante.

Señalo. Solo se ve un poco del techo de la entrada. El agua es oscura y no invita a baños.

—Vale. Será mejor que os pongáis a ello.

—Primero tenemos que anclar —le digo—. Esto no es como aparcar un coche.

Dice algo más, pero le ignoro. En realidad esta es una de las partes más difíciles de la navegación. No es solo que no esté permitido fondear aquí, es que el fondo es tan rocoso que sería fácil que se atascara el ancla. Muevo el barco con cuidado, acercándome a la entrada de la cueva tanto como me atrevo y controlando el medidor de profundidad. Durante toda la maniobra el Pendientes se queja, pero al final Steve se acerca a ayudarme, e incluso él le dice que se calle.

Entonces Steve se encarga de comprobar la profundidad. Recuerdo la zona de arena donde observé el pulpo. Parece que han pasado mil años desde aquel día.

—Hay una zona despejada por aquí —le digo a Steve—. Si vas hacia delante deberías poder ver la arena debajo de nosotros.

Así que Steve se adelanta, Tommy sigue apuntándole con su pistola y mediante una combinación de gritos y señales con el brazo, posicionamos la barca lo más cerca posible de la entrada de la cueva. Ahora que estamos más cerca la entrada se ve sobre el agua como un arco negro. Entonces Steve suelta el ancla y se oye el familiar martilleo de metal contra metal mientras la cadena se desliza. Pongo la embarcación en marcha atrás para ayudar a que el ancla se sostenga y, cuando todo parece estar bien, pongo el motor en punto muerto. Estamos a unos diez metros de la base del acantilado, que ahora está en la sombra. Parece que estamos bien anclados. El Pendientes sigue preguntando qué hacemos, pero se tranquiliza cuando Steve le pregunta si quiere ser partícipe de un naufragio. Cuando estamos contentos de que el ancla está asegurada, apago el motor. Todo se vuelve inquietantemente silencioso abordo, especialmente con el silbido del viento en aumento y el golpeteo del oleaje contra el costado.

Estamos mucho más cerca de las rocas de lo que me sentiría cómodo en cualquier otra situación y me preocupa que el ancla pueda arrastrarse por el fondo. Pero mi mayor preocupación pasa a ser nuestra entrada en el agua. Queda muy poca luz natural y el agua parece negra. No puedo evitar pensar en las grandes rocas que hay ahí abajo y en lo que podría estar acechando entre ellas. Sé que no hay animales peligrosos de verdad por aquí, pero bucear de noche en un lugar tan expuesto sigue dando miedo. Sin embargo, el Pendientes no parece preocupado, al revés, casi parece estar disfrutando.

—Bueno, ¿no será mejor que os metáis al agua de una vez?

Así que llevo a Steve a la taquilla donde guardamos los trajes de neopreno y nos ponemos uno cada uno, una máscara de buceo y un tubo. Me las arreglo para encontrar también un par de linternas acuáticas, con pilas recargables y me alivia que papá siempre esté pendiente de mantenerlas recargadas. Todo el tiempo estamos bajo la vigilancia de Tommy y el Pendientes, que están impacientes y no paran de decirnos que nos demos prisa. Por fin estamos listos y nos dirigimos a la popa, donde la plataforma de buceo está justo por encima del nivel del agua. El mar ya no es tan suave y las ráfagas de viento son más fuertes y frías.

Estoy a punto de bajar al agua cuando el Pendientes me agarra del hombro.

—Oye, chaval, no estarás planeando ninguna estupidez, ¿no? Recuerda que aún tenemos a tu amiguita Ámbar y a su hermana pequeña. Si haces algo que no sea recuperar nuestra mercancía y devolvérnosla, lo único que conseguirás será que las matemos. ¿Me explico?

Miro la cara negra del acantilado, con el agua negra como la tinta golpeando contra ella.

—Claro.

—Muy bien. —Me suelta el hombro—. Así me gusta.

Le echo una última mirada y me meto en el agua.

CAPÍTULO CUARENTA Y SEIS

LO PRIMERO QUE noto es el frío. No llevo un neopreno adecuado, es uno que usamos para los turistas. Están bien para el verano, pero no sirven de mucho a estas alturas del año. Había anticipado un chorrito de agua por la espalda, en su lugar lo que siento es más bien un grifo abierto. Supongo que en cierto modo es bueno ya que me despeja la cabeza. Soy muy consciente de lo que estamos intentando hacer.

Lo segundo que noto son los niveles de luz. He hecho mucho submarinismo, aquí y en otros lugares. Pero siempre ha sido de día. Ahora la luz es tenue incluso en la superficie y cuando bajo la cabeza y miro debajo de mí, apenas puedo distinguir el fondo. Las rocas y las cuevas sobre las que floto están llenas de sombras. Parece más profundo y también más aterrador.

Enciendo mi linterna. Proyecta un resplandor amarillo a unos metros delante de mí, iluminando el agua y las partículas suspendidas en ella, pero no penetra. Entonces veo que la aleta de Steve se desliza en el agua a mi lado y de repente todo él se impulsa hacia abajo. Lo único que puedo ver son millones de burbujas azules, negras y, donde dan con la luz, doradas. Levanto la cabeza y espero a que salga a la superficie. Pasa unos instantes ajustando su máscara y luego se vuelve hacia mí.

—Venga, Billy, tú mandas —dice. No parece asustado, más bien muestra una especie de calma sombría.

Nadamos por la superficie, alejándonos del barco. Al principio intento hablar. Quiero preguntarle si tiene alguna idea sobre lo que deberíamos hacer, ahora que podemos hablar sin que nos oigan, pero hay demasiada marea y cada vez que abro la boca se me llena de agua salada. Así que en lugar de eso nos ponemos en fila, yo abriendo el camino y Steve a la altura de mi hombro. Es reconfortante tenerlo allí y creo que él lo sabe. Al cabo de un rato, meto la cabeza bajo la superficie y utilizo el tubo de respiración, porque me preocupa nadar hasta las rocas donde se hace poco profundo. Steve hace lo mismo, así que puedo mirar al otro lado y verlo justo ahí.

En ese momento siento la mano de Steve en mi espalda. Me detengo, salgo a la superficie y miro hacia arriba. Ya estamos cerca de la pared del acantilado. Por suerte, las olas son todavía bastante pequeñas; en realidad, es solo una marejada, no un verdadero oleaje y está golpeando contra las rocas en lugar de estrellarse como lo harían olas de verdad. O como lo harán dentro de unas horas. Señalo la entrada de la cueva. Es visible, incluso con esta luz, como un semicírculo más oscuro situado en el fondo de la oscura pared del acantilado. No parece el tipo de sitio al que quieras nadar pero sé que justo debajo de la superficie hay un gran túnel de varios metros. La mayoría de las veces, la entrada está muy por debajo del agua y se necesita un equipo de buceo adecuado para atravesarlo, pero como estamos casi en bajamar podremos ir nadando.

—¿Cuánto tiempo hay que bucear? —pregunta Steve. Tiene que gritar por encima del ruido de las olas que golpean el acantilado.

—No mucho —respondo, recordando que he hecho esto una media docena de veces a la luz del día y es fácil. La primera vez me asustó un poco, pero enseguida me di cuenta de que no estaba tan lejos—. Solo son unos tres metros.

—Vale —grita Steve—. Es pan comido. Tú ve delante que yo te sigo.

Respiro profundamente un par de veces, luego me impulso hacia delante en el agua y nado hacia la oscuridad. Al llegar a la cara del acantilado me sumerjo. Veo cómo desaparece la luz que ilumina la cara del acantilado al adentrarme en el túnel submarino. Me obligo a mantener la calma y doy patadas con las piernas, dejando que mis aletas me impulsen hacia adelante. Lo único que puedo ver es el charco de luz amarilla de la linterna y no soy capaz de saber si voy demasiado profundo o si por el contrario estoy demasiado cerca de la superficie a punto de estrellarme con el techo del túnel. Entonces, de repente, la luz cambia, vuelvo a ver algo que se refleja por encima de mí y sé que debo de estar dentro. Doy un par de patadas más y salgo a la superficie.

El paisaje ha cambiado. El ruido del golpeteo contra la pared del acantilado ya no se oye. En su lugar hay otros sonidos. Oigo gotas de agua que caen desde lo alto de la cueva y que resuenan al chocar con la superficie de la charca. Ilumino el interior de la cueva con mi linterna. El techo es en su mayoría bajo, pero en algunos lugares se extiende muy por encima de mí. Donde las paredes se encuentran con el agua, la mayor parte de las veces caen en vertical, pero en algunos lugares hay salientes, algunos bastante grandes. En el fondo el agua se sumerge e incluso forma una pequeña playa de guijarros. Entonces, debajo de mí, veo el resplandor amarillo de la linterna de Steve, que se hace cada vez más brillante, hasta que sale a la superficie. Exhala con calma y se une a mí haciendo brillar su luz alrededor.

—Vaya sitio —dice.

Su linterna tiene una segunda fila de bombillas led que emiten una luz más intensa y las enciende de modo que toda la cueva está tenuemente iluminada. Sé que las paredes de aquí tienen colores increíbles, por los depósitos minerales del agua que corre por el interior de los acantilados, pero en su mayor parte ahora solo se ven diferentes tonos de negro.

—Entonces ¿dónde crees que estará la mercancía de estos matones? —pregunta Steve.

No respondo. En su lugar, dirijo el haz de mi linterna hacia los salientes, esperando ver algo que me diga que no he cometido un terrible error. Pero no hay nada. Al menos nada evidente.

—Tal vez esté junto a la playa... —Doy un par de patadas y me lanzo suavemente por la tranquila quietud de la charca. Cuando toco los guijarros con las manos me impulso hacia arriba y salgo del agua. Steve hace lo mismo, por lo que ambos estamos fuera del agua.

Aquí solo hay playa porque la marea está baja en este momento. Aun así es bastante pequeña, solo una franja de piedras que se une a la pared trasera de la cueva y donde lo hace, el techo se inclina de tal manera que no puedes estar de pie. Es el único lugar que se me ocurre en el que podrían estar escondidas las drogas y me impulso hacia él con esperanza.

Mi linterna funciona mejor aquí, ya que capta los detalles de la roca, y exploro los numerosos pliegues y grietas, esperando ver paquetes de droga por algún sitio. Tienen que estar aquí. Pero después de diez minutos, Steve y yo hemos explorado todo el largo de la playa y no hemos encontrado nada. Así que volvemos a entrar en el agua y entre los dos buscamos por todo el perímetro de la cueva, subiendo a cada una de las cornisas y comprobando con nuestras linternas todo lo que podemos. Varias veces llamo a Steve para preguntarle si ha encontrado algo y mi voz me devuelve el eco. Pero cada vez me grita que no ha visto nada y oigo cómo su voz se vuelve cada vez más sombría.

Después de otros veinte minutos, nos encontramos de nuevo en la pequeña playa.

—Entonces... —comienza Steve—, ¿hay alguna otra cámara aquí? ¿Quizás haya otro lugar donde lo ha podido esconder?

Sacudo la cabeza, luego recuerdo que está oscuro y que no me verá.

—No lo creo. Al menos, nunca he oído hablar de ninguna otra cueva —le digo. Temo haberme equivocado, aquí no hay nada. Eso significa que vamos a tener que volver al barco con las manos vacías. No sé cómo se lo van a tomar los dos mafiosos pero creo que no muy bien.

Me quedo en silencio y trato de pensar. Steve vuelve a iluminar la playa con la linterna.

—Entonces, si no está aquí... —comienza. Puedo oír cómo intenta mantener su voz positiva, pero empieza a sonar ansioso—, ¿qué distancia hay para salir nadando de aquí? ¿Dónde está el sitio más cerca donde podamos salir del agua y llamar a la policía?

—No podemos hacer eso —protesto—. Ámbar está en el barco y Gracie también.

Steve no responde al principio.

—Mira, tal vez uno de nosotros pueda ir nadando en busca de ayuda. El otro podría volver y tratar de convencerlos de que nos dejen marchar a todos...

—Ni hablar. De todos modos, el sitio más cercano está a varios kilómetros de distancia. Toda la costa en esta zona es de acantilados hasta casi llegar a Holport.

—¿Qué distancia hay? —insiste Steve.

Apenas vale la pena contestarle, con el tiempo que se avecina sería un suicidio.

—Quince kilómetros, más o menos. Ya viste lo que tardamos en llegar. Ese es el lugar más cercano para salir.

No responde, me imagino que ha abandonado la idea. Estoy seguro de que podría nadar esa distancia con buen tiempo, pero de noche, al pie de un acantilado con una tormenta y olas que lo empujen contra las rocas, no habría manera...

—Puedo hacerlo —dice, su voz no suena ni de lejos tan segura como antes—. Me llevará un par de horas, pero puedo hacerlo y volver con la policía.

—Pero ¿y qué hago yo? —Oigo en mi propio eco lo quejica que sueno. No era mi intención. Es que no estoy seguro de qué espera Steve que haga mientras él va a buscar ayuda. Steve se calla de nuevo. En ese momento, se me empieza a ocurrir una idea pero Steve continúa.

—Podrías decirles que todavía estás buscando las drogas. Hacerles creer que vamos a tardar dos o tres horas, que solo tienen que esperar...

—¡Bajo el agua! —Lo interrumpo de repente—. No hemos buscado bajo el agua.

—¿Qué?

—Carlos debió de pensar que la gente a veces entra en estas cuevas, porque están marcadas en las cartas. Por eso no habría dejado las drogas en la playa o en las cornisas. Las habría escondido con mucho cuidado. Así que tal vez las ancló bajo el agua.

Steve no dice nada al principio. Pero luego se vuelve a poner la máscara de buceo.

—Tú revisa el lado izquierdo, yo buscaré en el derecho.

Así que volvemos a meternos en el agua y esta vez hacemos lo posible por ver el fondo con nuestras linternas. El interior de la cueva no es tan profundo como el exterior y el fondo es más regular que el suelo marino del exterior. Esta vez, no tardo en encontrar la mercancía.

Las drogas están en pequeños paquetes, cada uno del tamaño de un paquete de pan de molde, sujetos por lo que parece ser un trozo de red de pesca vieja. Las esquinas y los bordes están sujetos por piedras. Steve debe de verlo al mismo tiempo que yo, porque se acerca nadando y juntos nos sumergimos. Empezamos a levantar las rocas, pero él es capaz de permanecer abajo mucho más tiempo mientras que yo tengo que volver a la superficie para coger aire. Cuando vuelvo a sumergirme Steve ha desplazado suficientes rocas para que la esquina de la red se suelte. Saca uno de los paquetes y apunta hacia arriba con su linterna enviándome a la superficie de nuevo.

Esta vez emergemos y Steve me entrega el paquete. Es bastante grande y sorprendentemente pesado. Está envuelto en una combinación de plástico transparente y cinta adhesiva.

Puedo oír la sonrisa en la voz de Steve.

—Ve a por la bolsa. Yo iré a sacar unas cuantas más.

No tardamos en llenar la bolsa de red que hemos traído, aunque es evidente que no vamos a poder meter todos los paquetes de una vez.

—Puedo sostener la linterna en la boca —propongo—, así podría llevar un paquete en cada mano.

Pero Steve niega con la cabeza.

—De todos modos, vamos a tener que hacer dos viajes. Va a ser difícil nadar contra el viento. —Enfoca su luz en el paquete, inspeccionándolo. En la penumbra lo veo sacudir la cabeza—. Es mejor que recuperemos este primer lote. Además, se estarán preguntando dónde estamos.

Así que apretamos el cuello de la bolsa y respiramos profundamente, dispuestos a nadar de vuelta por la entrada de la cueva hacia el mar abierto.

Me llama la atención cómo ha empeorado el tiempo fuera del refugio de la cueva. Las olas que golpean contra el lado del acantilado son más grandes ahora, tal vez de un metro de altura y puedo ver que La Dama Azul no está bien fondeada. Está tumbada de popa hacia nosotros y las luces están encendidas, lo que hace evidente que está oscilando de un lado a otro. Debe de ser bastante incómodo estar sentado allí, esperando.

Volver a hablar es imposible, incluso nadar es difícil y me limito a seguir a Steve, hacia el barco. Me alegro de que sea él quien remolque la bolsa.

Entonces vemos una nueva luz. Es de la linterna grande, la que tenemos enganchada a la pared donde está la mesa de cartas. Brilla desde la popa del barco, su luz rastrea la superficie del mar. Supongo que debe ser el Pendientes que nos está buscando. Entonces le oigo gritar, su voz casi perdida por la fuerza del viento. Es inútil intentar responder a los gritos, es mejor que nademos y es evidente que Steve piensa lo mismo, porque incluso con el peso extra que lleva incrementa su ventaja sobre mí. Cuando llego a la escalera, él ya está a bordo y baja un brazo para ayudarme. Subo justo a tiempo para ver al Pendientes, que sostiene su pistola con las dos manos y parece enfadado.

—¡Oye! —grita—. Te he hecho una pregunta —Steve le ignora y sigue ayudándome a subir a bordo, tirando físicamente de mí por la escalera hasta que estoy de rodillas en la cubierta. Pero, de repente, el Pendientes se adelanta y golpea a Steve en la cabeza con su pistola. Hace un ruido como un fuerte crujido.

—Te he preguntado que por qué habéis tardado tanto.

No creo que el golpe haya sido tan fuerte como parece. El barco se mueve tanto que le quitó la fuerza. Pero aun así Steve se toca con los dedos el costado de la cabeza, como si buscara sangre.

—Eso es solo una advertencia —dice el Pendientes, recuperando el equilibrio—. Ahora respóndeme, o la próxima vez te abro la cabeza.

—¿Quieres calmarte un poco? —le dice Steve. Vuelve a la escalera y saca la bolsa de donde la había enganchado—. Estaba bien escondida. Billy ha hecho bien en encontrarla.

El Pendientes observa a Steve, como si aún quisiera una respuesta a su pregunta. Pero al final la visión de la bolsa le gana. Le da una patada con desconfianza y luego se agacha para sacudirla y abrirla. Pero está atada y no puede abrirla sin soltar la pistola.

—Ábrela —le dice a Steve, que no se mueve—. He dicho que la abras.

Lentamente, Steve hace lo que le dice. Deshace los nudos alrededor del cuello de la red. Tarda unos instantes.

—¿Dónde está Ámbar? —pregunto, pero nadie me responde—. ¿Dónde están Ámbar y Gracie? Tú tienes tus drogas...

—Mantén la boca cerrada, chico —espeta el Pendientes. Se vuelve hacia Steve—. ¿Eso es todo? ¿Dónde está el resto?

—Dentro de la cueva.

—¿Qué? ¿Por qué coño no lo habéis traído todo...?

—Trajimos todo lo que pudimos. Ya te he dicho que te calmes. Estamos haciendo exactamente lo que nos has pedido, en circunstancias muy difíciles.

Esto parece silenciar al Pendientes por un momento. Coge uno de los paquetes y lo inspecciona con una sola mano. Miro a Steve. Me doy cuenta de que Steve está juzgando si el Pendientes está lo suficientemente distraído como para lanzarse a atacarlo. Me aterra la perspectiva, pero al mismo tiempo intento prepararme para ayudar si puedo. Pero entonces el otro hombre, Tommy, sale de las sombras de la cabina.

—Las manos donde pueda verlas —dice mientras nos apunta con su pistola.

El Pendientes levanta la vista y al ver que puede usar ambas manos con seguridad, se mete la pistola en la cintura e inspecciona bien el paquete. No sé qué busca, pero parece satisfecho. Al menos por un momento. Sacude varios paquetes y con una patada echa la bolsa vacía hacia Steve. Luego vuelve a sacar la pistola.

—¿Y bien? ¿A qué coño estáis esperando? Volved y traed el resto.

Hay un momento de silencio y vuelvo a mirar al agua. De repente me doy cuenta de que estoy cansado. Lo último que quiero hacer es volver a entrar en el agua. Pero no tengo otra opción.

—Espera —dice Steve.

—¿Para qué? —responde el Pendientes.

—Quiero saber qué plan tienes —dice Steve—. Has conseguido lo que querías. Quiero saber cómo piensas dejarnos ir.

—¿De qué coño estás hablando? —dice el Pendientes.

—Te lo acabo de decir. Te hemos traído esto —señala las drogas—, no soy un experto pero sé que valen mucho dinero. Nosotros lo único que queremos es que nos dejes ir. Pero ¿cómo sabemos que podemos confiar en ti?

Miro la cara del Pendientes y veo que se ha torcido con una mueca de enfado.

—No me importa una mierda si confiáis en mí o no. Tenemos a la chica y a su hermana encerradas en el camarote. Así que será mejor que hagas lo que te digo.

Pero Steve no se mueve.

—No pienso moverme hasta que me expliques el plan. ¿Cómo vas a salir de aquí y cómo vas a liberarnos?

Hay un enfrentamiento que dura mucho tiempo. Tengo la sensación de que el otro tipo, Tommy, y yo, estamos esperando a ver qué pasa. Por un segundo pienso que el Pendientes le va a pegar un tiro a Steve y mi siguiente pensamiento es muy egoísta: si disparan a Steve voy a tener que entrar en la cueva solo. Pero afortunadamente no lo hace. Supongo que se imagina que no va a conseguir el resto de las drogas de esa manera.

—Muy bien —dice al final—. Este es el plan. —Se encoge de hombros como si no fuera gran cosa decírnoslo—. Una vez que hayáis traído el resto de la mercancía os llevamos de vuelta al puerto deportivo. —Se detiene e intuyo que se lo está inventando sobre la marcha—. Os encerramos en el barco, el tiempo suficiente para alejarnos y salir de la ciudad. Una vez que hayamos desaparecido seréis libres. ¿Te parece bien?

Miro a Steve. Tengo un sinfín de preguntas, pero Steve se limita a mirarlo durante un buen rato. Al final asiente con la cabeza.

—Me alegro. Ahora volved al agua y traedme el resto de mis paquetes.

Con cierta lentitud, Steve se levanta. Se ata la bolsa a la cintura y se vuelve hacia mí.

—¿Estás listo, Billy?

CAPÍTULO CUARENTA Y SIETE

ESTOY HELADO de frío pero sé que es mejor no decir nada. Por eso asiento con la cabeza y trato de no mirar al agua mientras me acerco con cuidado a la escalera. Todavía tengo las aletas puestas por lo que es más fácil dar un salto. No quiero hacerlo, pero no me queda otra así que me tiro al agua y me sumerjo en la oscuridad. En un instante, otro chorro de agua helada se me cuela por el neopreno. Entonces salgo a la superficie jadeando para tomar aire y colocarme el tubo de buceo y la máscara.

Ahora que conoce el camino, Steve toma la delantera y me hace nadar rápido, lo cual me ayuda a entrar en calor. Intento hablar con él mientras avanzamos, pero niega con la cabeza y se aleja nadando, ni siquiera vacila en la entrada de la cueva, sino que se zambulle directamente bajo el agua. Eso me facilita también el paso por el túnel, ya que lo único que tengo que hacer es seguir el resplandor amarillo que veo delante de mí.

Una vez que estamos dentro de la cueva quiero que se detenga a hablar conmigo. Debe tener algún tipo de plan, al menos eso espero. Pero se sumerge y esta vez observo desde la superficie cómo trabaja bajo el agua, moviendo las rocas y sacando los paquetes de cocaína que quedan. Es increíble el tiempo que puede permanecer bajo el agua aguantando la respiración. Pensaba que papá era bueno, solía practicar cuando hacía surf en olas grandes, pero Steve es increíble. Con solo una respiración consigue liberar todos los paquetes y ascender hacia la superficie donde me los entrega para que los meta en la bolsa. Cinco minutos más tarde ya hemos terminado. Pero entonces, en lugar de regresar hacia la entrada y nadar de vuelta al barco, señala la pequeña playa que hay al fondo de la cueva y nada en esa dirección. Una vez allí, se quita la máscara y el tubo.

—Tenemos que hacer algo —dice cuando llego.

—¿El qué?

—No lo sé. Pero algo hay que hacer, sino esto no va a terminar bien.

—¿Por qué dices eso? —le pregunto, aunque en realidad ya sé la respuesta, solo que no quiero pensar en ello.

—¿Lo has oído? —pregunta Steve.

No contesto y lo siguiente que noto es que me está iluminando la cara.

—¡Jesús! ¡Billy! ¿Estás bien? Te has quedado blanco.

De repente me agarra y empieza a frotarme de arriba abajo en los brazos y el pecho, usando la fricción para calentarme un poco. Creo que va a parar, pero sigue, durante lo que deben de ser cinco minutos y la verdad es que casi entro en calor.

—A ver —dice, casi se ha quedado sin aliento—, ¿estás mejor?

Asiento con la cabeza.

—Así me gusta. Necesito que te concentres. ¿Oíste lo que nos dijo, cuando le pregunté cuál era el plan?

Vuelvo a asentir, aunque esta vez recuerdo que no puede verme.

—Nos van a encerrar en el barco mientras se escapan.

—Sí, pero ¿te diste cuenta de que tuvo que inventarlo sobre la marcha? No tenía ningún plan, o si lo tenía creo que no era ese.

Me siento un poco mejor ahora que he entrado en calor. Mi cabeza está empezando a funcionar de nuevo.

—¿Y qué crees que van a hacer entonces, cuando recuperen las drogas?

Steve vuelve a poner su linterna en modo lámpara y proyecta un brillo amarillo apagado que ilumina mejor la cueva. Sacude la cabeza.

—Billy, hemos visto sus caras y no ha sido solo un vistazo rápido. Solo hay una cosa que planean hacer.

No necesito preguntar a qué se refiere. Ya lo sé. Está claro. Aun así, tengo que comprobarlo, porque la situación es tan ridícula… Steve y yo sentados en una cueva en la oscuridad con una bolsa llena hasta arriba de paquetes de cocaína.

—¿El qué?

Tarda un poco en contestar pero cuando lo hace no me oculta nada.

—Van a asesinarnos, Billy. Si volvemos con la cocaína, una vez que la tengan en su posesión nos van a disparar. Y si volvemos sin ella se van a cargar a tu amiga y a su hermana pequeña también.

Nos quedamos en silencio. Sé que tiene razón, pero es surrealista oírlo en voz alta.

—Entonces, ¿qué hacemos? —pregunto al cabo de unos momentos.

—Necesitamos un plan.

—Claro... ¿Qué plan tienes? —insisto.

Había comenzado a sentir un pequeño brote de esperanza pero Steve tarda en contestar y pronto se desvanece.

—Billy, lo siento, no se me ocurre nada.

Me invade el pesimismo y la penumbra que nos rodea me asfixia.

—Tenemos que mantenernos positivos —dice Steve—. Somos más que ellos, cuatro contra dos. Eso tiene que darnos ventaja. Tenemos que encontrar una manera de sacarle partido a esa ventaja.

Intento hacer lo que dice, ser positivo. Pero no puedo evitar querer protestar. Puede que los superemos en número, pero Ámbar y Gracie están encerradas en el compartimento de proa, y Gracie tiene tan solo seis años. Ellos son dos hombres adultos, armados y peligrosos.

—Tu amiga, Ámbar, ¿podemos enviarle un mensaje? ¿Hay alguna ventana en el compartimiento de proa? —me pregunta Steve, como si hubiera leído mi mente.

Pienso antes de responderle, pero él ya ha cogido carrerilla.

—¿Tal vez podamos enviarle un mensaje a Ámbar a través del casco? ¿Entiende el código Morse?

—No creo —digo—. Pero yo sí.

Gira la cabeza para mirarme.

—¿Qué?

—Hace mucho tiempo que no practico, pero sí, lo aprendí por mi cuenta de pequeño. Pensé que a lo mejor me venía bien algún día.

Steve suelta una carcajada.

—Caramba, Billy, ¿por qué será que no me sorprende?

No sé a qué se refiere y sigo sin saberlo cuando deja de reírse. De nuevo su voz es dura, amarga.

—Si al menos tuviéramos un arma —dice, su voz suena amarga. Empieza a mirar a su alrededor, buscando piedras, pero aquí solo hay guijarros—. Podríamos coger piedras del fondo. Si pudiera acercarme lo suficiente, tal vez pueda golpear al chulito con ella, al cretino de los pendientes.

Está hablando consigo mismo lo que me da tiempo a imaginar cómo podría desarrollarse la situación. El tipo más grande, Tommy, está atento en todo momento y no suelta el arma ni por asomo. Tiene una especie de aura de profesionalidad y eficacia que me aterroriza. Si Steve intentase atacar al Pendientes con una piedra, aunque consiguiera darle un golpe, el otro hombre no dudaría en dispararle.

Observo lo que está haciendo, se ha arrastrado hasta la orilla del agua donde hay algunas rocas más grandes. Selecciona un par, sopesa su tamaño y las mete en la bolsa.

—Vamos, Billy —dice.

Me dan ganas de preguntar si eso es todo lo que se le ha ocurrido. Si este es su plan de ataque. Pensaba que íbamos a idear algo para salir de esta con vida pero lo único que me parece es que voy a ser testigo de cómo disparan y matan a Steve mientras trata de desarmar a dos mafiosos con una piedra.

—¡No va a funcionar! —digo en voz alta. Steve se detiene.

—Hay mucha oscuridad y el barco se balancea, podría darme una oportunidad para atacarlos.

—Pero ¿qué pasa si no la hay?

—Escucha, Billy —finalmente su voz se quiebra y suena enfadado—, si tienes una idea mejor me encantaría escucharla.

No la tengo, así que guardo silencio.

—Pues venga. Cuando lleguemos, tienes que buscar una oportunidad para distraerlos. No sé el qué, cualquier cosa. Espera a que tenga la roca en la mano y esté lo suficientemente cerca para…

De repente me acuerdo de un detalle.

—¡Ya lo tengo! —grito.

Se gira hacia mí.

—¡Sé dónde podemos encontrar un arma!

CAPÍTULO CUARENTA Y OCHO

—¿DÓNDE? —pregunta Steve. Se ha quedado inmóvil.

—Cuando vi a Carlos, o como se llame, aquí por primera vez debió de ser después de que escondiera la cocaína, porque no la vi en absoluto. Lo único que vi fue que estaba pescando con arpón y toda esta zona es una reserva marina.

Steve permanece en silencio, escuchándome.

—No había pescado nada, igual ni siquiera lo estaba intentando, solo tenía el arpón para protegerse, pero yo no lo sabía, así que nadé hasta él para contarle lo de la reserva marina y avisarle de que aquí no estaba permitido pescar. Se pegó tal susto que se le cayó el arpón al fondo. Estábamos en aguas profundas y ni siquiera intentó recuperarlo. Lo sé, porque me quedé esperando para asegurarme de que de verdad se marchaba. Por eso estoy seguro de que todavía sigue allí. Sé dónde está.

De repente tengo tanta prisa por irme que empiezo a tirar del hombro de Steve. Pero él no parece muy convencido.

—¿Cómo sabes dónde está?

—Porque lo vi debajo de mí cuando se hubo marchado. Se había caído por uno de los hoyos y recuerdo que me enfadé porque era demasiado profundo para que yo pudiera recuperarlo. Me molestó porque era un crimen de polución medioambiental. Pero sé exactamente dónde está.

Duda de nuevo.

—¿Está en un hoyo? ¿Cómo es de profundo?

Me detengo. La verdad es que no lo sé. Solo he supuesto que Steve sería capaz de rescatarlo, incluso ahora con tanta oscuridad, porque es un campeón de buceo libre. En su momento no pensé que hubiera ninguna razón para bajar hasta allí.

—Tal vez cuatro metros —sugiero, pero enseguida me doy cuenta de que me he quedado corto. La marea está más alta hoy por lo que debe estar más profundo aún—. Igual seis metros.

Hay una breve pausa antes de que responda.

—Seis metros no es tanto —dice por fin, asintiendo con la cabeza.

Decido no confesar que no lo he medido y que temo que podría ser más profundo.

—Muéstrame dónde está.

Así que agarramos la bolsa y una vez más nos sumergimos bajo la superficie para atravesar el pasaje submarino que conecta la cueva con el mar. Esta vez, una vez que estamos fuera no nadamos directamente de vuelta al barco, sino que trato de averiguar dónde dejó caer Carlos el arpón. Sé lo que tengo que identificar para encontrarlo, pero está tan oscuro debajo de mí que apenas puedo ver el fondo del mar y mucho menos reconocer los rasgos. Además, la mar está tan agitada que resulta difícil permanecer en el mismo sitio nadando. Percibo a Steve a mi lado, ambos tenemos cuidado de apuntar con nuestras linternas hacia abajo para que nadie del barco pueda ver lo que estamos haciendo, pero la luz solo ayuda a iluminar la parte superior de las secciones de roca menos profundas.

Me detengo, saco la cabeza del agua y pienso. El pulpo estaba en un parche de arena poco profundo cerca de la entrada de la cueva. Soy capaz de localizarlo con bastante facilidad. Entonces intento recordar más detalles. El Misterio estaba anclado más allá de la entrada de la cueva de lo que está La Dama Azul ahora, también más al norte. Intento hacer el mismo recorrido a nado y durante todo el trayecto no paro de meter la cabeza en el agua, esforzándome por ver todo lo que pueda.

Por fin llegamos hasta donde creo que debe de estar el fusil de pesca. Pero es inútil. Incluso apuntando las linternas en vertical hacia abajo solo se ve agua, la luz no llega al fondo.

—Es por aquí, en algún sitio de por ahí abajo —le digo a Steve, pero no puedo evitar renegar con la cabeza. Ni siquiera sé si se va a molestar en intentarlo. Ahora que hemos llegado está claro que es imposible. Sin embargo, me entrega la bolsa con los paquetes de cocaína y se pone a flotar de espaldas durante un minuto o así, sin decir nada. No sé cómo se las arregla para hacer eso, con la forma en que el oleaje nos está sacudiendo. Algo me obliga a no interrumpirle, a esperar a ver qué hace a continuación. Entonces se da la vuelta y veo sus ojos, firmes y resolutos, a través de la máscara. Me hace un gesto con el pulgar hacia arriba. Entonces se impulsa hacia delante y desaparece bajo el agua.

Enseguida me pongo el tubo y la máscara para verlo descender. Tiene la linterna encendida y veo cómo se hunde. Lentamente desciende hacia abajo, cada vez más lejos. Me pregunto si realmente estoy en el lugar correcto, o si lo he enviado hacia un fondo vacío. O peor, a una sección del arrecife donde es demasiado profundo para que nadie pueda llegar. La luz se sigue alejando por debajo de mí. Entonces, finalmente, veo cómo ilumina la roca a su alrededor, debe de haber llegado al fondo marino.

Una ola sobrepasa mi tubo de respirar y se me cuela un trago de agua salada. Casi me entra el pánico y salgo a la superficie ahogándome y tosiendo para despejar las vías respiratorias. Luego soplo con fuerza por el tubo para vaciarlo y vuelvo a mirar hacia abajo. La luz se mueve, desplazándose con lentitud por el fondo marino. Es difícil de ver, pero parece que está avanzando por una grieta en la roca. Eso me preocupa. No creía que hubiera ninguna grieta en el lugar donde pensaba que había caído el arma. Era más bien un agujero redondo en el arrecife. Entonces me preocupa otra cosa. Estoy respirando con normalidad, o con tanta como puedo a través del tubo de respirar en un mar tan agitado. Pero Steve solo ha cogido aliento una vez. Decido aguantar la respiración, como forma de medir el tiempo que lleva ahí abajo. Así que me saco el tubo de respirar de la boca y me aprieto la nariz.

Sigo observando como la luz, muy por debajo de mí, se desplaza hacia la derecha. Entonces se detiene. Espero, todavía contando en mi cabeza. Llego a veinte segundos antes de sentir el pellizco en el pecho, la necesidad de que entre más aire. Trato de ignorarlo, de alejarlo, pero cada vez es más fuerte. Al llegar a los cuarenta, sé que tengo que soltarme la nariz y volver a respirar, pero también sé lo que significa para Steve. Ha estado ahí abajo mucho más tiempo del que yo he estado aguantando la respiración y ahora la luz no se mueve. Me doy cuenta de que no se ha movido en los últimos treinta segundos. Empiezo a sentir terror por lo que pueda significar. ¿Quizá ha perdido el conocimiento? Tal vez se haya ahogado.

Balbuceo y resurjo, jadeando, asqueado de mí mismo por no haber podido llegar ni a un minuto. Lucho por calmarme y vuelvo a mirar hacia abajo. Esta vez no veo nada. No es que no haya movimiento, es que no hay ninguna luz. Apago mi linterna para que no me afecte la visión pero sigo sin poder ver nada más que un océano de negrura.

La sensación en mi estómago es de puro y frío terror. Miro hacia arriba y a mi alrededor, pero solo veo un mar vacío. Hay un raro hueco entre las nubes por donde se asoma la luna y el descuidado oleaje rompe su reflejo en la superficie del agua. Un poco más lejos, La Dama Azul sigue fondeada, sus luces de cubierta siguen oscilando al son de las olas. Detrás de mí, los acantilados son oscuros y amenazantes. No hay rastro de Steve. Vuelvo a mirar bajo el agua, incapaz ya de respirar. Nada ha cambiado. Sigue reinando la oscuridad.

No hay nada que pueda hacer. Debe de haberle pasado algo. La inmersión libre es peligrosa, incluso con buen tiempo, todo tipo de cosas pueden salir mal, y yo me siento impotente para ayudar. Incluso si pudiera llegar a esa profundidad, sería demasiado tarde. El miedo me invade. Tal vez ya esté muerto. Ya llevaba ahí abajo bastante tiempo, al menos quince minutos.

¿Qué hago? ¿Debo volver al barco de todos modos? ¿Darles sus drogas y dejar que nos maten? Al menos volvería a ver a Ámbar, aunque fuese solo para morir. Igual sea mejor tratar de alejarme nadando. Me ahogaré antes de llegar a una playa, de eso no hay ninguna duda. A lo mejor debería intentar rescatar a Steve. Tal vez pueda nadar hacia abajo. Lucho por tomar aire, listo para agacharme y sumergirme. Pero incluso cuando lo hago, sé que no lo voy a lograr. No fui capaz de recuperarlo a la luz del día, con buen tiempo, cuando el mar estaba tranquilo y la marea baja. Ahora será imposible.

Ufff.

De repente, algo me golpea en el estómago. Recibo otra bocanada de agua de mar y entonces algo sale a la superficie justo delante de mi cara, jadeando, igual que yo. Por un segundo no me doy cuenta de lo que es y luego, con una explosión de alegría, veo que es Steve. Ninguno de los dos podemos hablar. Entonces veo el brillo de sus dientes en la tenue luz y levanta un largo fusil metálico en la mano.

—Tuve suerte —dice, jadeando a través del viento y las olas—. La linterna me falló, pero solo después de que viera el fusil.

No respondo. Me siento fatal por haberlo dado por muerto.

—Y lo que es mejor, es un arpón buenísimo —dice, un minuto después, cuando ha terminado de respirar con fuerza—. Sabe Dios cómo encontraste el sitio exacto donde estaba.

Apenas aprecio el cumplido. Debo de habernos colocado justo encima.

—Vamos. No saben lo que se les viene encima —dice Steve. Y sin ni siquiera contarme el plan, empieza a nadar de vuelta a La Dama Azul.

CAPÍTULO CUARENTA Y NUEVE

EL HAZ de luz de un foco en la parte trasera del barco nos ilumina según vamos nadando, pero esta vez nos podemos acercar aún más antes de que nos vean desde la borda. No puedo ver cuál de los dos matones lo sostiene y me preocupa que vean el arpón. Es bastante grande. Steve se detuvo a medio camino para cargarlo, tirando de la gruesa banda elástica hacia atrás y enganchándola al arpón. Solo se puede disparar una vez pero el impacto es mortal. Los he visto atravesar peces, incluso a los más grandes y he visto vídeos en Internet de gente que dispara a otras cosas, como árboles y televisores. Son capaces de penetrar cualquier cuerpo.

Cuando llegamos a la escalera, Steve me empuja para que vaya primero, así que subo y veo si hay algo que pueda hacer de inmediato para distraerlos. El Pendientes está ahí, esperando para reclamar la bolsa con la droga, mientras que Tommy está atrás, con los pies abiertos para mantener el equilibrio en el balanceo del barco. Siento que me observa y tiene la pistola apuntada en mi dirección. Está completamente concentrado en observarme.

—¿Dónde está tu amigo, el de los tiburones? —pregunta el Pendientes. No sé qué decir.

—Está justo detrás de mí. O lo estaba.

—¿Y dónde está la coca? ¿Dónde coño está mi coca?

Steve tenía la bolsa, así que tampoco sé esta respuesta pero entonces oigo una voz de repente, desde el agua.

—Está aquí.

Por alguna razón ha aparecido en el lado de babor del barco. Luego vuelve a nadar hacia la escalera de popa y lo vemos subir a la plataforma, usando las dos manos. Entonces veo que se ha atado la bolsa a la cintura y la sube con cuidado detrás de él. No veo dónde tiene el arpón. ¿Se le habrá caído? Después de todo el esfuerzo que le costó recuperarlo. Pero entonces me mira y me doy cuenta de que tiene un cordel fino atado al pie. Todos los arpones tienen un cordel que une la lanza al fusil, de lo contrario se perdería la lanza cada vez que se disparase. Esa es la cuerda que tiene alrededor de su tobillo. Debe de haber cortado la cuerda con la hélice del motor. Lo que quiere decir que la lanza estará flotando en el agua.

El Pendientes no nota nada, al menos no lo creo. Solo le preocupan las drogas.

—¿Eso es todo lo que hay? —suelta cuando consigue abrir la bolsa de nuevo. Steve asiente, moviendo poco a poco el pie. Una vez que entre en la cabina podrá esconder el arma detrás de uno de los asientos del banco.

—Parece poco.

—Es todo lo que había —responde Steve—. Puedes ir a echar un vistazo tú mismo, si quieres. Pero ahora mismo tenemos frío y el chico necesita quitarse el neopreno y entrar en calor.

El Pendientes le mira con desprecio, se da la vuelta y abre la bolsa del todo. Mantengo la mirada en Steve y veo cómo los observa a ambos. Pero Tommy mantiene la mirada fija en Steve. Entonces el Pendientes se arrodilla junto a la bolsa, saca los paquetes y los arroja al interior de la cabina, donde está amontonado el primer lote que trajimos.

—¿Cuántos paquetes hay? —le pregunta a Tommy. Levanto la vista y veo un gesto de irritación en el rostro de este. Sigue sin quitarnos los ojos de encima a Steve y a mí. Pero cuenta los paquetes de todos modos, usando sus pies.

—Diez.

El Pendientes parece contento y Steve lo intenta de nuevo.

—Venga, colega. Hemos cumplido con nuestra parte. Deja que el chico se seque. Está congelado.

El Pendientes no hace señal de haberlo oído. En su lugar, saca el móvil y enciende la pantalla. Lo mira un momento y vuelve a apagarlo. Pone cara de asco.

—Estamos sin puta cobertura —grita, más a sí mismo que a los demás.

—Vamos, hombre. Le va a dar una hipotermia como no se seque.

No sé qué plan tendrá Steve, pero intento seguirle la corriente. Me pongo a temblar, lo cual no es difícil porque estoy muerto de frío. Me empiezan a castañear los dientes y hace que el Pendientes levante la vista.

—Me importa una mierda —responde. Luego se da la vuelta y mira hacia el mar abierto por un momento. No sé qué estará buscando, pero de repente grita—: ¡Aquí!

Entonces me doy cuenta de que no estamos solos porque, no muy lejos, veo las luces de navegación de otro barco. Siento una ráfaga de alivio. Tal vez Ámbar ha conseguido salir del camarote de alguna manera y ha alertado a las autoridades por radio... pero ¿no la había destrozado Tommy?

—Ya era hora, joder —exclama el Pendientes.

—¿Qué pasa? —exige Steve, pero el Pendientes vuelve a ignorarle. Entonces Tommy se acerca también al Pendientes y por un momento los tres nos quedamos mirando en la oscuridad. El otro barco tiene luces en la cubierta y las ventanas de los camarotes también están iluminadas. Parece un barco de pesca privado, pero nuevo y más grande que La Dama Azul. Mi padre los llama palacios de alcohol. Se nos está acercando. Entonces vuelvo a mirar a Steve, justo a tiempo para ver cómo balancea el arpón sobre la borda y lo coloca suavemente en la cubierta. Luego deshace el nudo de la cuerda que tiene atada al tobillo.

—¿Quién viene? —pregunta de nuevo, cuando termina.

—Cállate la puta boca.

—Dijiste que íbamos a volver al puerto, que nos dejarías allí.

—Sí, bueno, pues te mentí, ¿vale? —el Pendientes se gira de nuevo para observar al otro barco. Un foco de luz nos ilumina de uno a uno. Entonces, cuando están a poca distancia, una voz pregunta, a través del agua.

—¿Por qué no contestas la radio?

El Pendientes mira a Tommy, molesto. Luego le grita.

—Tommy se la cargó.

Se oyen carcajadas a través del agua.

—Dile a Tommy que es un jodido idiota.

Ahora puedo distinguir varias siluetas en el otro barco. Son al menos cuatro hombres, y hay suficiente luz para que vea que dos de ellos están de pie en la parte superior de la cabina, agarrados a la barandilla de cubierta con una mano y con rifles de asalto automáticos colgados del cuello.

—¿Son vuestros colegas? —insiste Steve.

—Claro que lo son —suelta el Pendientes y parece molesto consigo mismo por haber contestado. Vuelve a gritar hacia el otro barco—. Decidle a Ángelo que hemos recuperado quince paquetes. Más vale que esté jodidamente agradecido.

Hay una pausa, mientras el motor del otro barco ruge tratando de mantener la posición. Entonces la misma voz contesta.

—Díselo tú mismo. ¿Crees que nos iba a dejar ir solos en su nuevo barco?

De repente, al Pendientes se le ilumina la cara de felicidad y parece olvidar que estamos aquí.

—Tommy, ¿lo has oído? El mismísimo Ángelo ha venido. Nuestra tarea concluye aquí. Lo hemos conseguido, joder.

—¿Quiénes son los civiles? —pregunta la voz de nuevo.

El Pendientes deja de sonreír de inmediato. Nos mira a Steve y a mí antes de responder.

—No son nadie, nadie importante.

Hay una larga pausa, mientras el motor del otro barco vuelve a rugir. En la luz reflejada puedo distinguir el nombre Mea Culpa, pintado en la popa. Veo a los hombres corriendo por la cubierta. Entonces la voz vuelve a sonar.

—Deshazte de ellos. Ángelo quiere que se arregle esto rápido. Se acerca mal tiempo.

La luz se hace más brillante a medida que el otro barco se acerca, pero el foco no apunta hacia nosotros.

—Vamos a dar un giro para ponernos a vuestro lado —dice ahora la voz. El foco de luz se separa bruscamente, como si quisieran darnos un poco de privacidad. Nos quedamos de nuevo con la iluminación de bajo nivel de la cubierta de La Dama Azul. Hemos oído lo que ha dicho el hombre y sabemos lo que significa. El Pendientes se vuelve hacia Tommy.

—Bueno, ya lo has oído. Hazlo.

Nadie se mueve. Nadie habla. Hasta que Tommy rompe el silencio con la frase más larga que le he oído decir hasta ahora.

—Pensé que los íbamos a dejar ir —dice por fin.

El Pendientes se gira para mirarle. Cuando habla, su voz es un gruñido.

—Sí, bueno, cambio de planes.

—Habíamos hecho un trato.

—Ángelo no ha hecho ningún trato así que deja de joder la marrana. Mételes un tiro ya de una puta vez.

Hay otro silencio.

—¿Qué hay de las chicas en el camarote? —pregunta Tommy.

—¿Qué pasa con ellas? Te cargas a estos dos, luego vas y les metes un tiro a cada una. No es tan difícil, joder.

El Pendientes mira a Tommy, quien se relaja y aprieta la pistola.

—Sí, pero la niña... no tiene nada que ver con todo esto.

—¿Qué coño estás diciendo, Tommy? ¿Acabas de recibir una orden directa y no quieres cumplirla? —pregunta el Pendientes mientras observa a Tommy.

Ambos tienen armas y no me extrañaría que se pusieran a dispararse el uno al otro. Entonces el Pendientes suelta un chasquido.

—¿No quieres disparar a una niña de seis años? Vale, muy bien. Yo me encargo. Pero termina con estos cabrones mientras tanto, si no es mucha molestia, claro.

El Pendientes se agacha y deja su arma en la cubierta para poder usar ambas manos mientras amontona los paquetes de cocaína. Resopla con rabia mientras trabaja. Aterrado, miro a Tommy. Me devuelve la mirada y procede a levantar la pistola hacia mí.

—Joder —dice—. Lo siento, chaval. Ojalá hubiera otra forma de terminar esto.

Mi boca se abre para hablar. Para decirle que hay otra manera, que debe haberla. Pero no sale ningún sonido. Con la otra mano, Tommy tira hacia atrás de la corredera de la parte superior del arma, introduciendo una bala en la recámara. Mueve la cabeza de un lado a otro.

—¡Las defensas! —exclamo de repente.

—¿Qué dices? —Tommy baja el arma un poco.

—Necesitáis poner las defensas si vais a dejar que se acerque el otro barco. Si no pueden dañar el casco si se chocan. Sé dónde están guardadas.

Oigo mi respiración, desesperada, rápida, entrecortada, mientras observo la reacción de Tommy. La pistola se inclina hacia un lado mientras se encoge de hombros.

—Bien... —se vuelve hacia el Pendientes—. Paolo, esta gente no son soldados. No están involucrados en absoluto. Así no es como hacíamos las cosas con el Viejo.

El Pendientes ha terminado lo que estaba haciendo, ha vuelto a agarrar su pistola y esta vez nos apunta con ella. Tiene el brazo recto, apuntándome a mí.

—Sí, y cuántas veces tengo que decirte que el Viejo ya no está. Jefe nuevo, reglas nuevas.

Entonces hay un sonido extraño, o dos sonidos extraños, mejor dicho. El primero es el ruido que hace el arpón al liberar la lanza, el segundo es el sonido del arpón metálico atravesando, primero el hombro del Pendientes y luego la madera de la estructura del puente de mando detrás de él, inmovilizándolo. A continuación, se oye un estruendo cuando el arma que sostenía cae a la cubierta. El ruido distrae a Tommy, que se vuelve para mirar, confundido por lo que acaba de suceder. Eso le da a Steve tiempo para reaccionar. Se lanza sobre Tommy, le ataca las piernas y en un segundo están los dos revolcados en la cubierta.

—¡Agarra el arma, Billy! —me grita Steve.

Soy un poco lento en reaccionar y el Pendientes se lanza hacia el arma antes de que yo llegue. Pero de repente no puede moverse. Está atrapado por la lanza y soy capaz de arrastrarme hacia él y recoger el arma. La sostengo, tiembla en mis manos y le apunto durante un segundo, luego giro y apunto a la maraña de brazos y piernas en movimiento que son Steve y Tommy. En la penumbra es imposible distinguir quién es quién, o cuál de ellos está ganando.

—¡Quietos! —grito tan fuerte como puedo. Funciona y Steve se aleja rodando. No veo dónde ha ido a parar el arma de Tommy, pero sí que veo que me está mirando a los ojos. En un instante Steve ha llegado a mi lado. Me quita con cuidado la pistola de las manos y apunta a Tommy.

—Ponte de rodillas.

El hombre grande no responde.

—Te he dicho que te pongas de rodillas ahora mismo, o te meto dos tiros en cada pierna.

—No vais a salir ganando —responde Tommy, que sigue sin hacer lo que dice Steve—. ¿No veis que están armados en el barco de al lado? Tienen rifles de asalto automáticos. Os van a cortar en pedazos.

—Última oportunidad, hijo de puta —le ignora Steve—. Ponte de rodillas tú o te pongo yo a tiros.

Esta vez Tommy lo hace. Oímos los gemidos del Pendientes en la cubierta, no sé si ya llevará así un rato pero yo me acabo de dar cuenta. Está intentando moverse pero no puede.

—Ahora túmbate. Pon las manos detrás de la espalda. Billy, ven aquí.

Steve mantiene la pistola presionada contra la parte posterior de la cabeza de Tommy, mientras me pide que le amarre las manos a Tommy. Soy bastante bueno con los nudos, pero aun así Steve lo comprueba. Luego gira a Tommy y le ato con una segunda cuerda a la nevera donde guardamos las bebidas, está llena de botellas y hielo por lo que no hay ninguna posibilidad de que vaya a moverse de allí. Ha sucedido todo tan rápido que el otro barco todavía está terminando su maniobra para dar la vuelta y ponerse a nuestro lado. Ya se están acercando y han encendido el foco, su haz de luz se tambalea a nuestro alrededor, tratando de distinguirnos.

—Billy, enciende el motor. ¡Tenemos que salir de aquí! —grita Steve. Cuando dudo, vuelve a gritar—. ¡Ahora, Billy! Voy a soltar el ancla.

En ese momento el foco se posa sobre nosotros. Siento el resplandor cuando el haz de luz se posa sobre el Pendientes, clavado contra la pared de la cabina y gritando. No me entretengo.

El motor de La Dama Azul se pone en marcha y veo que Steve ha soltado el ancla. No se molesta en intentar tirar de ella, le llevaría demasiado tiempo volver a subir toda la cadena a bordo. En su lugar, corta el extremo de la cuerda y la lanza por la borda.

—¡Adelante! —me grita y no dudo en actuar.

Empujo la palanca de cambios hacia delante y la proa del barco se empina hacia arriba por la potencia. Pero La Dama Azul es pesada y tarda un poco en ponerse en marcha. Con esta marejada tan grande tengo que concentrarme para mantener recta la embarcación a través del oleaje.

—Apaga las luces —me pide Steve ahora.

Hago lo que me dice. Pulso el interruptor y echo un vistazo detrás de mí. Veo el foco del otro barco oscilando de un lado a otro, tratando de localizarnos. Supongo que tal vez tarden unos instantes en darse cuenta de lo que está pasando, ya que no se han movido aún. Esto nos da una pequeña ventaja, no mucha, quizá unos cien metros. Entonces veo que la proa de su barco también se levanta, blanca contra el negro de los acantilados. A continuación ambas embarcaciones navegan tan rápido como pueden, cargando hacia altamar y la tormenta que se aproxima.

—¡Nos están siguiendo! —me grita Steve al oído desde mi lado. Lo miro a los ojos. No sé qué decir—. Anda, déjame conducir. Ve a liberar a Ámbar y a su hermana.

Hago lo que me dice y me dirijo a la escalera del puente a la cabina. Veo a Tommy dando botes en el suelo atado a la nevera y veo al otro hombre, el Pendientes, inmovilizado contra la pared de la cabina. Cada vez que el barco atraviesa una ola grita de agonía pero no tengo tiempo para él así que me dirijo al interior de la cabina de proa, donde Ámbar también está gritando. Trabajo tan rápido como puedo para deshacer los nudos que Tommy ató para mantener la puerta cerrada, pero es difícil con lo mucho que se mueve el barco. No solemos ir a toda velocidad en un oleaje como este y nunca he visto el contenido del interior del barco por los aires como ahora. Por fin libero la cuerda y la puerta se abre.

—¡Billy! ¿Qué está pasando? —Ámbar parece desesperada. Sigue abrazada a Gracie, tratando de calmarla, pero sin conseguirlo.

—Nos estamos escapando. —Respiro—. Nos hemos escapado. —Hay un gran choque, cuando el barco cae en el hueco entre dos olas. Noto que se reduce la velocidad pero enseguida volvemos a acelerar. Es horrible estar aquí en la parte delantera del barco—. Nos estamos escapando pero nos persiguen.

—¿Quiénes? —pregunta Ámbar, pero no contesto ya que me he dado la vuelta para ir a ayudar a Steve.

. . .

Cuando vuelvo a salir de la cabina veo que el otro barco ha reducido la distancia que nos separa a la mitad. Su foco no deja de apuntarnos pero nos pierde cada vez que nos levantamos sobre una ola y volvemos a caer. Entonces, cada vez que el foco nos tiene a la vista, oigo el ¡bang, bang! de sus armas, disparando contra nosotros.

—¡Agáchate! —grita Steve desde el puente.

Demasiado tarde me tiro a la cubierta, arrastrando a Ámbar y Gracie conmigo. Pero no nos pasa nada ya que debemos de ser imposibles de alcanzar entre tanta ola.

—Nos están alcanzando. Su barco es más grande y aguanta mejor este oleaje —me grita Steve de nuevo—. Agarraos bien. Voy a intentar cortarles el paso.

Sin más aviso, envía el barco a un giro brusco a estribor. Su luz nos pierde de inmediato y nuestra ventaja se incrementa en una o dos esloras. Pero no les cuesta mucho captar nuestra estela, blanca contra el agua oscura y nos encuentran de nuevo. Steve lo intenta de nuevo, pero esta vez el capitán del Mea Culpa es más rápido y gira con más fuerza, recortando de nuevo la distancia. Otra lluvia de balas vuela por nuestra popa.

—¡Disparadles! —ordena Steve. Por un instante no sé dónde está el arma, hasta que recuerdo que la dejé en el suelo junto a la cabina de proa. Me tambaleo para cogerla y veo que Ámbar ya la tiene. Está con la cara blanca en la puerta del camarote y tengo que darle un empujón para tirarla al suelo y que se ponga a cubierto. Entonces se oyen una serie de fuertes crujidos y me doy cuenta de que nos han dado con una ráfaga de balas. No han afectado a nada vital, al menos eso creo, pero es imposible saber si nos han dado por debajo de la línea de flotación.

Ámbar se libera de mí y apunta al barco que está detrás de nosotros. Es bastante buena con las armas, pero está claro que va a ser inútil. Los hombres del barco que nos sigue están protegidos por su proa en lo alto del agua y por el hecho de que ambos barcos oscilan y se chocan. Lo que también es evidente es que no hay posibilidad de escapar. La otra embarcación es más rápida, maniobra con más facilidad. Nos van a pillar. Entonces Steve hace un giro poco profundo y por un momento se descubre el costado del barco que nos persigue. Ámbar apunta de nuevo y vacía el resto del cargador detrás de nosotros. Es lo suficiente para preocuparlos ya que se apartan un poco y se colocan en paralelo. Parece que van a nivelarse con nosotros y luego nos van a acribillar a balazos. Estamos en una carrera en línea recta y La Dama Azul está perdiendo de manera aterradora.

—¿Tienes una balsa salvavidas abordo? —me pregunta Steve.

—¡Sí! —le grito de vuelta.

—Entonces ve a buscarla. Prepárate para lanzarla. —Quita las manos del timón por un segundo, al instante el barco se encabrita y tiene que volver a agarrarlo con fuerza.

—¿Qué quieres decir?

—Hay suficiente oscuridad como para que podamos meterla en el agua sin que nos vean, siempre y cuando la pongamos a flote en el lado contrario al suyo. Cuando esté lista saltad abordo. Ellos seguirán persiguiendo al barco.

Trato de darle sentido a esto.

—Hazlo, Billy. ¡Ahora!

Sus palabras me empujan a la acción. Tenemos dos balsas salvavidas a bordo, es obligatorio tenerlas dado el número de pasajeros que solemos llevar y están guardadas en botes que explotan a cada lado del barco. La idea es que son muy fáciles de preparar y se inflan solas cuando entran en el agua. Papá y yo hemos hecho muchas maniobras de preparación para saber cómo manejarlas en caso de emergencia. Trepo por la cubierta lateral para alcanzar la balsa de babor. El barco nos persigue por nuestro lado de estribor, así que estoy oculto. Abro las hebillas, me tiemblan las manos. Entonces Steve hace un brusco viraje a babor, ampliando la distancia entre los dos barcos. El otro tarda en responder de nuevo, lo que nos permite adelantarnos.

—No las eches todavía. Te diré cuándo —grita Steve—. Ponle un chaleco salvavidas a la pequeña —se da la vuelta y le grita a Ámbar. No oigo el qué, pero veo que se dirige a la taquilla de popa y la abre de un tirón.

—¿Y qué va a pasar contigo?

—No puedo dejar el timón, con este oleaje el barco se pondría a dar bandazos a todos lados.

—¿Y qué vas a hacer?

Pero no me oye. Me giro y miro el agua que pasa a mi lado. Siempre que hemos practicado el despliegue de las balsas salvavidas hemos estado parados, en aguas tranquilas. Ni siquiera sé si se puede hacer la maniobra a esta velocidad.

Compruebo dónde está el otro barco. Lo veo a unos cien metros, acortando la distancia de nuevo. Hemos cogido la dirección del oleaje, así que ambos barcos avanzan con más facilidad. La velocidad superior del otro barco no les da tanta ventaja ahora entre tanta ola.

Entonces veo lo que está haciendo Ámbar. Sostiene un pequeño recipiente verde de plástico con gasolina. Lo mantenemos allí para hacer rellenar el pequeño motor fueraborda del bote auxiliar. Solo que le ha quitado la tapa y lo está agitando, sobre la cabina y también dentro de la cabina. El olor a gasolina está de repente en todas partes.

—¿Qué estás haciendo? —grito, por encima del ruido.

—Una pequeña táctica de distracción —me responde Steve.

—¿Vas a prenderle fuego al barco?

—No solo a este, Billy. ¿Estás listo?

Vuelvo a mirar hacia el agua. Compruebo que tengo todas las hebillas libres. Solo tengo que tirar de la manivela de liberación rápida y la balsa rodará por la borda. En teoría se inflará sola.

—¡Te he preguntado que si estás listo, Billy!

—Sí.

—Vale. Ámbar, prende el fuego. Voy a dar un giro brusco a babor. Liberad la balsa y saltad todos a la vez.

No hay tiempo para discutir. Me concentro en mi tarea, con las manos temblando de miedo y adrenalina. Entonces veo aparecer un resplandor naranja detrás de Steve. Espera un par de segundos, lo suficiente para que el resplandor se aclare y luego inclina La Dama Azul en un giro brusco a babor.

—¡Ahora! —grita Steve.

No lo dudo. Tiro de la manivela con toda la fuerza que puedo, veo cómo se rompe el último cierre que mantiene la balsa en su sitio y el barril rueda por la borda, abriéndose al hacerlo.

—Vamos, Billy. ¡Salta! —repite Steve. El otro barco anticipó nuestra maniobra y ya están más cerca que nunca, disparándonos de nuevo.

—¿Y tú? —vuelvo a gritar, mientras detrás de mí veo a Ámbar y a Gracie preparadas para saltar. De repente desaparecen de mi vista y se pierden en la oscuridad.

—No te preocupes por mí. Salta —me grita Steve. Pero no lo hago. Toda la cabina de La Dama Azul está en llamas, el humo inunda la cabina e invade la cubierta por detrás de nosotros.

—¡Salta, Billy!

Me impulso hacia arriba y salto hacia la balsa.

CAPÍTULO CINCUENTA

GOLPEO EL AGUA CON FUERZA. Es como chocarse con una ola de hormigón. Me sumerjo y doy unas cuantas volteretas bajo el agua. La oscuridad es tal que estoy totalmente desorientado. No sé dónde está la superficie. Ni siquiera se me ocurrió tomar aliento antes de saltar. Siento más incredulidad que pánico, ¿estoy demasiado profundo? ¿Así es como voy a morir? Pero entonces una de mis manos roza la superficie y actúo por acto reflejo: lucho por sacar la cabeza del agua. En ese instante todo se vuelve más tranquilo. Me doy la vuelta justo a tiempo para ver un espectáculo increíble.

La Dama Azul es una bola de fuego. Está a unos quince metros de distancia y las llamas y el humo salen por la parte trasera. Steve sigue en el puente, al timón, su silueta negra resalta contra las llamas. El otro barco sigue a su lado, ambos a toda velocidad. Pero en el momento en que miro, La Dama Azul gira con brusquedad a estribor, alejándose del barco que lo persigue, como si Steve estuviera haciendo un último esfuerzo desesperado por escapar. Al instante, el conductor del segundo barco lo sigue, como si ya estuviera acostumbrado a la persecución. Pero entonces Steve debe de lanzar el timón con todas sus fuerzas hacia el otro lado, porque justo cuando el segundo barco empieza a girar, La Dama Azul le corta de repente y gira hacia el otro lado. Pero no hay espacio para el giro. Los dos barcos van enfilados el uno hacia el otro. Un segundo después, se chocan y La Dama Azul se monta justo encima de la otra embarcación. Ambos frenan y por fin se detienen. Veo que están trabados. Puedo oír gritos, chillidos. Hay gente saltando al agua. Después hay una enorme explosión.

Tengo que protegerme los ojos mientras la noche se ilumina con el fuego. Trozos de barco salen disparados por los aires y luego caen cual lluvia de meteoritos. Ambos barcos están parados ahora en el agua y ambos están en llamas. La visión me hipnotiza, es un espectáculo casi precioso pero solo casi, ya que sé que Steve está ahí en alguna parte. Me trago un buche de agua salada y me doy cuenta de que estoy gritando, llamándolo. No porque él vaya a oírme o porque pueda estar aún vivo. Sino porque sé que no hay ninguna posibilidad de que haya sobrevivido. Estaba justo en medio de las dos embarcaciones y ahora ya no queda nada de ellas. Me invade el silencio. Sé que estoy llorando, mis lágrimas se mezclan con la sal del océano. Sé que no hay nada que pueda hacer. Entonces me acuerdo de Gracie y Ámbar. Me doy la vuelta.

No veo nada detrás de mí, ni siquiera la costa y mucho menos a ellas nadando en algún lugar de la oscuridad. Pero entonces veo un destello rojo en la oscuridad. La balsa salvavidas tiene una luz incorporada que funciona de manera automática. La pierdo durante un segundo y luego la vuelvo a localizar, balanceándose de un lado a otro a unos cien metros de distancia. No sé qué otra cosa puedo hacer, así que empiezo a nadar hacia ella.

Tengo los músculos de los hombros doloridos, agarrotados por haber nadado antes y tardo un buen rato. Intento mantener los ojos abiertos para ver si Ámbar o Gracie flotan en algún lugar del agua a mi alrededor, pero hay demasiada oscuridad. Los barcos aún en llamas son tan brillantes que hacen difícil mantener la concentración en la baliza de la balsa. Por fin llego y tanteo las escaleras de cuerda que cuelgan por el lateral. Cuando me meto dentro, veo a Ámbar observándome, sentada en el fondo de la balsa salvavidas, con la pequeña Gracie apoyada en sus rodillas. No dice nada. Solo me echa una débil sonrisa y sé que está llorando, igual que yo.

EPÍLOGO

ESTOY de pie al borde del acantilado. Es el que hay fuera de mi casa, solo que tiene un aspecto extraño porque hay niebla que llega del mar y se levanta a mi alrededor. Puedo sentir la brisa que corre, fría y húmeda. Me aparta el pelo de la frente. No sé por qué, extiendo los brazos. Siento cómo mi chaqueta ondea donde el viento la atrapa. Doy un paso adelante, cerca del borde, para sentir el viento de verdad. Luego doy un paso más, hacia la nada que tengo delante. Entonces caigo, con los brazos todavía extendidos a mi lado, la chaqueta ondeando más fuerte mientras acelero hacia abajo.

Pero entonces ocurre algo extraño. En lugar de caer hacia abajo, empiezo a flotar hacia delante, dejo atrás la pared del acantilado y avanzo sobre las rocas y la playa de abajo. No agito los brazos, sino que los mantengo extendidos y funcionan como alas, como si fuera un pájaro que se eleva en las corrientes de aire. Como la gaviota argéntea que solía tener, Steven.

Le he cogido el tranquillo. Muevo un brazo hacia abajo y giro en esa dirección, ganando velocidad. La arena y el agua corren hacia mí mientras me abalanzo sobre ellas. Entonces muevo el otro brazo y vuelvo a estar nivelado, volando sin esfuerzo sobre las arenas de Littlelea. Respiro, aspirando el aire fresco y húmedo hacia mi interior y sintiendo su efecto refrescante.

Respiro de nuevo. Me elevo por encima de la playa, por encima de las dunas, más alto incluso que los acantilados. Miro hacia abajo, hacia nuestra pequeña casa. Veo la bici que he dejado tirada en la entrada, en vez de haberla guardado en el cobertizo. La camioneta de papá se ve obligada a aparcar en un ángulo incómodo... no, sigue moviéndose, como si acabara de llegar. Pero no debería estar aquí... Floto en el aire, sobrevolando la camioneta mientras la puerta se abre y sale papá, mirando al cielo, entrecerrando los ojos contra el sol. Está animado, gritando mi nombre hacia arriba para que vuelva a flotar hacia la tierra. Grito su nombre, mientras él grita el mío. «¡Billy, Billy! ¡Papá!».

—¿Papá? —Abro los ojos.

—Billy —responde mi padre. Tiene la cara llena de mugre y el pelo un poco más largo y manchado de aceite. Me agarra la mano—. ¡Billy! ¿Estás bien? Jesús, me has dado un susto de muerte. ¡Oye, está despierto! Un poco de ayuda... —gira la cabeza y grita. Luego se vuelve, apretándome la mano y sonriendo.

—¿Dónde estoy? —pregunto, pero ya sé la respuesta. Las paredes pintadas de blanco y los tubos que recorren mi cuerpo lo delatan.

—Estás en el hospital.

—¿En Newlea?

—Así es.

—¿Qué ha pasado?

—Eso **es** lo que me he estado preguntando todo este tiempo. Lo que he estado tratando de reconstruir. Has estado fuera de combate durante tres días. Casi te mueres.

Miro a papá con asombro.

—¿De qué?

—De hipotermia. Ámbar nos dijo que perdiste el conocimiento en la balsa salvavidas.

—Ámbar —repito—. ¿Está bien?

—Está bien. Bastante afectada, pero bien.

—¿Afectada? ¿Por qué? —me invade un pensamiento horroroso—. ¿Es... es Gracie... está...?

—No te preocupes, Gracie está más que bien. Piensa que todo ha sido una gran aventura. No, es el novio de Ámbar el que no ha salido adelante. El tipo que empezó todo este lío. —Papá toma aliento antes de continuar—. Falleció anoche.

—Oh no.

—Sí. Por lo que he oído sufrió muchas quemaduras así que quizá...

No termina la frase, pero sé que quiere decir que quizá sea mejor así. No sé nada de eso, así que no digo nada.

—Entonces dime, ¿en qué líos te has metido esta vez? Te dejo contando tiburones en Australia y cuando vuelvo estás persiguiendo contrabandistas de drogas por toda la costa de la isla. La policía dice que han hecho la mayor redada de drogas en diez años, todo gracias a ti.

Es una historia demasiado larga para responder, así que vuelvo a guardar silencio.

—No es solo por la cocaína, sino que les has dado a toda la banda que estaba detrás. Pescaron a la mayoría de ellos en el agua. Hay un tipo, lo encontraron atado a una nevera, que según la policía, está cantando como un pajarito. Les está dando detalles de toda la organización, suficiente información para poder encerrarlos durante años.

Casi voy a sonreír, pero entonces recuerdo cómo sucedió todo. Steve dirigió La Dama Azul hacia el otro barco, debió morir quemado también. No creo que pueda sonreír por mucho tiempo. Pero tengo que preguntar. Necesito saberlo con seguridad.

—Steve Rose —suelto—, ¿está...? —comienzo. Pero supongo que debo estar débil todavía, ya que no puedo terminar la frase.

—¿Está qué, compañero? —dice una voz. Una voz que conozco.

—¿Steve? —No sé si sigo soñando, pero no puede ser. No estoy volando. Tiene uno de sus brazos envuelto en vendas blancas, pero lo levanta y mueve los dedos en señal de saludo. Tiene más vendas en la cara y en el pecho.

—¿Qué pasa, colega? Parece que has visto un fantasma.

No respondo. Creo que lo he visto.

—Esto no es nada. Tuve unos cuantos segundos después de que los barcos se chocaran y antes de que comenzara la explosión. El neopreno se derritió un poco, pero pensé que aún me valdría para un chapuzón —se ríe —. ¿Qué? No pensarías que ibas a librarte de mí tan fácilmente, ¿no?

* * *

Un rato después entra Ámbar. Está callada y retraída, pero se inclina sobre la cama y me da un gran abrazo. Puedo ver que ha llorado mucho. Luego llega su madre con Gracie. A la pequeña se le nota que está disfrutando con toda la atención. Parece que Ámbar y su madre van a tener que esforzarse un poco antes de volver a confiar la una en la otra, pero veo que su madre ya ha comenzado. Supongo que yo también voy a tener que ayudar, asegurándome de que Ámbar esté bien después de todo lo que ha pasado. Pero sé que saldrá adelante. Es bastante dura, esta Ámbar.

Entonces se van y entran dos detectives. No los conozco, ya que son de la capital, pero ponen una grabadora y dicen que tienen que tomarme declaración sobre todo lo que ha pasado. Tardan mucho, porque han pasado muchas cosas. Quieren saber todos los detalles y tienen un millón de preguntas sobre todo lo que les cuento. Al principio yo también intento hacerles preguntas, pero no me dicen nada para no influir en mi historia. Entonces me doy cuenta de que no me importa de todos modos, porque son solo un grupo de matones, y a mí no me interesan los delincuentes. Así que me quedo tumbado y hago lo posible por recordarlo todo, pero cada vez estoy más cansado y poco a poco las voces de los detectives se van alejando hasta que se callan por completo. Más tarde sé que debo de haberme dormido, porque los detectives se han ido y la habitación está a oscuras.

La siguiente vez que me despierto es de día.

—¿Cómo estás, Billy? —me pregunta papá, cuando ve que estoy despierto.

Le devuelvo la sonrisa, disfrutando por un momento de la tranquilidad, de cómo la luz del sol alumbra las sábanas de mi cama.

—¿Qué hora es? —pregunto después de un rato.

—No lo sé. Por la mañana, temprano. Pero no te preocupes. Solo descansa todo el tiempo que necesites.

—No, no es eso. Es que me muero de hambre.

Papá sonríe ante esto.

—Muy bien. Voy a buscarte algo para desayunar.

Pero entonces me doy cuenta de que papá no está solo en la habitación. Steve también está aquí y por la forma en que tienen las sillas dispuestas, deben de haber estado hablando. Se levanta y se acerca deambulando con una bolsa de uvas.

—Toma. Me siguen mandando regalos. Las cosas de ser una celebridad, ¿eh? —Luego mira a papá—. Bueno, ya sabes, una celebridad de poca monta.

Agarro la bolsa y pruebo un par de uvas. Están muy dulces.

—Voy a buscarte algo para desayunar —dice papá de nuevo, pero esta vez lo detengo. Hay algo que me hace sentir mal.

—Oye papá, siento todo esto. Siento que, por mí culpa, hayas tenido que dejar de trabajar en La Dama Azul II.

—No te preocupes, no he tenido que abandonar nada —Papá sacude la cabeza.

—¿A qué te refieres? —pregunto, confundido.

Papá se encoge de hombros.

—No he dejado nada a medias porque ya había terminado. Ya está preparada, lista para el ataque. —Papá mira a Steve de una manera un poco extraña—. En realidad, hemos estado hablando de eso, Steve y yo, sobre si tal vez pudiéramos hacer algo juntos. No sé exactamente el qué, pero si no quisieras volver a hacer excursiones de avistamiento de ballenas podríamos hacer... —Se detiene.

—¿Podríamos hacer el qué?

Papá vuelve a encogerse de hombros.

—No lo sé, de verdad que no. Es solo... una idea. Algo en lo que pensar durante las próximas semanas.

Quiero preguntar más, pero entonces Steve vuelve a hablar.

—Escucha, Sam, quédate aquí y déjame que vaya yo a buscar algo de comida para vosotros. Parece que tú tampoco has comido en varios días. —Se dirige a la puerta y creo que va a salir, pero entonces se detiene de nuevo —. Por cierto, Sam, no sé si te lo había mencionado antes pero...

Papá está callado. Parece cansado.

—Quería decirte que tienes un hijo estupendo —Steve da dos golpecitos en la puerta antes de abrirla y salir. Cuando se va, vuelvo a mirar a papá pero no me mira a los ojos. Cuando lo hace, veo que se le saltan las lágrimas. No me dice nada, en su lugar me toma la mano y me la aprieta.

Y yo le devuelvo el apretón.

FIN

No te pierdas la última entrega de esta serie, **La playa de los dragones**, donde veremos a Billy y a Ámbar en la universidad. Seguro que no se meten en ningún lío… Pide tu copia AQUÍ

Y si quieres descubrir un poco más acerca de mi, llevarte un libro totalmente GRATIS y enterarte antes que nadie de mis próximas publicaciones, apúntate a mi lista de correos:
https://greggdunnett.co.uk/novedades/

¿TE HA GUSTADO?

Muchas gracias por leer **Misterio en las cuevas.** Si te ha gustado, te invito a escribir una reseña en Amazon. Es muy sencillo pero a la vez muy eficaz para ayudar a otros lectores a decidir si leer un libro o no. ¡Anímate! También te invito a que te pongas en contacto conmigo y me cuentes qué estás leyendo, me encanta oír de mis lectores y recibir recomendaciones. Puedes escribirme a hola@greggdunnett.co.uk

Y, si quieres, ya puedes comprar **La playa de los Dragones**, la cuarta y última entrega de la serie Isla de Lornea. Pasa la página para leer los primeros capítulos…

CONSIGUE AQUÍ TU COPIA

GREGG DUNNETT

LA PLAYA DE LOS DRAGONES

LA PLAYA DE LOS DRAGONES

—¡Vamos, papá! Tenemos que irnos.

Ya tengo mis cosas en la camioneta de papá, y he revisado dos veces la casa para asegurarme de que no se me olvida nada. No termino de creerme que no voy a regresar a casa en tanto tiempo. Papá está sentado en la mesa de la cocina, de espaldas a mí. Ha decidido que este es un buen momento para arreglar el pequeño motor fueraborda que encontramos abandonado al lado de la carretera. Tiene todas las piezas dispuestas delante de él. Pero en realidad solo lo hace porque no quiere que me vaya.

—Vamos, no puedo perder el ferri.

—Te podría llevar yo si no llegáramos a tiempo —responde papá.

—Ya me he comprado el billete, sería una pena.

Papá duda.

—Está bien. —Vuelve a poner un par de piezas en la mesa y se limpia las manos en un trapo—. Entonces, ¿ya lo tienes todo?

—Sí, ya está todo en la camioneta.

—¿Tienes tu ordenador? ¿Los libros?

—Por supuesto que tengo mis libros —suspiro. Ni siquiera menciono el ordenador, es imposible que se me fuera a olvidar—. Te he dejado instrucciones de lo que hay que hacer con la campaña. La impresora está cargada de papel y preparada para que pueda enviar por correo electrónico los carteles a medida que los haga y se impriman automáticamente. Si pudieras cogerlos y ponerlos en todos los sitios que puedas...

—Sí, lo sé —responde papá, volviéndose ahora a mirarme.

Este es mi proyecto del momento. Hay una estúpida empresa de productos químicos en el norte de la isla que quiere expandirse, pero si lo hace destruirá una bahía protegida que es un vivero crucial para los caballitos de mar. Estoy tratando de concienciar a la gente para que no den permiso a la expansión.

—No se te va a olvidar ¿a qué no?

No responde durante un segundo, pero luego sacude la cabeza.

—Te lo prometo.

De repente me siento muy raro. Ya me pasó antes cuando estaba arriba en mi habitación al pensar que era la última vez que iba a ver a papá en varios meses. Miro a papá y creo que él está sintiendo lo mismo.

—Joder, Billy. No puedo creer que te vayas a la universidad. Así, de repente. Me parece que fue ayer... —Mira hacia atrás y se le llenan los ojos de lágrimas. Sacude la cabeza—. Me parece que fue ayer cuando correteabas por aquí, mi pequeño salvaje. Y ahora te vas de casa.

Al principio no respondo. Ni yo mismo me lo creo. Llevo mucho tiempo esperando este momento y por fin ha llegado.

—No me voy lejos —digo al final.

Levanta la vista y me regala una sonrisa.

—Un paseo en barco.

—Papá, cuando vives en una isla todo está a un paseo en barco.

No dice nada, así que continúo.

—Y tú tienes un barco.

El trabajo de papá hoy en día es llevar a turistas a ver ballenas y delfines. Yo también le ayudaba, aunque ahora ha aprendido a encontrarlos bastante bien por su cuenta, así que ya no me necesita, lo cual ha sido útil porque me ha liberado para que me pueda concentrar en mis proyectos. La campaña, y otros, ya sabes cómo soy.

El rostro de papá muestra una débil sonrisa. Luego empieza a palparse los bolsillos, como si buscara las llaves. En respuesta, se las tiendo.

—Toma. —Se las lanzo y él las pilla con las dos manos. Pero se lo piensa un segundo y de repente me las devuelve.

—Tú conduces, Billy.

Esto me sorprende. Tardé un tiempo en aprender a conducir, y choqué accidentalmente con algunas cosas: había un muro junto al supermercado que no vi, un árbol en un aparcamiento de Littlelea, y también un poste cuando daba marcha atrás, que estaba tan bajo que era imposible de ver. Total, que a papá no le gusta que use su camioneta así que este gesto tiene mucho significado.

Y quizá por eso, al salir de casa, me acuerdo de hace unos años, cuando era pequeño. Me encantaba ir en la parte trasera de la camioneta, con la cabeza levantada hacia la brisa, y sintiendo cómo el viento me hacía tambalear las mejillas. No era esta camioneta por supuesto, antes tenía una Ford y esta es una Toyota. Es curioso como algunas cosas cambian y otras permanecen igual. Ahora me meto en el lado del conductor y espero a que papá se suba a mi lado.

—¿Estás seguro?

—Sí, pero mantén los ojos en la carretera.

Arranco el motor y lo pongo en marcha.

—Vas a estar bien, ¿verdad? —dice papá al rato. Estaba concentrado en la carretera así que me sorprende la pregunta. Acabamos de cruzar el río que divide el extremo de Littlelea de la parte principal, donde se encuentra la ciudad turística de Silverlea. Ahora tengo que girar a la derecha en la carretera principal que lleva a Newlea, donde tenemos que hacer una parada.

—Por supuesto que estaré bien, Papá. En todo el país hay un millón de jóvenes que van a la universidad. ¿Por qué voy a ser yo diferente?

—Pues porque los demás son un año mayores que tú.

La respuesta de papá me deja callado por un momento. He trabajado muy duro este último año para poder saltarme un año de instituto. No me pareció que valiera la pena quedarme aquí estudiando cosas que ya sabía, cuando sé lo que quiero hacer con mi vida. Más vale que me ponga manos a la obra.

—La Universidad de Boston tiene el mejor curso de Biología Marina del país. Eres tú quien me preocupa. Dejarte aquí solo…

—Bah, no te preocupes —sonríe papá—. Tengo a Mila.

Milagros es la última novia de papá. Descubrió una aplicación en el móvil hace un año para conseguir citas, y pasó por unas cincuenta novias en el primer mes, pero esta parece haberse quedado. Es una tipa genial y me cae muy bien.

Seguimos conduciendo durante un rato y noto que papá mira a qué velocidad estoy conduciendo.

—Si de verdad quieres llegar, Billy, quizá debas pisar un poco el acelerador.

Decido no contestar, pero acelero un poco.

Llegamos a las afueras de Newlea y me salgo de la carretera principal hacia mi antiguo instituto. Justo antes de llegar, giro a la derecha y me meto por un pequeño callejón sin salida. Normalmente tocaría el claxon o usaría el teléfono móvil, pero quiero salir. Me siento inquieto. Papá me sigue y juntos subimos por el camino hacia la casa de Ámbar. En la ventana de la habitación principal me complace ver mi último cartel «Salvemos a nuestros dragones de mar». Antes dije que eran caballitos de mar, y en realidad lo son, pero hay una especie que se da solo en la isla de Lornea y la gente de aquí los llaman dragones de mar.

—Se está preparando.

Es la madre de Ámbar la que abre la puerta y cuando ve a papá le lanza una mirada de reconocimiento, como si supiera que no pueden decir mucho porque ambos están demasiado emocionados.

—Hola, señora Atherton —la saludo, y ella me dedica una sonrisa débil muy parecida a la que mostró antes papá.

—¿Es Billy? —Oigo la voz de Ámbar gritando desde las escaleras—. Ya voy, ¿puedes cargar mis cosas?

En el pasillo hay dos maletas gigantes y una enorme mochila. No sé para qué necesitará tantas cosas.

—Yo las cojo —ofrece papá, pero le echo una mano, y lo mismo hace la madre de Ámbar. Juntos, llevamos el equipaje hacia la camioneta y las metemos dentro. Luego nos quedamos mirando, como si estuviéramos admirando el gran trabajo que hemos hecho, o simplemente maravillados por el tamaño de los bultos. Pero en realidad es como antes, cuando nadie quiere decir nada porque todos estamos un poco tristes por lo que está pasando. El momento se rompe cuando la hermana de Ámbar sale corriendo de casa.

—¡Hola Billy! —me dice, y su voz es tan pura y viva que por un segundo siento lo que papá y la madre de Ámbar deben de estar pensando, que este es el fin de una era y que ya no vamos a ser los mismo cuando volvamos a vernos.

—Hola Gracie —respondo. Ya tiene ocho años, pero aún lleva su conejo de peluche a todas partes. No lo suelta desde que pasó lo del año pasado.

—Me gustaría que no tuvieras que irte, Billy —dice Gracie. En ese momento, Ámbar aparece en lo alto de la escalera con otra maleta.

—Ya lo sé —respondo—. Pero voy a volver dentro de nada. Y si vienes de visita puedo llevarte al acuario. Conozco al gerente de allí.

Gracie no parece tan ilusionada con mi oferta como me esperaba, y me alegro de que Ámbar baje en este momento.

—Hola —dice sin aliento—. ¿Ya estás listo? No quiero perder el barco.

Tengo la intención de responder, pero de repente no creo que pueda, así que en su lugar miro alrededor de su pasillo por un segundo, sin hacer contacto visual con nadie. No me puedo creer que no vaya a ver esta casa durante tanto tiempo. No termino de creerme que de verdad me vaya a ir. Pero Ámbar no parece sentir nada.

—¡Vamos! —dice, y me guía hacia el exterior.

Ámbar no va a ir a la universidad conmigo, ya ha ido, aunque no a una universidad de verdad como la de Boston. Hizo un curso de diseño gráfico aquí en la isla de Lornea, pero el problema es que aquí no hay mucho trabajo así que se ha buscado uno en Boston. Por pura casualidad, su trabajo empieza a la vez que el semestre de otoño, y no le pilla muy lejos de donde yo voy a estudiar. Por eso salimos de viaje juntos hoy. Y por cierto, debería admitir que fue Ámbar quien hizo el diseño del cartel. Aunque yo escribí el texto, lo cual demuestra que somos un buen equipo.

—¿Cómo vas a trasladar todo eso a tu nuevo apartamento? —le pregunto, mientras ella arrastra la tercera maleta hasta la camioneta. —Tienes un montón de equipaje.

—Pues verás, Billy… Hoy en día tienen estos nuevos inventos llamados taxis. —Inclina la cabeza hacia un lado y me mira—. ¿No lo sabías?

Hay un momento un poco incómodo cuando tenemos que despedirnos de la madre de Ámbar. Ella abraza a Ámbar, y luego viene a abrazarme a mí también, pero no me importa porque me cae bien. También le da un abrazo a papá. Entonces vuelvo a la camioneta y Ámbar salta detrás de mí. Papá protesta y le dice que se siente en el asiento del copiloto, pero ella ya está dentro, y se inclina hacia delante entre los dos asientos delanteros.

—No te choques con el poste de la puerta esta vez, Billy —me dice mientras papá se sube al coche.

—Como tú digas —respondo, y le doy un buen rodeo para asegurarme de que no lo hago.

Normalmente solo se tardan veinte minutos desde la capital de la isla de Lornea, Newlea, que está más o menos justo en el centro, hasta el puerto principal de Goldhaven, que está a unas tres cuartas partes al oeste de la isla. Y, a pesar de que ya es casi septiembre, la isla sigue llena de turistas, así que intento conducir lo más rápido posible. Aún así, pillamos tráfico con turistas que conducen con lentitud mientras disfrutan de las vistas.

—Vamos un poco justos —dice Ámbar, y yo miro el reloj en el salpicadero de la camioneta, un poco sorprendido. Con lo tarde que salimos de casa y el tiempo que nos entretuvimos para recoger a Ámbar, y tal vez debido a mi forma de conducir, puede que igual perdamos el ferri después de todo. Por respuesta, piso el acelerador a fondo y, cuando llegamos a una recta, pongo el intermitente y salgo para adelantar al coche de delante. No es la recta más larga del mundo, y cuando ya voy por la mitad del adelantamiento, aparece un coche por la curva de delante que se dirige hacia nosotros. Probablemente debería retroceder e incorporarme de nuevo a mi carril, pero no lo hago. En lugar de eso, piso más a fondo el acelerador. Puede que la camioneta de papá sea nueva para nosotros, pero eso no significa que sea de primera mano, y no tiene la potencia que esperaba así que no nos lanzamos hacia adelante precisamente. Durante un segundo creo que no lo vamos a conseguir y casi me entra el pánico, pero entonces veo que me he equivocado y que, en realidad, tenemos espacio de sobra. Bueno, más o menos. Cuando el coche pasa, enciende las luces y hace sonar el claxon. El sonido se distorsiona al pasar por mi ventana.

—Efecto Doppler —digo, a nadie en particular.

—Gracias por la explicación, Billy—, responde Ámbar con firmeza—. Me va a venir bien cuando esté muerta en la cuneta.

Papá tan solo levanta un poco las cejas.

Goldhaven es bastante pequeño. Se ve el ferri desde la entrada del pueblo. Supongo que el hecho de que siga ahí es buena señal, pero aun así conduzco hasta la parte delantera del aparcamiento donde se dejan a los pasajeros de a pie. Pero entonces papá me dice que vaya más allá, hasta la caseta donde tienes que registrarte si vas a hacer la travesía con tu coche. La camioneta de papá no va a cruzar, por supuesto, pero es la única manera de que lleguemos a tiempo con las maletas de Ámbar. Cuando bajo la ventanilla para hablar con la mujer de la cabina, él se inclina para explicarle que vamos mal de tiempo y, tras un momento de duda, nos deja pasar. Hay mucho espacio en el muelle, porque todos los coches y camiones que van en el barco ya están a bordo, así que puedo parar justo al lado de la entrada de pasajeros a pie. En cuanto que paro el coche, papá salta y saca las maletas de Ámbar de la parte de atrás y saluda al operario del ferri que está esperando junto a la pasarela, una pasarela de acero que conecta con una puerta en el lateral del ferri. El tipo baja a comprobar nuestros billetes, y parece un poco sorprendido por todas las bolsas de Ámbar, y las mías. Y mi bicicleta.

—Tenéis un minuto para subir todo eso a bordo —nos avisa. Y no discutimos. Tenemos que hacer dos viajes cada uno, pero conseguimos cargarlas todas dentro del ferri. Luego volvemos a salir al muelle. Ámbar le da un abrazo a papá y entra con las últimas maletas. Así que quedamos solos papá y yo.

—Bueno Billy, supongo que esto es todo —dice, y su voz suena entrecortada, como si se estuviera ahogando. No quiero mirarlo, pero tampoco quiero no mirarlo.

—Daos prisa, por favor, tenemos que guardar la pasarela.

Me doy la vuelta para ver al operario del ferri con su chaleco amarillo de alta visibilidad y su radio, chasqueando. Me vuelvo hacia papá.

—¿Estás seguro de que estarás bien?

Papá asiente con la cabeza y me da un fuerte abrazo.

—Ven aquí, Billy. —Siento que me abraza con más fuerza, apretándome hacia él. Hoy en día yo también estoy fuerte y le devuelvo el apretón, parpadeando para alejar las lágrimas de mis ojos.

—Venga, por favor. Ahora o nunca —grita el operario del ferri. Se le ha unido un colega y de repente caigo en que no van en el barco con nosotros. Están esperando a que suba a bordo para tirar de la pasarela y dejarla en el lado del muelle. Asiento con la cabeza y después de un segundo suelto a papá.

—Pórtate bien, Billy. Y no te metas en líos —me dice papá. Yo esbozo una media sonrisa. Me doy la vuelta rápidamente y subo corriendo la rampa metálica hacia el ferri, que al ser metálica hace que resuenen mis pasos con fuerza. Cuando entro en el casco del transbordador, lo desenganchan y la pasarela cae, sostenida por los cables de acero de una grúa. Ya nos estamos moviendo. Solo entonces oigo la voz de papá detrás de mí.

—¡Billy! —grita. Parece un poco desesperado de repente, como si la situación fuera demasiado para él. Grita algo más, pero no puedo oírlo con el ruido de los enormes motores en marcha. Papá se lleva las manos a la boca y lo intenta de nuevo.

—¡Las llaves! —grita, y luego hace un movimiento de encendido con las manos. Aprieto la mano contra mi bolsillo y siento que las llaves de la camioneta y de casa siguen ahí. Pero a estas alturas la rampa ha desaparecido por completo, y ya la distancia entre el ferri y el muelle se está ampliando. Si me llevo las llaves de papá, se quedará atrapado aquí, sin poder volver a casa. Llevo la mano hacia atrás para lanzarlas al otro lado, pero no lo hago. ¿Qué pasa si fallo? Caerán al agua que se arremolina debajo de nosotros, de donde no se podrán sacar, y de todos modos no son resistentes al agua, al menos la de la camioneta que tiene una batería para poder abrir a distancia. Tal vez pueda apretar el botón desde aquí para abrir la puerta que papá espere dentro a un cerrrajero. De repente, el ferri da un bocinazo que me despeja la mente y me hace olvidar la estúpida idea. Miro hacia abajo, al agua negra, arremolinada y espumosa por el revolver de las hélices, y luego a la distancia hasta el muelle, que crece con cada segundo que me demoro. Vuelvo a estirar el brazo y esta vez lanzo las llaves al vacío. Durante un segundo, más o menos, quedan colgadas, retorciéndose en el aire, y entonces la mano de papá se alza y las agarra.

—¡Bien hecho, Billy! —grita papá, y deja escapar un grito. Los dos trabajadores del muelle también aplauden irónicamente, y yo sonrío, pero entonces me dicen que me aleje de la puerta y ésta se cierra delante de mí, así que no puedo ver nada más. Me apresuro a ayudar a Ámbar a arrastrar las maletas hasta el almacén, y luego fuera, a la cubierta, y me decepciona ver que la camioneta de papá ya no está. Pero entonces veo que ha dado la vuelta para poder ver partir el barco desde el extremo del brazo del puerto. El ferri pasa tan cerca que puedo oír lo que grita cuando pasamos por su lado.

—¡No te metas en líos!

Saludo frenéticamente con la mano y luego pienso en algo.

—¡Cuida a La Carolina por mí!— grito, y me devuelve la sonrisa, levantando ambas manos con los dos pulgares hacia arriba.

Entonces el brazo rocoso del puerto desaparece y es sustituido por un mar animado, azul rematado con crestas de blanco, que baila a la luz del sol. Ya no oigo a papá. Pero detrás de nosotros veo el rojo del camión encogiéndose en la distancia de nuestra estela, y durante mucho tiempo no se aleja.

CONSIGUE AQUÍ TU COPIA

Suscríbete a mi lista de lectores para conocerme un poco mejor y recibir todas las novedades que lanzo. Además llévate este libro totalmente GRATIS.

http://www.greggdunnett.co.uk/novedades

Un asesino está dejando notas en los bancos de varios parques en Londres, en las que confiesa los asesinatos que ha cometido a lo largo de su vida.

Una agente de policía tiene la oportunidad de resolver los casos que sus compañeros no han sido capaces de resolver durante años.

Pero solo lo conseguirá si averigua quién es el asesino, antes de que el asesino la encuentre.

Porque en una historia en la cual nada es lo que parece, ni siquiera los asesinatos son tan claros.

Llévate este libro totalmente GRATIS.

http://www.greggdunnett.co.uk/novedades

OTRAS OBRAS DE GREGG DUNNETT

Serie Isla de Lornea

La isla de los ausentes

El club de detectives

Misterio en las cuevas

La playa de los dragones

Novelas

El secreto de las olas

La torre de sangre y cristal

Entre sombras

Serie Inspectora Erica Sands

La cala

La trampa - a la venta el 9 de mayo de 2024